Sylvia Frank

Die Unzertrennlichen

Gala und Dalí

aufbau taschenbuch

Sylvia Frank

GALA & DALI

DIE UNZERTRENNLICHEN

Roman

aufbau taschenbuch

MIX
Papier aus verantwortungsvollen Quellen
FSC® C083411

ISBN 978-3-7466-3872-0

Aufbau Taschenbuch ist eine Marke
der Aufbau Verlage GmbH & Co. KG

1. Auflage 2022

Satz Greiner & Reichel, Köln
Druck und Binden CPI books GmbH, Leck, Germany
Printed in Germany

www.aufbau-verlage.de

TEIL 1

KAPITEL 1

Cadaqués, 1929

Es riecht nach Fisch!«

Widerstrebend stieß Gala die Autotür auf, und ihr Blick folgte dabei ihrem rechten Fuß. Er steckte in einem eleganten Samtpumps, dessen Spann mit einem Goldmedaillon verziert war. Es gab ein scharrendes Geräusch auf dem unebenen Pflaster, als sie mit dem Hacken einen sicheren Stand suchte. Dann erhob sie sich vom Polster des Sitzes, zupfte die Jacke ihres eleganten schwarzweißen Reisekostüms zurecht und schaute sich um, das Gesicht von der breiten Krempe ihres Hutes beschattet.

Sie seufzte.

Allein die Fahrt im Automobil war eine einzige Tortur gewesen. Im französischen Teil Kataloniens hatte sie sich wenigstens noch an den prachtvollen Farben der Weinberge und der Pfirsich- und Aprikosenplantagen erfreuen können. Aber nachdem sie die Grenze hinter sich gelassen hatten, schienen sie nicht nur ein anderes Land, sondern auch eine völlig veränderte Landschaft zu durchqueren. Die Ausläufer der Pyrenäen waren in eine endlose, von Hügelketten durchzogene Hochebene übergegangen, die sich ihr schroff, eintönig und auf eine unerklärliche Weise abweisend und herrisch in der glühenden Sonne darbot.

Ihrem Mann Paul, der mit zusammengekniffenen Augen das Lenkrad umklammert hatte, schienen die brütende Hitze und der Motorenlärm nichts auszumachen. Die hochgekrempelten Hemdsärmel gaben seine gebräunten Arme frei. Sie hatte sein ebenmäßiges Profil betrachtet. Seine Augen und die geschwungenen Lippen verliehen ihm trotz seiner vierunddreißig Jahre immer noch etwas Jungenhaftes. Sowieso hatte er sich in seinem Aussehen in den letzten Jahren kaum verändert. Dieselben eng stehenden blauen Augen, die gerade, fast aristokratisch anmutende Nase und der melancholische Zug um den Mund.

Nur der Scheitel, den er vor sechzehn Jahren bei ihrem Kennenlernen in der Lungenheilstätte in Clavadel in der Schweiz noch getragen hatte, war inzwischen einem höheren Haaransatz gewichen.

Gala hatte während der Fahrt das Fenster geöffnet, und mit dem Staub war der schwere Geruch von trockener Erde zu ihr hereingedrungen. An den Berghängen ließen sich Terrassen erkennen, befestigt durch niedrige Steinmauern, an denen kupferfarbenes Moos klebte und auf denen einst Wein angebaut worden war. Doch die Reblaus hatte die Bestände vernichtet, und die Böden verwahrlosten zusehends. Man überließ sie solchen Pflanzen, die darauf überleben konnten: Disteln, Fenchel und knorrigen Olivenbäumen.

Angestrengt hatten sie die ganze Zeit über nach dem Meer Ausschau gehalten, und immer, wenn sie glaubten, es entdeckt zu haben, erwies sich der Fetzen Blau als ein

Stückchen Himmel, eingeklemmt zwischen kargen, schuppigen Hügeln.

Manchmal gelang es ihnen, ein Gehöft zu erspähen. Unweit der Straße duckten sich die Natursteinhäuser Schutz suchend in eine Senke, erschöpft von der Glut und vom Bergwind gepeinigt.

Als sie an der Küste den Abstieg mit seinen steilen Kurven hinter sich gebracht hatten und der schmalen Straße zum Meer gefolgt waren, hatte Gala sich eingestehen müssen, dass ihr die Gegend nicht unbedingt besser gefiel.

Nun hob sie die Augen vom Pflaster und sah sich auf dem winzigen Platz um, dessen einziger Reiz aus einem Spalier halb verdorrter Bäume bestand. Daran anschließend gab es einen schmalen zerfurchten Sandweg, der ansatzlos in einen steinigen Strand überging.

Es war heiß, und kein Mensch war auf der Straße. Der Ort schien verlassen. Nur einige Fischerboote lagen auf den rund gewaschenen Kieseln, dahinter in der Bucht, weiträumig eingeschlossen von zwei flachen Landzungen, flimmerte das Mittelmeer.

Gala drehte den Kopf. Sie vermutete, dass dort drüben, wo sich die weiß getünchten Häuser im gleißenden Licht auf einem Felsvorsprung drängten, die Altstadt lag. Sie konnte von hier aus den Glockenturm der Kirche erkennen. Im Vergleich zu Paris wirkten die Gebäude wie ineinander verschachtelte Miniaturbauten. Auf seltsame Weise fremdartig. Gala empfand sie wie Bilder in einem Traum, als wären sie eine Erinnerung, etwas, das längst vergangen war.

Sie presste die Lippen aufeinander. Wie trostlos, dachte sie. Ein wahrhaft gottverlassener Ort. Sie spürte, wie Wut in ihr aufstieg, und sie warf Paul einen gereizten Blick zu.

Warum hatte sie sich von ihm überreden lassen, ausgerechnet in so einem Kaff am Ende der Welt die Ferien zu verbringen? Sie sollte jetzt in Locarno in einem schicken Café sitzen oder am Nordufer des Lago Maggiore die Promenade entlang flanieren.

Gala zog an ihrer Handtasche und ließ die Autotür zufallen. Sie war kurz davor, ihrem Ärger Luft zu machen, doch sie hielt sich zurück.

Selbstverständlich kannte sie die Gründe, die zu dieser Reise geführt hatten. Paul hatte es ihr in ihrer gemeinsamen neuen Wohnung am Montmartre lang und breit auseinandergesetzt. Er hatte erklärt, dass vor allem ihr aufwändiger Lebensstil Schuld an der Misere sei. Er zielte damit auf seine teure Kunstsammlung und ihre luxuriöse Garderobe ab. Ihr beider Unvermögen, sich den neuen Umständen anzupassen, lag aus seiner Sicht darin, dass sie einfach keine sparsamen Menschen waren.

Sie wusste jedoch, dass seine Argumente nur zur Hälfte der Wahrheit entsprachen. Den wesentlichen Anteil daran, dass sein Vermögen so gewaltig geschrumpft war, hatte die Wirtschaftskrise, die den Wert seiner Aktien und Wertpapiere über Nacht halbiert hatte.

Deshalb hatte sie sein Gerede vom ausschweifenden Luxusleben und dem dadurch fehlenden Geld auch als Kränkung empfunden, als regelrechte Ungezogenheit.

Aufgebracht fischte sie den Lippenstift aus der Tasche, öffnete die goldene Fassung und beugte sich zum Seitenspiegel hinab. Die Reise hatte deutliche Spuren hinterlassen. Sie sah müde und verschwitzt aus. Es kam ihr vor, als würden die Bereiche ihres Gesichts, die sie am wenigsten mochte, die hohen Wangenknochen und das energische Kinn, noch deutlicher als sonst hervortreten. Zwei dunkel umschattete Augen schauten sie angestrengt an. Entschlossen konzentrierte sie sich auf ihren Mund, auf die sinnlichen Lippen, zog sie geschwind nach und presste sie fest aufeinander. Dann richtete sie sich wieder auf.

Im Grunde respektierte sie Pauls Entscheidung, nach Cadaqués zu fahren. Aber nach wie vor war ihr unklar, warum Paul ausgerechnet diesen Ort für sein aktuelles schriftstellerisches Unterfangen gewählt hatte. Wieso hoffte er, gerade hier seine Schreibblockade überwinden zu können?

Vielleicht gab er sich der Illusion hin, der fremdartige Geist eines katalanischen Fischerdorfes würde ihn beflügeln.

Gala hob abschätzend eine Augenbraue und betrachtete ihren Mann, der neben dem Wagen den Rücken streckte, während sein Blick über die klassizistische Fassade des Gebäudes glitt, vor dem sie gehalten hatten.

Unmerklich schüttelte sie den Kopf.

Sie wusste, dass es ausschließlich attraktive Frauen und die erotischen Reize einer Affäre waren, die ihn zu neuen lyrischen Meisterwerken inspirierten. Aber sie konnte sich nicht vorstellen, dass es hier Frauen gab, die dafür infrage kamen.

»Wollen wir …?« Paul deutete auf den Eingang, über dem ein Schild mit der Aufschrift *Hotel Fonda Miramar* befestigt war.

Die Lobby war winzig. Nur ein paar Stühle waren um einen flachen Holztisch gruppiert. An der gegenüberliegenden Wand stand, unter einem blassen, goldgerahmten Spiegel, ein Sofa mit wuchtigen Seitenlehnen, schweren Kissen und Kordelquasten am gesteppten Plüschsaum.

Paul wandte sich der polierten Holztheke zu, wo ein Mann mittleren Alters überrascht von seiner Zeitung aufblickte.

»Bonjour«, begrüßte Paul ihn.

»Buen Dia.«

»Richtig. So heißt es hier.« Paul lächelte jovial. »Haben Sie geöffnet?«

»Sí.«

»Ich dachte nur …« Paul deutete unbestimmt mit dem Daumen über die Schulter. »Da draußen ist keine Menschenseele.«

»Siesta, Señor.«

»Aha.«

Gala beobachtete, wie der Mann gemächlich die Zeitungsseiten übereinanderlegte, sie faltete und weglegte. Er trug ein weites weißes Hemd mit ausgestellten Ärmeln. Das zurückgekämmte Haar glänzte pomadig.

»Sie machen keine Siesta?«

Der Mann blickte Paul an und zuckte mit den Schultern. »Wir sind ein Hotel«, stellte er fest, ohne die Frage zu beantworten. »Sie sind Gäste?«

»Soeben angereist.« Paul stemmte sich mit beiden Armen auf die Theke. Seine Haltung nahm etwas Gebieterisches an. »Paul Éluard, ich habe bei Ihnen eine Suite reserviert. Für drei Personen.«

Der Mann senkte den Blick auf ein dickes Buch, das aufgeschlagen vor ihm lag. Kurz darauf tippte er mit dem Zeigefinger auf einen Eintrag. »Sí, Señor Éluard.«

Er hob den Kopf. »Aber hier, im Miramar, gibt es keine Suiten. Nur Zimmer. Das habe ich Ihnen mitgeteilt.«

»Haben Sie?«

Paul wechselte einen schnellen Blick mit Gala. Ein Schatten huschte über sein Gesicht. Der Hotelier schien das zu bemerken.

»Selbstverständlich haben wir für Sie unser schönstes Zimmer reserviert«, beeilte er sich zu versichern. »Mit Blick aufs Meer und den Strand.« Er zögerte kurz. »Ihr Kind wird sogar ein eigenes Zimmer bewohnen. Aber keine Sorge, es befindet sich gleich nebenan.«

Er verstummte, sein Blick wanderte suchend zwischen ihnen hin und her und dann zum Eingang.

Gala verstand. »Unsere Tochter reist später an.«

Der Mann gab sich mit der Antwort zufrieden. Er machte einen Vermerk, dann drehte er sich um, zog einen Schlüssel vom Haken und legte ihn vor sich auf den Tresen.

»Was kann ich noch für Sie tun?«

»Gegen eine Erfrischung wäre nichts einzuwenden«, erklärte Paul.

»Gern. Was möchten Sie?«

»Champagner. Eisgekühlt.«

»Ausgezeichnete Wahl.« Der Mann klingelte und verschwand hinter einer Tür.

Paul zog eine zerknautschte Schachtel Gauloises aus der Hosentasche. »Du magst doch Champagner, Schatz?«, fragte er, steckte sich eine Zigarette zwischen die Lippen und riss ein Streichholz an.

Gala nickte nur unbestimmt.

Mit einer lässigen Geste führte er die Flamme an den Tabak und setzte ihn knisternd in Brand.

Der Hotelier kam mit einem Sektkübel zurück, öffnete die Flasche und füllte zwei schlanke Kristallgläser. Das bernsteinfarbene Getränk perlte prickelnd.

Paul reichte Gala eines der Gläser und stieß mit ihr an.

Dann wandte er sich wieder dem Hotelier zu.

»Scheint ein nettes Örtchen zu sein.«

»Ja, finden wir auch. Was führt Sie hierher?«

»Die Sommerfrische. Paris ist im August kaum auszuhalten.«

Gala hörte nicht länger zu. Sie blickte zur Tür hinaus, in die flimmernde Hitze, wo unerwartet zwei Frauen in der Ferne am Strand auftauchten. Ihre Schatten fielen auf den roten Sand.

Eine Jüngere und eine Ältere. Sie unterhielten sich.

Die weiten Röcke ihrer derben Kleider falteten sich bei jedem Schritt wie Fächer auseinander, in denen sich das Sonnenlicht fing, und mit hoch erhobenen Händen stützte jede von ihnen eine dunkelgrüne Amphore, die sie, gebettet auf ein kleines Polster, auf dem Kopf trugen.

Als sie aus ihrem Blickfeld verschwunden waren, blieb Gala noch eine Weile stehen, als wartete sie darauf, dass die beiden Frauen noch einmal zurückkehrten. Doch der Ausschnitt im Türrahmen bot ihr nun nur noch den ewig gleichen Blick auf den Geröllstrand, den Bug eines Fischerbootes, die Felsen im Hintergrund und darüber einen blassblauen Himmel.

Plötzlich überfiel sie ein Gefühl von Ungeduld.

Noch immer schwatzte Paul mit dem Hotelier und schien sichtlich Gefallen daran zu finden. Der Zigarettenqualm machte ihr indessen das Atmen schwer.

Sie stürzte den Rest des Champagners hinunter und kämpfte gegen den Drang an, sofort zum Auto zu laufen, sich hinter das Lenkrad zu setzen und ohne eine Erklärung abzufahren.

Sie wollte nicht hier sein.

Das war nicht der Ort, an dem sie ihre Ferien verbringen wollte.

Warum konnte Paul das nicht verstehen?

Die Antwort, die sie sich darauf gab, war so überraschend wie einfach: weil es ihn nicht interessierte.

Gala stellte das Glas auf den Tresen zurück.

»Paul!« Sie berührte ihn am Arm und wartete unruhig, bis die beiden Männer das Gespräch unterbrachen und Paul sie endlich ansah. »Ich würde jetzt gern das Zimmer sehen.«

Der Hotelier nickte ihr aufmerksam zu, griff nach dem Glas und rief über die Schulter einen Namen in das Halbdunkel hinter der Rezeption. Wenig später erschien ein

Junge von etwa dreizehn Jahren, unverkennbar der Sohn des Mannes. Er begrüßte sie mit einem höflichen Kopfnicken. Anschließend führte er sie zwei Steintreppen, die von einem eisernen Geländer gesäumt waren, hinauf. Sie durchquerten einen langen schattigen Flur, vorbei an drei geschlossenen Türen. Am Ende blieb der Junge vor einer lindgrünen Zimmertür stehen, nahm den Schlüssel und öffnete sie mit Schwung. Er zögerte kurz, als müsste er sich vergewissern, dass sich in der Stille, die ihn erwartete, keine Gefahr verbarg, bevor er mit schnellen Schritten den Raum betrat, die Verriegelung der Balkontüren löste und die Fensterläden aufstieß. Augenblicklich überzog helles Sonnenlicht alle Gegenstände mit einer goldenen Patina, und es hatte den Anschein, als hätte sich das Zimmer von einem Moment auf den anderen komplett verändert.

Das Doppelbett mit dem weißen Leinenbezug und den roten Wolldecken am Fußende beanspruchte den meisten Platz im Zimmer, dicht gefolgt von einem dunkel gebeizten Barockschrank an der gegenüberliegenden Wand.

Zwischen den beiden bodentiefen Glastüren, die auf den Balkon hinausführten, standen zwei blau gemusterte Sessel und ein halbhoher Beistelltisch mit einem vierarmigen Kerzenleuchter darauf. Bunte gewebte Matten schmückten den Steinboden.

Der junge Mann räusperte sich und deutete auf die Ecke rechts von ihnen, wo die Wände mit mehreren Reihen flaschengrüner Kacheln beklebt und zwei Schüsseln in einer Marmorplatte auf dem Waschschrank eingelassen waren.

»Da die Zimmer über kein fließendes Wasser verfügen, wird der Wasserkrug von uns mehrmals am Tag neu befüllt«, erklärte er mit gewichtiger Miene.

»Und was ist, wenn ich ein Bad nehmen möchte?«, fragte Gala gereizt. Ihr waren die Spritzer, Kleckse und Wasserflecken auf den Kacheln nicht entgangen, ebenso wenig wie die Feuchtigkeit am Boden, die von einer hartnäckigen, immer wieder neu entstehenden Wasserlache stammen musste.

Der Sohn des Hoteliers kam pflichtbewusst einige Schritte auf sie zu. »Das ist jederzeit möglich, Señora. In unserem Hotel gibt es ein separates Badezimmer für die Gäste. Sie müssen sich nur vorher an der Rezeption melden, damit wir es für Sie reservieren und rechtzeitig den Badeofen anheizen können.«

Er verstummte und vermied es, ihrem Blick zu begegnen.

Noch bevor Gala etwas erwidern konnte, kam Paul ihr zuvor. Er nestelte einen Geldschein aus der Hosentasche und gab ihn dem Jungen. »Wenn Sie sich bitte um unser Gepäck kümmern könnten«, sagte er und dirigierte ihn sanft aus dem Zimmer.

»Zu Ihren Diensten, Señor.«

Nachdem Paul die Tür hinter ihm geschlossen hatte, blieb er unschlüssig im Raum stehen.

Wortlos warf Gala ihre Tasche aufs Bett, packte einen der Sessel, der vor dem Balkon stand, bei der Lehne und schob ihn geräuschvoll neben das Bett.

»Was machst du da?«

Sie hob kurz den Kopf. »Du willst schreiben, und in der Mauernische neben der Tür ist es zu dunkel dafür.«

Paul nickte. Noch immer wusste sie viel besser als er, was gut für ihn war. Kurz entschlossen stellte er den Kerzenständer auf den Boden, griff nach dem Beistelltisch, hob ihn auf die Sitzfläche des zweiten Sessels und schob beides zur Seite.

Danach trugen sie gemeinsam den massiven Schreibtisch vor das Fenster.

Es klopfte, und Paul ging zur Tür, um von Vater und Sohn das Gepäck in Empfang zu nehmen.

Indessen hatte sich Gala auf den Stuhl vor dem Schreibtisch gesetzt und betrachtete die Arbeitsplatte. Die Politur glänzte matt. Der Tisch wirkte unbenutzt, fast neu, und als sie sich vorbeugte, um nacheinander die drei Schubladen zu öffnen, glaubte sie, den unverkennbaren Geruch von frisch verleimtem Holz wahrzunehmen.

In den Fächern fand sie nur einige Bögen Briefpapier mit dem Namen des Hotels, eine Bibel und einen länglichen Karton mit Kerzen. Sie leerte die beiden oberen Laden – sie würden einzig Pauls Gedichtentwürfen vorbehalten bleiben – und deponierte alles in der unteren. Dann richtete sie sich wieder auf und blickte zu Paul.

Er stand etwas verloren neben einem Haufen Gepäck, der sich mitten im Zimmer auftürmte. Darunter ein Reisekoffer mit genieteten Ecken, zwei große Reisetaschen sowie Kartons und Schachteln, von denen Gala wusste, dass sie neben Hüten und modischen Accessoires auch seine Schreibmaschine und Papier enthielten.

Das alles zu verstauen, würde einige Zeit in Anspruch nehmen, und er machte sich schon daran, den großen Koffer zu öffnen.

Galas ganze Aufmerksamkeit hingegen galt vorerst allein Pauls Wirkungsbereich während des Aufenthaltes. Sie trat an das Gepäck heran, überflog die Aufschriften der Schachteln, zog eine heraus, trug sie zum Tisch und öffnete sie. Vorsichtig hob sie die Schreibmaschine heraus und platzierte sie mitten auf dem Tisch. Zwischen ihr und dem Stapel weißen Papiers ließ sie einen Zwischenraum für Pauls Notizbuch, das er stets bei sich trug und dem er seine spontanen Eingebungen anvertraute.

Sie erhob sich und dachte zum ersten Mal daran, dass er es vielleicht nicht schaffen könnte, sich von den Fesseln seiner Sprachlosigkeit zu befreien. Sie befürchtete, seine Kraft und die Neugier, das Schicksal noch einmal herauszufordern, könnten dafür nicht mehr reichen.

Gala rückte den Stuhl zurecht und gestand sich ein, dass sie diesen Gedanken ebenso wenig ertrug wie jenen, dass ihr Opfer, sich in den Dienst seiner Dichtung zu stellen, umsonst gewesen sein könnte.

KAPITEL 2

Morgenlicht drang durch die Ritzen der Fensterläden.

Gala stand vor dem Spiegel und setzte sich den schwarzen Hut mit dem weißen Band auf. Paul öffnete verschlafen die Augen und gähnte.

»Du bist schon auf?«, fragte er überrascht.

»Guten Morgen«, antwortete sie. »Ich wollte dich nicht wecken, du hast noch so fest geschlafen.«

»Es ist gestern spät geworden. Ich war unten in der Bar und habe dann noch lange gelesen.«

Sie ließ die Hände sinken. Ihre Blicke trafen sich im Spiegel. »Dann war es ein gutes Buch?«

»Ja. Na ja, vielleicht.«

»Hat es dich inspiriert?«

Er sah sie an und lächelte breit. »Ich habe meine Inspiration.«

Gala drehte sich zu ihm um und hob die Augenbrauen. »Und warum sind wir dann hier?«

Paul stöhnte auf. »Bitte fang keinen Streit an, Gala. Nicht vor dem Frühstück.«

Sie nahm ihre Handtasche. Der Seidenstoff ihres weißen Kleides knisterte leise, als wäre es mit Elektrizität aufgeladen.

»Ich mache einen Spaziergang, sehe mir den Ort an. Möglicherweise kaufe ich auch gleich etwas ein. Wenn du willst, bin ich zum Mittagessen wieder da.«

Paul fuhr sich mit einer Hand über den Bartschatten am Kinn.

»Lass dir Zeit. Ich hole mir einen Kaffee und setze mich an den Schreibtisch. Ich komme zurecht.«

»Es würde mich freuen, was Neues von dir zu lesen.«

Paul sprang aus dem Bett und kam auf sie zu.

»Ich weiß, Chérie. Ich kann schreiben.« Er umarmte sie. »Ich bin ein guter Dichter.«

»Das bist du, Paul. Ich liebe deine Texte, wie du weißt.«

Er berührte ihr Haar im Nacken. Seine Hand war groß und wirkte unsicher. Sie ließ ihn noch einen Moment gewähren, dann löste sie sich sanft von ihm.

»Ich gehe jetzt, und du versuchst heute mal, irgendetwas zu schreiben.«

Paul nickte zustimmend. Unwillkürlich bewunderte er die furchtlose Haltung seiner Frau, ihre unerschütterliche Sicherheit, die strenge Eleganz ihrer Erscheinung. Sie brachte es fertig, selbst nach all den Jahren die Dinge unbestechlich beim Namen zu nennen. Er ergriff ihre Hand, und seine Miene drückte Anerkennung und Mitgefühl zugleich aus. Immer fand sie die richtigen Worte, dachte er, egal, ob sie ihn wegen seiner Affären und des schlechten Benehmens wegen tadelte oder ihm zur literarischen Meisterschaft verhalf.

»Du bist eine gute Frau«, stellte er unumwunden fest.

Gala atmete scharf aus.

»Großer Gott, so langweilig bin ich also schon?« Sie zog ihre Hand zurück, öffnete die Tür und trat in den Korridor hinaus. Dort drehte sie sich noch einmal um. »Ich kann nur hoffen, dass deine Verse gefühlvoller sind.«

Obwohl es zeitig am Vormittag war, stand die Sonne bereits hoch am Horizont. Hitze flimmerte über dem Sand und ließ die Konturen der Bucht verschwimmen.

Gala überquerte die Plaza vor der Giebelseite des Hotels und folgte dem Verlauf der Bucht. Sie wollte in die Altstadt.

Raoul, der Sohn des Hoteliers, hatte sie in der Lobby begrüßt und ihr einen Stadtplan von Cadaqués mitgegeben, wo er vorsorglich den Standort des Hotels und den eines Lebensmittelladens, nach dem sie ihn fragte, eingezeichnet hatte. Er hatte ihr geraten, am Beginn der Calle del Call nach einem Geschäft mit einer roten Fassade Ausschau zu halten. Über dem Laden sollte sich ein Schild mit der Aufschrift *COLMADO* befinden, und davor reihten sich unübersehbar Kisten mit Obst und Gemüse.

»Er ist nicht zu verfehlen«, hatte er zuversichtlich hinzugefügt.

Zu ihrer Überraschung konnte er ihr auch eine Pâtisserie nennen. Sie mochte Torten, und tatsächlich gab es eine Konditorei nur einige Meter vom Hotel entfernt, links die Straße den Hügel hinauf. Sie beschloss, ihr am Nachmittag einen Besuch abzustatten.

Gala blieb stehen und beschattete die Augen mit der Hand. Der Weg ins Ortszentrum war brüchig und unbefestigt, und nachdem sie in ihren schicken Schuhen schon zweimal fast umgeknickt war, mündete er auf halber Höhe einer Häuserzeile in einen Durchgang. Seitlich, im Schatten der Felsen, erblickte sie eine Gruppe Männer, die, ihre Hände tief in den Taschen vergraben, rauchend in der Nähe standen und sie mit einer gewissen Zurückhaltung betrachteten.

Vor dem Torbogen zog sie noch einmal den Ortsplan zu Rate.

Wieder stellte sie fest, dass die Bucht von Cadaqués von oben wie eine auf der Seite liegende Drei aussah. Der erste Bogen, der im Radius deutlich breiter war, was ihm wohl den Namen Platja Gran eingetragen hatte und an dem sich auch ihr Hotel befand, wandelte sich oberhalb des Ortes in eine schroffe Landzunge, die sich weit ins Meer erstreckte.

Gala schaute geradeaus. Genau vor ihr erhob sich eine mächtige Felsnase, die eine natürliche Grenze zwischen den beiden Lagunen bildete und sich etliche Meter in die See schob, dicht bedeckt von eng stehenden Häusern.

Gala senkte ihren Blick wieder auf den Stadtplan. Hinter dem Durchgang erwartete sie ein Gewirr von schmalen Gassen, die kreuz und quer die Altstadt durchzogen. Würde sie diese durchqueren, fände sie auf der anderen Seite des Felsens eine kleinere Bucht vor, eingezwängt von Häusern, die allesamt dicht am Ufer standen und sich am Port d'Alguer im Wasser spiegelten. Hier landeten hauptsächlich die Fischer an, löschten ihren Fang und zogen die Boote auf den Strand, wo sie dicht gedrängt lagen.

Auch dort lief das Gelände in eine Landzunge aus, die diese Seite der Bucht wie eine schützende Mole vom restlichen Meer abschirmte. Doch im Gegensatz zu der felsigen Landmasse gegenüber führte hier ein sandiger Pfad von Port d'Alguer bis ans Ende der lang gestreckten Erhebung, wo einige wenige, verstreut stehende Villen den dritten und einsamsten Strandabschnitt Cadaqués säumten: die Platja des Llané Gran.

Wenn sie ehrlich war, hatte sie kein gesteigertes Interesse an dem, was jenseits des Felsens lag. Was sollte sie auch am anderen Ende dieser Bucht? Sie würde dort nur das vorfinden, was sie von dieser Seite bereits kannte.

Wieder beschlich sie das Gefühl, dass es ein fataler Fehler gewesen war hierherzukommen.

Sie zögerte, dann glitt ihr Blick zurück auf die Markierung in die Mitte des Papiers. Soweit sie das erkennen konnte, lag die Calle del Call nur zwei Querstraßen von hier entfernt.

Sie faltete den Plan zusammen, stopfte ihn in die Handtasche und tauchte in das Halbdunkel des Torbogens ein. Ich bin Pariserin, dachte sie genervt. Da werde ich mich doch wohl in einem Kaff wie diesem zurechtfinden.

In der Altstadt erwartete sie eine unliebsame Überraschung. War der teils unbefestigte Weg bis hierher schon eine Herausforderung gewesen, so traf sie jetzt auf enge, steil ansteigende Gassen, die mit grob behauenen unregelmäßigen Steinplatten belegt waren. Sie schimmerten gräulich, und zwischen ihnen klafften unangenehm breite Furchen auf.

Gala schaute hinab auf ihre Füße. Ihre schwarzweißen Pumps wirkten adrett, kündeten von Geschmack und Wohlstand, doch sie musste zugeben, sie waren hier völlig fehl am Platz.

Sie presste die Lippen aufeinander und setzte mit Bedacht einen Fuß vor den anderen.

Wenigstens, was den Lebensmittelladen betraf, behielt der Sohn des Hoteliers mit seiner Beschreibung recht. Das Geschäft war wirklich leicht zu finden. Es lag an einer Weggabelung, und sein roter Anstrich hob sich deutlich von der weißen Fassade des restlichen Hauses ab.

Die Ladentür, die von Stiegen mit Kohlköpfen, saftigen Tomaten und grün-weißen Lauchstangen eingerahmt wurde, stand weit offen.

Gala betrat den Laden. Gleich rechts hinter der Tür saßen eine junge Frau und ihre halbwüchsige Tochter an einem kleinen Tischchen, auf dem eine silberne Registrierkasse stand, und unterhielten sich leise.

»Buen Dia!«, wurde sie begrüßt, und das Mädchen reichte ihr einen Bastbeutel, in dem sie ihre Einkäufe verstauen konnte.

Gala bedankte sich und schritt langsam den schmalen Gang zwischen den Regalen entlang, die bis an die Decke reichten. Ein eigentümlicher Geruch umfing sie, würzig, herb, mit einer Spur Süße, nicht unangenehm, aber ihr völlig unbekannt. Dazu lag ein Schweigen auf den Dingen, das nur hin und wieder von einem leisen Wispern neben der Tür unterbrochen wurde.

Gala sah sich um. In Paris ging sie selten Lebensmittel einkaufen, umso erstaunter war sie, als sie feststellte, wie vielfältig hier das Angebot war. Sie hatte die Schalen mit in Öl und Gewürzen eingelegten Oliven, süßen Datteln und Feigen nicht erwartet. Ebenso wenig die gelblichen Käsestücke, die in kleinen Fässern in einer milchigen Lauge schwammen. Über ihrem Kopf hingen Fleischteile in unterschiedlicher Größe, und gleich nebenan lagen geräucherte Schinken und Würste bereit für den Anschnitt. Um sie herum stapelten sich in den Regalen unzählige Konserven mit jedwedem Inhalt, und bauchige Gläser funkelten verheißungsvoll, angefüllt mit Eiern, Zwiebeln oder in buntem Papier eingewickelten Bonbons. In einer Ecke lagerte stark duftende Seife in Eimern, und im Fach darüber stapelten sich Hosen und Jacken aus derbem Stoff. Gala erkannte Eisennägel, Werkzeug, Nähgarn und Nadeln.

Am Ende kaufte sie eine Handvoll Oliven, ein Stückchen Käse, einen Laib Brot und zwei Flaschen Vino Tinto, der im Regal neben der Kasse stand.

Als sie mit ihrem Einkauf wieder vor dem Laden stand, spürte sie trotz der Hitze, die sich zwischen den Häusern staute, so etwas wie Behaglichkeit. Paul erwartete sie erst zum Mittag, und kurzerhand beschloss sie, dem Verlauf des Sträßchens noch ein Stück zu folgen. Vielleicht bewahrt es ein Geheimnis, dachte Gala übermütig, das ich ihm an diesem Vormittag noch entlocken kann.

Ein Geheimnis im eigentlichen Sinne fand sie nicht. Nur eine einsame Gasse und weitere mit Kalk verputzte Häuser, schmiedeeiserne Balkons und einen kleinen Jungen, der unter einem Baldachin aus rosafarbenen Bougainvillea-Blüten hockte, welcher sich von Wand zu Wand über die schmale Gasse spannte. Der Junge spielte hingebungsvoll mit seinen bunten Glasmurmeln.

Es geschah unversehens. Gala wollte sich gerade abwenden, den Rückweg antreten, als über ihr ein Fenster aufklappte und kurz darauf ein Schwall schmutzigen Spülwassers vom Himmel herabprasselte und sie nur um Haaresbreite verpasste.

Sie erschrak und machte einen Satz zur Seite, wobei sich der Hacken ihres rechten Schuhs zwischen zwei Steinplatten verkeilte und mit einem lauten Knacken abbrach.

Gala geriet ins Straucheln und drohte hinzufallen, doch sie fing sich und die Basttasche mit den Einkäufen auf, bevor die Flaschen auf dem Boden zerschellen konnten. Nur mit Mühe gelang es ihr, bei dem starken Gefälle und dem unebenen Untergrund einen sicheren Stand zu bekommen.

Taumelnd kam sie zur Ruhe und lehnte sich nach Atem ringend gegen eine Hauswand.

Der kleine Junge sah sie erschrocken aus großen Augen an.

»Nichts passiert!«, murmelte sie in seine Richtung und versuchte ein Lächeln.

Gleichzeitig verfluchte sie im Stillen diese Gasse mit ihren mittelalterlichen Steinplatten und den Absatz, der zwischen ihnen eingeklemmt war.

Sie hockte sich hin und versuchte, ihn herauszuziehen. Dabei bemerkte sie, dass der seidige Stoff, der einst den Absatz geziert hatte, an vielen Stellen beschädigt und eingerissen war. Sie begann daran zu ziehen, aber er bewegte sich nicht. Dann versuchte sie, mit dem Zeigefinger von der Seite darunter zu gelangen, um ihn herauszudrücken. Aber auch das gelang ihr nicht, stattdessen brach sie sich zwei Fingernägel ab, doch inzwischen war ihr das egal. Sie wollte den Absatz zurück, um jeden Preis. Es kam ihr einfach nicht in den Sinn, ihn in diesem Spalt stecken zu lassen.

Wieder drückte sie mit den Fingern dagegen, und endlich waren ihre Bemühungen erfolgreich. Der Schuhabsatz bewegte sich einige Millimeter, und da er sich nach unten stetig verjüngte, war es ihr am Ende dann doch ein Leichtes, ihn zu bergen.

Erleichtert schloss sich ihre Hand um das Ding.

Unvermittelt fing sie an zu weinen. Sie hatte nicht damit gerechnet. Es begann ganz leise, war zunächst nur ein feuchtes Brennen, doch als sie das treuherzige Gesicht des kleinen Jungen sah, der jetzt neben ihr stand und sie mit einer seiner Murmeln trösten wollte, ging es in einen Weinkrampf über, nicht laut, aber tief von innen.

Sie ließ den Tränen freien Lauf. Sie war traurig und erleichtert zugleich, so als wäre sie einer bösen Laune des Schicksals entronnen. Sie erhob sich und streichelte dem Jungen übers Haar.

Wenig später betrat sie zum zweiten Mal an diesem Tag den Laden am Anfang der Calle del Call.

Stumm zeigte sie Mutter und Tochter den abgebrochenen Absatz.

»Oh Dios mío!« Die beiden beugten sich über den Tisch.

»Ella necesita un zapatero!«, sagte die Frau.

Das Mädchen nickte eifrig. Dann drehte die Frau ihren Kopf und sah sie an.

»Zapatero!«, wiederholte sie eindringlich, und Gala nahm an, dass sie einen Schuster meinte.

»Merci«, antwortete sie.

»Buena Suerte.«

Das Mädchen tippte Gala am Arm an und bedeutete ihr, ihr zu folgen.

Der Schuster, ein älterer Mann mit Baskenmütze und gutmütigen Augen, der zu ihrer Freude ein paar Worte Französisch sprach, hatte die Schuhe zur Reparatur entgegengenommen. Da sie aber nicht barfuß ins Hotel zurückgehen konnte, hatte er ihr ein Paar Espadrilles verkauft.

Schwarz, mit Überfuß- und Fersenriemen und einer geflochtenen Sohle aus Jute. Sie passten zwar nicht zu ihrer restlichen Kleidung, aber dafür waren sie für die hiesigen Straßen ideal und darüber hinaus sehr bequem.

Als sie im Hotel den Korridor hinunter ging, bemerkte sie am Ende Paul, der sich an der Zimmertür angeregt mit dem Hotelier unterhielt. Als sie auf Hörweite heran war, vernahm sie, wie ihr Ehemann sagte: »Dann machen wir es wie vereinbart.«

»Sí!«, erwiderte der Besitzer, drehte sich um und nickte ihr im Davongehen freundlich zu. »Señora Éluard.«

Gala ging an ihrem Mann vorbei ins Zimmer und begann den Einkauf auszupacken. Sie stellte Wein, Brot, Käse und die Oliven auf dem Beistelltischchen ab. Den Bastbeutel hängte sie in den Schrank.

Als sie die Tür wieder schloss, glitt ihr Blick über den Schreibtisch. Alles war unverändert.

Die Schreibmaschine unberührt, der Platz für das Notizbuch leer. Nirgends, nicht einmal im Papierkorb, fand sie ein zerknülltes Blatt, beschrieben mit einem Wortfetzen oder mit einer Idee, die er als unausgegoren erachtet und deshalb weggeworfen hatte.

Sie trat näher heran und hörte, wie in ihrem Rücken die Tür ins Schloss fiel.

»Was macht ihr wie vereinbart?«, fragte Gala, und in ihrer Stimme schwang ein gereizter Unterton mit.

»Überraschung«, entgegnete Paul und breitete die Arme aus.

»Du weißt, ich mag keine Überraschungen.«

»Wir werden nicht allein bleiben.«

»Nicht allein?«, fragte sie argwöhnisch. »Ach, du meinst Cécile.« Sie entspannte sich. »Sie kommt doch erst nächste Woche. Du weißt doch, deine Mutter wird sie zu uns bringen. Bis dahin bleibt dir noch Zeit …«

»Ich meine nicht unsere Tochter«, sagte er langsam. »Camille Goemans hat mich vorhin angerufen. Er und die Magrittes wollen für ein paar Tage kommen.«

»Ein paar Tage? Paul, du hast ihnen hoffentlich gesagt, dass das nicht infrage kommt.«

Paul lehnte sich zurück. »Gala, du übertreibst. Natürlich habe ich gesagt, dass wir uns auf ihren Besuch freuen. Schließlich war es Camille, der mir den Tipp mit Cadaqués gab. Du hast doch nichts dagegen, unsere Freunde zu treffen?«

»Oh, doch Paul. Ich habe sehr wohl etwas dagegen. Schließlich sind wir nur aus einem ganz bestimmten Grund hier, und ich wage zu behaupten, dass du während ihrer Anwesenheit nicht eine einzige Zeile schreiben wirst. Ihr werdet wie immer herumsitzen, Pastis trinken und stundenlang über die ach so bedeutenden Inhalte eurer Surrealistengruppe diskutieren.«

Gala schüttelte den Kopf und lehnte sich an den Schreibtisch. »Es war gedankenlos von dir, sie einzuladen.« Dann sah sie ihn an und versuchte, ihm seine Motive vom Gesicht abzulesen. »Oder hast du es absichtlich getan, um mich zu kränken? Du hast doch nicht ernsthaft angenommen, ich hätte nichts dagegen?« Sie stieß verärgert den Atem aus. »Wie dem auch sei. Ich verstehe dich nicht, ich verstehe das alles nicht.«

Paul schwieg eine Weile, dann zuckte er achtlos mit den Schultern. Er hatte nicht die Absicht gehabt, sie zu kränken. Möglicherweise war es die Erleichterung gewesen, die er bei dem Anruf empfunden hatte, kombiniert mit einem Anflug unbewusster Revolte, dass er gegen ihren fürsorglichen Druck, der stumm und erbarmungslos auf ihm lastete, aufbegehrte, wohl wissend, dass nur er den Zustand ändern konnte. Es war ein hoffnungsloser Zwiespalt, in dem er steckte und weswegen er sich ihr gegenüber schuldig fühlte, aber auch nicht nachgeben wollte.

»Außerdem kommen Camille und René nicht nur unseretwegen hierher. Sie hatten es ohnehin vor. Ich weiß, dass sie einen jungen Maler besuchen wollen, der im Herbst bei Goemans in der Galerie ausstellen wird.«

»Das ist mir egal, Paul. Wir hatten eine Abmachung, nämlich die, dass wir unter uns bleiben und du zu schreiben versuchst. Du hast sie gebrochen. Du bist egoistisch und rücksichtslos.«

Paul schwieg und erwiderte ihren Blick mit harten Augen.

Aber Gala ließ sich nicht einschüchtern.

»Also gut. Wie du willst. Wenn die Goemans und Magrittes hier auftauchen, reise ich ab.«

»Mein Gott, Gala, jetzt ist es aber gut!«

»Nichts ist gut! Du jammerst mir doch ständig mit deinen Befindlichkeiten die Ohren voll, schleppst mich unter dem Vorwand, hier schreiben zu wollen, in diese Einöde. Und ich mache das mit, weil ich annahm, dass es dir damit besser geht. Aber weit gefehlt. Kaum drehe ich dir den Rücken zu und lasse dich allein, damit du arbeiten kannst, lädst du diese Leute ein.« Sie stützte die Arme hinter sich auf die Tischplatte und spürte das harte Holz, als sie die Kante mit ihren Fingern fest umklammerte. »Wenn du etwas tust, von dem du genau weißt, dass es mich verletzt, dann ist die Sache doch ganz eindeutig, oder etwa nicht? Dann heißt es doch, dass du dir nichts mehr aus mir machst. Dass ich dir gleichgültig bin.«

Gala stieß sich vom Schreibtisch ab.

»Du brauchst mich nicht so spöttisch anzuschauen, Paul,

ich meine es ernst. Ich bin diese ewigen Grabenkämpfe leid, wo jeder von uns versucht, die Oberhand zu erlangen, um seine Interessen durchzusetzen.« Sie stemmte die Hände in die Seiten. »Zugegeben, wir haben unsere Fehler, sind beide eitel und haben den Drang zu dominieren. Aber ich für meinen Teil habe das Interesse an diesem Spiel verloren. Ich nehme an, du bist erleichtert, mich endlich loszuwerden.«

Paul lachte auf. »Was für ein Auftritt, mein Schätzchen. Wie immer das ganz große Theater. Aber es wird Zeit, dass du dich endlich daran gewöhnst, dass ich nicht mehr dein kleiner Junge bin, den du herumschubsen kannst.«

Sie spürte, wie sich ihr vor Wut der Bauch verkrampfte.

»Du kannst dir deine Überheblichkeit sparen, oder besser: Heb sie dir für deine Surrealisten-Freunde auf. Vielleicht kannst du ja bei denen damit Eindruck schinden. Ich für meinen Teil verstehe sowieso nicht, warum wir Paris überhaupt verlassen haben. Alles, was du tust, vermittelt den Eindruck, als wäre ein Vakuum um uns entstanden, als würden wir in einer Blase leben, so als ob du nur noch Gast in deinem eigenen Leben wärst.«

Paul schluckte. »Bist du endlich fertig?«, fragte er heiser.

»Ja, denn mehr gibt es dazu nicht zu sagen.«

Sie drehte sich wortlos um, ging von ihm weg und trat durch die geöffnete Tür auf den Balkon hinaus.

KAPITEL 3

Salvador fuhr mit dem Fahrrad den Trampelpfad an der Küste entlang, um keine der bizarren Steinskulpturen zu verpassen, welche die Tramuntana-Winde in ihrer Heftigkeit aus Quarzit und Schiefer modelliert hatten. Hinter Port Lligat, einer kleinen Ansammlung von Fischerhütten, war er nach Osten abgebogen, um auf das Cap de Creus zuzusteuern.

Er beugte sich mit dem Oberkörper weit über den Lenker, den er fest umklammert hielt, weil das Rad unentwegt über abgewetzte Steinbuckel und rotbraune Grasbüschel holperte. Obwohl ihm der Schweiß in die Augen rann, trat er kräftig in die Pedale.

Er musste zu diesem Ort.

Tudela.

Dem Lieblingsplatz der Mutter.

Nicht in den nächsten Tagen. Nicht morgen. Heute.

Darum hatte er sich gleich nach dem Frühstück aufs Rad gesetzt und war losgefahren.

Der Schweiß brannte jetzt in seinen Augen, und er wischte sich mit dem Hemdsärmel über Stirn und Augenbrauen. Dabei schielte er nach unten und sah sein frisch gebügeltes weißes Hosenbein. Der Saum war immer noch aufgekrempelt, damit er nicht in die Kette geriet. Nichts war verrutscht, und so konzentrierte er sich wieder auf den Weg, der jetzt zwischen Olivenbäumen hindurch und an verfallenen Steinhäusern vorbeiführte. Manchmal säumten dicke fleischige Kakteen den Pfad, und Kugeldisteln, deren runde, blaugraue Blüten wie Bälle einen halben Meter über der rotbraunen Erde schwebten.

Salvador zog es dorthin, auch wenn er dafür fünf Kilometer über Stock und Stein strampeln musste. Denn nur dort, zwischen den Felsen und in den einsamen Sandbuchten, würde er sich ausreichend sammeln können, um für das große Vorhaben, seine erste Einzelausstellung in Paris, Kraft zu tanken.

Er hob den Kopf und sog den Geruch ein. In der warmen Sommerluft schwang der Duft von wildem Thymian und Lavendel mit, und er schmeckte das Salz auf den Lippen.

Die Aufbauten eines Liniendampfers draußen auf dem Meer, der regelmäßig zwischen Marseille und Barcelona verkehrte, ermahnten ihn zu Eile.

Der feste Sandweg führte nun an einem Hochufer entlang, das auf einer Seite zum Meer hin steil abfiel, und besorgt blickte er über seine Schulter, um zu sehen, ob die Ledertasche mit dem Skizzenblock, den Rötelstiften und der Wasserflasche noch fest auf dem Gepäckträger saß.

Beinahe hatte er sein Ziel erreicht.

Die abgelegene Landschaft um ihn herum mutete inzwischen noch urtümlicher an. Die wenigen Bäume und Sträucher waren endgültig gezackten Steinbarrieren,

Klüften und ungewöhnlich gebildeten Felsformationen gewichen.

Das Rad rollte aus, bis der letzte Schwung verebbt war, und Salvador wischte sich die dichten feuchten Haare von einem fast bläulichen Schwarz aus dem braun gebrannten Gesicht. Dann stieg er ab, und bevor er das Rad behutsam auf den Boden legte, zog er die Tasche herunter und hängte sich den breiten Riemen über die Schulter.

Er folgte einer nur für ihn sichtbaren Fährte, die ihn auf verschlungenen Pfaden über das unwirtlich anmutende Cap an geheimnisvolle Plätze führte, welche er seit seiner Kindheit kannte und an denen er auf vertraute Freunde traf.

Er lächelte bei dem Gedanken, denn es erwarteten ihn dort keine Menschen, sondern Tiere. Genau genommen waren es Tierskulpturen aus Stein, entstanden durch die stetige Erosion. Er erkannte das Kamel, den Adler und dort drüben den mächtigen Gorilla. Hier am Cap de Creus waren die Gestalten aus dem Fels getreten, um sich zu offenbaren und die Phantasie anzuregen, als wären sie Abbilder früher Götter einer eigenen Mythologie, als hätten Wind und Regen sie nur von überflüssigem Stein befreien müssen.

Salvador mochte diesen Ort, an dem Jahrtausende Erdgeschichte widerhallten, wo die Enden der Pyrenäen ins Meer fielen und der göttliche Schöpfungsakt nie abgeschlossen werden würde. Was waren seine aktuellen Sorgen angesichts solcher Zeitspannen?

Er kletterte geschickt durch die Felsen, sprang von Stein

zu Stein, landetet jedes Mal sicher, bis er die kleine Bucht erreicht hatte. Der schmale Sandstreifen war mit feucht glänzenden Muscheln übersät.

Er schlüpfte aus den Sandalen und legte die Kleidung ab, dann seine Halskette aus falschen Perlen und das Armband aus Metallbrokat.

Nackt watete er ins Meer. Das Wasser, weich wie die Seide seiner Hemden, schmiegte sich kühl an die Haut. Er wusste, dass die See in der Lagune bei allen Witterungslagen vollkommen ruhig war, und sollte es doch einmal zu einem Unwetter kommen, bot die kleine Grotte in der Mitte des Strandes ausreichend Schutz.

Salvador atmete tief ein und tauchte unter. Breit fächerte die Sonne durch die oberen Schichten hellen Blaus, als wollte sie den sandigen Meeresgrund zum Erglühen bringen.

Er tat einige Schwimmstöße, genoss es, in dem ruhigen, beinahe schwerelosen Raum dahinzugleiten, umgeben von einem blassen Flaschengrün, bis die Luft in seinen Lungen zur Neige ging und er gezwungen war aufzutauchen.

Er strebte zurück an die Oberfläche und ließ sich treiben, flach mit dem Rücken auf dem Wasser. Eine angenehme Stille umgab ihn. Er hatte hier manchmal das Gefühl, der einzige Mensch auf Erden zu sein, umgeben von einer Welt, die ihre Schönheit nach einem geheimen Plan hervorbrachte, der eher zufällig war; eine Schönheit, die einfach da war, während sie sich wandelte, eine Welt, die in erster Linie lautlos und unbewohnt daherkam und deren einziges Zeitmaß die Geologie war.

Er blickte hinauf in die Wolken, die zerzupft dort oben hafteten, als hätte jemand Flocken loser Wolle aus einem weißen Schafspelz gekämmt. Einen Moment verlor er sich in den himmlischen Linien, befand, dass sie ausgebreiteten Engelsflügeln glichen, und ruderte dabei behutsam mit den Armen, um nicht abgetrieben zu werden.

Eine kleine Welle schwappte über ihn hinweg und holte ihn in die Gegenwart zurück.

Am Morgen hatte sein Vater ihm mitgeteilt, dass er nach dem Abendessen mit ihm sprechen wolle. Salvador kniff die Augen zusammen. Wahrscheinlich ging es wieder um die Ausstellung. Für den Don gab es seit Wochen kein anderes Thema. Seitdem er den Vertrag mit Goemans für ihn ausgehandelt hatte, war sein alter Herr anscheinend zu der Überzeugung gelangt, dass sein Sohn einen Manager benötigte. Und wer wäre besser dafür geeignet als er selbst, ein erfahrener Notar.

Salvador spürte, wie die Unruhe zurückkehrte, wie sich seine Muskeln im Nacken verspannten, wie er begann, wütend zu werden.

Er hatte es gründlich satt, mit welcher Selbstverständlichkeit sich der Don in seine persönlichen Angelegenheiten einmischte. Immerhin war er Mitte zwanzig.

Er legte die Stirn in Falten.

Aber während andere junge Männer bereits eine eigene Familie ernährten, wohnte er immer noch im Haus des Vaters, wo er ein eigenes Atelier besaß. Für alle seine finanziellen Auslagen kam der Don auf. Er spürte immer mehr, wie ihn das lähmte.

Ich muss eine Entscheidung treffen und den Zustand ändern, dachte er. Aber nicht heute.

Missmutig warf er sich herum und schwamm zum Strand zurück.

Bei der Rückfahrt hatte er völlig vergessen, dass am nächsten Tag der Markt in Cadaqués stattfinden würde, und nun wartete er an der Kreuzung, bis die beiden Eselskarren, voll beladen mit Wassermelonen, an ihm vorüberzogen und er endlich weiterfahren konnte.

»Salvador!«

Er glaubte eine Stimme zu vernehmen, die nach ihm rief, welche jedoch vom Ächzen der Karren sowie dem Schnauben der Tiere übertönt wurde.

»Salvador! Salvador Dalí!«

Da, wieder! Aufmerksam blickte er sich um und entdeckte im aufgewirbelten Staub das vertraute Gesicht El Betis, der nun direkt auf ihn zukam. Der Fischer kümmerte sich um das Boot der Familie und hatte mit ihnen, als sie noch Kinder waren, viele Ausflüge unternommen. Er war es auch, der ihm zum ersten Mal die in Stein erstarrten Figuren am Cap de Creus gezeigt und ihn später, wann immer er wollte, dorthin gerudert hatte.

Der Fischer hustete und war außer Atem, als er neben Salvador anhielt. Wie immer roch er ein wenig nach Fisch und hatte die erkaltete Zigarette in den Mundwinkel geklemmt. »Gut, dass ich dich hier treffe«, schnaufte er und rückte den Bund seiner Hose zurecht. »Sei so gut und richte dem Don von mir aus, dass euer Boot fertig ist. Jede

Ritze neu verfugt und frisch geteert. Er findet es am gewohnten Platz. Na, du weißt ja, wo …«

Salvador nickte abwesend, den Blick auf etwas hinter El Betis Rücken gerichtet. Etwas hatte seine Aufmerksamkeit gefesselt.

Im ersten Stock des Hotels trat eine zierliche Frau auf den Balkon. Gebannt hielt er den Atem an. Sein Blick blieb an ihr haften und folgte jeder ihrer geschmeidigen Bewegungen, bis sie regungslos dastand, die Hände anmutig vor sich auf der Steinbrüstung gefaltet, das Kinn stolz erhoben.

Die Sonne durchwebte ihr gelocktes dunkles Haar mit goldenem Glanz, und Licht umfloss ihren Körper.

Er konnte seinen Blick nicht von ihr abwenden. Unverwandt starrte er sie an.

»Wohin schaust du denn, Junge?«, fragte der Fischer verunsichert und folgte Salvadors Blick. »Ach, die Pariserin«, brummte er und schob die verbeulte Mütze aus der Stirn. »Sind gestern angekommen. Franzosen, ein reiches Ehepaar.«

Er betonte das letzte Wort.

Aber Salvador vernahm die Stimme El Betis nur als entferntes Rauschen. Jedes Nervenende in seinem Körper war auf die unbekannte Frau ausgerichtet.

Und dann!

Wandte sie ihm ihr Gesicht zu, ein kurzer, fester Blick, ehe sie wieder nach vorne sah.

Der Fischer spuckte in den Sand. »Die kannst du dir gleich aus dem Kopf schlagen, Salvador. In der Liga spielst du nicht mit. Die ist gleich mehrere Nummern zu groß für dich.«

Salvador äußerte sich dazu nicht. Unbeirrt hielt er seine Augen auf die Frau gerichtet, auf ihre einsame Erscheinung dort oben auf dem Balkon vor der Giebelseite des Hotels, bis sie erneut und diesmal, zumindest kam es ihm so vor, einen Moment länger auf ihn herabsah.

Doch jetzt trat unvermittelt ein Herr in dunklem Anzug hinter sie auf den Balkon, und Salvador beobachtete, wie er unentwegt auf sie einredete. Dann griff er nach ihrem Arm, um sie ins Zimmer hineinzuziehen. Sie entwand sich ihm, doch er redete weiter auf sie ein. Es entspann sich ein heftiger Wortwechsel, der schließlich damit endete, dass er sie wiederum am Arm packte und brutal hinter sich her ins Zimmer zerrte.

»Dieser Schuft! Ich muss sofort zu ihr und sehen, ob es ihr gut geht«, stieß Salvador impulsiv aus und schickte sich an, sein Fahrrad herumzureißen.

Die Hände des Fischers legten sich schwer auf den Lenker. Das Rad blockierte.

»Und dann, Salvador?«, fragte er. Seine dunklen Augen unter den dichten weißen Brauen fixierten ihn. »Was willst du dann tun? Die beiden fragen, warum sie sich gestritten haben? Dich vielleicht mit dem Kerl schlagen?«

El Beti sah den Ausdruck von jungenhafter Verzweiflung auf Salvadors Gesicht. »Glaub einem alten Mann, der etwas von der Welt gesehen hat. Sie ist keine Frau für dich, keine Katalanin. Sie ist eine Fremde und dazu auch noch verheiratet. Wahrscheinlich ist sie es nicht gewöhnt, den ganzen Tag mit ihrem Mann zu verbringen. Schon gar nicht, wenn sie aus Paris kommen. Bei diesen Leuten, da gibt es schnell Krach.«

El Beti schaute Dalí prüfend an, dann zog er die schwieligen Hände zurück und gab den Lenker frei. »Fahr nach Hause, Salvador. Schon morgen hast du sie vergessen. Und richte deinem Vater die Grüße von mir aus.«

KAPITEL 4

»Ach, Salvador, du bist es«, sagte seine Schwester Ana María erfreut, während sie mit den Fingern ihre halblangen Haare hinters Ohr strich. »Gut, dass du da bist. Das Abendessen steht schon auf dem Tisch. Es gibt Kotelett und Garnelen.«

Salvador wusch sich die Hände, dann trat er ins Esszimmer, wo Ana, sein Vater und Catalina bereits auf ihn warteten. Catalina war die Schwester seiner Mutter und lebte seit jeher mit im Haushalt der Dalís. Als sie noch Kinder waren, wurde sie von ihnen liebevoll Tieta genannt, Tante. Ein Jahr nachdem die Mutter gestorben war, hatte sein Vater Catalina geheiratet.

Salvador begrüßte seine Familie und stellte sich hinter seinen Stuhl rechts von der Stirnseite, wo der Vater seinen angestammten Platz hatte. Die Stiefmutter saß ihm genau gegenüber, Ana María rechts neben ihm.

Der Don sprach mit der ihm eigenen Würde das Tischgebet, dann zogen die Männer die Stühle für die Frauen zurück, bevor sie selbst am Tisch Platz nahmen. Das Küchenmädchen begann, die Speisen vorzulegen.

Salvador faltete die gestärkte Stoffserviette auseinander.

»Und, Junge, wie war dein Tag?«, fragte der Vater und sah ihn prüfend über den Rand des Stoffes an, den er sorgfältig in den Hemdkragen steckte und vor der Brust ausbreitete. »Du bist spät nach Hause gekommen.«

»Ja, bin ich«, antwortete Salvador. »Ich war am Cap de Creus.«

Wie es schien, wollte der Vater mit dem Gespräch nicht bis nach dem Essen warten.

»Am Cap also.«

Kurz wurde der Vater abgelenkt, weil das Küchenmädchen von ihm wissen wollte, ob er einen oder zwei Löffel Kartoffeln auf den Teller haben wollte, dann wandte er sich wieder an seinen Sohn. »Was hast du da gemacht?«

Salvador zeigte dem Mädchen genau die Stelle auf dem Teller, wo er seine Kartoffeln hinhaben wollte. Er hasste es, wenn sich die Bestandteile eines Mahles unkontrolliert vermischten. Dann hob er den Kopf und sah, dass der Vater noch immer auf eine Antwort wartete.

»Ich war dort, um zu skizzieren.«

»Und hast du?«

»Nein.« Salvador lachte auf. »Es war viel zu heiß. Da bin ich lieber geschwommen. Das Meer war wunderbar erfrischend.«

Der Don zerdrückte mit der Gabel die Kartoffeln. »Erfrischend. So, so.« Dann schnitt er sich ein Stück vom Kotelett ab.

»Und wann gedenkst du, an den Bildern für die Ausstellung zu arbeiten? Glaubst du, die malen sich von allein?«

Mit einer harten Bewegung schob er sich das Stück Fleisch in den Mund, die kleinen, eng stehenden Augen halb geschlossen.

Salvador betrachtete seinen Vater, dessen Kiefer unermüdlich mahlte, während sich die massigen Schultern unter dem blauen Hemd hoben und senkten, als wäre Essen für ihn Schwerstarbeit.

»Sie werden rechtzeitig fertig sein«, antwortete er und spießte eine Garnele auf. Er mochte Krustentiere. Nicht nur, weil sie gut schmeckten, sondern weil sie ihren eigenen Schutzpanzer besaßen. Wie oft wünschte er sich das auch für sich selbst.

Der Don indessen gab sich mit der Antwort nicht zufrieden.

»Du weißt, wozu wir uns in dem Vertrag mit der Galerie verpflichtet haben.«

Salvador starrte auf seinen Teller. Er hatte wirklich *wir* gesagt.

Dabei lag es einzig und allein an ihm, Salvador, die Bilder zu malen. Sein Vater war Notar, ein Mann, der Verträge erstellte und Bedingungen aushandelte. Nicht mehr und nicht weniger hatte er zu der Absprache mit der Galerie beigetragen.

Salvador aß weiter und schwieg.

Der Don wusste nicht, wie er das Gespräch mit seinem Sohn weiterführen sollte. Er hatte immer häufiger das Gefühl, den Jungen seit dem Tod seiner Mutter nicht mehr zu erreichen. Ständig ließ Salvador ihn seinen Spott und so etwas wie tief sitzenden Trotz spüren. Hell flammte Zorn in ihm auf, und ohne es eigentlich zu wollen, schlug er mit der Faust auf den Tisch. »Oder muss ich dich daran erinnern, dass jetzt nicht die Zeit ist für Tagträume und Sperenzien jeglicher Art? Wenn du das gewollt hättest, hättest du Zeichenlehrer werden können. Ein Beamter, der jeden Monat sein Geld vom Staat bekommt. Du hättest dann immer noch malen können, zum Vergnügen, ohne Verpflichtungen, und könntest deine freie Zeit mit Schwimmen verbringen.«

Salvador schluckte.

»Was ist? Warum sagst du nichts? Ich habe doch recht!« Der Don schnaufte. »Zeichenlehrer war für den Herrn nicht gut genug. Künstler musste es sein. Und dann von der Kunsthochschule in Madrid geflogen, weil der Herr Sohn großmäulig verkünden musste, dass keiner der Professoren der ehrenwerten Akademie San Fernando kompetent genug sei, ihn zu prüfen.«

»Aber wenn es nun mal so war«, erwiderte Salvador.

Der Don griff nach dem Weinglas und leerte es in einem Zug. Nur das Ticken der Standuhr durchbrach die Stille am Tisch.

Der Vater tupfte sich energisch die Lippen ab. »Du hast bereits eine Vorauszahlung von dreitausend Francs von Goemans erhalten und dich im Gegenzug verpflichtet, alle Bilder, die du im Sommer malen wirst, im Herbst in seiner Galerie auszustellen. Und es sollten schon ein paar sein, denn er erhofft sich einen guten Verkauf. Kein Galerist verschenkt dreitausend Francs, wenn er nicht die Erwartung hegt, sie wieder hereinzubekommen. Deshalb darf er drei Bilder seiner Wahl behalten und bekommt bei den anderen – sollten sie sich verkaufen, was ich sehr hoffe – Prozente. Also, wie viele Bilder sind fertig?«

Salvador schob langsam den Teller zurück und erhob sich.

»Ich muss los, Papa.«

»Was?« Der Don starrte ihn ungläubig an. »Wir unterhalten uns gerade! Oder reden wir jetzt nicht mehr miteinander?«

»Ich gehe ins Atelier.«

»Ich habe dir eine Frage gestellt.«

»Das weiß ich doch. Aber es sind nicht nur die Bilder, es ist nicht nur die Kunst, es geht hier um mein Leben.«

»Ich bin derjenige, der dich am Leben erhält, der deine Launen und Kapriolen finanziert. Oder ist es nicht so?«

Salvador stand am Ende des Tisches, und für einen Moment schien es ihm, als würde sich ein tiefer Graben mitten durchs Zimmer auftun.

»Wie gesagt, ich gehe jetzt ins Atelier.«

»Hör auf«, befahl ihm der Don. »Hör auf damit!«

Salvador drehte sich um und ging.

Niemand im Raum machte Anstalten, ihm zu folgen.

Später kam Ana María zu ihm ins Atelier. Er erkannte sie an ihrem vorsichtigen, fast ehrfurchtsvollen Klopfen. Obwohl er nicht in der Stimmung war, jemanden zu sehen, sagte er: »Komm rein, Ana.«

Sie huschte barfuß mit tapsenden Schritten in das quadratische, bleigraue Zimmer, und Salvador sah vom Kohlestift auf, dessen Mine er gerade mit dem Messer anspitzen wollte.

Lautlos schloss sie hinter sich die Tür.

Sein Vater hätte an die Tür gehämmert und sie dann krachend hinter sich ins Schloss fallen lassen. Wie seine Mutter angeklopft hatte, hatte er längst vergessen. Nur manchmal meinte er sich zu erinnern, dass es zurückhaltend geklungen hatte, wie ein Ast, den der Wind zufällig gegen den Fensterrahmen schlägt.

Ana hatte sich umgezogen. Sie trug jetzt ein weißes Leinenkleid mit einem geflochtenen Ledergürtel um die Hüften, dessen goldene Schnalle auffällig glänzte, genauso wie die lange Kette, die sie um den Hals geschlungen hatte, mit einem stilisierten Kompass als Anhänger. Ihr schwarzes Haar hatte sie nach hinten frisiert, ihre Lippen glänzten rot, und unter dem dünnen Stoff zeichneten sich die Rundungen ihrer Brüste ab.

»Alles in Ordnung?«

Salvador zuckte mit den Schultern.

Unschlüssig stand Ana da und betrachtete den Raum. Wie vertraut ihr das Zimmer war, und gleichzeitig war es ihr immer ein Stück weit fremd geblieben. Der Raum war nicht übermäßig groß. Zwei geräumige Sofas bildeten einen Winkel, und alle Wände waren mit Bildern, Skizzen oder Entwürfen bedeckt. Besonders ein Druck des französischen Malers Jean-François Millet stach heraus: »Das Angelusläuten«, das ein Paar im Abendlicht am Rande eines Feldes zeigte, in andächtiges Gebet versunken.

Ana hörte, wie die Klinge sauber Span um Span von der Stiftspitze abhob.

Hinter der Staffelei und dem Sessel befanden sich auf der gegenüberliegenden Seite Regale voller Dosen, Flaschen, Tuben und Pinsel, die durch einen Vorhang verdeckt wurden. Auch die illustrierten Monographien großer Künstler von Art Govens, die er von seinem Vater geschenkt bekommen hatte, hatten dort ihren Platz gefunden.

Ein Lächeln huschte über ihr Gesicht. An heißen Tagen hatte ihr Bruder stundenlang in einem Zementbecken gesessen, das er zuvor mit lauwarmem Wasser gefüllt hatte, und dort die Ausgaben der Art Govens studiert, die ihn gerade interessierten. Damit das Papier nicht nass wurde, lag die jeweilige Zeitschrift auf einem Holzbrett, welches von einer Seite des Beckens bis zur anderen hinüberreichte. Es hatte nicht lange gedauert, und er hatte jedes einzelne Bild auswendig gekannt.

Ana María schaute zu Salvador hinüber, der prüfend die lange Spitze des Kohlestiftes betrachtete.

Mit zehn Jahren, so wurde es in der Familie erzählt, soll ihr Bruder sein erstes Bild gemalt haben, eines, das eine solche Bezeichnung auch verdiente. Die Farben hatte er von einem deutschen Flüchtling geschenkt bekommen, Siegfried Burmann, der als Bühnenmaler tätig gewesen war und den es nach dem Krieg von Barcelona nach Cadaqués verschlagen hatte.

Der Don hatte ihn in seiner Funktion als Notar aufgesucht und Salvador zu dem Besuch mitgenommen, worauf ihr Bruder begeistert die Kulissen betrachtet hatte, an denen Burmann gerade arbeitete.

Das kleine Bild, das im Zimmer der Mutter gehangen hatte, zeigte eine impressionistische Landschaft.

Ana hörte, wie ihr Bruder noch einen letzten Span mit der Klinge löste. Stundenlang hatte sie ihm in diesem Zimmer für Porträts Modell gesessen, meistens auf einem Stuhl, den er so platziert hatte, dass sie währenddessen aufs Meer hinausschauen konnte. Oder er hatte sie gebeten, sich ans Fenster zu stellen, damit er ihren Nacken und ihre Rückansicht beim Hinausschauen malen konnte.

Wie hatte sie diese gemeinsamen Stunden genossen, auch wenn sie nur still dagesessen und stundenlang die Landschaft betrachtet hatte. Bisher hatte er sie als einzige Frau gemalt, in all den Jahren, und darauf war sie stolz. Aber in der letzten Zeit hatte sich sein Stil zusehends geändert, war abstrakter geworden mit starken kubistischen Anleihen, und bezog nun andere Objekte in die Darstellung mit ein.

Wieder blickte sie zu ihm. Soeben steckte er den Stift in ein Etui.

»Komm, setz dich aufs Sofa«, sagte er und klappte die Abdeckung des Futterals zu.

Er dachte kurz an Luis Buñuel, den er in Madrid kennengelernt und der hier bei Dalís Familie Zeit verbracht hatte. Zusammen hatten sie im Frühjahr begonnen, an einem Experimentalfilm zu arbeiten. Buñuel hatte bei seinem Besuch behauptet, Ana sei die einzige Frau in Salvadors Leben.

Was natürlich Quatsch war.

In Madrid hatte er sich, wie andere junge Männer auch, mit Frauen verabredet, war mit ihnen essen oder im Retiro-Park spazieren gegangen und hatte sich angeregt mit ihnen unterhalten.

Aber Ana war nun mal seine jüngere Schwester. Auch wenn sie ein vertrauteres Verhältnis zueinander hatten, als es zwischen Geschwistern üblich war. Womöglich hatte der frühe Tod der Mutter sie zusammengeschweißt, überlegte er. Vielleicht lag es aber auch an der aufsässigen Unbeholfenheit, mit der er versuchte, sein Leben zu meistern. Er war für die praktischen Dinge einfach nicht gemacht. Warum auch? Von jeher gab es da jemanden, der sich um diese Dinge kümmerte. Ein Kindermädchen, eine Tante und eine Mutter. Und nicht zu vergessen den Vater. Da war es doch kein Wunder, dass er es nie gelernt hatte, einen Nagel gerade in die Wand zu schlagen oder einen Scheck richtig auszufüllen.

Gedankenverloren drehte er das Etui zwischen seinen Fingern. Wenn er ehrlich war, wollte er sich mit diesen Dingen auch nicht befassen. Er war ausgezeichnet im Umgang mit Pinsel und Farben, das musste genügen.

Auch wenn der Vater immer wieder betonte, dass es brotlose Kunst sei, wenn man kein Geld damit verdiene. Salvador verstand überhaupt nicht, warum sein Vater sich so echauffierte. Er hatte schon eine Reihe von Bildern verkauft, aber im Grunde interessierte ihn das nicht, vielleicht weil er keine genaue Vorstellung vom Wert des Geldes hatte oder weil es für ihn überhaupt keine Rolle spielte. Er kümmerte sich nicht einmal selbst darum, die für seine Arbeit notwendigen Leinwände und Ingredienzien zu erwerben. Bisher hatte er Ana immer nur einen Zettel gegeben, auf dem er seine Bestellung notiert hatte, und kurz darauf fand er das Gewünschte im Atelier vor.

Außerdem war das Geld in seinen Augen ein launischer Dämon. Es kam und ging, wie es wollte. Und es fügte den Menschen Schmerzen zu. Wer es besaß, den trieb die Angst um, es wieder zu verlieren. Wer hingegen mittellos war, begehrte es ohnegleichen, war in manchen Fällen sogar bereit, dafür zu stehlen oder zu morden. Deshalb hatte Salvador für sich beschlossen, dass es besser war, mit Geld überhaupt nichts zu tun zu haben.

Plötzlich fiel ihm auf, dass seine Schwester immer noch anwesend war. Sie saß still neben ihm.

»Was willst du?«, fragte er.

»Wie gesagt, ich wollte nur sehen, ob es dir gut geht.«

»Es geht mir gut. Warum fragst du?«

Ana María schaute ihn nachdenklich an, er spürte, dass sie mit ihren Gedanken woanders war. Er legte das Futteral zur Seite.

»Du warst heute beim Essen so abwesend«, sagte sie schließlich, und eine seltsame Unruhe lag dabei auf ihrem Gesicht. »Sonst streitest du viel heftiger mit dem Vater und ziehst dich nicht einfach so zurück. Fehlt dir etwas?«

Kurz erschrak er, dachte, dass sie etwas bemerkt haben könnte von dem, was ihm beim Hotel widerfahren war.

Die unverhoffte Begegnung mit dieser bezaubernden Frau.

Doch dann beruhigte er sich wieder. »Nein. Es ist nichts. Ich bin nur vom Schwimmen etwas müde.«

Sie erhob sich von der Lehne und trat jetzt ganz dicht an ihn heran. Sie roch nach Seife und einem Parfüm, das er nicht kannte. Ihre Stimme wurde drängender.

»Salvador, du kannst mir alles sagen, hörst du? Egal was dich bedrückt. Ich bin immer für dich da.« Sie musterte ihn eindringlich. »Die Ausstellung in Paris ist sehr wichtig für dich, keine Frage. Aber was unser Vater meint, ist, dass du dich in der Fremde mit all ihren Verlockungen nicht verlieren sollst.

Du bist Katalane! Der Ampurdán ist deine Heimat, hier hast du deine Wurzeln, und hier bist du zu Hause. Unser Volk verehrt dich schon jetzt, erinnere dich an die großartigen Reaktionen auf deine Bilder in Barcelona.« Sie machte eine Pause. »Du musst nicht in die Ferne schweifen, um ein großer Maler zu werden. Denk an Don Juan Nunez! Er ist hiergeblieben und trotzdem ein ausgezeichneter Künstler geworden. Seine Kupfersticharbeiten erhielten sogar den Prix de Rome.«

Plötzlich fühlte Salvador Hitze in sich aufsteigen. Warum bedrängte auch sie ihn? Gereizt nestelte er an seiner Perlenkette. Er schluckte und starrte seine Schwester an. Am liebsten wollte er ihr ins Gesicht schreien, dass sie die Unruhe, die ihn drängte, seine Wünsche und Sehnsüchte überhaupt nicht kannte. Selbstverständlich war er Katalane, und er liebte Cadaqués. Aber die geistige Enge dieses

Hauses, das Zusammenleben mit dem Vater hielt ihn wie eine eiserne Faust umklammert, drohte ihn zu ersticken. Selbst sie, seine eigene Schwester, die jetzt mit flehendem Blick vor ihm stand, ließ sich letzten Endes nur von ihren eigenen Vorurteilen, Vermutungen und Verlustängsten leiten.

Er spürte, dass er, um der einflussreiche Künstler zu werden, der er sein wollte, hinaus in die Welt musste, wo er seinen Horizont erweitern konnte. Nicht Barcelona und Madrid, sondern Paris, Brüssel und London!

Hier, am Ende der Welt, würde es ihm nie gelingen, zu einer eigenen künstlerischen Sprache zu finden. Dafür fehlten ihm die Menschen, mit denen er Gespräche über Kunst und Philosophie führen konnte.

Und er spürte noch etwas.

Die Angst zu versagen.

Möglicherweise war er der Genialität, nach der er als Maler strebte und von der er tief in seiner Seele etwas ahnte, nicht gewachsen, oder seine Kraft würde versiegen, oder der Wunsch brächte ihn an den Rand einer namenlosen Existenz. Aber verdammt nochmal, er wollte es um jeden Preis versuchen, wollte etwas Außergewöhnliches, etwas Einzigartiges, noch nie Dagewesenes in der Malerei schaffen, und nie würde er der Empfehlung von Don Nunez, den er ansonsten sehr verehrte, Folge leisten, der ihm damals geraten hatte, nie die bestehenden Linien in der Kunst zu überschreiten. Don Juan Nunez war ein Beamter, ein Angestellter der Stadt und ein netter Mann, der Kindern das Zeichnen beibrachte. Etwas, was der Vater auch für ihn vorgesehen hatte, worin er aber von Anfang an nicht seine Erfüllung gesehen hatte. Nicht ohne Grund hatte er die Kunstakademie in Madrid verlassen. Was konnten diese engstirnigen und unfähigen Professoren ihm schon beibringen? Untalentierte Staatsdiener, die argwöhnisch die Strömungen des Expressionismus betrachteten und den Kubismus und die Moderne von Grund auf ablehnten.

All das wollte Salvador seiner Schwester sagen. Doch er stand nur stumm vor ihr im Atelier, von Liebe und Wut gleichermaßen überwältigt, auf der Suche nach etwas, das ihm Halt gab, ihm in diesem Haus noch vertraut vorkam. Etwas, das er nicht benennen konnte und das ihm trotzdem zunehmend entglitt.

»Willst du reden?«, fragte Ana María.

Salvador schüttelte energisch den Kopf.

»Gut! Dann gehe ich jetzt.«

Er warf seiner Schwester einen schnellen Blick zu. Aus ihrer Miene sprachen Enttäuschung sowie etwas, das ihn an Mitgefühl erinnerte. Salvador antwortete nicht.

Sie drehte sich zur Tür um, öffnete sie und wartete auf einen letzten Einwand, der sie zurückhalten könnte. Doch nichts dergleichen geschah. Deshalb sagte sie nur noch leise: »Solltest du deine Meinung ändern, weißt du ja, wo du mich findest«, bevor sie ging.

In der Nacht unternahm Salvador gar nicht erst den Versuch zu schlafen. Seine Rastlosigkeit hatte weder mit der Auseinandersetzung mit dem Vater noch mit dem Besuch der Schwester im Atelier zu tun. Beides war so alltäglich, dass er es längst vergessen hatte.

Er lag ausgestreckt auf dem Bett und musste ständig an diese Frau auf dem Balkon denken. Dabei starrte er ins Leere, bis ihm die Augen zu tränen begannen. Unruhig erhob er sich vom Bett und ging zu einer kleinen Anrichte, wo ein Tonkrug mit Brunnenwasser stand. Er füllte einen Keramikbecher, und als er ihn an die heißen Lippen führte, empfand er die Kühle des Wassers als Erleichterung. Er trank einen Schluck und nahm den Becher mit hinüber zum Fenster, dessen Läden weit geöffnet waren. Er musterte den schwarzblauen Himmel und den Vollmond, der zeitweilig zerfurchte Wolkenränder aus dem Dunkel riss. Das Wasser zwischen den Felsen der Bucht war nach einem langen Tag zur Ruhe gekommen, die Oberfläche war spiegelglatt. Der Strand war verlassen.

Salvador stellte den Becher ab und setzte sich auf das tiefe Fensterbrett. Den Rücken an die Wand gelehnt, beobachtete er, wie der Vollmond das Meer und die Küste in bleiches Licht tauchte. In dem kalten Mondlicht erschien ihm das Meer wie ein zugefrorener See und die Fläche davor wie eine verschneite Ebene.

Wieder dachte er an die Frau auf dem Balkon, wie sie hinter der Balustrade stand, so stolz und unnahbar, und an den Blick, den sie ihm aus dunklen Augen zugeworfen hatte.

Sie hatte Notiz von ihm genommen, und seitdem wusste er, dass es einer dieser unglaublichen Momente im Leben gewesen war, die sich niemals wiederholten.

Aufgeregt wischte er sich mit dem Unterarm übers Gesicht.

Wenn er ihr doch nur sagen könnte, dass er sie längst kannte, lange schon, bevor er ihr heute begegnet war. Er kannte sie aus seinen Träumen. So oft tauchte sie darin auf, dass er sich sicher war, bereits jede Linie ihres Gesichts zu kennen.

Er kniff die Augen zusammen und hob die rechte Hand vor die Augen, um die Blumenkästen mit den roten Geranienköpfen auf der weißen Mauer aus seinem Sichtfeld zu löschen.

So passt es, dachte er und hielt den Atem an.

Mit ein bisschen Phantasie könnte die Landschaft, die er jetzt betrachtete, auch irgendwo in Russland sein. Denn dort, in diesem fernen Land, spielten seine Träume, sie verliefen immer gleich.

In einer weiten, verschneiten Ebene, an einem zugefrorenen See, lag ein kleines Dorf. Es war nicht groß, bestand nur aus ein paar Holzhäusern, einem Ziehbrunnen und einer Poststation. Er wusste nicht, wer in diesem Dorf lebte oder wer die Poststation betrieb. In seinem Traum verließ er das Holzhaus nie. Er stand, wie heute auch, am Fenster und sah hinaus. Und wie hier gab es auch dort vor dem Haus einen Gemüsegarten. Aber während sich hier im Süden die Kohlköpfe geordnet aneinanderreihten, war in seinem Traum alles unter einer dicken Schneeschicht begraben. Eisblumen bedeckten die Fenster, und er musste ein Loch hineinhauchen, das Eis verreiben, bis es schmolz, um hinausschauen zu können. Durch dieses Guckloch erspähte er ein Stück der Dorfstraße. Der Schnee war verharscht, und eisige Spuren, die von den Schlittenkufen herrührten, glitzerten in der Wintersonne.

Er brauchte nie lange zu warten, bis er das vertraute Läuten der Glöckchen vernahm. Dann legte er im Traum die Wange auf das eisige Glas, um einen möglichst großen Abschnitt der Dorfstraße einsehen zu können.

Zuerst entdeckte er die Schimmel, die den Schlitten zogen. Drei kräftige Pferde, ihre Tressen mit rotem Samt umwickelt und mit Kordeln geschmückt. Ihr Atem explodierte in weißen Dampfwölkchen vor ihren Nüstern, ihre Hufe rissen Schollen von Schnee empor, und übermütig warfen sie die Köpfe hoch, ihre Mähnen flatterten.

Hinter den Pferden saß ein alter Mann in einen dunklen Persianermantel gehüllt, der lange Bart reichte ihm bis zur Brust, und über seinen grauen Schopf hatte er eine Schaffellmütze gestülpt.

Salvador sah mit an, wie die Troika heranpreschte, wie der alte Mann die Zügel fest in der Hand hielt und das Ende der Peitsche über den Köpfen der Pferde kreiste. Das Läuten der Glöckchen wurde fordernder, als schien es sagen zu wollen: Kommt her und schaut, wer auf dem Schlitten sitzt.

Und dann war es so weit.

Das Schlittengespann jagte am Fenster vorüber. Die Scheibe vibrierte, und für einen Augenblick gelang es ihm, einen Blick in das Innere zu erhaschen. Und genau in diesem Augenblick richtete die Person, die eingehüllt in weiße Pelze auf der Sitzbank des Schlittens saß, ihre Aufmerksamkeit auf das mit Eisblumen besetzte Fenster, hinter dem Salvador wartete.

Sie hob das Gesicht, sah zu ihm herüber und lächelte ihn an.

Es war eine außergewöhnliche junge Frau. Nur für ein paar Momente trafen sich ihre Blicke, schaute er in ein Paar dunkler Augen unter dem Rand einer Hermelinmütze, darunter nahm er die Konturen ihrer Nase und Lippen wahr, die sich unter dem weichen hellen Stoff einer Paschmina abzeichneten. Dann war die Troika vorüber, das Hämmern der Hufe und das Läuten verloren sich in der Ferne.

Das war der Zeitpunkt, wo er sich im Traum vom Fenster abwandte, der Traum war vorbei.

Salvador griff nach dem Becher und trank gierig den Rest des Wassers.

Ohne Zweifel waren es im Traum dieselben Augen, die ihn am Nachmittag vom Balkon aus betrachtet hatten.

KAPITEL 5

Es war ein heißer, leuchtender Sommertag; die Luft, die vom Meer kam, roch nach Salz und Wüste. Gala griff nach einem in Leinen gebundenen Buch und schlug es an der Stelle auf, wo sie das Lesebändchen zwischen die Seiten gelegt hatte.

Sie saß in einem der Sessel, hatte ihre nackten Füße auf dem Tischchen abgelegt und begann in dem englischen Roman zu lesen, den sie aus Paris mitgebracht hatte.

Doch rasch stellte sie fest, dass ihre Augen zwar den Zeilen folgten, jedoch ohne dass sie das Gelesene wahrnahm.

Sie ließ das Buch sinken und sah zu Paul hinüber.

Ihr Mann war in seinem Sessel an der Wand eingeschlummert, und sein Kinn war ihm tief auf die Brust gesunken. In der linken Hand hielt er noch immer sein Notizbuch. Sie erkannte, dass die Seiten bis auf zwei durchgestrichene Wortreihen leer waren.

Gala stützte ihren Arm auf der Lehne ab und legte den Kopf in die flache Hand. Stumm betrachtete sie ihn.

Nach einer Weile wandte sie sich wieder ihrem Buch zu, las weiter, aber nur, um zwei Absätze später festzustellen, dass ihr das Buch keine Freude bereitete.

Sie schaute zum Balkon hinüber, die bauchigen Steinsäulen warfen Schatten auf den Fußboden. Sie überlegte.

Wieder streifte ihr Blick den schlafenden Paul, und plötzlich packte sie der helle Zorn. Ein Teil von ihr gab ihm die Schuld daran, dass sie es müde war, das Leben anderer in Büchern zu verfolgen.

Ruckartig richtete sie sich im Sessel auf. Plötzlich drängte es sie danach, wie die Heldin in ihrem Roman selbst Abenteuer zu erleben, auf einem Pferd den Strand entlang zu galoppieren und unter einem weiten Sternenhimmel zu übernachten. Sie würde alle durch ihre Kühnheit und Furchtlosigkeit in Staunen versetzen. Eine jähe heiße Lebensfreude erfüllte sie, eine große, unbestimmte Sehnsucht, ausgelöst durch die Vorstellung …

In diesem Augenblick segelte mit einem Schrei eine Möwe am Fenster vorbei, und Paul begann leise zu schnarchen.

Gala ließ sich in den Sessel zurücksinken.

Solche Gedanken waren überflüssig, stellte sie fest und betrachtete müßig ihre gepflegten weißen Hände. Noch immer hielt sie das Buch und zwang sich weiterzulesen.

Sie kam bis an die Stelle, wo sich das junge Paar in ihrem Roman auf einem Ball zum ersten Mal begegnete und miteinander tanzte.

Tanzen! Wann hatte sie zum letzten Mal getanzt?

Sie schloss die Augen. Bilder tauchten vor ihr auf, bruchstückhafte Erinnerungen an ihre Jugend in Russland, wo sie Ballettstunden genommen hatte. Dann der siebzehnjährige Paul, der damals noch Eugène Grindel geheißen hatte und von seiner Mutter ins Sanatorium begleitet worden war, während sie, Gala, kaum ein Jahr älter, die weite Reise in die Schweiz allein angetreten hatte. Damals schlossen sie einen Pakt. Sie wurden Verbündete gegen den Willen ihrer Familien. Beide verband dieselbe Leidenschaft, sie flüchteten vor der grauen Welt in die phantastische Welt der Bücher, lehnten sich gemeinsam gegen den kleinbürgerlichen Alltag der Erwachsenen auf.

Gala öffnete die Augen, ihr Blick glitt zurück an die Stelle zwischen den Buchseiten, und sie zwang sich zum Weiterlesen. Aber sie schaffte nur ein paar Worte, dann horchte sie wieder in sich hinein. Damals hatte der junge Paul alles, was ihm begegnet war, und die Ganzheit seiner Gefühle für sie in Gedichte umgesetzt. Furcht, Freude, Glück, eine Tanne oder einen Lichtstrahl, der im Wald durch die Wipfel fiel. Diese Zeilen, die er schrieb, waren für sie wie eine Liebkosung gewesen, eine Einladung, der sie gerne gefolgt war. Seine Geburt als Dichter mit anzusehen, ihn auf diesem Weg zu begleiten in eine völlig andere Welt, in der ihr sein Talent wie eine göttliche Gabe vorkam … Sie hatte ihn bewundert, und doch war sie keine stille Zuschauerin gewesen. Sie erklärte ihm, was sie an seinen Texten nicht verstand, und ermutigte ihn, seiner Berufung zu folgen.

Ein dumpfer Schlag ließ sie hochschrecken. Paul war das Notizbuch aus der Hand gerutscht, jedoch war er davon nicht aufgewacht.

Unwillkürlich strich sie mit dem Zeigefinger über den Falz zwischen den Seiten ihres Romans. Damals waren sie beide als geheilt aus dem Sanatorium entlassen worden. Er reiste nach Paris, sie nach Moskau. Dann brach der Krieg aus. Europa versank in einem Meer aus Blut, Massengräber füllten sich, während Paul ihr Briefe aus dem Lazarett schrieb und sie die ihren mit *Für immer Deine Frau!* unterzeichnete, obwohl sie noch nicht geheiratet hatten.

Galas Blick blieb an einem Punkt an der gegenüberliegenden Wand haften. Ja, damals war sie mutig gewesen. Viel mutiger als die junge Frau in ihrem Roman. Als sie die Sehnsucht nach Paul nicht mehr ertragen hatte, hatte sie unter Gefahren die Reise über Finnland, Schweden, England bis nach Frankreich gewagt, um ihn wiederzusehen.

Damals kannte sie keine Furcht.

Paul und sie hatten am 21. Februar 1917 geheiratet. Wenig später wurde ihre Tochter Cécile geboren. Sie glaubte damals, alle ihre Wünsche würden in Erfüllung gehen.

In der ersten Zeit nach Pauls Entlassung aus dem Militär genossen sie den Reiz der bis dahin nicht gekannten körperlichen Liebe, sie verfolgten nach dem Krieg das Aufblühen vieler neuer Begabungen. Zeitschriften schossen vielerorts nur so aus dem Boden, und sie lasen einander die oftmals phantastischen, erstmals veröffentlichten Gedichte vor. Sie waren glücklich.

Doch das währte nicht lange.

Paul kehrte in das bürgerliche Leben zurück und nahm die Arbeit in der Immobilienverwaltung des Vaters wieder auf, während Gala zwei Stockwerke höher allein in der Wohnung auf seine Rückkehr wartete. Kam er dann endlich zu ihr, nachdem er den ganzen Tag Zahlenreihen addiert hatte, blieben ihnen am Abend nur wenige gemeinsame Momente, bevor er müde zu Bett ging. Wenn er ihr dann am nächsten Morgen zum Abschied einen Kuss auf die Stirn gab, blickte sie auf und fragte sich, ob die Leidenschaft für die Lyrik in ihm erloschen war oder ob es ihm noch einmal gelänge, das Feuer zu entfachen.

Gala wusste es nicht.

Sie begann sich andere Wünsche zu erfüllen, schöne Kleider, teures Parfum, luxuriöse Reisen, aber längst hatte sie erkannt, dass es ein gewaltiger Irrtum war, ihr Glück von der Erfüllung ihrer Wünsche abhängig zu machen. Denn mittelfristig führte es zu einem Gefühl von Überdruss, wenn jeder Wunsch erfüllt wurde.

Energisch klappte sie das Buch zu und erhob sich aus dem Sessel. Es wurde Zeit, dieses stickige Zimmer zu verlassen und hinaus in den Ort zu gehen.

Die Siesta war bereits seit mehr als einer Stunde vorüber, und trotzdem blieb es unerwartet ruhig im Dorf. Nur ab und zu begegnete Gala Fußgängern, meistens Frauen, die mit der grünen Amphore auf dem Kopf Wasser vom Brunnen holten.

Ziellos schlenderte sie weiter.

Eine zweirädrige Pferdekutsche überholte sie, rollte holpernd durch eine Vertiefung und setzte ihre Fahrt fort. Am Ende der Bucht arbeiteten Männer an einem Fischerboot. Auf die Ferne verwischten ihre Konturen in der glasigen Luft. Nur leise vernahm sie Hammerschläge.

Wieder spürte Gala die Unnahbarkeit der Dorfgemeinschaft und überlegte, was sie unternehmen könnte.

Mit fest zusammengepressten Lippen folgte sie einem Weg, der durch seine unmittelbare Nähe zum Strand eine Art Uferpromenade darstellte und sie über eine flache Brücke zu einem quadratischen Gebäude führte, das sich durch die Anzahl seiner Fenster und den von einer Balustrade gesäumten Dachgarten auffallend von den Nachbarhäusern unterschied.

Es war das Casino, ein öffentliches Gebäude, das ursprünglich von ein paar Arbeitern aus Cadaqués als Wohltätigkeitsverein gegründet worden war und heute als kulturelles Zentrum genutzt wurde.

Im Erdgeschoss gab es jeweils fünf bodentiefe Fenster, die halbrund nach oben abschlossen. Einige von ihnen hatte man zugemauert, als ob sich ihr Vorhandensein im Nachhinein als Irrtum herausgestellt hatte. In der Beletage im ersten Stock befand sich vor jedem Fenster ein französischer Balkon mit schmiedeeisernem Geländer. Sogar schmale Pilaster hatte man als Schmuck über den Fenstersimsen angebracht.

Gala umrundete das Haus und erreichte das Eingangsportal.

Als sie das Schild las, das an der Hauswand befestigt war, kam ihr eine Idee.

Ohne zu zögern, trat sie ein und fand sich in einem hellen, mit Steinplatten gefliesten Vorraum wieder. Er war nicht auffallend groß. Sie bemerkte zwei Türen, die aber geschlossen waren, und eine Treppe, die nach oben führte.

Links gab es eine geräumige Mauernische, in die ein Bretterverschlag eingepasst worden war, dessen Durchgang man mit einem Vorhang vom restlichen Bereich abgetrennt hatte.

»Hallo?«, rief Gala. »Hallo, ist da jemand?«

Gala kam der Gedanke, dass sich vielleicht ein Guckloch in der Holzwand der Pförtnerloge befand, durch das man sie heimlich beobachten konnte. Wahrscheinlich war sie nicht die Art von Besuchern, die sonst hierherkamen.

Gala ging einen Schritt auf den Vorhang vor dem Verschlag zu, und plötzlich wurde er zur Seite geschoben. Ein kleiner Mann in einer ausgebeulten Anzughose trat heraus. Sein weißes Hemd wies am Revers einen roten Fleck auf, der vermutlich von Tomaten stammte. Um diesen zu verdecken, zog er eilig eine Weste über, an der eine silberne Uhrkette baumelte.

»Sí?«

Gala zeigte mit dem Finger zur Tür. »Auf Ihrem Schild habe ich gelesen, dass es im Casino eine Bibliothek gibt.«

Der kleine Mann legte die Stirn in Falten und nestelte aufgeregt am dünnen Silberrahmen seiner Brille. Sein Alter war schwer zu schätzen. Er wirkte mager und ausgezehrt.

Eine kurze Pause entstand.

Zuerst dachte Gala, er hätte sie nicht verstanden, weil sie französisch gesprochen hatte. Doch nach einer Weile antwortete er mit nasaler Stimme: »Ja, es gibt eine Bibliothek.«

Gala betrachtete den Pförtner. Sein einsilbiges Verhalten war irritierend, und sie runzelte die Stirn.

»Ich würde sie mir gern ansehen.«

»In der Bibliothek wird heute Karten gespielt. An beiden Tischen.« Der Mann wischte sich mit dem Handrücken über die Nasenlöcher und hob skeptisch den Blick. »Es wird Dreiblatt gespielt. Kennen Sie das Spiel?«

Gala schüttelte energisch den Kopf, und der Mann wollte sich schon wieder umwenden, doch sie hielt ihn zurück. »Einen Moment, Señor! Ich habe nicht vor, Karten zu spielen. Ich bin wegen der Bibliothek hier. Ich würde gern zwei oder drei Bücher ausleihen, vorher aber gern darin blättern, um mich zu entscheiden.«

»Ach so! Also gut, wie Sie wollen.«

Er drehte sich um und schloss mühsam den Vorhang.

»Sehen Sie die Treppe?«

»Ich sehe sie.«

»Die müssen wir hoch. Die Bibliothek befindet sich im oberen Stockwerk.«

Er seufzte schwer, als wäre er gezwungen worden, sich auf eine weite Reise voller Gefahren zu begeben. Träge schlurfte er vor ihr durch den Flur, um dann die düstere Steintreppe mit den rund getretenen Stufen zu erklimmen.

Oben angekommen, sah Gala über den Kopf des Pförtners hinweg durch die offene Tür, dass in dem Raum, der als Bibliothek diente, tatsächlich an zwei Tischen mit grünem Bezug Karten gespielt wurde.

Als sie das Zimmer betrat, wandten sich die Köpfe der umstehenden Männer und der Kartenspieler zu ihr herum, und sie fühlte die abschätzenden und argwöhnischen Blicke auf sich gerichtet.

Aber Gala schenkte den Männern keinerlei Beachtung und folgte grußlos dem kleinen Pförtner in den hinteren, dunklen Teil des Raumes, wo sie einen Bücherschrank mit dicken Glastüren und pompösen Verzierungen bemerkte. Ihre Absätze klackten laut in der Stille.

Irgendwo in ihrem Rücken hüstelte jemand, ein anderer raunte: »Lasst uns weiterspielen!«

Der Pförtner trat schwerfällig zur Seite und wies auf den Schrank.

»Die Bibliothek«, sagte er schleppend.

Gala bedankte sich und griff nach den Knäufen, um die Türen zu öffnen. Doch vergebens. Die schweren Glastüren bewegten sich keinen Millimeter. Sie versuchte es noch einmal und rüttelte daran. Umsonst.

Da fiel ihrem Begleiter endlich auf, dass der Schlüssel fehlte, und er begann seine Hosentaschen zu durchsuchen.

Schließlich kratzte er sich am Hinterkopf. »Ich gehe ihn für Sie holen. Bitte warten Sie hier.«

Verdrossen schlurfte er mit hängenden Schultern davon.

Was für eine seltsame Bibliothek, dachte Gala und versuchte, einen Blick durch die Scheiben auf die Bücher zu erhaschen. Es gelang ihr im fahlen Tageslicht, das durch eines der ovalen Dachfenster sickerte, einige Autoren und Titel zu entziffern, andere Buchrücken waren jedoch schon zu sehr abgegriffen, oder die Buchstaben reihten sich nur noch lückenhaft aneinander, so dass man den Verfasser nicht einmal mehr erraten konnte.

Gala lehnte ihre Stirn gegen das kühle Glas. Vielleicht würde es ja einem dieser Bücher gelingen, die Leere und Tristesse in ihrem Leben für kurze Zeit zu verdrängen.

Wieder hörte sie die schlurfenden Schritte.

Der Mann kehrte zurück, doch nur, um sich bei ihr zu entschuldigen. Sein Gesicht hinter der Drahtbrille schien in sich zusammengefallen zu sein. »Den Schlüssel hat wahrscheinlich meine Frau in ihrer Geldbörse«, murmelte er hilflos.

»Und?«

»Sie hat, kurz bevor die Señora im Casino erschienen ist, das Haus verlassen, um Erdnüsse für den Vesperimbiss zu besorgen. Verstehen Sie?«

Erdnüsse. Gala verstand. Der Schlüssel war verschollen oder ließ noch auf sich warten. Heute würde sie also keines dieser Bücher in die Hände bekommen.

»Das ist bedauerlich«, sagte sie und warf einen Blick auf ihre Armbanduhr.

Vorne an den Tischen rief jemand laut: »Letzte Runde!«

In einer halben Stunde würden Pauls Freunde im Hotel ankommen. Gala entschied, das Casino unverrichteter Dinge zu verlassen.

Behutsam stieg sie die Stufen hinab.

Paul erwartete sie, aber es war kein Friedensangebot.

Sie hatte die Ignoranz, die Paul ihr und ihrer Sorge um sein Werk entgegenbrachte, nicht vergessen. Ebenso wenig, wie er ihre Bestrebungen, ihm zu helfen, absichtlich torpedierte.

Am Anfang war sie von ihrer Entscheidung, neben Paul zu stehen und seine Freunde in Empfang zu nehmen, selbst überrascht gewesen. Aber sie war keine Frau, die bei solch kindischen Allüren – denn nichts anderes war sein Verhalten in ihren Augen – sofort in Panik geriet. Fürs Erste hatte sie sich dazu entschieden, das Spiel weiter mitzuspielen. Sie war sich nicht sicher, ob das Einlenken richtig war. Vielleicht beging sie damit einen Fehler oder musste in der nächsten Zeit weitere Demütigungen einstecken. Aber wenn sie eine Entscheidung getroffen hatte, ging sie niemals davon ab.

Pauls Pariser Freunde waren mit dem Zug angereist und hatten vom Bahnhof aus ein Taxi genommen. Gala und Paul erwarteten sie in der Lobby des Hotels.

Wie immer war ihr Benehmen tadellos. Niemand außer Paul hätte eine unterschwellige Kälte in ihrem Umgang mit den neuen Gästen bemerken können. Äußerlich schlug sie gegenüber Camille Goemans und René Magritte den richtigen Ton an. So vollkommen fügte sich Gala in ihre Rolle, dass sogar Paul hätte glauben können, sie heiße die Freunde und verspätet eingetroffenen Gäste ebenso herzlich willkommen wie er. Er streifte sie mit einem schnellen Seitenblick, als sie im Begriff war, die beiden Frauen zu begrüßen, Yvonne Bernhard und Georgette Magritte.

Gala spürte vom ersten Augenblick an, dass ihr die beiden mit Argwohn begegneten. Sie sah es an ihrer Haltung, in dem wachen Ausdruck ihrer Augen. Bei Georgette noch mehr als bei Yvonne. Sie empfand allenfalls ein leichtes

Erstaunen darüber, konnte sich jedoch nicht erklären, was die Ursache für diese Vorsicht war.

Schließlich hatte sie die Frauen zuvor noch nie gesehen. Möglicherweise hing es damit zusammen, dass ihre Männer ebenfalls Mitglieder bei den Surrealisten waren, und es war hinlänglich bekannt, dass sie, Gala, die einzige Frau war, die uneingeschränkten Zugang zu dieser Gruppe hatte.

Wahrscheinlich vermuteten sie, dass dies nicht nur ihrem Talent des Kartenlegens geschuldet war. Aber was sollte sie machen? Die Gerüchte blieben hartnäckig an ihr haften, obwohl es tatsächlich so war, dass beinahe alle Mitglieder der Gruppe zu ihr kamen, um sie durch die Karten um Rat zu befragen.

Doch Gala war klug genug, die unterschwellige Ablehnung, die ihr von den beiden Frauen entgegengebracht wurde, zu ignorieren. Sie übte sich in liebenswürdiger Zurückhaltung und Beobachtung, zwei Verhaltensweisen, die sie sich in den letzten Jahren angewöhnt und im Stillen perfektioniert hatte. Wenn sie sprach, dann nur in wenigen, aber prägnanten Worten.

»Ich bin entzückt, Ihre Bekanntschaft zu machen«, sagte sie lächelnd.

»Die Freude ist ganz auf meiner Seite«, antwortete Yvonne, und Gala meinte, in ihrem schmalen Gesicht nun doch eine Spur von Interesse zu erkennen.

Georgettes Gesichtsausdruck hingegen, als sie sie von oben bis unten musterte, wurde noch abweisender. Sie stand etwas versetzt von ihr und starrte sie aus blauen

Augen ausdruckslos an. Mit der rechten Hand steckte sie stumm eine Strähne ihres dünnen glanzlosen schwarzen Haares unter die Hutkrempe, welche jedoch gleich wieder zum Vorschein kam. Dann tat sie einen winzigen Schritt auf Gala zu und reichte ihr wortlos die Hand. Der Druck ihrer Finger war erstaunlich fest.

Gala blieb ihrer selbst auferlegten Rolle treu. Keiner hier hatte eine Ahnung, was in ihr vorging. Selbst Paul wusste nichts von diesem Gefühl, das sie begleitete, seit sie ein junges Mädchen gewesen war und Russland allein und für immer verlassen hatte, einsam hoch oben auf einem Drahtseil zu stehen, ohne Netz und doppelten Boden, immer in Gefahr, bei einem einzigen Fehltritt alles zu verlieren.

Sie schenkte Georgette ein mattes, reserviertes Lächeln. »Willkommen in Cadaqués.«

Neben ihr blickte Paul von Goemans zu Magritte. »Und, wie war eure Fahrt?«

»Viel zu lang und viel zu staubig«, sagte Magritte und klopfte seine Schiebermütze demonstrativ am Hosenbein aus.

Camille verzog die Mundwinkel. »Am meisten macht mir diese Hitze zu schaffen. Ich hoffe doch sehr, dass sich der Aufwand dieser Reise gelohnt hat.«

Paul hörte die Zweifel in seiner Stimme. Er vermutete, dass er an den jungen Maler dachte, den sie treffen wollten.

»Ich soll dir Grüße von Breton ausrichten«, sagte Goemans.

»Wie geht es ihm?«

»Ich denke, gut. Er schreibt bereits am zweiten Manifest des Surrealismus.«

Paul lachte auf. »Oh, dann muss es ihm sehr gut gehen!«

Die anderen beiden pflichteten ihm schmunzelnd bei.

»Übrigens habe ich uns für den Abend einen Tisch reserviert. Hier im Hotel gibt es ein hübsches Restaurant.«

»Sehr gut.« Camille hob den Zeigefinger. »Das bringt mich auf etwas.« Er wirkte plötzlich sehr beschäftigt, als müsse er eine Sache erledigen, die keinen Aufschub duldete. »Paul, wir reden später weiter.« Er wandte sich an Yvonne. »Kommst du?«

Dann verabschiedete sich das Paar und strebte eilig in Richtung Rezeption.

Auch Georgette wollte nicht länger in der Lobby verweilen und zupfte ihren Mann am Jackenärmel.

»René, ich würde mich gern etwas frisch machen«, ließ sie vernehmen und hakte sich bei ihm ein.

»Dann lass uns gehen, Liebes«, antwortete dieser und nickte Paul und Gala zu. »Also, bis heute Abend.«

KAPITEL 6

Salvador wusste nicht, wie lange er nun schon im Morgengrauen am Strand spazieren ging und wie viel Zeit er damit verbracht hatte, im Kopf jeden Teil des Gesprächs zu wiederholen und sich jede Geste, jeden Ausdruck in ihren Gesichtern in Erinnerung zu rufen.

Er litt schrecklich unter dem, was gestern geschehen war, und konnte beim besten Willen nicht so tun, als ob die Zusammenkunft am Abend ein gelungenes Treffen gewesen wäre. Dabei hatte alles harmlos angefangen.

Ein Bote hatte ihm am späten Nachmittag die Nachricht überbracht, dass sein Galerist ihn zum Abendessen im Hotel Miramar erwartete. Er hatte handschriftlich hinzugefügt, dass er von Freunden aus Paris begleitet werde.

Zur vereinbarten Zeit hatte Salvador sich dann ins Hotel begeben.

Er atmete tief ein und kickte mit der Fußspitze einen Kiesel zur Seite, der über die Steine sprang und ins klare Wasser plumpste, wo er kleine Ringe auf die spiegelglatte See zauberte. Aber dafür hatte er jetzt keinen Blick.

Auf dem Weg ins Hotel war ihm klar geworden, dass es nur einen Grund geben konnte, warum die Freunde Goemans hierher begleiteten: Sie waren neugierig auf ihn,

Salvador Dalí, sie wollten sich von seinem herausragenden Talent überzeugen, das der Galerist entdeckt zu haben glaubte. Das musste es sein. Denn Cadaqués, insofern man hier nicht ein eigenes Haus besaß, bot nicht den Komfort und die Annehmlichkeiten, die diese Leute gewohnt waren.

Er hatte schon vor dem Treffen ein kaltes Angstgefühl in der Magengrube gespürt, ihn fröstelte, und er war mit jedem Schritt auf dem Weg zum Hotel ein wenig langsamer geworden. Was hatte er bisher erreicht?

Im letzten Jahr hatte er bei einer Ausstellung in Pittsburgh sein Bild mit dem Brotkorb verkauft, eine Tatsache, die in seiner Heimat gebührend Beachtung gefunden hatte. Und nach wie vor mochte er das Bild, doch sein Malstil hatte sich seitdem erheblich verändert, war abgewichen von altmeisterlichen Vorbildern, war moderner, experimenteller geworden. Beigetragen hatte dazu vor allem der Ausflug nach Paris im Frühjahr, wo ihn sein Kollege Joan Miró seinem Galeristen und der Künstlergruppe, die sich die »Surrealisten« nannte, vorstellte.

Salvador hatte das Haus seiner Familie erreicht, er betrat leise den Hausflur und begann die klammen Sachen auszuziehen. Als er sie auf die Bank legte, damit das Mädchen sie mit in die Waschküche nahm, summte eine dicke Fliege dicht an seinem Ohr vorbei und blieb über seinem Kopf an der Wand sitzen. Inzwischen völlig nackt, betrachtete er das Insekt, das eifrig die Vorderbeine aneinander rieb. Er wusste, dass es endlich an der Zeit war, in die Gänge zu kommen, den Sprung als anerkannter spanischer Maler ins Ausland zu schaffen. So wie Picasso. Andernfalls würde er nur ein mäßig erfolgreicher Maler in Katalonien bleiben und weiter als mittelloser Künstler unter den Fittichen seines Vaters leben müssen. Und für dieses Vorhaben war die Ausstellung in Goemans' Galerie seine einzige Chance, um den Prozess endlich in Gang zu setzen. Er konnte nicht noch ein Jahr warten, bis ihm in Paris vielleicht wieder eine Einzelausstellung angeboten wurde.

Aber war es da verwunderlich, dass er unter dem Entscheidungsdruck, der so furchtbar auf seiner Seele lastete, beinahe zusammenbrach? Oder dass sich die Gereiztheit seiner Nerven in absurden Bildern widerspiegelte, die ihn zu hysterischen Lachanfällen animierten, die er nicht kontrollieren konnte? Salvador sog die Luft zwischen den Zähnen ein. Die Fliege flog weiter. Er verlor sie in dem dunklen Korridor aus den Augen.

Er konnte doch nichts dafür!

Als er am Vorabend Goemans begrüßt und der Galerist ihm nacheinander die anderen Gäste am Tisch vorgestellt hatte, saß sie plötzlich vor ihm.

Die Frau vom Balkon.

Sie saß neben ihrem Mann am Rand des Tisches, und auf ihrem abweisenden Gesicht lag der flackernde Glanz von Kerzenlicht, der sich auch auf ihrem roten Taftkleid spiegelte.

Bei ihrem unerwarteten Anblick hatte sein Herz ausgesetzt, und nur mit Mühe gelang es ihm, die Begrüßung fortzusetzen. Als er endlich auf seinem Stuhl saß, war ihm die Kehle wie zugeschnürt. Er brachte keinen Ton heraus, konnte sich nicht konzentrieren. Und wenn er dann doch etwas zum Gespräch beisteuerte, erkannte er an ihren befremdeten Reaktionen, dass er Unsinn redete. Sie mussten ihn für einen Schwachsinnigen halten. Aber wie sollte er auf seine Worte achten, wenn er doch nur Augen für sie hatte, für die fremde Frau, die schlecht gelaunt an ihrem Tischende saß und auf das Ende der Zusammenkunft wartete?

Mit Fortgang des Abends begann er sich etwas sicherer zu fühlen, und beinahe wäre das Treffen doch noch gut gelaufen, wenn Goemans ihn nicht nach einem Besuch im Atelier gefragt hätte, um einen Blick auf die bisher entstandenen Werke zu werfen.

Das war der Moment gewesen, in dem er plötzlich das Gefühl hatte, als zöge ihm jemand den Boden unter den Füßen weg. Noch nie hatte er Fremden erlaubt, das Atelier zu betreten. Dieser Raum war sein heiliger Rückzugsort. Sein Panzer, der ihn vor der Welt schützte, damit er frei und ohne fremde Blicke malen konnte. All das hätte er dem Galeristen sagen wollen, doch er konnte es nicht. In dem Moment tauchte vor seinen Augen diese kleine geschnitzte Eule auf dem Kopf des Galeristen auf. Er wusste, dass er sie sich nur einbildete, dass sie ein Trugbild war, eine Halluzination wie im Fieber, und niemand weiter im Raum sie sah. Sie stand abwechselnd auf einem Bein, schlug aufgeregt mit den Flügeln und verdrehte die Augen.

Das war der Moment, an dem er sich nicht mehr hatte halten können, wo das Lachen aus ihm herausgebrochen war.

Wütend schlug Salvador nun mit der Faust gegen die Wand. Die Sorge darüber, dass er mit seinem merkwürdigen Auftreten alles verdorben hatte, hatte ihn die halbe Nacht umgetrieben.

Immer noch nackt lief er hinüber ins Atelier und schloss leise hinter sich die Tür. Durch den Spalt zwischen den Fensterläden erkannte er, dass die Sonne noch nicht aufgegangen war und der lautlose, silbrig weiße Schleier der Dämmerung über dem Meer schwebte.

Er zündete zwei Gaslampen an, drehte die Dochte hoch und platzierte sie zu beiden Seiten der Staffelei. Dann ließ er sich davor auf einen Stuhl nieder und betrachtete das noch unfertige Bild, mit dem er vorhatte, den Galeristen zu beeindrucken.

Es berührte ihn nach wie vor, und er war sich sicher, dass es gut war. Er musste einen anderen Weg finden, Goemans das Gemälde zu zeigen, nicht hier im Atelier.

Er rutschte vor auf die Kante des Stuhls. Ohne wirklich zu begreifen, was in ihm vorging, vermochte er nicht, sich aufs Malen zu konzentrieren. Die Stille, die er dafür benötigte, wollte sich partout nicht einstellen.

Ständig wanderten seine Gedanken zu dem Treffen zurück.

Er hatte in ihre entgeisterten Gesichter gesehen und ihr Geflüster gehört. Dazu die Eule, die nun von einem Kopf auf den anderen sprang. Das Nächste, woran er sich erinnerte, war, dass er sich schreiend den Bauch hielt, während er sich auf dem Boden wälzte und haltlos nach Luft rang. Danach hatte er sich mühsam auf die Ellenbogen gestützt und unter dem Tisch ihre schmalen Füße in den roten Pumps gesehen, dasselbe Rot wie das des Kleides, und der Anblick erregte ihn selbst jetzt noch, als er daran dachte.

Salvador nahm eine Farbtube, es war Zinnoberrot, zur Hand und öffnete den Verschluss.

In diesem Moment erlosch eine der Gaslampen, die Kartusche schien leer zu sein. Er schaute zum Fenster. Es wurde Zeit, dass die Sonne aufging.

Er widmete sich wieder dem Bild und versuchte, sich zu beruhigen, indem er sich einredete, dass es nicht so schlimm gewesen sein konnte, schließlich hatten diese Leute mit Sonderlingen aller Art zu tun. Zudem wollten sie sich am Vormittag mit ihm am Strand unterhalb des Hauses treffen.

Der Dichter, ihr Mann, hatte ihn beim Abschied am Eingang des Hotels ausdrücklich um dieses Treffen gebeten.

Doch selbst dieser gut gemeinte und als Aufmunterung gedachte Vorschlag brachte Salvador aus dem Gleichgewicht, denn sein Tagesablauf war fest strukturiert. Er arbeitete jeden Vormittag bis zwölf Uhr an seiner Staffelei, und eine Verabredung um elf Uhr würde unweigerlich bedeuten, dass er mehr als eine Stunde früher mit dem Malen aufhören musste. Aber woher sollte der Mann auch seinen Tagesablauf kennen?

Salvador stützte das Kinn auf die Hand. Er sah jedoch keine andere Möglichkeit, als zum Treffen zu erscheinen. Der Abend war in einem Desaster geendet, dabei war er selbst es, der Camille Goemans nach Cadaqués eingeladen hatte. Wohl oder übel musste er in den nächsten zwei Wochen seiner Gastgeberrolle gerecht werden, wenn er auch noch nicht wusste, wie er sich diesen Leuten gegenüber verhalten sollte.

Salvador schraubte die Tube wieder zu und legte sie zurück.

Seitdem er diese wunderschöne Frau, die sich Gala nannte, auf dem Balkon erblickt hatte, war sein Leben aus den Fugen geraten. Er konnte nicht mehr schlafen, und ständig kreisten seine Gedanken um sie. Das Malen ging ihm nicht mehr richtig von der Hand. Und wenn er sie, so wie gestern Abend, völlig unerwartet traf, stürzte seine Welt in Chaos.

Er vergrub sein Gesicht in den Händen.

Er war nicht auf sie vorbereitet. Auf seine Gala Divina. Wie sollte er ihr nur erklären, dass sie das Mädchen war, das aus seinen Träumen auferstanden war?

In ihrer Gegenwart wurde er stumm wie ein Fisch, brachte kein Wort mehr heraus, konnte sich auf nichts konzentrieren. Ihr Anblick schüchterte ihn ein, ihre Unnahbarkeit, ihre zur Schau gestellte Strenge. Doch gleichzeitig erregte sie ihn, all sein Sinnen kreiste nur um sie. Insgeheim fragte er sich, ob sie ihren Mann, diesen Dichter, überhaupt noch liebte. War nicht etwas Verhaltenes, Gekünsteltes in ihren Bewegungen, wenn sie sich an ihn wandte, als würde sie nur eine Rolle spielen? Es fiel ihm schwer, diese Ungewissheit zu ertragen.

Aber sie direkt anzusprechen, nein, das wagte er nicht.

Er nahm die Hände herunter. Sein Herz pochte noch immer wie wild.

Draußen vor dem Fenster knirschten die Schritte eines Fischers über die Kiesel. Ein erster Sonnenstrahl tastete sich vorsichtig über den Mauersims. Schluss mit diesen Gedanken, ermahnte er sich und sprang auf, um die zweite Lampe zu löschen und die Fensterläden weit aufzustoßen.

Wie gern hätte er diesen Tag, der mit so ungewissem Ausgang vor ihm lag, einfach übersprungen.

Er lauschte in die Stille, die ihn umgab, und dachte daran, dass es oft jene ominöse Lautlosigkeit war, die folgenschweren Ereignissen vorauszugehen pflegte. Er erschauerte.

Um ihn herum begann sich allmählich das Leben zu regen, in unzähligen Formen mit den vertrauten täglichen Geräuschen: Das Mädchen öffnete die Küchentür, auf die sie, weil sich das Holz verzogen hatte, mehrmals mit der geballten Faust schlagen musste, bevor sich der Schlüssel drehen und die Tür mit sandigem Knirschen öffnen ließ. Ein Schäfer zog unterhalb des Fensters mit seiner Herde vorbei, die Glöckchen an den Bändern der Tiere bimmelten gleichförmig bei jedem Schritt. Salvador nahm den intensiven Duft des Widders wahr, und in der Ferne hörte er den charakteristischen rhythmischen Ruderschlag des Fischers Enrique, der stets zehn Minuten nach dem Vorbeiziehen der Herde in sein Ohr drang.

All das wiederholte sich in gewohnter Reihenfolge wie an anderen Tagen zuvor.

Und dennoch … Heute war es irgendwie anders.

Er fühlte es an der Art, wie sein Blut durch die Adern strömte.

Etwas von großer Tragweite stand bevor. Und er ahnte auch, worum es sich dabei handelte.

Schon in wenigen Stunden würde er sie wiedersehen.

Gala.

Und dann?

Unweigerlich fragte er sich, wie es ihm gelingen sollte, ihr Interesse auf sich zu lenken.

Lange saß er da und grübelte, lauschte seinem eigenen Atem, der vor Aufregung schwer ging. Er gab den Vorsatz zu malen für heute auf, er war viel zu sehr abgelenkt.

Kurz entschlossen stellte er sich nackt vor den Spiegel.

Wie sollte er ihr gegenübertreten? Wie erreichen, dass sie sein ganzes Wesen in einem Blick entschlüsseln konnte?

Was machte ihn, Salvador Dalí, aus? Welchen seiner Wesenszüge sollte er herausstreichen, womit konnte er sie beeindrucken?

Sein Blick glitt hinüber zur Staffelei.

Er musste aus sich selbst ein Gemälde machen.

Alles, was er war, musste sich in seinem Erscheinungsbild widerspiegeln, seine Kunst, sein Intellekt … und natürlich sein Körper.

Er war groß, schlank, hatte stechende grüne Augen, und unter seiner gebräunten Haut zeichneten sich die Muskelfasern ab, wenn er sich bewegte.

Er würde sich für die Éluards sorgfältig zurechtmachen.

Man würde sich zum Baden treffen, und Salvador fand, dass zerzaustes Haar besser aussah als mit Pomade glatt gestrichenes. Er stellte sich vor, wie er, von der Sonne gebräunt und nur mit der Perlenkette um den Hals und mit stark zerzaustem Haar, zum Strand hinunterging, um sie zu begrüßen, und dabei Pinsel und Palette in der Hand hielt.

Zweifelnd betrachtete Salvador den Aufzug im Spiegel, legte Pinsel und Palette zur Seite und nahm sein bestes Oberhemd. Es war zu lang. Er fing an, es über dem Saum unregelmäßig abzuschneiden, wodurch es sich in der Länge sehr verkürzte, so dass es bei der anschließenden Anprobe nicht mal ganz bis zum Nabel reichte. Anschließend begann er, den Stoff kunstvoll zu zerreißen. Ein Loch entblößte seine linke Schulter, ein weiteres die schwarzen Haare auf der Brust.

Dann rasierte er sich die Haare unter den Armen. Er wollte unbedingt jenen zarten bläulichen Effekt erzielen, den er an den eleganten Damen in Madrid beobachtet hatte.

Aber da seine Haare tiefschwarz waren, wollte sich dieser Effekt nicht einstellen, und er holte etwas Waschblau, vermischte es mit Pulver und färbte damit die Achselhöhlen. Im ersten Moment wirkte das sehr schön, doch kurz darauf löste sich die Schicht auf und hinterließ hässliche bläuliche Streifen an seinen Seiten. Hektisch wusch er seine Achselhöhlen, so dass die von der Rasur gereizte Haut vom Reiben ganz rot wurde.

Angetrieben von der Einsicht, dass das künstliche Bläuen nicht das Richtige war, lieferte ihm ein kleiner Blutfleck, wo er sich beim Rasieren geschnitten hatte, eine neue Idee. Er nahm sein Rasiermesser und rasierte sich noch einmal. Diesmal drückte er aber fester auf, bis es blutete.

Neugierig betrachtete er sein Werk. Das Blut vertupfte er wählerisch hierhin und dorthin, als würde er mit Farbe auf einer Leinwand Akzente setzen wollen. Versonnen betrachtete er die Muster auf der Haut.

Meisterhaft!

Als letzten Pfiff steckte er sich eine feuerrote Geranie hinters Ohr.

Dalí sah sich um.

Er hätte gern etwas Parfüm genutzt, um den verwegenen Eindruck noch zu verstärken, hatte aber nur Eau de Cologne, von dessen künstlichem Geruch ihm schlecht wurde.

Plötzlich schoss ihm der Geruch des Widders durch den Kopf, und er schaute zum Fenster hinaus. Könnte er doch nur den Duft jenes Widders auflegen und sie damit betören.

Eine neuerliche Unruhe packte ihn. Er schlich in die Küche, besorgte sich Streichhölzer und zündete den kleinen Bunsenbrenner an, den er sonst für seine Radierungen benutzte. Er brachte etwas Wasser zum Kochen, um darin Fischleim aufzulösen. Er wartete nicht ab, bis die Lösung aufkochte, sondern lief inzwischen hinters Haus, wo einige Säcke Ziegenmist darauf warteten, in den Boden eingearbeitet zu werden. Er nahm etwas davon auf und warf ihn im Atelier in den aufgelösten Leim. Dann begann er mit dem Stiel eines großen Pinsels alles umzurühren. Er sah voraus, dass, sobald die Masse sich abkühlte und gelierte, der Ziegengeruch dominieren würde. Als letztes Geheimnis dieses intensiven Geruchs, der anfing, sich im gesamten Haus auszubreiten, griff er nach einer Flasche Lavendelöl, das er ebenfalls für die Radierungen benutzte und von dem ein Tropfen ausreichte, um mehrere Tage lang zäh an ihm zu haften.

Er goss die halbe Flasche hinein, hielt sein Gesicht über den dampfenden Topf und – was für ein Wunder! – es entstieg genau der gesuchte intensive Duft des Widders.

Ungeduldig ließ er die Substanz abkühlen und rieb sich anschließend etwas davon auf die Haut. Jetzt war er fertig.

Vom Glockenturm von Cadaqués schlug es die elfte Stunde.

Salvador ging zum Fenster und konnte sie schon sehen.

Er erkannte sie sofort an ihrem nackten Rücken. Ihr Körper sah noch wie der eines Kindes aus und rührte ihn. Ihre Schulterblätter und die Lendenmuskeln besaßen eine jünglinghafte, fast athletische Spannung. Der Rücken hingegen war außerordentlich weiblich. Ihre auffällig schlanke Taille betonte ihr zartes Gesäß. Heißes Begehren schoss in ihm hoch.

Er sah, wie der Wind mit ihren langen Haaren spielte, den eleganten Badeanzug, die weiße Reinheit ihrer Haut, die von der Sonne eine leichte Rötung aufwies. Er bemerkte die Männer, die ein Stück entfernt bis zu den Knien im seichten Wasser standen und Kiesel über die sanften Wellen springen ließen.

Salvador schluckte. Sie war so schön, so makellos.

Ihre Haltung fließend und gleichzeitig sanft wie das Meer.

Wie hatte er nur den ganzen Morgen mit diesem Theater zubringen können, ohne zu erkennen, dass er sich irrte?

Wie konnte er annehmen, dass der Anblick seiner verrückten Auftakelung dieser Frau imponieren könnte?

Jetzt, als er sie unten am Strand sah, wagte er nicht mehr, so vor ihr zu erscheinen. Es war ihm, als würde allein durch ihre Anwesenheit ein dunkler Schleier vor seinem Geist weggezogen werden, und während er sich im Spiegel betrachtete, fand er seine schrille Aufmachung plötzlich erbärmlich. Angeekelt schüttelte er über die eigene Clownerie den Kopf.

»Du siehst aus wie ein Wilder!«, schrie er seinem Spiegelbild ins Gesicht.

Er wusch sich, so gut und gründlich er konnte, um den erstickenden Gestank, den er verströmte, endgültig loszuwerden. Erst als er mit dem Ergebnis einigermaßen zufrieden war, streifte er ein schwarzes Seidenhemd über und stieg in die weiße gebügelte Hose. Nur auf die gewohnte Perlenkette und die Geranienblüte hinter dem Ohr wollte er nicht verzichten.

KAPITEL 7

Als Goemans Salvador erblickte, breitete er freudig die Arme aus und rief: »Ah, da ist er ja, unser junger Künstler!« Er ging zwei schnelle Schritte auf ihn zu und legte ihm die Hand freundschaftlich auf die Schulter. »Dalí«, sagte er. »Gott sei Dank, Sie kommen gerade recht. Unsere Frauen haben einen Fischer entdeckt und wollen ihn überreden, mit ihnen eine Kahnfahrt zu unternehmen. Sie wissen ja, wie die Damen sind.«

Camille Goemans trat zur Seite und deutete auf einen Mann, der mit zwei Rudern in den Händen am Strand stand, umringt von Yvonne und Georgette, die munter auf ihn einredeten.

Gala saß abseits auf einem Stein unter einem Sonnenschirm, den sie elegant in der Hand balancierte. Ihr Gesicht konnte Salvador nicht erkennen, es lag im Schatten.

»Und was werden die Herren in der Zeit machen?«, fragte er.

»Paul, René und ich haben vorhin ein nettes Plätzchen in einem kleinen Café entdeckt. Ich denke, wir werden dort etwas trinken und über dies und das reden.«

Salvador glaubte herauszuhören, dass der Wunsch der Frauen nach einem Bootsausflug den drei Männern sehr gelegen kam. Zudem hatte ihn Camille nicht zu dem Treffen eingeladen, also wollten sie offenbar unter sich bleiben.

Ein Lächeln stahl sich in sein Gesicht. Möglicherweise konnte er an diesem Vormittag noch an die Staffelei zurückkehren, wenn die Damen auf See und die Männer eingekehrt waren.

Salvador richtete seine Aufmerksamkeit auf den Mann mit den Rudern und erkannte ihn nun. Es war El Beti.

Das wird ja immer besser, frohlockte er innerlich.

Alle Blicke waren neugierig auf ihn gerichtet, als sich die beiden Männer herzlich begrüßten. Auch El Beti schien über Salvadors Erscheinen erleichtert.

»Die Damen aus Paris wollen mit dir hinausfahren«, stellte Salvador fest.

»Ist mir bekannt«, erklärte El Beti ausweichend.

»Und was ist dann das Problem?«

»Ich muss heute zu den Hummerbänken, die Körbe leeren.«

»Hummer?«, fragte René Magritte aufgeregt dazwischen. »Aber das ist doch phantastisch. Sie nehmen unsere Frauen mit, und im Gegenzug kaufen wir Ihnen sechs von diesen wunderbaren Krustentieren ab. Die kann uns der Hotelkoch dann zum Abendessen servieren. Was meint ihr?«

El Beti wirkte immer noch unentschlossen.

»Werte Damen, ein Fischerboot ist kein Ausflugsdampfer. Darin kann es schon mal nass und ungemütlich werden. Und es riecht auch nicht so vorzüglich.«

Doch bevor Salvador etwas darauf erwidern konnte, warf Yvonne fordernd den Kopf zurück, und ihre Augen blitzten. »Na, hören Sie mal, wir sind moderne Frauen. Wir fürchten uns nicht vor etwas Wasser und ein paar Fischschuppen. Es ist für uns ein Abenteuer, und wenn Sie uns zeigen, wie das mit diesen … Hummerkörben funktioniert, könnten wir Ihnen sogar behilflich sein.«

»Vielleicht«, stimmte Georgette halbherzig zu, der man ansah, dass sie nicht recht wusste, was sie von der Idee halten sollte.

»Na gut, wie Sie wollen …«, murmelte El Beti. »Sie nehmen mir sechs Hummer ab, und ich fahre mit den Frauen hinaus. Aber Sie bezahlen die Hummer jetzt gleich. Ich bringe sie Ihnen später ins Miramar.« Er nannte einen Preis und streckte die Hand aus.

Paul öffnete seine Geldbörse und reichte ihm großzügig zwei Scheine. »Ich denke, das sollte reichen«, sagte er. »Der Rest ist für die Umstände, die wir Ihnen eventuell bereiten.«

Beim Anblick des Geldes schnalzte der Fischer mit der Zunge, steckte die Scheine in die Hosentasche und zündete sich eine Zigarette an.

»Was ist mit Ihrer Frau? Kommt die auch mit?«, fragte Salvador.

»Ich denke, sie würde sich gern am Ausflug beteiligen«, sagte Paul und drehte sich zu Gala um, die noch immer abseits der Gruppe saß.

»Das geht nicht, ich habe das Boot voll mit den Körben«, protestierte El Beti. »Da kann ich nur zwei mitnehmen.«

Salvador bemerkte, dass Yvonne und Georgette sich einen Blick zuwarfen und mit der Antwort offenbar nicht unzufrieden waren.

Er spürte, dass er wegen ihrer zur Schau gestellten Ablehnung gegenüber Gala ärgerlich wurde. Und noch ehe er darüber nachgedacht hatte, hörte er sich zu Paul sagen: »Wenn Sie keine Einwände haben, fahre ich mit Ihrer Frau hinaus.«

Paul nickte zustimmend, und El Beti fügte beflissen hinzu:

»Das ist eine sehr gute Idee, Salvador kennt die Küste genauso gut wie ich, und das Boot der Dalís ist in einem fabelhaften Zustand. Ich habe es selbst überholt.«

»Gut, die Herren. Dann holen Sie jetzt mal die Boote ans Ufer, damit die Damen einsteigen können«, schlug Goemans vor.

El Beti grinste und betrachtete die hochgekrempelten Hosenbeine der Männer. »Nein, das Ufer ist zu steinig. Wir könnten den Rumpf beschädigen. Sie müssen Ihre Frauen schon zu den Booten tragen.«

Zum ersten Mal in seinem Leben befand Salvador sich mit einer fremden Frau allein in einem Boot, und er fragte sich, ob sie freiwillig mit ihm gefahren war oder ob sie sich nur dem Wunsch ihres Mannes gebeugt hatte. Die Verabschiedung war kühl ausgefallen, nachdem Paul sie durch das Wasser getragen und auf der Rückbank abgesetzt hatte. Dort saß sie noch immer unter ihrem Sonnenschirm, das Gesicht wieder im Schatten verborgen.

El Betis Fischerkahn verschwand jetzt rechts hinter der

Landzunge, was Salvador gelegen kam, denn er hatte vor, Gala eine der kleinen versteckten Buchten zwischen Cadaqués und dem Cap zu zeigen, die sich malerisch und geheimnisvoll zwischen den Klippen auftaten. Salvador legte sich so mächtig in die Riemen, dass die Holmen knarrten.

Sein Herz raste, als hätte er Angst.

Aber es war nicht die Furcht vor dem Meer, welches sie jetzt weitflächig in glitzerndem Türkis umgab. Schon als Kinder waren er und seine Schwester mit El Beti hinausgefahren, er kannte Küste und Strömungen wie seine Westentasche. Vielmehr war es die Nähe dieser Frau, die er so verehrte und die jetzt bei ihm saß.

Gala musste zugeben, dass die Bootspartie, die sie anfangs als alberne Idee abgetan hatte, ihr zunehmend Freude bereitete. Zumal der junge Künstler extra noch einmal für sie ins Haus zurückgelaufen war, um zwei Kissen zu holen, damit sie es auf ihrem Platz bequem hatte.

So fürsorglich kümmert man sich hier um eine Frau, ging es ihr durch den Kopf, und der Gedanke an Pauls Gleichgültigkeit schmerzte wie ein Stachel in ihrer Brust.

Gala schürzte die Lippen.

Sie konnte sich diesen wunderschönen Tag vergällen, indem sie die immer gleichen unerfreulichen Gedanken über den Zustand ihrer Ehe wälzte, ohne auch nur im Ansatz etwas daran ändern zu können, oder sie schob die Sorgen für heute einfach beiseite.

Sie hob ein wenig den Rand des Schirms und erblickte einen großen Felshöcker, eine Insel, deren großartige, wuchtige Gestalt den jungen Künstler zu fesseln schien. Gala betrachtete die spitz aus dem Wasser ragende Felsmasse. Die Sonne warf ein waagrechtes, grelles Licht und ließ die unterschiedlichen Brauntöne ineinander verschwimmen.

Man könnte aus der Ferne meinen, die Insel gehöre zum Festland, dachte sie, so dicht war sie vorgelagert.

»Wir nennen dieses Felsdreieck, das dort vorn aus dem Meer ragt, ›Cururucue‹«, sagte Salvador beinahe feierlich. »Es liegt am Eingang zur Bucht und ist inzwischen fast so etwas wie das Wahrzeichen von Cadaqués.«

Gala drehte den Kopf, betrachtete ihn verstohlen unter ihrem Schirm hervor. Die dunklen, sehnigen Arme, die kräftig an den Holmen zogen, der sich wiegende Oberkörper, sein konzentriertes Gesicht. Das schwarze halblange Haar flatterte im Wind, der die rote Geranienblüte, die Dalí sich, aus welchem Grund auch immer, hinters Ohr gesteckt hatte, von ihm unbemerkt ins Meer wehte.

Sie musste zugeben, dass sie beim Anblick der durchnässten roten Blütenblättchen, die nun haltlos an der Bordwand entlang trieben, eine tiefe Befriedigung empfand. Sie mochte im Grunde exzentrische Menschen, denn sie zählte sich selbst dazu. Aber ihrer Meinung nach musste ein ausgefallenes Erscheinungsbild elegant und geschmackvoll sein. Da waren Klasse und Stil unabdingbar, damit es nicht ins Lächerliche abglitt. Sie selbst legte größten Wert auf die Auswahl ihrer Garderobe, das Make-up und die Frisur. Es war ihr wichtig, wie sie in der Öffentlichkeit auftrat und wahrgenommen wurde. In einer Stadt wie Paris und in den Kreisen, in denen sie und Paul verkehrten, waren persönliche Ausstrahlung und exquisite Kleidung eine Visitenkarte. Für billigen Firlefanz war da kein Platz.

Der Klang seiner Stimme riss sie aus ihren Gedanken. »Entschuldigen Sie, was haben Sie gesagt?«

»Ich habe Sie gefragt, ob Ihnen der Ausflug gefällt?«

Sie blickte ihn an, dann nickte sie langsam, um etwas Zeit zu gewinnen, und bemerkte dann fast unbeteiligt: »Es ist wirklich nett.«

Salvador hörte abrupt auf zu rudern. »Sie wissen schon, was man über das kleine Wörtchen *nett* sagt?«

Sie fing an zu lachen, schloss den Sonnenschirm mit einer einzigen Bewegung und legte ihn neben sich auf die Bank. »Ich wollte Sie nicht beleidigen. Es ist sehr schön hier.«

Salvador ruderte weiter.

»Darf ich Ihnen noch eine Frage stellen?«

Sie sah ihn abwartend an. Er wartete drei Ruderschläge ab, dann entschloss er sich, ihr Schweigen als Zustimmung zu werten.

»Sie haben einen sehr ungewöhnlichen Namen, Gala.«

»Finden Sie?«

Sie beugte sich über den Rand des Bootes, fuhr mit der flachen Hand über die glitzernde Oberfläche des Meeres, um sich mit dem Wasser die Handgelenke zu kühlen.

»Mein Taufname ist Helena«, sagte sie wie nebenbei,

und ihre Stimme kratzte ein wenig, als sie das »H« aussprach. »Aber ich fand Gala für mich passender.«

»Ich habe gehört, dass Sie aus Russland stammen.«

Wieder zögerte sie, bevor sie antwortete: »Ja.«

»Ich finde, die Russen sind ein großartiges und stolzes Volk.«

Gala beugte sich leicht vor und stützte einen Ellenbogen auf den Knien ab. In ihren Mundwinkeln erkannte Salvador einen Zug von Bitterkeit. »Und ein missverstandenes.«

»Wie meinen Sie das?«

Sie richtete sich auf, ihre Augen funkelten. »Weil wir Russen – anders als Franzosen und Engländer, die ihre Gefühle wie ihre Gärten kultiviert haben – gern auf einem Vulkan tanzen. Wir sind von einer unbändigen Leidenschaft erfüllt. Wir tun alles mit derselben Hingabe, ob wir nun lieben, feiern, trauern oder leiden. Wir können jahrelang verbissen ein Ziel verfolgen und dann alles aus einer Laune heraus in weniger als einer Minute komplett zerstören. Lesen Sie Dostojewski, dann wissen Sie alles, was Sie über uns Russen erfahren können.«

Gala verschränkte die Arme vor der Brust. »Würde sich ein Franzose oder Engländer wie ein Russe gebärden, man würde ihn ins Irrenhaus sperren. Deshalb halten sie mich wohl auch manchmal für verrückt, für launisch und unberechenbar.« Nach einer Weile fügte sie leise, wie zu sich selbst hinzu: »Glauben Sie mir, in Frankreich haben sie alle Sicherheiten, doch in Russland ist das Leben stark.«

Sie verstummte. Seitlich über den Klippen kreisten Seevögel. Ihre weißen Schatten durchschnitten kreischend das dunstige Blau des Himmels.

»Fühlen Sie sich noch immer mit Russland verbunden?«

Gala hob eine Augenbraue. Diese Frage hatte ihr seit Langem niemand mehr gestellt, und sie hatte darauf keine einfache Antwort.

»Sie meinen, ob ich dorthin zurückkehren würde? In die Sowjetunion?«

»Würden Sie?«

Sie schüttelte den Kopf. »Das ist nicht mehr mein Land.«

Sie dachte an ihren letzten Besuch vor zwei Jahren in Moskau, wo ihr Armut, Gewalt und Willkür begegnet waren.

Ihrem Stiefvater Dimitri, einem Rechtsanwalt und Liberalen, hatten die Kommunisten das Haus weggenommen. Jetzt hauste er mit ihrer Mutter Antonina in zwei winzigen Zimmern unter dem Dach. Überall in den restlichen Zimmern lebten fremde Menschen, und Lebensmittel und Brennholz gab es für sie nur auf Marken, die von einer keifenden Alten mit roter Armbinde verteilt wurden. Fast täglich gab es Kontrollen durch die Geheimpolizei. Im Flüsterton hatte der Stiefvater ihr erzählt, dass Wadim, ihr ältester Bruder, in ein Umerziehungslager nach Sibirien gesteckt worden war. Das alles erschreckte und beunruhigte sie, und Gala konnte es kaum erwarten, wieder abzureisen. Selbst heute konnte sie sich noch gut erinnern, wie sie mit klopfendem Herzen über das Fallreep an Bord des Schiffes nach Frankreich gegangen war, ein Schiff ohne Wiederkehr. Erst als sie die offene See erreicht hatte, war sie sich des Schmerzes, des endgültigen Abschieds bewusst geworden und hatte ihren Tränen freien Lauf gelassen.

Sie hatte mit niemandem, nicht einmal mit Paul, über dieses erschütternde Erlebnis gesprochen und würde es auch heute nicht tun.

»Dann ist jetzt Frankreich Ihre Heimat?«

Gala sah Salvador überrascht an. »Sie stellen eine Menge Fragen, junger Mann.«

»Sie sind eine ungewöhnliche Frau«, erwiderte er ernst.

Sie faltete die Hände zusammen. »Sie fragen mich also nach meiner Heimat? Heimat, das ist für mich kein Ort. Ich finde sie in Büchern oder in dem Menschen, den ich liebe.«

Die Mittagssonne schien heiß, und Gala spannte den Schirm wieder auf. Sie sann über die Worte nach. Was aber, wenn da keine Liebe mehr war? Sie wollte nicht darüber nachdenken und konzentrierte sich wieder auf die Gegenwart.

»Ist es noch weit zu dem Platz, den Sie mir zeigen wollen?«

»Nein, nein! Es ist gleich dort hinter der Klippe.«

»Gut.« Gala setzte sich bequemer hin. »Wie ist das bei Ihnen? Ich habe gehört, Sie versuchen, als Künstler in Paris Fuß zu fassen, aber Sie erwecken für mich den Eindruck, als hätten Sie vielmehr hier Ihre Wurzeln.«

Salvador nickte. »O ja, Madame. Und was für Wurzeln, überall hier in Katalonien. Wissen Sie, wir Katalanen sind ein genauso stolzes Volk wie die Russen. Man sieht es vielleicht den Orten heute nicht mehr so an, aber der katalanische Adel regierte einst beinahe ganz Westeuropa. Sagt Ihnen die Krone von Aragonien etwas?«

Gala blickte ihn fragend an.

»Die Könige von Aragonien regierten von 1035 bis 1707 über zahlreiche Königreiche.«

»Welche waren das denn?«

»Da war selbstverständlich ihr eigenes, Aragonien, gefolgt von den Königreichen Mallorca, Valencia, Sizilien, Sardinien, Korsika und Neapel. Hinzu kamen die Herzogtümer Athen und Neopatria sowie die Grafschaft Barcelona, Roussillon und Cerdanya. Nicht zu vergessen die Herrschaft Montpellier.«

»Und was geschah dann?«

»Eine Fehlentscheidung reichte, wir Katalanen unterstützten die falsche Seite und verloren nicht nur die Schlacht, sondern auch am 25. April 1707 unsere Unabhängigkeit. Ein rabenschwarzer Tag für Katalonien.«

Gala merkte, wie Salvador jetzt die Richtung änderte und das Boot in eine kleine Bucht hineinsteuerte.

»Sie können sich als Russin sicher vorstellen, dass die Katalanen – ein Volk, das beinahe siebenhundert Jahre geherrscht und selbstbestimmt über sein Schicksal entschieden hat – sich bis heute der Bevormundung aus Madrid widersetzen.«

Gala bemerkte die Entrüstung auf seinem Gesicht.

»Diese Herren in Madrid tun alles ihnen Mögliche, um unseren freien Geist in die Knie zu zwingen. Sie verbieten unsere Sprache, unsere Musik, unsere Tänze. Aber das wird ihnen nicht gelingen, solange Blut in unseren Adern fließt. Die Erinnerungen an glorreiche Zeiten, sie sind in diesem Stein geronnen und dieser Landschaft und ihren Menschen eingeschrieben, die werden sie niemals tilgen können.«

Seine letzten Worte hallten zwischen den Felsen.

Salvador hob die Ruder aus dem Wasser; lautlos glitt der Schatten des Bootes über das Wasser.

»Fühlen Sie doch nur«, flüsterte er, »spüren Sie nicht auch den Hauch, der vom Himmel herunterkommt und sich mit der Tiefe des Meeres vereint?«

Gala legte den Schirm zur Seite und beugte sich über den Rand des Bootes. Das Wasser war hier zwei bis drei Meter tief und dabei von einer kristallklaren Durchlässigkeit, dass sie bis auf den Grund hinabsehen konnte, wo Pflanzen sich leicht in der Dünung bewegten.

Plötzlich packte sie eine unbändige Lust, schwimmen zu gehen. Wortlos erhob sich Gala, streifte rasch ihr Kleid ab, unter dem ein heller Badeanzug zum Vorschein kam, und stellte sich ans Heck des Bootes. Ohne auf Salvador zu achten, sprang sie kopfüber ins Meer.

Das Wasser empfing sie wie eine alte Freundin, erfreut, sie wiederzusehen. Zahllose Luftbläschen stiegen um sie herum auf, tanzten silbern auf den Wellen, und die kühle See wusch die aufgestaute Hitze aus ihren Poren.

Gala fühlte sich unbeschwert, beinahe unerwartet leicht.

Sie sah, wie Salvador mit einem kräftigen Ruck die Spitze des Kahns auf den Kies zog und die Schlaufe am Ende eines Seiles um einen Stein legte.

Er hatte sich bis auf die Badehose entkleidet und rannte jetzt ausgelassen ins Meer, dass es nur so spritzte. Dann tauchte er unter, nur um vier Meter entfernt wieder zum Vorschein zu kommen.

Sie legte sich auf den Rücken und ließ sich treiben, die Blicke in der Weite des Himmels verloren. Sie mochte den Zustand, sich augenblicklich um nichts kümmern zu müssen. Sie schloss die Augen, fühlte die Sonne auf ihrem Gesicht und die stumpfen Spitzen der Pflanzenblätter, die ihr in der Nähe der Felsen unter dem Wasser sanft über den Rücken strichen.

Sie war völlig entspannt. Umso mehr erschrak sie, als sich plötzlich fremde Finger über ihre schoben.

Überrascht hob sie den Kopf und erblickte Salvador, der sie erschrocken anstarrte.

»Oh, Verzeihung«, stammelte er. »Das tut mir sehr leid, es war nicht meine Absicht. Ich bin wohl auf Sie zugetrieben und …«

Gala lachte herzlich.

»Was haben Sie denn?«, fragte sie in spöttischem Ton, lächelnd. »War es Ihnen so unangenehm, mich zu berühren?«

Die Verlegenheit färbte sein ohnehin braun gebranntes Gesicht noch eine Spur dunkler. Sie achtete nicht weiter darauf und machte ein paar Schwimmzüge.

Salvador strich sich die feuchten Haare aus der Stirn und betrachtete sie heimlich. Sie erschien ihm so zauberhaft wie eine Elfe … Er konnte ihre Haare sehen, bemerkte die Wassertropfen, die sich wie schimmernde Perlen darin verfangen hatten. Ihr Profil, das anmutige Lächeln. Er kniff die Augen zusammen und erkannte sogar die Grübchen an ihrem Kinn.

Gala trat jetzt auf der Stelle.

»Sie betrachten mich«, sagte sie, und der Ton ihrer Stimme verriet ihm nicht, was sie davon hielt.

»Wie könnte ich nicht …«, antwortete er hilflos und errötete noch mehr, weil sie seine Blicke bemerkt hatte und an seiner Verlegenheit bestimmt ihren Spaß hatte.

Aber innerlich jubilierte er, dass es ihm gelungen war, wenn auch nur für wenige Augenblicke, ihre Aufmerksamkeit zu fesseln.

Gala zwinkerte ihm aufmunternd zu, bevor sie sich anschickte, an Land zu schwimmen.

Salvador sah ihr verblüfft nach. Diese Frau jagte ihm einen Schauder der Befriedigung über den Rücken, machte ihm aber auch gleichzeitig Angst.

Er spürte, wie Nervosität in ihm aufzusteigen drohte, und hielt die Luft an. Um sich abzulenken, stürzte er sich heftig ins Wasser und kraulte unter vollem Einsatz von Armen und Beinen ebenfalls zum Ufer. Er überholte sie, ging hinaus und ergriff eines der Handtücher.

Gerade noch rechtzeitig, denn hinter ihm erreichte Gala den Strand. Er faltete das Handtuch für sie auseinander.

Sie blieb stehen und warf mit einer schnellen Bewegung ihr Haar zurück, so dass ein funkelnder Sprühregen durch die Luft wirbelte. Sie erinnerte ihn an die Göttin Aphrodite, die dem Meeresschaum entstieg.

Er hatte vorgehabt, ihr das Handtuch mit ausgestrecktem Arm zu reichen, aus sicherer Entfernung, doch dann drehte sie sich um und wartete auf ihn. Zuerst dachte er, sie wollte weiter das Meer betrachten, das jetzt zur Ruhe kam in einem Blau, dessen durchsichtige Blässe sich langsam in einem zarten Rosa verlor. Doch dann bemerkte er, wie sie anfing zu frösteln, und er verstand endlich. Rasch trat er hinter sie und legte ihr mit angehaltenem Atem das Handtuch behutsam über die Schultern. Wieder berührten seine Fingerspitzen ihre kühle, glatte Haut, und er kämpfte erfolgreich gegen den Drang an, fliehen zu wollen. Er machte einen kleinen Schritt zurück.

»Ich hoffe, Sie erkälten sich nicht«, sagte er, weil ihm nichts Besseres einfiel.

Sie lachte herzhaft. »Haben Sie schon vergessen, Salvador? Ich komme aus Russland. Schnee und Eis. Ich darf doch Salvador zu Ihnen sagen?«

Er nickte verlegen.

»Gut.« Sie schwieg, schaute wieder aufs Meer hinaus, als wäre ihr der Gesprächsfaden abhanden gekommen. Sie blickte über die Schulter zu ihm. »Selbst im Sommer blieben bei uns die Temperaturen meistens unter zwanzig Grad. Aber wir gingen trotzdem schwimmen. Das härtet ab.«

Hinter ihnen im Dickicht bei den Olivenbäumen sang

ein Vogel. Salvador zögerte, dann brach es aus ihm heraus: »Hier ist das Wasser herrlich warm. Wenn Sie wollen, kann ich Sie in Ihren Ferien jeden Tag abholen und Ihnen andere wunderschöne Buchten zeigen. Sie müssen es mir nur sagen.«

Sie drehte sich zu ihm um und sah ihn lange an. »Ich werde über Ihren Vorschlag nachdenken.«

»Versprochen?«

Ihre Miene hellte sich auf. Sie war so viel Aufmerksamkeit nicht mehr gewohnt.

»Ja. Versprochen.«

Ihm war anzusehen, dass er sich über ihre Antwort freute.

Sie ging weiter den Strand hinauf und setzte sich.

Salvador setzte sich neben sie in den Sand.

»Wie ich gestern aus Ihrem Gespräch mit Camille entnehmen konnte, planen Sie für den Herbst eine Ausstellung in Paris?«

Salvador räusperte sich. »Das ist richtig. Ich bereite für ihn eine Einzelausstellung vor.«

»Aha.« Gala nahm ein Stück schwarzes Schiefergestein und strich nachdenklich die Sandkörner von der Oberfläche. »Ich möchte Ihnen nicht zu nahetreten, aber ich hatte gestern das Gefühl, dass Ihnen der Gedanke missfiel, dass die Herren Sie im Atelier besuchen wollen.«

Er wandte sich mit schmalem Lächeln zu ihr. Es wirkte auf sie betrübt, aber gleichzeitig ungehalten.

»Ich will dort niemanden empfangen. Verstehen Sie mich nicht falsch. Ich bin Señor Goemans zu Dank verpflichtet. Aber es ist mein Zimmer, meine Zuflucht. Ich will dort keine Fremden.«

Gala nickte. »Und wie wollen Sie das Problem lösen?«

Salvador zuckte mit den Schultern. »Ich habe noch keine Idee«, gab er ehrlich zu.

Gala musterte ihn. »Ich war gestern in diesem Casino, Sie wissen schon, dieser quadratische Kasten in der Nähe unseres Hotels.« Mit knappen Worten berichtete sie ihm von ihrem Versuch, ein Buch auszuleihen. Er lachte, und sie bemerkte, wie er an ihren Lippen hing und interessiert ihren Ausführungen folgte.

»Jedenfalls kam mir der Gedanke«, sie sprach jetzt leiser, vertraulicher, »dass Sie eventuell dort in einem Raum einige Ihrer Bilder präsentieren könnten.«

Ihm wurde heiß vor Aufregung. »Der Einfall ist grandios!«, sagte er atemlos, und ihm ging durch den Kopf, dass er mit Señor Jordà, dem Pförtner, darüber reden müsse. Es war sicher nicht schwierig, Staffeleien in einem der Räume im Parterre aufzustellen. Er könnte sie am Nachmittag mit dem Fahrrad dorthin bringen, die Bilder würde er dann am Abend mitnehmen.

»Was meinen Sie, wie spät es ist?«, fragte Gala unvermittelt.

Salvador sah sich kurz zum Felsen um. »Halb vier.«

»Ist das wahr?« Skeptisch sah ihn Gala an. »Sie tragen keine Uhr. Wie kommen Sie darauf?«

Salvador deutete auf die Klippen. »Sehen Sie, wie sich dort drüben der Sonnenstand auf den Oberflächen abzeichnet, und beachten Sie die Länge der Schatten. Im

Prinzip funktionieren die Felsen wie Sonnenuhren. Wenn man weiß, wie, kann man an ihnen die Zeit ablesen.«

»Und das funktioniert wirklich?«

»Plus oder minus ein paar Minuten. Die Abweichung beträgt höchstens zehn Minuten. Früher hatte ich manchmal eine Uhr dabei, um es zu überprüfen, doch jetzt ist das nicht mehr nötig.« Auf einmal wurde er unruhig. »Meinen Sie, wir sollten an unsere Rückkehr denken? Ihr Mann wartet bestimmt schon ungeduldig, sicher macht er sich Sorgen.«

Er sprang auf.

Gala verzog das Gesicht. »Paul und sich Sorgen machen? Salvador, der Gedanke ist tröstlich, trifft aber auf meinen Gatten nicht zu.«

Sie reichte ihm die Hand, und er half ihr galant beim Aufstehen.

»Glauben Sie mir, ich bin ein großes Mädchen. Um mich muss sich niemand Sorgen machen.«

Salvador bemerkte, dass sie mit ihrer Einschätzung recht hatte. Als er mit ihr in die Bucht ruderte, lag El Betis Boot schon da, doch der Strand war verwaist. Gala legte die Stirn in Falten.

Salvador steuerte das Boot möglichst nahe ans Ufer, dann stürzte er den Anker über die Bordwand. Anschließend stieg er ins Wasser und breitete die Arme aus.

»Kommen Sie«, sagte er, und seine Stimme klang rau. »Ich bringe Sie selbst ans Ufer.«

Zuerst wollte Gala protestieren, doch dann erfasste sie

gleichzeitig eine gewisse Erregung, die man spürte, wenn man etwas Unerhörtes tat.

Langsam erhob sie sich, setzte sich seitlich auf den Rand des Bootes und ließ sich in seine Arme sinken.

Sie legte ihm einen Arm um den Hals und bemerkte, dass er sich bemühte, sie dabei nicht anzuschauen. Vielmehr hielt er den Blick starr nach vorne gerichtet. Sanft setzte er sie auf den Kieseln ab.

»Was machen Sie jetzt?«, fragte er, sichtlich verlegen, als sie ihren Arm von seinem Nacken löste.

Gala schlüpfte in ihre Schuhe und streckte den Rücken durch. »Ich gehe ins Hotel. Ich denke, die anderen werden schon dort sein«, fügte sie tonlos hinzu.

Dann streckte sie auf einmal ihre zarte Hand aus, legte sie sanft auf seinen Unterarm und schaute ihm in die Augen. »Vielen Dank für den wunderschönen Tag.«

Dann wandte sie sich ab und ging, ohne sich noch einmal nach ihm umzudrehen.

KAPITEL 8

Mit weit ausholenden Schritten lief Salvador durch die Altstadt.

In den engen Gassen zwischen den Häusern herrschte ein buntes Treiben. Männer standen in den Hauseingängen und rasierten sich, Frauen unterhielten sich laut von Balkon zu Balkon, und er musste einer Horde Kinder ausweichen, die laut schreiend einer getigerten Katze hinterhertobten, bis die sich fauchend mit einem Sprung auf einen Mauersims rettete.

Aber Salvador war mit seinen Gedanken ganz woanders.

Gleich am Tag nach dem Bootsausflug war er zu Señor Jordà ins Casino gegangen und hatte mit ihm darüber gesprochen, dass er den prominenten Gästen aus Paris im Casino eines seiner Gemälde präsentieren wolle.

Señor Jordà hatte über das gesamte Gesicht gestrahlt und dabei immer wieder gemurmelt: »Es ist uns eine Ehre, Salvador. Wirklich eine Ehre.«

Anschließend hatte er ihn überreden wollen, den großen Gemeinschaftsraum im Erdgeschoss zu nutzen, der allen Besuchern zugänglich war. Salvador dagegen entschied sich für ein kleines, unmöbliertes Zimmer in der ersten Etage mit einem bodentiefen Fenster zur Meerseite, durch das breit gefächert Sonnenlicht flutete. Ansonsten war dieser Raum karg und leer, genau das, was er suchte. Hier würde nichts den Betrachter vom Bild ablenken.

Eine Stunde später hatte er die Staffelei aufgestellt, und jetzt trug er sein Bild, sorgsam in Wachspapier gewickelt, unter dem Arm dorthin.

Als er es mithilfe seiner Schwester verpackt hatte, hatte er sich im Grunde seines Herzens ein Urteil gebildet – dass nämlich so ein vollendetes Bild noch nie zuvor gemalt worden war.

Er bildete sich nicht ein, dass sein Gemälde besser sei als die Bilder von Millet oder die von anderen berühmten Malern, aber er war überzeugt, dass das, was er in diesem Bild ausdrücken wollte und ausgedrückt hatte, noch von niemandem vorher zum Ausdruck gebracht worden war. Dieser Gedanke verfolgte ihn, seitdem ihm die Idee zu dem Bild gekommen war und er es zu malen begonnen hatte.

Salvador hielt inne und klemmte eine Papierecke, die er unvorsichtigerweise gelöst hatte, mit zitternden Fingern unter dem Sisalstrick fest, der die Verpackung zusammenhielt.

Aber dennoch war das Urteil anderer – vor allem, wenn es sich um Intellektuelle oder einen Kunsthändler handelte – für ihn von ungeheurer Wichtigkeit.

Nervös schaute er auf die Armbanduhr und setzte seinen Weg durch die Gassen fort. Er konnte nicht verleugnen, dass all dies ihn mächtig aufregte. Nicht, dass er den anderen, die seine Werke betrachteten, ein größeres Verständnis zuschrieb, als er selbst zu besitzen glaubte. Eher das Gegenteil war der Fall. Oft musste er die Erfahrung machen, dass sie von seinen Bildern irritiert und überfordert waren, dass sie etwas darin zu entdecken glaubten, was er selbst nicht darin sah und auch nicht beabsichtigt hatte.

Eilig ging er auf das Portal des Casinos zu und stieß die Tür mit der Schuhspitze eine Spur zu heftig auf.

Señor Jordà kam aus seinem Verschlag geschossen und schob eifrig sein Brillengestell auf die Nase zurück.

»Salvador, warte, ich helfe dir.« Er blockierte den Türflügel und wies unbestimmt mit dem Finger nach oben zur Decke. »Die Herren erwarten dich schon.«

»Danke«, antwortete er, und kurz empfand er so etwas wie eine unbestimmte Enttäuschung.

Die *Herren* erwarteten ihn, hatte Señor Jordà gesagt. Gala war also nicht mitgekommen. Ohne sich dessen bewusst gewesen zu sein, hatte ihn die Vorstellung ihrer Anwesenheit beflügelt. Nun musste er einsehen, dass er ihr gleichgültig war.

Hastig stieg er die Treppenstufen hinauf. Seine Glieder fingen an zu zittern, die Nervosität breitete sich in ihm aus. Angestrengt presste er die Stirn gegen die Wand.

Reiß dich zusammen! Blamier dich nicht wieder. Dort hinter der Tür wartet nur dein Galerist, der ein Bild von dir sehen will. Vergiss sie!

Mit der letzten Kraft, die er aufzubringen vermochte, drückte er die Klinke nieder und betrat den Raum.

»Dalí. Schön, Sie zu sehen.«

Goemans kam lächelnd auf ihn zu und schüttelte ihm herzlich die Hand. Auch die anderen beiden Männer begrüßten ihn mit freundlicher Zurückhaltung.

»Dann darf ich Sie bitten«, sagte Salvador, bemüht um eine professionelle Haltung, während er den Strick löste, das Wachspapier zur Seite schlug und das Gemälde behutsam auf die Staffelei stellte. Höflich trat er zur Seite und gab den Blick auf das Gemälde frei.

»Es hat noch keinen Titel«, murmelte er verlegen und fühlte, dass seine Lippen vor Aufregung zu zittern begannen.

Er ging ein paar Schritte zurück und stellte sich hinter die Betrachter.

Während der wenigen Sekunden, in denen sich die drei Männer schweigend das Bild ansahen, betrachtete auch Salvador sein Werk, und zwar mit dem verkaufsorientierten Blick eines Galeristen. In diesen wenigen Momenten kam er zu der festen Überzeugung, dass die drei Männer das maßgebendste und zutreffendste Urteil abgeben würden. Er vergaß alles, was er während seiner Arbeit der letzten Monate über sein Bild gedacht hatte; er vergaß alle Qualitäten des Bildes, von denen er überzeugt gewesen war; er sah es mit den abschätzenden Augen seiner Gäste und entdeckte an ihm auf einmal nichts Gutes mehr.

Er betrachtete jede einzelne Gestalt auf seinem Gemälde, die nach so vielen Vorzeichnungen, Studien und Korrekturen mit ihren charakteristischen Zügen gewachsen war. Er umschloss jede einzelne Figur, jede Metapher, egal ob sie für seine Ängste oder Sehnsüchte stand. Alle waren sie mühsam abgeleitet aus seinem tiefsten Innern, das ihm so viele Qualen und gleichzeitig so viel Freude bereitete. Sein Blick glitt über die Gesamtheit der Komposition, deren Ordnung er so oft geändert hatte, über die mit so viel Mühe erschaffenen Anspielungen, dargestellt in ihrer Komplexität. All dies schien ihm jetzt, da er es mit den Augen eines Galeristen, eines Dichters und eines erfahrenen Malers betrachtete, abgeschmackt und billig. Selbst die doppelte Logik, die den Dingen anhaftete und den Grundcharakter seines Werkes ausmachte und die ihn bei ihrer Ausformung in solche Begeisterung versetzt hatte, auch sie kam ihm jetzt nichtssagend und nebulös vor.

Salvador trat einen kleinen Schritt vor, um einen raschen Blick auf die Mienen der Betrachter zu erhaschen, denn ihr Schweigen, auch wenn es erst eine Minute andauerte, drohte ihn zu ersticken. Um dagegen anzukämpfen, wandte er sich an Paul Éluard.

»Es freut mich sehr, dass Sie die Herren nach Cadaqués begleitet haben«, sagte er, während er hin und wieder mit unruhigem Blick zu Goemans und Magritte hinübersah, um sich keine Regung in ihren Gesichtern entgehen zu lassen.

Paul blickte ihn an. »Ja, es liegt wohl daran, dass Sie damals im ›Bal Tabarin‹ in Paris die Vorzüge Ihres Dorfes so anschaulich zu schildern wussten.«

Er lächelte nachdenklich. Als er jedoch merkte, dass Salvador eigentlich seine Meinung zum Bild hören wollte, wandte er sich wieder dem Kunstwerk zu.

»Was soll ich sagen?«

Salvador wartete, weil Éluard anscheinend nach den richtigen Worten suchte. Er befürchtete, dass der Mann sein Bild abwertend kritisieren würde, und spürte, wie ihm die Knie weich wurden.

»Um ehrlich zu sein«, hörte er den Dichter sagen. »Ich bin völlig schockiert … wie vor den Kopf gestoßen. Ich betrachte die ganze Zeit diesen Mann da im Vordergrund. Ich meine … also ich nehme an … sind das Kotflecken auf der Hose?«

»Ja, es ist mein Vater, der sich vollgeschissenen hat.« Salvador erkannte an Pauls Reaktion, dass weiterer Erklärungsbedarf bestand.

»Ich beziehe mich auf einen realen Vorfall in meiner Kindheit. Eines Tages kam mein Vater nach Hause gerannt und erklärte meiner Mutter, er habe sich eingeschissen, und zeigte ihr die volle Hose.«

Éluard hob leicht den Kopf, sein abschätzender Blick wanderte zwischen Salvador und dem Bild hin und her. Erstaunen spiegelte sich in seiner Miene. Dann zündete er sich wortlos eine Zigarette an und blies den Rauch als dünnen Faden zwischen die zusammengepressten Lippen hindurch. Er wandte sich wieder dem Bild zu, bevor er sein Urteil abgab.

»Das von Ihnen Dargestellte erscheint mir so unwirklich, als hätte jemand lose Schnipsel aus einem bösen Traum herausgerissen …« Er hielt einen Augenblick inne und sog den Rauch ein. »Und gleichzeitig fesselt es mich, weil man in die unergründliche Tiefe einer menschlichen Seele hineinschaut, die zerrissen am Rand eines Abgrunds entlang zu wandeln scheint und jeden Moment darauf zu verwenden sucht, all ihre scheinbar verlorenen Teile wiederzufinden, um sie suggestiv und ausdrucksstark durch Gesten und Formen auf der Leinwand in Verbindung zu setzen. Allein die Vielfalt der Abbilder und Anspielungen, die Sie gefunden haben …« Paul stockte. »Die Heuschrecke, der Löwe, der Schriftzug auf dem Sockel … Die Hand auf den Augen, Ihr Selbstporträt.« Er zeigte auf die entsprechenden Stellen im Bild. »Da die Andeutung weiblicher Geschlechtsteile, Ameisen auf einem Anus, ich sehe Aufruhr und gleichzeitig Verweigerung.«

Er nahm noch einen tiefen Zug und schnippte anschließend die Asche einfach auf den Dielenboden.

»Wenn Sie mir eine Bemerkung erlauben: Auf der einen Seite ist dieses Bild abstoßend, fast dämonisch, denken Sie nur an die mit Kot beschmierte Hose, und gleichzeitig kann man sich der dunklen, untergründigen Melancholie, die es vermittelt, und dem Aufschrei einer gemarterten Seele nicht entziehen. Was auch immer der Ansporn für Sie war, dieses Bild zu malen, es ist auf seine ganz spezielle Weise genial.«

Das versteinerte Gesicht Salvadors erstrahlte plötzlich, die dunklen Augen leuchteten. Er wollte etwas erwidern, irgendetwas, aber er war vor Rührung außerstande zu sprechen. Die Beurteilung von Paul Éluard, die ihn bei aller enthaltenen Kritik in Begeisterung versetzte, war in seinen Augen noch umso höher einzuschätzen, da der Dichter als ein führendes Mitglied dieser neuen Künstlergruppe zu ihm sprach, die sich Surrealisten nannte. Schon im Frühjahr, als Miró ihn mit der Gruppe bekannt gemacht hatte, fühlte er sich sofort zu diesen Männern und ihren Idealen hingezogen, fand seine eigenen Anschauungen von ihnen bestätigt. Freie Kunst schöpfen aus dem unendlichen Unterbewussten des Menschen, das war einer ihrer Ansätze, denen er zu folgen begonnen hatte, denn auch er ließ sich durch seine Träume zu Gemälden inspirieren.

Salvador spürte, dass ihm Paul Éluard durch seine aufrichtigen Bemerkungen sympathisch geworden war, und die vorübergehende Niedergeschlagenheit wich von ihm und machte einer beinahe frohlockenden Erleichterung Platz.

Unterdessen unterhielten sich Magritte und Goemans etwas abseits in gedämpftem Ton. Magritte hatte seine Pfeife gestopft und deutete nun verblüfft mit dem Mundstück auf ein Detail im Werk. Salvador wusste nicht, ob sie so leise sprachen, um ihn mit ihren Äußerungen nicht zu kränken, oder ob sie sich noch nicht schlüssig waren, wie sie das Werk beurteilen sollten. Salvador schien es jedoch, als hätte sein Bild auch auf sie Eindruck gemacht.

Neben ihm räusperte sich Paul Éluard, und er wandte sich wieder dem Dichter zu.

»Dalí, Sie sagten vorhin, das Werk habe noch keinen Titel.«

Er steckte sich eine weitere Zigarette an und inhalierte den Rauch.

»Ja, aber es ist auch noch nicht fertig.«

Éluard ignorierte die letzte Bemerkung, strich sich mit der Hand übers Kinn. Kurz zögerte er, dann deutete er mit der Hand, welche die Zigarette eingeklemmt zwischen zwei Fingern hielt, auf das Bild. »Was halten Sie von ›Le jeu lugubre‹?«

»›Das finstere Spiel‹?«

Salvador verstummte und ließ die Worte in sich nachklingen, während er das Gemälde anstarrte. Er war sich nicht sicher, ob sich in dem Titel all das wiederfand, was er mit dem Bild vermitteln wollte. Oder umschrieb es am Ende nur das, was die anderen darin sahen? Aufmerksam horchte er in sich hinein.

Nach einer Weile nickte er langsam und reichte dem Dichter die Hand.

»Einverstanden. Ich nenne es ›Das finstere Spiel‹.«

KAPITEL 9

Paul saß am Tisch und starrte gedankenverloren auf die Bakelit-Tasten der Schreibmaschine. Freude über diesen Arbeitsplatz vor dem Fenster und den unverstellten Blick auf die Bucht hatte sich bei ihm nie richtig eingestellt.

Er besaß genügend Erfahrung als Dichter, um seine Grenzen zu erkennen. Sein Instinkt sagte ihm, dass die Trostlosigkeit und unklare Düsternis in seinen letzten Gedichten, die zunächst nicht besonders aufgefallen waren, umso mehr in Erscheinung treten würden, je länger er daran arbeitete und sie auszufeilen versuchte.

Mit einer heftigen Bewegung drückte er die Zigarette im Aschenbecher aus, beugte sich vor und riss das zur Hälfte beschriebene Blatt aus der Halterung.

Hastig überflog er die armseligen Verse, bevor er es zerknüllte und in die Ecke warf.

Wenn er ehrlich war, fühlte er schon seit geraumer Zeit, dass sein Drang zu dichten erloschen, dass ihm die Sprache abhandengekommen war, er nichts Wesentliches mehr zu sagen hatte. Vielmehr waren die Heiterkeit und der Optimismus seiner frühen Werke einem bitteren Sarkasmus gewichen. Kein Wunder angesichts der erbärmlichen Situation, in der er sich befand.

Er spannte ein neues Blatt in die Maschine ein. Für einen Moment blendete ihn das Tageslicht, das von der weißen Oberfläche des Papiers reflektiert wurde.

Die Erwartungen, die von allen Seiten an ihn herangetragen wurden, erzeugten einen enormen Druck. Für Gala sollte er ein großer Dichter sein, aber er fand die richtigen Worte nicht; die Mutter erwartete die Verwaltung des riesigen elterlichen Vermögens, doch es zerrann ihm unweigerlich zwischen den Fingern, und die Surrealisten sahen in ihm einen ihrer führenden Köpfe, aber welche Ideen konnte er in die Bewegung einbringen? Dieser unsäglichen Anspannung versuchte er durch oberflächliche Affären mit Frauen zu entkommen. Durch sie fühlte er sich lebendig und frei, und – so verrückt das klingen mochte – enger mit Gala verbunden. Er hatte gehofft, dass sich durch ihr Experiment einer offenen Ehe, bei dem er Gala zu Verhältnissen mit Männern ermutigte, dieselben Gefühle bei ihr für ihn einstellen würden, aber sie entfernte sich immer weiter von ihm.

Er lehnte sich im Stuhl zurück, verschränkte die Arme hinter dem Kopf.

Trotzdem gab er sich weiter der Hoffnung hin, dass in Gala nach wie vor tiefe Gefühle für ihn schlummerten und dass er diese nur wiederbeleben musste. Er nahm sich vor, spätestens nach ihrer Rückkehr in Paris dafür zu sorgen, dass sie wieder zueinander fanden.

Unwillkürlich fragte er sich, wie lange er die Kraft besitzen würde, Galas Zurückweisung und ihre Kälte zu erdulden und still darunter zu leiden.

Er wusste es nicht.

Vielleicht bis er, statt mit zur Schau getragener Gleichgültigkeit, Verbitterung darüber empfand?

Er erhob sich vom Stuhl und ging zur offenen Balkontür.

Es war windig heute, und Wellen mit weißen Kämmen rollten in dichter Folge auf den Strand. Ein kräftiger Mann mit freiem Oberkörper rannte einem dunkelgrünen Sonnenschirm hinterher, der sich losgerissen hatte und nun in Purzelbäumen über die Kiesel schoss.

Er lächelte amüsiert, und sein Blick folgte weiter der Küstenlinie, wo er an einer Hausecke haften blieb, hinter der er das Casino wusste.

Wieder musste er an das gestrige Treffen denken, an das ungewöhnliche Gemälde, dem er einen Namen gegeben hatte.

»Das finstere Spiel«.

Paul fingerte eine neue Zigarette aus der Schachtel und lehnte sich gegen den Rahmen.

Verstand dieser Jüngling überhaupt, was er da malte? Wie hatte er es ihnen gegenüber zu erklären versucht? Es seien Abstraktionen des Unterbewussten, die er in der totalen Abgeschiedenheit seines Ateliers aus seinen Träumen gewann, welche er kritisch reflektiere.

Paul zündete die Zigarette an. Ob sich Dalís Herangehensweise auch auf das Verfassen von Gedichten anwenden ließe?

Paul überlegte, dass das bei ihm wenig Sinn ergeben würde. Er konnte sich morgens nie an seine Träume erinnern, war sich nicht einmal sicher, ob er überhaupt träumte.

Paul zog an der Zigarette, füllte die Lungen mit Rauch.

Aber interessant wäre es schon. Eine Lyrik der Träume.

Er atmete aus und blickte dem Rauch hinterher. Seine Gedanken kehrten zum Bild zurück.

Diese Form der Darstellung von menschlicher Psyche war phänomenal, verglichen mit den vordergründigen Effekten, die René Magritte auf die Leinwand brachte. Dessen Bilder erzeugten, ebenso wie die allein auf Provokation angelegten Aktionen der Dadaisten und Surrealisten, nur kurzfristige Irritationen, schockierten die Kleinbürger und verpufften schnell.

Im Gegensatz dazu war die Kunst Dalís von völlig anderer Qualität. Paul konnte sich sehr gut vorstellen, dass diese Ausdruckskraft Breton gefallen würde. Wenn er diesen Stil beibehielt oder ihn sogar noch perfektionierte, würde Salvador Dalí sehr gut zu den Surrealisten passen, ja, die Bewegung sogar auf eine neue Stufe heben, indem er das, was sie als abstrakte Ideen formuliert hatten, in erfahrbare Wirklichkeit umwandelte.

Paul wollte es nicht laut sagen, aber der junge Mann konnte das visuelle Aushängeschild der Gruppe werden.

Er wischte einen Aschekrümel von der Weste und trat an die Balkonbrüstung. Eine Sache jedoch weckte Bedenken in ihm. Was, wenn Salvador Dalí ein Perverser war? Der Mann im Vordergrund, der sein Vater sein sollte und der in einer mit Kot beschmierten Hose dargestellt war, hatte ihn, ehrlich gesagt, sehr verwirrt.

Paul drückte die Zigarette auf dem Mauersims aus. Er hatte eine Idee. Er würde Gala bitten, den jungen Mann zu treffen und mehr über ihn in Erfahrung zu bringen.

Von ihrer Einschätzung würde Paul es abhängig machen, wie er weiter mit dem Künstler Salvador Dalí verfuhr.

KAPITEL 10

Gala war enttäuscht.

Der Hafen in Cadaqués war voller Menschen, und es war ihr bisher nicht gelungen, mit Salvador auch nur ein einziges ernsthaftes Wort zu wechseln. Aber wie sollte sie auch? Allgemein schien heute ein denkbar ungünstiger Zeitpunkt dafür zu sein, denn Cadaqués feierte die »Fiesta de la Virgen del Carmen«, und der ganze Ort war auf den Beinen.

Als Salvador die Gruppe am Nachmittag vom Hotel abholte, hätte Gala ihn beinahe nicht erkannt, denn er war von Kopf bis Fuß in katalanischer Tracht gekleidet. Er trug ein langärmeliges weißes Hemd, dazu eine knappe schwarze Weste aus festem, hausgesponnenem Fries, die tief ausgeschnitten war. Der kurze Rock war aus dem gleichen schwarzen Stoff, und an die Kniehosen schlossen sich helle Gamaschen an. Um die Hüfte hatte er eine rote Bauchbinde geschlungen, die, wie Gala später von ihm erfahren sollte, als Faixa bezeichnet wurde, und auf dem Kopf thronte eine eigenwillige schwarz-rote Strumpfmütze, die sogenannte Barretina.

Im Stillen musste Gala zugeben, dass Salvador in der Tracht hervorragend aussah. Bisher hatte er sie mit seinem Auftreten in engen Hosen, Seidenhemden und dem schmalen Menjou-Bärtchen eher an einen argentinischen Tangotänzer erinnert.

»Wo wollen Sie denn in diesem Aufzug mit uns hin, junger Freund?«, fragte Goemans.

»Das ist eine Überraschung«, antwortete Salvador.

»Na, dann nichts wie los«, ließ Éluard vernehmen, und die kleine Gruppe setzte sich in Bewegung.

Gala beobachtete Salvador aus den Augenwinkeln. Diese ungewöhnliche Kleidung verlieh ihm Sicherheit. Er kam ihr heute ausgeglichener vor; hoch aufgerichtet und stolz lief er mitten unter ihnen und zeigte keinerlei Anzeichen seiner sonstigen Nervosität.

Ein Lächeln umspielte ihre Lippen, und insgeheim beglückwünschte sie sich zu ihrer Entscheidung, das vornehme schwarze Kleid mit dem weiß bestickten Paillettenkragen ausgewählt zu haben.

Indessen führte Salvador sie durch die engen Gassen der Altstadt hinunter zum Port d'Alguer, und Gala fragte sich gerade, an was für einem bizarren Schauspiel sie wohl teilnehmen würden, als sie verblüfft stehen blieb.

Um den kleinen Fischerhafen herum hatte sich eine unübersehbare Menge von Schaulustigen versammelt, die alle Blumen in den Händen hielten und aufs Meer hinaussahen.

Sie folgte ihren Blicken und stellte überrascht fest, dass nicht ein einziges Fischerboot in der Bucht vor Anker lag.

Gala wollte sich gerade bei Salvador erkundigen, was es

damit auf sich hatte, aber René Magritte kam ihr zuvor: »Auf was warten wir denn?«

»Auf eine Prozession.«

»Eine was?«, fragte Yvonne entrüstet.

»Eine Prozession«, wiederholte Dalí geduldig. »Zu Ehren der heiligen Jungfrau del Carmen.«

»Tut mir leid, Monsieur Dalí, aber dieser ganze Religionsquatsch ist nichts für mich«, sagte Yvonne ablehnend. »Ich glaube weder an Gott noch an eine andere himmlische Instanz. Ich bin der Meinung, der moderne Mensch ist aufgeklärt genug, um mit sich alleine klarzukommen. Wir brauchen keinen alten Mann in den Wolken, der uns sagt, was wir zu tun und zu lassen haben.«

Sofort pflichtete ihr Georgette bei. »Soll doch jeder glauben, was er will. Mich stört einfach dieses ganze Brimborium. Ich war auf einer Klosterschule und habe für den Rest meines Lebens genug von diesen Männern in ihren albernen Frauenkleidern. Diese Gesänge, das ganze Weihrauchschwingen, die Liturgie, all das dient doch nur dazu, die einfachen Leute einzulullen und zu verdummen.«

»Genau. Opium für das Volk«, bemerkte Yvonne.

»Es gibt Philosophen, die uns auffordern, das Christentum zu überwinden«, ergänzte Goemans, »weil sie der Meinung sind, dass der Mensch ein reflektierendes, vernunftbegabtes und sich immer an den höchsten Werten und Normen orientierendes Wesen ist.«

Éluard schüttelte den Kopf. »Da muss ich dir widersprechen«, sagte er. »Du redest von Vernunft, Orientierung und Selbstreflexion, die dem Menschen eigen sein sollen.

Ich frage dich, wo war die Vernunft in der Hölle des Krieges, in den Schützengräben?« Seine Stimme wurde laut, weil er sich erregte. »Wo die Orientierung nach den höchsten Werten und Normen im Maschinengewehrfeuer und im Giftgasnebel? Wo die Reflexion der Generation junger Männer, die so einen Krieg miterleben musste und die nachher wieder ungefragt in die Amtstuben zurückgekehrt ist, als wäre nie etwas geschehen?«

»Das Gleiche kannst du aber auch über Gott sagen«, gab der Galerist zu bedenken. »Wie kann der mächtige und gütige Gott es zulassen, dass die Blüte seiner Schöpfung in so einem Krieg brutal aufeinander losgeht und dabei Millionen von Toten produziert? Ich frage dich, wo war denn Gott auf den Schlachtfeldern?«

Paul zuckte mit den Achseln. »Vielleicht hat er einfach genug von uns, nachdem er all das Leid und den Tod mitansehen musste. Und vor allem genug von dem Wahnsinn, wofür in den Gräben gekämpft, gelitten und gestorben wurde. Ja, ich denke, er hat sich von der Menschheit abgewendet, weil er seinen Irrtum erkannt hat. Wäre ja nicht zum ersten Mal.«

»Wie meinst du das?«

»Er meint die Sintflut«, warf Gala ein. »Gott vernichtete seine Schöpfung, weil er die moralischen Verfehlungen der Menschen nicht länger hinnehmen wollte.«

Goemans verzog das Gesicht, wollte etwas erwidern, doch Gala ließ ihn nicht zu Wort kommen. »Wie lange streiten sich die Gelehrten dieser Welt schon, ob es einen Gott gibt, und wenn ja, welcher Name, welche Religion, welcher Glaube der richtige ist? Der Mensch braucht einen moralischen Halt, sonst ist er verloren. Dostojewski sagt: ›Ist Gott erst tot, ist alles erlaubt.‹«

»Das denke ich nicht. Es gibt eine Regel, nach der menschliches Zusammenleben funktioniert. Ganz unabhängig von einem göttlichen Wesen. Was du selbst nicht willst, das sollst du auch keinem anderen zufügen«, äußerte Camille Goemans abschließend.

»Sie haben bisher geschwiegen, junger Freund«, sagte René Magritte zu Dalí, der den Blick, den Gala Paul zuwarf, nicht bemerkte. »Ihnen haben wir es zu verdanken, dass wir hier stehen. Also, was haben Sie zu dem Thema hinzuzufügen? Gibt es Ihrer Meinung nach einen Gott?«

Salvador blickte in die Runde. »Für mich ist es tröstlicher zu glauben, dass da jemand ist, der zuhört und vielleicht meine Bitte ablehnt, mein Gebet nicht erhört, als zu glauben, dass da niemand ist.«

Schweigen machte sich breit.

»Dies ist ein Zeitalter, in dem es immer weniger Glauben gibt«, sagte Paul in die Stille hinein. »Aber nicht Gott ist es, der tot ist, es ist unser Glaube, der gestorben ist.«

»Das ist mir alles zu kompliziert«, nörgelte Yvonne. »Ich habe keine Lust mehr, hier länger herumzustehen. Wir sollten uns lieber in eines der leeren Cafés setzen, jetzt, wo all die frommen Leute hier am Strand versammelt sind und auf was auch immer warten.«

Goemans und Magritte stimmten ihr murmelnd zu, zumal es bisher nichts Besonderes zu sehen gab.

Salvador hob endschuldigend die Hände. »Bitte, Sie müssen sich noch ein klein wenig gedulden.«

»Geduld war nie meine Stärke«, sagte Yvonne und blickte zu Goemans. »Liebling, es ist heiß. Gala und Paul können ja hierbleiben und uns nachher erzählen, was sie so Umwerfendes auf dieser Folkloreveranstaltung erlebt haben. Ich jedenfalls bin durstig.«

Gala drehte sich kurz um, und ihr Blick begegnete dem von Paul. Beide verständigten sich stumm. Sie nickte kaum merklich, und er zog sein Sakko aus und warf es lässig über die Schulter, um sich den anderen anzuschließen.

»Also gut, Kinder. Nichts für ungut, Dalí, war eine nette Idee«, bemerkte Goemans zum Abschied. »Wir sehen uns später.«

Salvador nickte bloß, ohne sich umzudrehen.

Gala stellte sich dichter neben ihn.

»Folklore«, hörte sie ihn leise murren. Dann hob er plötzlich grüßend den Arm.

»Da drüben stehen mein Vater und meine Schwester«, sagte er zu Gala, und seine Stimme bekam einen anderen Klang.

Sie erblickte eine junge Frau, die zu ihnen herüberwinkte.

Dann fiel Galas Blick auf den kräftigen Mann neben der Frau, der gleichfalls in Tracht gekommen war, in der er jedoch, anders als sein Sohn, eher an eine feiste Elster erinnerte.

Der Eindruck verstärkte sich noch, da er sich gestikulierend im Gespräch mit zwei Würdenträgern befand.

Ein leises Raunen erhob sich in der Menge. Für die Einwohner Cadaqués', die inzwischen zahlreich den Strand säumten, war das, was jetzt geschah, zweifelsohne der Höhepunkt der diesjährigen Fiesta zu Ehren der Jungfrau.

Auch Gala schaute überwältigt aufs Meer hinaus. Sie konnte kaum glauben, was sie dort erblickte.

Durch die Bucht näherte sich wahrhaftig ein in Silber und Gold schimmerndes Schiff. Zuerst war es ihr unmöglich, Einzelheiten zu erkennen, denn der mit weißen Seidentüchern ausgekleidete Rumpf reflektierte die Sonne so intensiv, dass es den Anschein erweckte, als würde ein funkelnder Lichtball über das Wasser auf sie zuschweben.

Salvador beugte sich zu Gala und drückte ihr vertraulich den Arm.

»Sehen Sie, die Virgen del Carmen«, flüsterte er ergriffen und wischte sich verstohlen eine Träne aus dem Augenwinkel. »Sie ist die Schutzpatronin der Fischer und Seefahrer und wird in den Küstenorten Kataloniens sehr verehrt«, fügte er stolz hinzu.

Gala stellte sich auf die Zehenspitzen und blickte hinaus in die Bucht. Zahlreiche Fischerboote, allesamt dicht mit Leuten besetzt, folgten dem Boot mit geringem Abstand an der Spitze. Sie glaubte sogar, Gesang und Musik zu vernehmen, die leise über dem Meer zu schweben schienen.

In Wellen brandete um sie herum zaghaft Beifall auf, der sich rasch in einen unbeschreiblichen Jubel steigerte.

In diesem Augenblick tauchte das führende Boot in den sanften Schatten ein, den die vordersten Häuser aufs Wasser warfen, und aus dem Funkeln schälten sich Konturen des Schiffes heraus, das sich nun vom Ufer aus gut erkennen ließ.

Am Bug stand ein versilberter Sockel, der mit gelben Rosen, Anthurien und grünrotem Blattwerk verziert war. Engelsfiguren bewachten die geschwungenen Kerzenleuchter, die an beiden Seiten aufragten, das empfindliche Kerzenlicht durch Tulpen aus Glas geschützt.

Und in der Mitte erhob sich beinahe lebensgroß die Statue der Heiligen Jungfrau del Carmen mit dem Jesuskind auf dem Arm. Beide Figuren waren in wertvolle Gewänder gekleidet, das Jesuskind in ein weißgoldenes Taufkleid aus Brokat, die Jungfrau in ein rotblaues Kleid mit aufwendigen Goldapplikationen. Darüber trug sie einen weißgoldenen Umhang. Ihr Gesicht war von einem fein gestickten Brautschleier aus hauchdünner Spitze gesäumt. Beide trugen auf dem Haupt die goldene Krone, und über ihnen erstrahlte gleißend, einer Sonne gleich, der himmlische Strahlenkranz.

Dahinter saßen sechs Männer in weißen Hemden, rote und blaue Tücher um den Hals gebunden, und ruderten.

Unter den Augen der jubelnden Menge hoben und senkten sich die Ruder im Takt, majestätisch näherte sich das Boot dem Strand.

Dann erscholl ein Kommando, und die Ruder wurden aus dem Wasser gehoben. Das Boot glitt dem Strand entgegen, Seile flogen heran und wurden fixiert.

Gala sah zu, wie zahlreiche Männer, zum Teil vom Ufer aus, aber auch aus anderen Fischerbooten, die bereits angelandet waren, dem Schiff entgegenstrebten.

Alle waren sie ebenso gekleidet wie die sechs Ruderer, und nun wurden zeitgleich vier Tragestangen in Vorrichtungen unter dem Sockel geschoben. Danach stellten sich die Männer in Position, und auf Kommando wurde die Statue angehoben.

Obwohl sie alles taten, sich die Anstrengung nicht anmerken zu lassen, erkannte Gala, dass es kein leichtes Unterfangen war, die gewaltige Konstruktion zu tragen.

»Wohin bringen die Männer die Gottesmutter?«, fragte sie Salvador, obwohl sie die Antwort bereits ahnte. Der Glockenturm der Santa Maria überragte auch von hier aus gesehen die Stadt. Als würde er ihre Gedanken erraten, nickte er.

»Der Festzug führt durch die Gassen der Altstadt hinauf zur Kirche.«

»Aber die sind eng und steil.«

»Ja, ich weiß. Deshalb ist es eine besondere Ehre, die Jungfrau zu tragen.«

Salvador sah sich nach den Fischern um, die gerade die Prozession in Gang setzten, nachdem der Bischof gebetet und anschließend mit Weihwasser die Marienfigur und die Freiwilligen, die sie trugen, gesegnet hatte. Unter ihnen konnte Salvador auch El Beti und Enrique erkennen.

Dem Zug folgte eine kleine Blaskapelle, die Musiker begannen auch gleich zu spielen, die Leute jubelten, sangen mit, streuten dabei Blumen und bekreuzigten sich.

»Wissen Sie«, sagte Salvador laut, um die Musik zu übertönen, »jeder kann sich jetzt von der Jungfrau etwas wünschen.«

Hinter ihm kam Bewegung in die Menge, der Zug formierte sich hinter der Kapelle, doch Gala blieb stehen. Erstaunt blickte er sie an.

»Wissen Sie, was ich mir wünsche?«, sagte Gala. »Ich wünsche mir von Ihnen eine ehrliche Antwort.«

»Eine Antwort worauf?«, fragte Salvador verunsichert.

»Es geht um Ihr Bild ›Das finstere Spiel‹.«

Er sah sich um, doch die Prozession war ins Stocken geraten.

»So wie Paul es mir beschrieben hat, ist es ein sehr bedeutendes Werk«, erklärte Gala. »Und genau deshalb wüssten Paul und ich gern, worauf sich einzelne Bestandteile, denen Sie besondere Bedeutung beizumessen scheinen, beziehen. Sind Sie ein Koprophage? Ein Mensch, auf den Kot eine besondere Faszination ausübt?«

Gala sah ihm jetzt direkt in die Augen.

Er stand mit hängenden Schultern vor ihr wie ein großer Junge, und kurz befürchtete sie, er würde nach Ausflüchten suchten, ihr mit einer Lüge antworten. Aber dann bemerkte sie seinen schnellen Seitenblick hinüber zur Jungfrau, die erhaben über den Köpfen der Menschen durch die Luft schwebte, und sie wusste, er würde aufrichtig sein.

»Ich schwöre Ihnen, dass ich kein ›Koprophage‹ bin. Aber ich nutze Schockelemente in meiner Kunst, genauso wie ich Blut einsetze oder meine Heuschreckenphobie verarbeite. All diese Dinge sind Bestandteile meines Unbewussten, und wenn ich sie hervorhole und kritisch betrachte, werden sie im besten Fall zu abstrahierten Motiven in meiner Kunst. Das ist meine Methode zu malen.«

Sie sah ihn durchdringend an. In ihrer Miene bemerkte Salvador einen ähnlich mitfühlenden, aufrichtigen und edlen Ausdruck, wie er ihr vorhin auf dem Gesicht der gütigen Jungfrau gesehen hatte, und Unruhe ergriff ihn. Auf einmal hörte er sich laut und albern kichern. Gepeinigt von dieser Mischung aus Nervosität und Panik, begann er sich gleichzeitig maßlos über sich selbst zu ärgern.

Doch noch bevor er in diesem Gefühlschaos versinken konnte, ergriff Gala seine Hand und drückte sie.

Bestürzt blickte er sie an, hielt sich erschrocken die Hand vor dem Mund, während sie ein zweites Mal seine Hand drückte, diesmal noch etwas fester, und sie danach noch für eine ganze Weile nicht losließ, bis er sich wieder beruhigt hatte.

KAPITEL 11

Es war ein milder Abend geworden. Die letzten Sonnenstrahlen färbten ringsum die Hügelkämme des Pani-Gebirges rotviolett, als Gala und Salvador gemeinsam die Kirche verließen, in der die Prozession vor dem wundervollen Barockaltar ihren Abschluss gefunden hatte.

Als sie durch das Portal hinaus ins Freie traten, hatten sie den herrlichen Ausblick auf die Altstadt, die weitgeschwungene Bucht und das bronzefarbene Meer genossen. Über ihnen, am graublauen Himmel, blinkten blass die ersten Sterne.

Anschließend waren sie die Gassen hinuntergeschlendert und wenig später, in der Nähe einer Bar, waren Paul und die anderen zu ihnen gestoßen. Von da an ließen sie sich alle vom Trubel und der ausgelassenen Stimmung durch die Stadt treiben. Als in der Nähe des Casinos Musik in Salvadors Ohren drang, äußerte er den Wunsch, den Freunden eine echte Sardana zu zeigen.

»Sardana? Das hat nicht wieder was mit Religion zu tun, oder?«, fragte Yvonne vorsichtig.

»Nein, diesmal geht es um wirkliche Folklore«, erwiderte Salvador knapp. »Die Sardana ist ein katalanischer Volkstanz.« Dann schritt er eilig aus, um den anderen keine Zeit zu geben, länger darüber nachzudenken und wieder in Diskussionen auszubrechen.

Die Plaza wurde von mehreren Ständen gesäumt, die alle mit rotweiß gestreiftem Stoff überspannt waren und an denen eine Vielzahl von Getränken und Speisen angeboten wurden. Das Gedränge war dementsprechend groß, und Salvador hatte Mühe, seinen Gästen die Vielzahl an Angeboten zu zeigen.

»Hier finden wir sowieso keinen Platz«, stellte Magritte fest und blickte resigniert auf die Tische und Bänke, die mittig unter den Bäumen aufgestellt waren und um die sich zahlreiche Menschen aller Couleur drängten.

»Abwarten«, sagte Éluard.

Plötzlich hallte eine tragende Stimme durch die Menge.

»Salvador! Sal-va-dor!«

Paul tippte den Maler an der Schulter an, da dieser gerade damit beschäftigt war, Gala und Yvonne zu erklären, wie die Katalanen gegrillte Sardinen aßen: »Jedenfalls nie mit Messer und Gabel!« Er drehte sich rasch zu Paul um. »Was ist denn?«

»Da ruft jemand nach Ihnen.« Éluard deutete auf einen kräftigen Mann, der hinter einem beinahe leeren Tisch in der Nähe der Bühne stand.

»Salvador!«, rief der Mann erneut und schwenkte die Arme. »Kommt hierher!«

»Ah, Don Dalí höchst persönlich«, stellte Goemans erfreut fest, und noch bevor Salvador etwas sagen konnte, setzte sich der Galerist in Bewegung, gefolgt von Yvonne und den Magrittes.

Gala nahm die Enttäuschung in Salvadors Gesicht wahr.

Sie sah, wie der Galerist und Salvadors Vater sich bereits die Hände reichten und Goemans die anderen vorzustellen begann.

Paul, der Salvadors Zögern bemerkt hatte, steckte sich eine Zigarette an und blies den Rauch aus. »Ich glaube, man erwartet uns.«

Gala hakte sich bei Paul ein. Widerwillig folgte Salvador ihnen.

»Guten Abend, Ana María. Guten Abend, Vater«, begrüßte er sie, und da die anderen bereits Platz genommen hatten, gelang es ihm, sich etwas entfernt vom Vater ans hintere Ende des Tisches zu setzen.

»Guten Abend, mein Sohn.« Der Don nickte wohlgefällig und stützte seine flache Hand auf den Oberschenkel. »Deine Freunde hier habe ich bereits alle begrüßt. Wenn du dich nützlich machen willst, schenke uns schon mal Wein ein.«

»Das kann ich doch machen«, fiel ihm Ana María ins Wort, sprang auf und griff nach dem bauchigen Weinkrug.

Der Vater wandte sich an Goemans. »Ich hoffe, dass Sie Ihren Aufenthalt hier nicht bereuen. Cadaqués ist nicht Paris …«

Salvador hörte nicht mehr zu.

Wenigstens saßen ihm Gala und Paul Éluard gegenüber. Überhaupt musste er sich eingestehen, dass er den Nachmittag mit Gala als sehr angenehm empfunden hatte. Sie hatte auf ihn gelöst gewirkt und ihm sogar erzählt, dass sie sich während der Prozession bei der Jungfrau etwas gewünscht hatte. Aber sie hatte ihm nicht verraten, was es war. Er hatte eine Weile darüber gegrübelt.

»Tanzen die Menschen dort oben eine Sardana?«, fragte sie nun, und ihre Stimme holte ihn an den Tisch zurück.

Salvador nickte. »Ja, und wie Sie unschwer erkennen können, ist es ein Reigentanz.«

Er deutete auf die Bühne, wo sich neue Tänzer und Tänzerinnen einfanden. Die jungen Männer waren alle in derselben Tracht wie er gekleidet. Die Frauen hingegen hatten lange, gelb schimmernde Röcke an mit silbernen Stickereien darauf. Darüber trugen sie eine schwarze Schürze und eine enganliegende Korsage aus einem Leder ähnlichen Material. Unter der Korsage lugte eine schwarze Häkelbluse hervor, welche die Oberarme bedeckte. Fein gehäkelt waren auch die Handschuhe, die die Frauen vom Ellenbogen abwärts trugen. Den Abschluss bildete ein Jäckchen aus weißer Spitze, dessen Kragen einseitig mit einer Brosche an der Korsage befestigt wurde.

Yvonne und Georgette verfolgten die Tänzerinnen mit aufmerksamen Blicken.

»Wie wunderschön diese Spitzen sind! Wo kann man denn so etwas hier kaufen?«

Salvador räusperte sich. »In Figueras. Dort gibt es einen Laden. Sehen Sie, jetzt wird ein Kreis gebildet, und dann geht es los. Zuerst linksherum, danach in die entgegengesetzte Richtung. Anschließend werden verschiedene Figuren getanzt. Es ist wirklich kinderleicht. Jeder kann die Sardana tanzen.«

Gala schien noch nicht überzeugt. Sie nippte an ihrem Weinglas.

»Das Orchester erscheint mir ziemlich groß«, warf Paul ein.

»Wir nennen es Cobla. Es ist das volkstümliche katalanische Tanzorchester. Vor allem, weil die Musiker Instrumente spielen, die es nur hier bei uns gibt. Zum Beispiel der Mann in der ersten Reihe, da links, sehen Sie. Der spielt das Flabiol, die katalanische Einhandflöte, und gleichzeitig bedient er noch ein zweites Instrument, das Tabal, die kleine Zylindertrommel.« Salvador richtete sich etwas auf. »Interessant sind auch die beiden Männer neben ihm, einer von ihnen bläst das Tible, ebenfalls ein katalanisches Holzblasinstrument, genauso wie das Tenora daneben.«

Die Sardana war beendet, und einige der Tanzenden verließen mit rot glühenden Gesichtern die provisorische Bühne. Die Mitglieder des Orchesters erfrischten sich, bevor sie ihre Instrumente erneut ansetzten. Die ersten Takte einer neuen Melodie erfüllten die Abendluft.

Salvador erstarrte. »Sie spielen die Sardana L'Empordà.«

Sein Blick fiel auf Gala. »Bitte geben Sie mir die Ehre und tanzen Sie mit mir.«

Gala schien unschlüssig zu sein. »Ich kann das nicht.«

»Du hast doch gehört, was er gesagt hat«, meinte Paul. »So schwer ist das nicht.«

Salvador war indessen um den Tisch herumgegangen und stand schon neben ihrem Stuhl. »Kommen Sie«, drängte er sie. »Bitte. Es ist die L'Émpordà.«

Gala spürte, dass es ihm wichtig war, sie erhob sich und ging mit ihm gemeinsam zur Bühne.

Ana María hatte sich ihren Tischnachbarn zugewandt und unterhielt sich gerade mit René Magritte, als sie bemerkte, dass Salvador die fremde Frau zum Tanz aufforderte. Ihr Vater hatte eindringlich erklärt, wie wichtig diese Leute für Salvadors Zukunft waren. Verstohlen beobachtete sie diese fremde Frau, nahm ihre Erregung wahr. War es die allgemeine Stimmung des Festes, die sie in solches Entzücken versetzte, oder war es einer der Anwesenden?

Während René Magritte sich bemühte, das Gespräch mit ihr aufrechtzuerhalten, war sie immer weniger bei der Sache.

Ihr Herz krampfte sich zusammen.

Konnte das sein?

Jedes Mal, wenn Salvador etwas zu Gala sagte, leuchteten ihre Augen auf, und ein Lächeln umspielte ihre Lippen. Sie wirkte bemüht, diese Äußerungen der Freude zurückzuhalten, aber sie erschienen ganz unwillkürlich in ihrem Gesicht.

Und Anas Bruder? Sie beobachtete ihn und erschrak.

Dieselbe Freude, die sich so deutlich im Gesicht der Pariserin spiegelte, nahm sie auch bei Salvador wahr. Was war aus seiner sonst stets so zurückhaltenden, schüchternen Haltung, dem verschlossenen Gesichtsausdruck geworden?

Wenn er sich dieser Frau zuwandte, senkte er leicht den Kopf, als wollte er den Duft ihrer Haare riechen, und aus seinem Blick sprachen bedingungslose Bewunderung, gepaart mit einer Spur Sorge. *Ich will dich nicht verletzen,* schien jeder seiner Blicke zu sagen, *und gleichzeitig will ich mich und dich retten, aber ich weiß noch nicht, wie.* Sein Gesicht hatte einen Ausdruck, wie Ana ihn noch nie bei ihrem Bruder gesehen hatte.

Beide führten ein oberflächliches Gespräch, aber Ana María erschien es, dass jedes gesprochene Wort für beider Schicksal entscheidend war.

»Worum geht es in dem Lied?«, fragte Gala Salvador, während sie sich im Kreis neben ihn stellte.

»Die Sardana schildert die Entstehung dieses Landstriches als Ergebnis einer Liebe.« Zaghaft nahm Salvador ihre Hand, weil jetzt der Tanz begann.

Langsam bewegten sie sich nach links.

»Einer Liebe?«, fragte Gala.

»Ja, zwischen einer Sirene aus dem Mittelmeer und einem Hirten aus den Pyrenäen, der im Winter mit seiner Herde die unwirtlichen Berge verlässt, um auf der Küstenebene zu überleben.« Der Kreis kam kurz zur Ruhe und bewegte sich jetzt nach rechts. »Hier begegnet er am Strand einer Sirene und verfällt in Liebe zu ihr. Am Ende dieses Liedes heißt es auf Katalanisch: … i de l'amor plantaren la cabanya, fou l'Empordà.«

Gala sah ihn erwartungsvoll an und spürte, wie ihre Arme in die Höhe gerissen wurden. Sie folgte den anderen in die Mitte und wieder zurück an den Rand.

Dann beugte sich Salvador nah an ihr Ohr und flüsterte: »Das heißt: Und aus dieser Liebe schufen sie ihr Heim. So entstand Ampurien.«

Salvadors Schwester saß wie versteinert auf ihrem Stuhl, den Blick starr auf die Bühne gerichtet.

»Willst du nicht tanzen, Ana María, was ist los?«, fragte der Vater, der sich ihr zugewandt hatte.

»Was denn?« Ana Marías Unterlippe zuckte; sie sah schnell weg.

»Tanzt du denn die Sardana nicht mit?«, fragte sie der Vater.

»Nein, nein«, antwortete Ana María mit belegter Stimme. »Ich mag nicht, Vater.« Sie war sichtlich um Fassung bemüht.

Alle Aufforderungen der jungen Männer hatte sie abgewiesen, weil sie wie selbstverständlich davon ausgegangen war, dass sie mit Salvador tanzen würde. Niemand außer ihr selbst wusste, wie es um ihre Gefühle bestellt war.

Inzwischen hatte der Vater den Hotelier aus dem Miramar unter den umstehenden Gästen bemerkt und befahl ihm lautstark, Ana María aufzufordern.

Sie erhob sich von ihrem Platz und behielt ihren Zorn für sich, so als wäre er etwas Kostbares, das sie nicht mit der Welt teilen wollte.

Auf der Bühne reihten sie sich ein in den Reigen, ergriffen die Hände ihrer Nachbarn. Salvador und Gala standen ihnen im Kreis fast unmittelbar gegenüber, und sie sah, dass sie, obwohl sie es geschickt zu verbergen suchten, nur noch Augen füreinander hatten. Gala lächelte – und das Lächeln teilte sich Salvador mit.

Sie reckten die Arme in die Höhe, dann gingen sie alle gemeinsam auf die Mitte zu, und Ana María konnte ihren Blick nicht von Gala lassen, die in ihrem schwarzen Kleid mit dem weißen Kragen bezaubernd aussah. Ihre Arme und den Hals schmückten Perlen, die im Licht des Feuers matt schimmerten. Die schwarzen Haare hatte sie kunstvoll aufgesteckt und mit einem Kamm, der ebenfalls mit Perlen besetzt war, festgesteckt. Sie bewegte sich graziös, und auf ihrem Gesicht lag der Ausdruck angeregten Interesses.

Und obwohl Ana María von Galas Ausstrahlung fasziniert war, meinte sie etwas Grausames in diesem bezaubernden Aussehen der Ausländerin zu erkennen.

Die Qual, die sie empfand, wurde immer größer, und unweigerlich fragte sie sich, was genau dieses Gefühl auslöste, als sie plötzlich in der Mitte mit Salvador zusammentraf. Er bemerkte sie nicht sofort, aber dann fragte er nur unbekümmert: »Ist das nicht eine wunderbare Nacht?«, und ihr blieb kaum Zeit: »Ja« zu sagen, denn die Tänzer bewegten sich schon wieder rückwärts in die Ausgangsposition zurück. Und nicht nur das. Von ihr unerwartet löste sich der große Reigen auf, und die Teilnehmer bildeten jetzt drei kleinere Kreise. Ana María sah, wie Gala sie zu sich heranwinkte, und folgte ihrer Geste zögerlich.

Gala kniff leicht die Augen zusammen, als Ana an sie herantrat, und drückte ihr lächelnd die Hand. Doch Ana María konnte das Lächeln nur mit einem Ausdruck von

Befremden erwidern, da wandte sich Gala auch schon wieder von ihr ab und begann angeregt mit Salvador zu sprechen.

Ja, Gala hatte etwas Geheimnisvolles, Dämonisches und gleichzeitig Anziehendes an sich. Diese Hexe!, dachte Ana María und begriff, dass all die Nähe und Vertrautheit, die bis jetzt zwischen ihr und Salvador gewesen war, in diesem Augenblick ein Ende fand.

KAPITEL 12

Figueres, 1929

Zu viert waren sie am Morgen in Cadaqués aufgebrochen.

Yvonne, Georgette, Gala und er. Salvador hatte auf eine zeitige Abfahrt gedrängt, weil er wusste, dass auch viele Einheimische dem Wochenmarkt in Figueres einen Besuch abstatten würden. Dementsprechend voll war auch der Bus, und im Mittelgang zwischen den Sitzen türmten sich allerhand Basttaschen und Körbe, aus denen Gemüsebündel quollen oder aufgeregtes Gackern zu hören war.

Zu Salvadors Leidwesen blieb es nur Yvonne und Georgette vergönnt, in dem überfüllten Bus nebeneinander zu sitzen. Für ihn und Gala gab es zwei Einzelplätze am Fenster. Wenigstens saß sie nur eine Reihe vor ihm, so konnte er ihr während der Fahrt einige Dinge erklären, die es entlang der Strecke zu sehen gab. Immer, wenn er sich zu ihr vorbeugte, drang ihr Duft in seine Nase.

Nachdem sie an einer zentral gelegenen Haltestelle in Figueres den Bus verlassen hatten, begrüßte er die Damen offiziell in seiner Heimatstadt und übernahm die Rolle des Reiseführers.

»Zuerst möchte ich Ihnen die Plaza del Grano zeigen. Sie ist großartig. Sie werden von der Vielfalt und der Fülle an Köstlichkeiten überrascht sein, welche der Ampurdán und das Meer tagtäglich hervorbringen. Wenn Sie einverstanden sind, kann ich Ihnen anschließend noch weitere Marktplätze zeigen. Bitte folgen Sie mir.«

Sie überquerten eine Straße und betraten einen kleinen Park.

»Sie wurden hier geboren?«, fragte Gala, die neben Salvador ging. Ihre Sohlen knirschten auf dem Kies.

»Ja, ich bin in Figueres geboren und aufgewachsen. Übrigens nicht weit von hier entfernt, im ersten Stock eines Stadthauses in der Calle de Monturiol. Dort befindet sich auch die Notariatskanzlei meines Vaters. Die Wohnung zieht sich über die gesamte Etage und ist sehr geräumig.«

»Aber das klingt doch sehr eindrucksvoll«, antwortete Georgette.

Salvador zuckte mit den Achseln. »Eindrucksvoll? Finden Sie? Ja, möglicherweise ist es das. Jedenfalls ist die Aussicht aus meinem Zimmer sehr schön. Es ist hoch gelegen, und dadurch kann ich von dort aus die Straße weit überblicken.«

Sie durchquerten den Park, die Bäume warfen wispernde, blaue Schatten. Alte Männer saßen auf den Bänken und schwatzten, die Spazierstöcke zwischen die Knie geklemmt.

»So, da sind wir«, sagte Salvador und blieb auf dem Gehsteig stehen.

»Das ging aber schnell«, stellte Gala überrascht fest.

»Die kurzen Entfernungen einer Kleinstadt«, entgegnete er schüchtern lächelnd und deutete auf einen Pavillon, der sich auf dem gegenüberliegenden Platz im Sonnenlicht abzeichnete und von auffallender Architektur war.

»Aber das Haus hat ja ein Loch im Dach«, bemerkte Yvonne.

»Das ist die Markthalle.« Er deutete auf eine Konstruktion, die bis auf wenige Metallstützen freitragend ohne Seitenwände war. »Dort, wo eigentlich die Spitzen im Dach zusammentreffen müssten, wurde ein quadratisches Loch hineingesägt und über die Öffnung ein eigenes Spitzdach auf kleinen Stelzen gesetzt. Sehen Sie?«

»Aber warum wurde es so gebaut?«, fragte Gala.

»Sie können sich sicher vorstellen, wie sehr sich die Hitze im Sommer unter dem Dach staut. Wärme hat die Angewohnheit, nach oben zu steigen …«

»Ach so«, fiel ihm Georgette ins Wort. »Dann dient die Öffnung der Luftzirkulation.«

»Richtig. Die Luft bleibt in Bewegung, und dank der offenen Seitenwände hält man es auch in der größten Mittagshitze unter dem Dach aus. Doch jetzt genug von der Architektur, schauen wir uns den Markt aus der Nähe an. Aber bitte bleiben wir zusammen, heute ist hier einiges los.«

Sie stürzten sich in die Menge und beobachteten die Bäuerinnen, einige von ihnen in Holzschuhen, andere barfuß, die in ihren knappen Miedern, ein Tuch um den Hals gebunden, in weiten farbigen Röcken hinter unzähligen Gemüsebergen saßen. Sie redeten laut miteinander, riefen den Männern, die neue Ware brachten, derbe Scherze zu, schimpften und lachten.

Gala blieb neben einem Stand stehen, der Gemüse anbot, und betrachtete fasziniert die Farbenpracht. Vorherrschend war ein dunkles Spinatgrün, dazwischen türmte sich von Weiß bis zu einem dunklen Purpur der Blumenkohl.

»Der Kohl hat ja die Farbe von Veilchen«, stellte sie verblüfft fest. Dann fiel ihr die Fülle unterschiedlicher Radieschen auf. Von scharlachrot bis leicht bläulich reichten die Farben, und einige Sorten hatten beinahe die Größe kleiner Rüben.

Anschließend ging sie weiter, drehte sich zu Salvador um und deutete erstaunt auf einen Stapel faustgroßer Artischocken. Gleich neben ihrem Kopf hingen von einer Querstange Dattelstränge und mit Zucker gestäubte Feigen. Lächelnd hob sie den Kopf und tat so, als würde sie gleich davon abbeißen.

Salvador lachte und zeigte ihr die zahlreichen Körbe mit frischen schwarzen und braunen gedörrten Feigen. Daneben lagen Körbe mit Mandeln, großen Walnüssen und Weintrauben. Gala kaufte eine Tüte gerösteter Mandeln.

Am nächsten Stand wurden sie von scharlachroten, trompetenförmigen Pfefferschoten begrüßt, prächtigen Fenchelknollen und Körben voller Kartoffeln. In der Nähe stapelten sich Kohlrabis, Bündel mit wildem Spargel und Karotten. Daneben die verschiedenen Zwiebeln, der Salat, die Körbe mit den intensiv orange leuchtenden Mandarinen und den kleinen Bitterorangen. Salvador blieb neben einem Berg Apfelsinen stehen.

»Wussten die Damen eigentlich, dass in Katalonien vierundvierzig verschiedene Apfelsinensorten angebaut werden? Sie wären erstaunt, wofür Apfelsinen alles verwendet werden.«

»Für was denn?«, fragte Yvonne.

»In der Parfumherstellung zum Beispiel.«

»Können wir nicht irgendwo so ein Parfum ausprobieren?«

»Ja, gleich in der Nähe des Trachtengeschäfts. Sie äußerten doch gestern Ihr Interesse an unserer katalanischen Frauentracht, und da dachte ich mir, ich zeige Ihnen so ein Geschäft.« Salvador wandte sich an Gala. »Werden Sie uns begleiten?«

Gala holte eine Mandel aus der Tüte und steckte sie in den Mund. »Nein«, sagte sie bestimmt. »Ich habe dort hinten die Auslagen eines Buchladens entdeckt. Den werde ich mir aus der Nähe ansehen.«

Yvonne sah zu Georgette und zog eine Augenbraue hoch.

Gala tat so, als würde sie es nicht bemerken.

»Also gut«, sagte Salvador. »Ich werde die beiden Damen bis zum Geschäft begleiten. Es ist nur die Straße runter.« Er blickte zu Gala. »Sie gehen allein?«

Sie nickte, sah ihm aber direkt in die Augen.

Salvador spürte, wie ihm der Mund trocken wurde, und räusperte sich.

»Gut. Um halb vier treffen wir uns alle an dieser Stelle wieder. Ich habe den Männern gesagt, dass wir den Bus um vier für die Rückfahrt nehmen.«

Salvador schaute auf die Uhr. Kurz nach eins, ihm blieb noch ausreichend Zeit, um wie geplant auf den Friedhof zu gehen.

Yvonne Goemans und Georgette Magritte waren von der gediegenen Ausstattung des Geschäfts und der zuvorkommenden Bedienung begeistert. Señor Blanxart, ein Mann von sehr gepflegtem Äußeren und in einem dreiteiligen Seidenanzug, hatte sich der beiden Damen höchstpersönlich angenommen. Er hatte sie mit einem angedeuteten Handkuss begrüßt und ohne Umschweife damit begonnen, ihnen die verschiedenen Stoffmuster zu zeigen. Zu jedem Ballen, den er mit Schwung vor ihnen ausbreitete, wusste er eine kleine Geschichte zu erzählen, und Salvador fühlte sich daran erinnert, wie er für den Dichter Federico Lorca – einen ehemaligen Freund, den er an der Universität kennengelernt hatte – Kostüme für ein Bühnenstück entworfen hatte. Schon damals hatte er es erstaunlich gefunden, wie die meisten Bauernmuster, die auf den ersten Blick so einfach wirkten, bei genauerer Betrachtung eine komplizierte und feine Musterung offenbarten.

Als er merkte, dass die Damen bei Señor Blanxart gut aufgehoben waren, verabschiedete er sich höflich.

Er war zügig ein Stück die Straße zurückgegangen und wollte gerade um die Ecke biegen, als er unerwartet auf Gala traf, die in einem Straßencafé unter einer Markise im Schatten saß und ein Glas Wasser trank. Sie bemerkte ihn ebenfalls und winkte ihm zu. Als er neben das Tischchen trat, sah er darauf ein in Papier eingeschlagenes Buch liegen.

»Ich sehe, Sie waren erfolgreich«, sagte er.

»Ja, es gab sogar ein eigenes Regal mit ausschließlich französischsprachigen Büchern.« Sie legte den Kopf zur Seite. »Ich muss sagen, ich fand diesen Gemüsemarkt sehr beeindruckend. Sagten Sie nicht vorhin, es gäbe noch einen anderen Markt?«

»Natürlich, nur sollten Sie wissen, auf dem anderen Markt werden hauptsächlich tierische Erzeugnisse angeboten, Fleisch- und Wurstspezialitäten, Käse, na eben solche Dinge.«

»Klingt doch interessant.« Sie lächelte.

Salvador spürte, wie sein Herz zu klopfen anfing. Was überlegte er noch? Hier saß diese bezaubernde Frau und bat ihn, Zeit mit ihr zu verbringen. Den anderen Weg konnte er auch noch später erledigen.

»Na gut, dann sollten wir uns diese Pracht nicht entgehen lassen«, erwiderte er beschwingt, holte einen Geldschein aus der Hosentasche und klemmte ihn unter das leere Glas.

»Ich werde verrückt, so viele Eier!«

Gala drehte sich langsam um die eigene Achse und klatschte in die Hände. »Schauen Sie doch nur, überall dieser weiße Glanz, wie der meiner Perlen.«

Sie deutete auf die Hühnereier, die entweder in Streifen goldenen Schilfs lagen, zu Türmen gestapelt oder lose in Körben aufgehäuft waren. Gleich dahinter begannen die Stände für Fisch, Fleisch und Brot.

Vor allem die frisch gebackenen Brote hatten es Gala angetan. Mit leuchtenden Augen betrachtete sie die runden und langen Brotlaibe, ihren braunen Schimmer, die knusprige Kruste.

Sie blieb vor einem Gebäck stehen, das auf einem Holzbrett angeboten wurde. »Das sieht köstlich aus. Was ist das für ein Kuchen?«

»Er nennt sich La Coca de Sant Joan und ist in Katalonien sehr beliebt. Er schmeckt köstlich, vor allem wegen seiner kandierten Früchte. Um den Geschmack abzurunden, wird ein süßer Wein gereicht.«

Gala stupste ihn an. »Hören Sie bitte auf, mir läuft ja schon das Wasser im Mund zusammen.« Sie hakte sich bei ihm ein. »Lassen Sie uns schnell weitergehen.«

Kurz darauf blieben sie vor einem Käsestand stehen.

»Käse in allen Arten und Formen«, sagte Gala und betrachtete nachdenklich die weißen und gelblichen Käsestücke, trocken, geschnitten, am Laib oder in Laken eingelegt. Leise las sie die ihr fremden Bezeichnungen: Manchego, Tupi, Costa Negra, Mato de Montserrat.

»Kommen Sie, ich besorge uns eine Kleinigkeit zum Essen«, hörte sie Salvador sagen, der nach einem Holzbrett griff und zwei Gläser daraufstellte.

Sie nahmen an einem kleinen Tisch im Gang Platz.

»Was ist das?«

»Mel i mató. Kosten Sie.«

Gala stach mit der Spitze des Löffels durch die hellbraune Kruste, angelte nach der weißen Creme darunter und führte den Löffel zum Mund.

»Und, was sagen Sie?«

»Ist das gut! Was ist das?«

»Eine Ziegenfrischkäsecreme mit Nüssen und Honig. Eine traditionelle katalanische Nachspeise.« Plötzlich fiel ihm etwas ein. »Mein Gott, was bin ich für ein Dämlack, jetzt beginnen wir unser Mahl mit dem Dessert. Vielleicht hätten Sie ja lieber etwas Herzhaftes. Sehen Sie, dort drüben ist ein Carnicero«, er suchte nach dem französischen Wort, »ein Fleischer. Ich kann uns etwas Botifarra holen.«

Galas Hand mit dem Löffel hielt auf halbem Weg zum Mund inne. »Bitte was?«

»Botifarra, eine luftgetrocknete Schweinewurst mit Knoblauch, Salz und Pfeffer. Eine Spezialität. Man kann sie braten und kochen …« Salvador zögerte. »Ich kann das nicht erklären, Sie müssen es schmecken. Warten Sie hier, ich bin gleich zurück.«

Er stürmte davon und kam einige Minuten später mit einem Teller und Besteck zurück. »Ich habe für uns die Botifarra als Brühwurst geholt.« Obwohl er durch ihre Nähe noch immer etwas eingeschüchtert war, blickte er sie jetzt offen an. »Sie müssen wissen, nicht allein die Zubereitung, sondern die Zutaten der Wurst sind entscheidend. Diese hier sind mit Leber, Zunge, Pinienkernen und Zwiebeln angereichert, und wie Sie sehen, werden die Würste von uns Katalanen gern zusammen mit weißen Bohnen gegessen.« Er reichte ihr Messer und Gabel. »Probieren Sie, greifen Sie zu!«

KAPITEL 13

Sie hatte angeboten, ihn zu begleiten, nachdem er ihr gesagt hatte, dass er zum Grab seiner Mutter wollte. Das Tor zum Friedhof war nur ein schmaler Durchgang, und die Mauer, die ihn umschloss, gerade einmal so hoch, dass man sich darauf aufstützen konnte.

»Danke, dass Sie mitgekommen sind«, sagte Salvador. Er klang beklommen. Sein Anblick, wie er ungelenk einen Strauß Sonnenblumen an seine Brust drückte, und die Atmosphäre auf dem Friedhof bewegten sie. Für gewöhnlich liebte sie die traurigen Dinge nicht, und auch diesmal war es nicht anders. Sie empfand die niedrige Mauer wie einen Schutzwall, der errichtet wurde, um die Lebenden von den Toten zu trennen. Auf dieser Seite gab es Leben und hinter den mit Kalk bestrichenen Steinen regierte die Ewigkeit.

Sie blieb stehen. Erst als ihr der abwartende Blick Salvadors begegnete und er von einem Fuß auf den anderen trat, da wollte sie nicht länger verharren und nickte ihm aufmunternd zu.

Gala folgte ihm auf dem schmalen Sandweg, der sich bald in mehrere Richtungen verzweigte. Sie bemerkte Kinder, die Verstecken spielten, während die Mädchen, die auf sie aufpassten, auf den Granitbänken in der Sonne saßen und sich leise unterhielten. Wilde Katzen kauerten unter den Büschen entlang der Mauer oder strichen abseits durchs hohe Gras, manchmal vernahm man ein deutliches Knurren, wenn zwei Kater unerwartet aufeinandertrafen.

Gala war überrascht, dass der Friedhof beschaulich wirkte. Etwas abseits überwucherte Pflanzengestrüpp einen noch ungenutzten, brach liegenden Teil. Ihr fielen die riesigen Fenchelstauden auf, deren eindrucksvolle gelbe Dolden einen so durchdringenden Geruch verströmten, dass an Sommertagen wie diesem der Duft von Anis schwer in der Luft über den Gräbern lag.

Manchmal verwischten die Schatten der Pinien die Kreuze, und seitlich hatten Ameisen staubige, rotbraune Erdhügel aufgeworfen, an denen der Wind nagte.

Der Pfad, dem sie jetzt folgten, war schmal, und der Saum von Galas langem Kleid strich leise raschelnd über die glatten Kanten der Gräber.

Salvador blieb vor einem Grab stehen, das von einer hellen Marmorplatte bedeckt war. Dahinter erhob sich, weiß und glatt, ein Engel, der demütig über dem Schmerz der Welt das Haupt gesenkt hielt.

Gala las die Inschriften auf der Grabplatte und hielt den Atem an. Konnte das sein? Irritiert schaute sie zu Salvador, der sich hinter den Engel beugte und mit einer Vase in der Hand wieder zum Vorschein kam. Doch noch ehe sie ihre Frage formulieren konnte, hatte er sich umgedreht und war zu einer Pumpe gelaufen, um Wasser zu holen.

Gala sah sich um. Eine dunkle Reihe Pinienbäume ragte am Ende des Gräberfeldes in die Höhe, ihre trockenen Nadeln waren bis hierher geweht worden und hatten sich in dem Relief der goldenen Buchstaben verfangen. Wieder blieb ihr Blick an dem oberen Namen haften.

Sie hörte, wie Salvador zurückkehrte, neben sie trat und die Vase zu Füßen des Engels auf dem Marmor abstellte.

»Entschuldigen Sie, aber ich muss Sie das fragen. Warum steht Ihr Name auf dem Grabstein?«

»Es ist nicht mein Name«, sagte Salvador tonlos und richtete sich langsam auf.

»Aber da steht doch *Salvador Dalí*«, entgegnete Gala.

»Ich weiß. Es ist mein Name und doch wieder nicht.«

Gala verzog das Gesicht. »Ich verstehe nicht …«

»Es ist der Name meines älteren Bruders.« Er schien die Worte regelrecht in den Staub zu spucken. Sie sah, wie ihm etwas zu schaffen machte und er sich um eine Erklärung mühte.

»Er war keine zwei Jahre alt, als er an einer Gehirnhautentzündung starb. Neun Monate und zehn Tage nach seinem Tod wurde ich geboren, der zweite Salvador. Meine Eltern gaben mir denselben Vornamen.«

Gala stöhnte innerlich auf, schloss kurz die Augen.

Salvador hatte sich auf den Rand der Grabplatte gesetzt und entfernte gedankenversunken trockene Piniennadeln aus den Hohlräumen der einzelnen Buchstaben. Sie bemerkte, dass er dies nur beim Namen der Mutter tat.

»Noch heute habe ich das Gefühl, dass, wenn mein Vater mich ansieht, sein Blick gleichzeitig auch auf den anderen Salvador gerichtet ist, meinen toten Doppelgänger. Ich komme mir unter diesem Blick immer nur wie die Hälfte meiner selbst vor oder wie einer zu viel.«

Er seufzte schwer.

»Und Ihre Mutter?«

»Auch meine Mutter verstand nicht, welche Qualen sie mir zufügte, wenn sie immerfort von dem toten Bruder sprach, ihn in meiner Gegenwart andauernd als Genie bezeichnete und mich hierher auf den Friedhof schleppte, wo ich meinen eigenen Namen auf dem Grabstein lesen musste, als wäre ich bereits gestorben.«

»Ich verstehe,« sagte Gala mit weicher Stimme und beugte sich zu ihm.

»Im Schlafzimmer meiner Eltern hing ein Porträt von diesem Salvador, und sie erwarteten, dass ich mit demselben Spielzeug spielte, das sie für ihn angeschafft hatten, so als wäre ich ein minderwertiger Ersatz.«

Salvador wischte sich mit dem Handrücken über die Augen.

»Es ist, als trüge ich an meiner Seite eine blutende Wunde, meine eigenen Stigmata, wenn Sie so wollen, und mein Vater – ein angesehener Mann, aber gefühllos, gleichgültig mir gegenüber – reißt die Wunde, ohne auf meine Schmerzen zu achten, durch seine überhöhte Liebe zu einem Toten immer wieder auf.«

»Sie haben Ihre Mutter früh verloren«, stellte Gala fest.

Lange schaute Salvador auf ihren Namenszug.

Selbst in dem schattig blauen Licht erstrahlten die Buchstaben. Salvador knetete die Hände.

»Als Siebenjähriger glaubte ich, meine Mutter hätte einen Weg gefunden, mit den Toten zu sprechen. Sie hatte sich eine Vogelvoliere bauen lassen, direkt auf der Terrasse in unserem Haus, und dort züchtete sie Turteltauben und Kanarienvögel. Ich hatte sie belauscht und gehört, wie sie mit den Tauben sprach, und als sie die Vögel nach den Toten fragte, gurrten sie, als würden sie antworten. Als meine Mutter mich bemerkte, hat sie sich neben mich gekniet und mir ins Ohr geflüstert: ›Es ist ein Geheimnis, hörst du? Schau nicht so erschrocken. Ja, ich rede mit den Tauben. Und weißt du, warum? Sie treffen andere Tauben, manche kommen von weit her, hoch oben aus dem Himmel, und sie reden miteinander, so wie wir beide jetzt.‹«

Gala setzte sich auf eine Granitbank in unmittelbarer Nähe des Grabes. Die Handtasche stellte sie neben sich ab. Furchtbar, dachte sie, was schleppte dieser Mann für Schuldgefühle mit sich herum, die einzig dem Glauben entsprangen, seinem älteren Bruder die Existenz gestohlen zu haben?

Sie räusperte sich. »Was ging in Ihnen vor, als Sie entdeckten, dass es einen älteren Bruder mit demselben Namen gab?«

Salvador hob den Kopf, seine Augen funkelten wütend.

»Ich lernte sehr früh, dass ich um meine Daseinsberechtigung kämpfen muss. Dass ich mich gegen meinen Vater durchsetzen muss. Ich will erreichen, dass alle im Haus akzeptieren, dass ich in der Lage bin, etwas Außergewöhnliches zu leisten, dass ich das Genie sein werde, das sie in meinem toten Bruder erahnt haben.« Er sprang auf, gestikulierte aufgeregt. »Als Kind habe ich rebelliert, ich habe geschrien und mich auf die Erde geworfen. Ich habe Hustenanfälle vorgetäuscht und damit den Vater zur Raserei gebracht.« Er zuckte verloren mit den Achseln, als käme ihm die Aufzählung absurd vor. »Selbst heute noch trage ich diesen Klotz am Bein, neige ich zu Gefühlsausbrüchen, wenn ich mich unterdrückt oder einfach nur unsicher fühle.«

Gala nickte langsam. Sie hatte das Gefühl, den schüchternen jungen Salvador etwas besser zu verstehen, dem es augenscheinlich an Selbstsicherheit fehlte. Sie wusste nun, wie es um sein Herz bestellt war. Und sie wusste mehr als jede andere, was Angst bedeutete. Kurz dachte sie an das sterile Behandlungszimmer in der Tuberkulosestation zurück, wenn das kalte Metall des Stethoskops auf ihre warme Haut gepresst wurde und sie tief ein- und ausatmen musste. Dabei hatte sie jedes Mal im Gesicht des Arztes zu lesen versucht, wie es um ihre Gesundheit bestellt war. Hatte sich ihr Zustand verschlechtert oder gab es Hoffnung auf Heilung? Ja, sie hatte in Angst gelebt, sie sogar überlebt.

Sie klopfte mit der Handfläche neben sich auf die Bank, und Salvador setzte sich zu ihr.

»In meinem Land gibt es einen Spruch: ›Unter einem großen Baum wachsen nur Pilze.‹ Verstehen Sie, was ich damit sagen will?«

»Sie meinen, um ein eigener mächtiger Baum zu werden, muss ich aus dem Schatten eines anderen treten?«

Gala sah ihm direkt ins Gesicht.

»Vorausgesetzt es gibt überhaupt einen solch mächtigen Baum in Ihrer Familie.« Sie ließ die Worte nachklingen.

Salvador schwieg.

»Ihr Bruder kann es nicht sein. Er starb, noch bevor er überhaupt wachsen konnte.«

Salvador verschränkte die Arme vor der Brust.

»Ihre Mutter, Ihre Tante und Ihre Schwester scheiden ebenfalls aus. Bleibt nur noch der Vater.«

Gala hörte, wie Salvador die Luft einsog. Aber sie ließ sich davon nicht beirren.

»Soweit ich das mitbekommen habe, ist Ihr Vater Notar hier im Ort, ein angesehener und einflussreicher Mann. Aber ich sehe in ihm nicht den mächtigen Baum, den Schatten, den Sie nicht verlassen könnten.«

»Tun Sie nicht?«

»Nein. Ich sehe einen Mann, der herrisch und despotisch ist, der sich seiner Erscheinung und seines Einflusses durchaus bewusst ist, aber ich sehe nichts, was Sie an ihn binden sollte.«

Gala wandte sich ihm halb zu.

»Ihr Vater ist kein Künstler wie Sie, kein Denker, kein sensibler, feinfühliger Mann, kein Träumer und kein Suchender.«

Verwundert blickte Salvador sie an. »Das alles sehen Sie in mir?« Seine Augen glänzten feucht.

Gala öffnete die Handtasche und reichte ihm ein seidenes Taschentuch.

»Ja, Salvador. Das alles erkenne ich in Ihnen. Aber … ich sehe auch viel jungenhafte Wut, Zorn und Trotz. Ich habe nichts gegen diese Gefühle einzuwenden, denn sie können Ansporn sein, etwas Großes und Bemerkenswertes zu erreichen. Aber dafür müssen auch diese Gefühle reifen und sich auf eine bestimmte Art wandeln. Blinde, kindliche Wut, die nur töten und zerstören will, hilft niemandem, aber wenn Sie reflektieren, woher Ihr Zorn stammt, warum Sie so fühlen, wie Sie fühlen, dann werden diese Gefühle zu Gehilfen und sorgen dafür, Sie am Ende zu einem Genie zu formen.«

Pünktlich erreichten sie die Haltestelle. Der Bus stand zur Abfahrt bereit. Leise tuckerte der Motor. Zu ihrem Pech war die Strecke genauso stark frequentiert wie am Morgen.

Während Salvador für sie die Tickets beim Schaffner löste, ließen sich Yvonne und Georgette mit ihren Einkaufstüten erleichtert auf eine der vorderen Sitzbänke fallen und massierten mit schmerzverzerrten Gesichtern ihre strapazierten Waden.

Gala fand in der letzten Reihe noch zwei leere Plätze und machte Salvador ein Zeichen. Er nickte und überließ ihr den Sitz am Fenster.

Als er durch den Bus schritt, fiel sein Blick auf Yvonne und Georgette, die die Köpfe zusammengesteckt hatten und die Schätze, die sie bei Señor Blanxart erworben hatten, noch einmal ausgiebig betrachteten. Mit einem Schmunzeln ließ er sich auf dem Platz neben Gala nieder.

In diesem Moment legte der Fahrer einen Gang ein, und der Bus setzte sich in Bewegung.

»Schauen Sie nur«, sagte Gala plötzlich. »Das ist mir heute Morgen überhaupt nicht aufgefallen. Der Bus ist ja tapeziert.«

Salvador blickte nach oben. Der Innenraum war mit einer Lage dünnem, altrosafarbigem Papier beklebt, das von Staub und Sonne schon ziemlich ausgeblichen war. An einigen Stellen löste es sich bereits. Neben Gala, im Fußraum auf Höhe ihrer Knie, baumelte ein loses Stück.

»Was ist das für ein Muster?«, fragte Gala interessiert. »Sind das Blüten?«

»Orangenblüten. Man kann sie wunderbar an ihrer Sternenform erkennen, die schmalen Blätter und die gelben Staubfäden in der Mitte.«

»Ehrlich gesagt sind mir die Früchte lieber«, sagte Gala.

»Warten Sie!« Salvador schaute über die Schulter des Vordermannes. Der Fahrer war mit den engen Straßen und Kurven beschäftigt, und der Schaffner döste auf dem Sitz in der ersten Reihe.

Verschwörerisch legte Salvador den Zeigefinder auf die Lippen, während er sich sacht über Gala beugte und mit kräftigem Ruck ein postkartengroßes Stück der losen Tapete abriss. Erstaunt sah sie ihn an.

»Können Sie mir kurz Ihr Buch leihen?«, flüsterte er.

Wortlos öffnete Gala die Handtasche und reichte es ihm. Das Buch war noch immer in Papier eingewickelt.

Salvador legte es sich auf den Oberschenkel, drapierte das Stück Tapete darüber und fasste anschließend in die

Innentasche seines Jacketts. Zu Galas Überraschung kam ein Rötelstift zum Vorschein. Sofort begann Salvador zu zeichnen.

Sie lehnte sich zurück und betrachtete ihn in seiner Konzentration. Licht und Schatten, welche die vorbeihuschenden Olivenbäume abwechselnd auf sein Gesicht projizierten. Seine Hingabe war so offenkundig, so bar jeder Attitüde und Rätselhaftigkeit. Sie war überzeugt davon, dass er sein einziges Geheimnis in dem pochenden Herzen in seiner Brust beherbergte, und das hatte er ihr heute auf dem Friedhof dargeboten.

Sie betrachtete seine schwarzen Haare, die wie Rabenfedern in der Sonne glänzten, musterte die braunen, markanten Gesichtszüge und blieb an dem schmalen Bärtchen über seiner Lippe hängen.

Plötzlich überfiel sie der eigenartige Gedanke, dass es immer so sein könnte. Salvador würde malen, und sie säße bei ihm, inspiriere und beschütze ihn.

Der Bus verlangsamte sein Tempo und hielt an. Vorne öffnete sich die Tür, ein Paar stieg aus, beide trugen schwer an den geflochtenen Körben, die mit rotweiß karierten Tüchern zugedeckt waren. Die Fahrt ging weiter.

Salvador hatte sich von der kurzen Unterbrechung nicht aus der Ruhe bringen lassen. Gala glaubte sogar ein leises Summen zu vernehmen, während er zeichnete.

Als der Bus auf die Küstenstraße nach Cadaqués einbog, hob er plötzlich den Kopf und betrachtete prüfend sein Bild. Inmitten der Blüten lagen jetzt zwei runde, pralle Orangen.

Er setzte einen letzten Strich, dann nickte er zufrieden und signierte die Zeichnung am unteren Rand.

»Für Sie!«, sagte er unbeholfen und reichte ihr das Blatt.

Ihre Augen glitten über die beiden Früchte, umrahmt von Orangenblüten, und sie konnte den Blick nicht abwenden.

»Cadaqués! Endstation!«, rief der Schaffner, und der Bus nahm die letzte Kurve, bevor er im Schatten eines Gebäudes hielt.

Gala wusste, dass es Zeit war auszusteigen, aber sie konnte sich nicht von der Zeichnung losreißen.

»Danke«, sagte sie und wünschte, er könnte erkennen, dass dieses Wort viel mehr beinhaltete.

Nacheinander steckte sie Buch und Zeichnung in ihre Handtasche.

»Sehr gern«, sagte er. »Ich bin es, der sich zu bedanken hat, Gala.« Er schlug die Augen nieder. »Für die Freude, die Sie mit mir am heutigen Tag geteilt haben. Und auch das andere.«

Er stand auf, machte einen Schritt nach hinten zwischen die Sitze, damit sie in den Gang hinaustreten konnte.

Gala zögerte einen Moment, sah ihn an, ihre Blicke trafen sich … Sie öffnete den Mund, als wollte sie etwas sagen. Doch dann drehte sie stumm den Kopf zur Seite und schob sich an ihm vorbei.

Ohne Eile ging sie durch den Bus, und als sie aus der Tür nach draußen in die Sonne trat, erschien es Salvador, der ihr folgte, als würde das Licht ihren Körper zum Glühen bringen.

»Maman!«, rief eine Kinderstimme, und Salvador erblickte ein Mädchen, dass ausgelassen auf Gala zustürmte. Es warf sich in ihre Arme, und Gala streichelte ihr über den Kopf.

»Cécile, bist du das?«

»Maman, was soll die Frage? Du weißt doch, dass ich es bin!«, erwiderte das Kind mit gespielter Entrüstung.

»Tatsächlich, jetzt sehe ich es auch.« Gala lachte. »Mein Gott, wie bist du schon wieder gewachsen.«

KAPITEL 14

Cadaqués, 1929

El Beti lehnte am Türpfosten, und während er auf die schmale Bucht hinausblickte, pulte er sich mit einem Holzstäbchen zwischen den Zähnen.

Es war still. Die Abenddämmerung zog herauf. Wo das Licht aufs Meer fiel, schimmerte es silbern. Wie ein Tuch aus feinem Damast, das zwischen den Felsen aufgespannt war.

Ein Windstoß streifte die Tür, die windschief in den Angeln hing und knarrte. Dann fuhr er in die Flammen und ließ das Feuer auflodern, das sie vorhin am Strand entzündet hatten.

El Betis Blick fiel auf Enrique, der zuvor mit einem Stock in der Glut herumgestochert hatte, jetzt jedoch einen Schritt zurückgetreten war und abwartend zuschaute, wie die hochzüngelnden Flammen über den gusseisernen Kessel strichen, der an einem Dreibein über der Feuerstelle hing. Die Außenhaut war inzwischen ganz schwarz vom Ruß.

Einige Funken stiegen in den sich dunkel färbenden Himmel auf, und roter Schein zuckte unablässig über die Klippen, die auf beiden Seiten der Bucht bis ans Ufer reichten.

El Beti legte die Stirn in Falten und griff nach dem großen Küchenmesser. Er mochte die Nächte an Land nicht, er war lieber auf dem Wasser. Niemand wusste, welche Dämonen unerkannt in den Vorsprüngen und Spalten der Küste hausten und ob das unruhig flackernde Licht, das auf den Felsen lag, sie nicht wecken würde.

Er trat zurück in die Hütte mit den Wänden aus geteertem Holz. Den Boden bedeckten Schieferplatten. Der Sand unter den Sohlen hatte ihre Oberfläche über die Jahre stumpf werden lassen. Nur hier und da blinkten in den Kerben verloren ein paar Fischschuppen.

El Beti trat an den kleinen Tisch neben dem Eingang und zog mit einem Ruck die Metallwanne zu sich heran. Dann griff er hinein. Schon seine Fingerspitzen verrieten ihm, dass Enrique den Fisch frisch gefangen hatte. Die Haut war kühl und glatt, das Fleisch darunter noch fest, und die Augen waren klar. Er setzte die Klinge an und löste mit einem leichten Hieb den Kopf vom Rumpf.

Plötzlich vernahm er Stimmen.

Mit dem Messer in der Hand trat er hinaus und sah, wie die Gesellschaft, für die er heute kochen sollte, den schmalen, steilen Pfad eng hintereinander herabgeschritten kam.

Die Männer gingen in regelmäßigen Abständen und trugen Fackeln, die Frauen liefen zwischen ihnen.

El Beti ging ihnen einige Schritte entgegen, um sie zu empfangen. Dabei sah er, dass die schöne Frau vom Hotelbalkon unter ihnen war und ein Mädchen an ihrer Hand führte. Salvador lief vorneweg und dirigierte die Gruppe.

Er war gestern zu El Beti gekommen und hatte um die Ausrichtung dieses Nachtmahls gebeten. Die Franzosen würden übermorgen abreisen, und er wolle sie noch einmal zu einem richtigen katalanischen Essen einladen.

El Beti schob sich die Mütze aus der Stirn.

Selbstverständlich hatte er eingewilligt. Er liebte Salvador wie ein eigenes Kind, außerdem würde er nie auf den Gedanken kommen, dem Sohn von Don Dalí etwas abzuschlagen.

Für diesen Anlass hatte er sich sogar extra eine gestärkte Schürze umgebunden. Aber darunter trug er dieselben Sachen, die er sonst auch immer anhatte.

Als er Salvador die Hand reichte, bemerkte er, dass er noch immer das Messer mit der blutigen Klinge in der Hand hielt. Er versteckte die Hand hinter dem Rücken, als er die anderen begrüßte.

»Bona nit! Ich darf Sie herzlich begrüßen. Wir kennen uns ja schon.« Kurz streifte sein Blick über Yvonne und Georgette, die ihm höflich zulächelten. »Enrique und ich werden für Sie heute eine typische katalanische Spezialität zubereiten. Sarsuela!«

»Sarsuela?«, wiederholte Cécile und schaute zu dem Fischer auf. »Was ist das für ein komischer Name?«

El Beti blickte irritiert zu Salvador, der ihm rasch zu Hilfe kam. »Der Name Sarsuela lehnt sich an die Bezeichnung für das spanische Musiktheater an, Zarzuela. Und so, wie sich diese Musik aus dem gesprochenen Wort, Tanz und Gesang zusammensetzt, so ist die Sarsuela ein Gericht, das sich aus den besten Zutaten von Land und Meer zusammensetzt.«

»Und was ist dieses Gericht nun genau?«, fragte Magritte und sog an seiner Pfeife.

»Ein Fischeintopf von allerbester Güte«, antwortete El Beti.

»Und wer will, kann mir über die Schulter schauen. Wer nicht will, kann schon Platz nehmen. Wein steht bereit. Ach ja, und die Fackeln können Sie zwischen die Steine klemmen.«

Er deutete hinter sich auf einen langen Holztisch, der vor der Hütte auf den mit grünen Algen gesprenkelten flachen Kieseln stand und um den herum zahlreiche Stühle gruppiert waren.

Bis auf Gala, Cécile und Salvador ließen sich alle auf den Stühlen nieder und genossen die nächtliche Stimmung.

El Beti war in seine Fischerhütte zurückgekehrt und stand wieder tief über sein Holzbrett gebeugt.

»Was ist das für ein Fisch?«, fragte Cécile neugierig.

»Das ist eine Rascassa, aus der Familie der Drachenköpfe.«

Salvador drehte den abgetrennten Kopf so, dass sie das wulstige Gesicht des Fisches sehen konnte. Das Mädchen betrachtete das ungewöhnliche Antlitz.

El Beti zerschnitt weiter die rosafarbenen Filets und legte sie nebeneinander auf ein zweites Holzbrett.

»Und warum schneidest du den Fisch in Scheiben?«

El Beti lächelte. »Du musst dem Fisch eine Chance geben, dass er das Aroma seines Fleisches entfalten kann«, sagte er.

»Wenn du willst, kannst du mir helfen. Siehst du da die zwei Schälchen? Das ist Salz und Pfeffer. Du kannst die beiden Seiten damit würzen.«

Cécile war begeistert, dass sie helfen konnte. Gala ging ihr dabei zur Hand.

Anschließend nahm der Fischer das aus den Schalenpanzern der Langusten herausgelöste Fleisch und würzte es ebenfalls.

Interessiert betrachtete Cécile den Langustenschwanz.

»Weißt du eigentlich, was der Unterschied zwischen einem Hummer und einer Languste ist?«, fragte El Beti und legte die Filets zu den anderen.

Cécile schüttelte den Kopf, dass die braunen Haare flogen.

»Beide zählen zu den Zehnfußkrebsen.«

»Weil sie zehn Beine haben?«

»Richtig. Aber jetzt kommt es. Der entscheidende Unterschied ist, dass Hummer Scheren haben, Langusten aber nicht. Das Fleisch der Langusten schmeckt genauso exzellent wie das des Hummers. Frag deine Mutter.«

Gala sah El Beti einen Moment lang forschend an. Lehnte er sie als Frau aus einer Welt, die er nicht kannte, ab?

Aber es gab keine Spur von Feindseligkeit in seinem zerfurchten Gesicht, und sie nickte lächelnd. »Es stimmt. Beide sind sehr delikat. Es wird dir schmecken.«

Als sie mit dem Zuschneiden und Würzen fertig waren, rammte El Beti die Klinge des Messers in den Tisch und trug zusammen mit Cécile das Holzbrett hinüber zum

Feuer, wo sie die Filets nacheinander in den kochenden Sud gleiten ließen.

Er bedankte sich bei dem Mädchen für ihre Hilfe, schmeckte noch einmal kurz ab und legte ein Holzscheit nach.

Salvador, der ihm gegenüberstand, sah, dass das Gesicht des Fischers – vernarbt und von tiefen Furchen durchzogen – im Licht der Flammen wie ein Gemälde an einer Höhlenwand wirkte.

Leere Teller stapelten sich neben ebenso leeren Brotkörben und zeigten, dass der Fischeintopf allen geschmeckt hatte.

»Jetzt muss ich aber doch noch einmal fragen«, eröffnete Yvonne das Gespräch. »Was war da alles drin?«

»Na, ich tippe auf Fisch«, sagte Goemans und verzog das Gesicht zu einem spöttischen Lächeln. »War übrigens ausgesprochen lecker.«

»Und Languste!«, rief Cécile dazwischen.

Salvador nickte zustimmend. »Außerdem noch Venus- und Miesmuscheln, geröstete Mandeln, Paprika, Tomaten und Knoblauch, Zwiebeln und Gewürze.«

»Wunderbar!« Paul Éluard strich sich über den Bauch. »Sie haben uns da eine große Freude gemacht, Salvador. Überhaupt, so im Nachhinein betrachtet waren es sehr schöne Tage bei Ihnen. Ich kann da nur für mich sprechen …«

»Ja!«

»Doch.«

»Sehr inspirierend«, fielen die anderen ein.

In diesem Augenblick trat Enrique mit einer vollen Karaffe Wein an den Tisch, was überschwänglich begrüßt wurde.

Salvador hörte kaum hin. Er hatte nur Augen für Gala, die mit ihrer Tochter an der Stirnseite des Tisches saß. Das warme Licht des Feuers lag auf ihrer sonnengebräunten Haut, auf ihrem Gesicht und auf ihren Händen, während sie für Cécile ein Glas mit Wasser füllte.

Nervös rutschte Salvador auf seinem Stuhl hin und her. Hatte es ihr auch gefallen? Es war die einzige Meinung, die für ihn zählte.

Gala hob leicht das Kinn und sah ihn an. Er las die Zustimmung in ihren Augen, und da war noch etwas anderes, etwas Tieferes, Abgründiges …

Der Schein der Fackeln umspielte ihr welliges dunkles Haar.

Salvador schluckte.

»Nehmen Sie auch noch ein Glas?«, fragte Paul und hielt die Karaffe bereit.

»Ja, gern.«

Ihr Haar ist jetzt genau so, wie ich es zuvor auf dem kleinen Bild festgehalten habe, dachte er.

An den letzten beiden Tagen hatte er Paul Éluard porträtiert.

Miniaturhaft, mit feinstem Pinsel und größter Präzision. Der Untergrund war nur ein Stück Pappe, die Ecken abgerundet, auf dem jetzt Pauls Büste über einem Strang von

Frauenhaar aufragte, belagert von Ameisen, Heuschrecken und aufgesperrten Löwenrachen. Er wollte sich mit dieser Geste bei dem Dichter bedanken, der mit »Das finstere Spiel« nicht nur einen passenden Titel für sein Hauptwerk gefunden, sondern darüber hinaus auch noch zwei Bilder erworben hatte.

Paul Éluard setzte die Karaffe ab.

»Was macht man in Katalonien gewöhnlich in einer Nacht wie dieser, nach einem herausragenden Essen wie diesem?«

»Wir singen«, sagte El Beti mit breitem Grinsen. Er hatte sich mit einem Glas Wein und dicht gefolgt von Enrique zu ihnen gesellt.

»Singen?«, fragte Paul. »Klingt gut, aber können wir singen?«

»Als ihr noch Dadaisten wart, habt ihr pausenlos gesungen«, sagte Gala und sah ihren Mann keck an.

»Sie hat recht«, fiel René Magritte ein. »Mein Gott, wie ging dieses Lied noch? Camille, du musst das doch noch wissen, du hast dazu immer auf dem Kamm geblasen.«

Ehe sich die Runde versah, hielt der Galerist einen Kamm in der Hand, über den er ein Stück Papier legte. Er spitzte die Lippen und erzeugte einen melodisch summenden Ton. »Meint ihr das?«

»Ja, genau, und Paul hat immer den Text dazu aufgesagt.«

»Und was machen die anderen?«, fragte Yvonne.

»Die geben den Takt an«, erklärte Magritte. Er nahm

zwei saubere Löffel und schlug die Wölbungen aufeinander. »In etwa so.«

»Aber ich weiß den Text doch gar nicht mehr …«, versuchte Paul abzuwiegeln.

»Ich kann dir da helfen«, meldete sich Georgette. »René macht sich noch heute einen Spaß daraus, die verrückten Texte aufzusagen.«

»Gut, fangen wir mit was Leichtem an«, gab sich Paul geschlagen.

»Die Zwölf!« rief Magritte und fing auch sofort an laut zu singen.

»Eins, Zwei, Drei, Vier Fünf.«

Goemans unterstrich jede Zahl mit einem Summen.

»Fünf, Vier, Drei, Zwei, Eins«, fielen die anderen jetzt ein.

»Zwei, Drei, Vier, Fünf, Sechs.«

»Sechs, Fünf, Vier, Drei, Zwei.«

»Sieben, Sieben, Sieben, Sieben, Sieben«, intonierte Magritte voller Inbrunst.

»Acht. Eins!«, antwortete der Chor.

Magritte war aufgesprungen. »Neun. Eins!«

»Zehn. Eins!«, antwortete wieder der Chor, und die ersten fingen an zu lachen.

»Elf! Eins!«, donnerte Magritte.

El Beti beugte sich zu Enrique und Salvador und flüsterte mit ihnen.

»Was hat er gesagt?«, fragte Paul Salvador.

Er spürte, wie ihm das Blut ins Gesicht schoss. Die anderen waren bereits auf der Suche nach einem neuen Liedtext.

Paul beugte sich noch weiter vor. »Nun sagen Sie schon«, drängte er.

»Er hat gesagt: ›Die spinnen doch, die Franzosen.‹«

Paul lachte auf. »Mal davon abgesehen, dass es sich nicht schickt, seine Gäste zu beleidigen, liegt er nicht ganz falsch. Aber sagen Sie ihm, dass die Hälfte an diesem Tisch Belgier sind.«

KAPITEL 15

Als Cécile plötzlich an Paratyphus erkrankte, wurden Gala und Pauls Pläne über den Haufen geworfen. Das Kind bekam starkes Fieber, und der Arzt verordnete ihr für die nächsten beiden Wochen strenge Bettruhe. Er stellte in Aussicht, dass Cécile danach weitere drei Wochen brauchen würde, bis sie endgültig genesen war.

Paul konnte nicht länger bleiben, weil seine Mutter ihn in Paris erwartete. Er reiste zusammen mit den anderen ab.

Gala blieb bei ihrer Tochter in Cadaqués.

Es klopfte.

Vorsichtig trat Salvador ins Zimmer.

»Wie geht es ihr?«, fragte er leise und bemerkte den Brief von Paul Éluard auf dem Nachttisch.

Gala, die auf dem Rand des Bettes saß, blickte zu ihm auf.

»Schon viel besser. Der Arzt war heute bei ihr und meinte, sie wäre fast über den Berg. Das Fieber ist gesunken, Gott sei Dank, und auch die anderen Beschwerden klingen ab. Er sagte, in ein oder zwei Tagen könne sie auch wieder an die frische Luft.«

»Das trifft sich hervorragend, denn ich habe nämlich eine Überraschung für euch.«

»Eine Überraschung?«, fragte Cécile, und ihr Gesicht errötete vor Freude. »Was für eine Überraschung?«

Salvador verdrehte übertrieben die Augen. »Ich weiß, das wird dir gefallen.«

»Onkel Dalí, nun sag schon!«, quengelte das Kind.

Salvador setzte sich ans Fußende und machte ein wichtiges Gesicht.

»Ich werde dir Menschenbäume zeigen.«

Cécile hob die Augenbrauen. »Bäume aus Menschen? Du willst mich verulken, so etwas gibt's doch gar nicht!«

Salvador richtete sich auf. »Oh, doch. Aber noch bist du nicht stark genug, diesem magischen Zauber zu begegnen. Du musst erst wieder zu Kräften kommen. Deshalb habe ich dir Suppe mitgebracht.«

Er reichte Gala einen runden metallisch schimmernden Behälter.

»Eine katalanische Thymiansuppe.«

»Thymiansuppe?«, fragte Cécile und verzog das Gesicht.

»Eigentlich ist es eine Hühnerbrühe mit Ei und gerösteten Weißbrotwürfeln. Aber hier bei uns geben wir noch etwas Thymian hinzu. Du musst wissen, unser Thymian enthält Zauberkräfte. Nur wenn man diesen Thymian zu sich nimmt, ist man auch in der Lage, die Menschenbäume zu sehen.«

Inzwischen hatte Gala den Deckel abgeschraubt und einen Löffel zur Hand genommen. Vorsichtig kostete sie die Suppe, aus Angst, sie könnte noch zu heiß sein.

»Mmh«, sagte sie. »Die ist wirklich lecker.«

»Ich weiß«, erwiderte Salvador schmunzelnd.

»Lass mir was übrig, Maman«, rief Cécile. »Ich will auch die Menschenbäume sehen.«

Drei Tage später versammelten sich die Einwohner von Cadaqués vor der Kirche. Salvador hatte für sie einen guten Sitzplatz auf den Stufen ergattert, direkt an der halbhohen Mauer, und dort saßen sie nun in Erwartung des großen Spektakels.

»Wann geht es denn los?«, fragte Cécile, die ein weißes Kleid anhatte und noch etwas blass war, sich aber bereits ungeduldig umschaute.

Auf der anderen Seite unter den Bäumen fing eine Kapelle zu spielen an. Gala glaubte, dass es dieselben Musiker waren wie bei dem Fest, bei dem sie mit Salvador zum ersten Mal eine Sardana getanzt hatte. Die Musik klang ganz ähnlich.

Sie lehnte sich zurück, genoss die Kühle des Mauerwerks und schloss behaglich die Augen. In den letzten Wochen hatte sie sich äußerlich stark verändert. Sie wusste nicht genau, woran es lag, vielleicht besaß der Thymian hier ja tatsächlich Zauberkräfte, aber aus der Pariserin mit der exakt geschnittenen, wohlgekämmten und in Wellen gelegten Frisur, den rotlackierten Nägeln, hocheleganten Kleidern und den dazu passenden Schuhen war eine ungezwungene Frau in Shorts und simplem Trägerhemd geworden, die Espadrilles trug. Nun hoben sich ihre hellen Nägel von ihren sonnengebräunten Händen ab, und das salzige, vom Wind zerzauste Haar flatterte in ungebändigten Locken frei um ihren Kopf.

Und diese Verwandlung hatte sie ihrer Ansicht nach einzig Salvador zu verdanken.

Als Céciles Fieberschübe weniger wurden und sie anfing, wieder ruhiger zu schlafen, blieb Gala mehr freie Zeit. Von da an verließ Salvador sein Atelier früher als sonst und ging mit ihr an den Strand.

Es war diese völlig andere Art zu leben, die sich ihrer stetig bemächtigte und sich in ihrem Körper einschrieb. Noch nie hatte sie sich so gesund, so begehrenswert und so glücklich gefühlt.

Paul Éluard und ihr Leben in Paris waren auf diesen Stufen in weite Ferne gerückt.

»Es geht los«, rief Cécile aufgeregt.

Die Zuschauer wichen an die Ränder des Platzes zurück, und eine Gruppe von Menschen in bunten Gewändern stieß in die Mitte vor. Es waren hauptsächlich Männer, darunter aber auch einige Frauen und Kinder. Sie trugen weiße Hosen, rote kurzärmelige Hemden und einen breiten schwarzen Hüftgürtel.

»Was machen die da?«, fragte Cécile.

»Komm her und setz dich oben auf die Mauer, ich erkläre es dir«, sagte Salvador, und sie gehorchte.

»Gleich wirst du sehen, wie ein Menschenbaum entsteht. Dort unten, mitten auf dem Platz. Wir allerdings nennen sie Castells, was man mit Burg oder eventuell auch Turm übersetzen könnte.« Er beschattete die Augen. »Es benötigt viel Mut, Balance und Kraft, einen solchen Turm zu errichten. Darüber hinaus sind unterschiedliche Fähigkeiten nötig, und sie müssen alle in dem festen Willen zusammenarbeiten, etwas möglich zu machen, das beinahe unmöglich ist. Etwas, das beinahe an Zauberei grenzt.«

Er zwinkerte Cécile zu, richtete seinen Blick wieder nach vorn, wo die Leute sich anschickten, das Fundament des Menschenturms zu errichten. Eine Vielzahl von Menschen schlossen einen dichten Ring, stützten einander dabei ab, wobei die stärksten und kräftigsten von ihnen die Basis in der Mitte bildeten.

»Wir nennen dieses Gedränge Pinya, also Zapfen. Von hier aus wächst der Turm in die Höhe.«

Sie sahen zu, wie weitere Männer auf die Schultern der unter ihnen Stehenden kletterten und eine zweite Ebene schufen, ebenfalls dicht aneinandergedrängt.

»Passt auf, von nun an zählt jeder Handgriff.«

Aus dem Augenwinkel bemerkte Gala, wie Cécile mit offenem Mund auf das Spektakel starrte.

Jetzt stiegen schlankere, geschmeidige junge Männer außen an den anderen empor, um einen Ring auf der dritten Ebene zu bilden.

»Das ist ein Manilles«, erklärte Salvador leise, und man hörte seiner Stimme an, dass er genauso angespannt war wie die Männer dort unten auf dem Platz.

Weitere Jünglinge kletterten in die Höhe, hielten sich dabei an den breiten Hüftgurten und Schultern der anderen fest.

Zwei weitere Ringe wurden geschaffen. Aber ein Ende war nicht abzusehen.

»Was, noch höher?«, fragte Gala und rutschte näher an Salvador heran. Ohne dass es Cécile bemerkte, nahm er heimlich Galas Hand und drückte sie beruhigend.

Wieder stiegen zwei Jungen und ein Mädchen in die Höhe. Der Ring, den sie auf der sechsten Ebene bildeten, bestand jetzt nur noch aus drei Personen.

»Unglaublich!«, flüsterte Gala ergriffen.

Die Musik, die über dem Platz schwebte, steigerte sich in ihrer Dramatik, denn nun schickten sich drei Mädchen an, den anderen Castellers nachzueifern. Es dauerte beinahe eine Minute, bis zwei von ihnen einander in zehn Metern Höhe gegenüberstanden, die Dritte auf ihren schmalen Schultern balancierend.

»Sind sie fertig?«, fragte Cécile aufgeregt.

»Nein, es fehlt noch das Enxeneta, das Eichhörnchen, das auf den Schultern der Trägerin reitet und die Kuppel des Turmes bildet.«

»Ach, dann geht es noch höher?«

»Ja.«

Plötzlich sprang Gala auf, es hielt sie nicht mehr auf ihrem Platz. Doch mit ihr erhoben sich auch alle anderen Zuschauer und applaudierten, denn nun krabbelte ein etwa fünfjähriges Mädchen über die Köpfe nach oben.

»Das geht doch nicht!«, sagte Gala fassungslos und starrte mit aufgerissenen Augen hinüber zum Menschenturm, an dem das kleine Mädchen außen emporzuklettern begann, bis sie ganz oben auf den Schultern des anderen Mädchens saß und siegreich den Arm in den azurblauen Himmel streckte.

Ein unbeschreiblicher Jubel setzte ein, die Menge feierte ausgelassen, und Fahnen wurden geschwenkt.

Erleichtert fiel Gala Salvador um den Hals. Stürmisch drückte er sie an sich und hielt sie fest.

Es war nur ein kurzer Augenblick.

Als die Menge sich wieder beruhigte, löste sie sich langsam von ihm und blickte zu Cécile. Aber die Kleine hatte von der Umarmung nichts mitbekommen. Gebannt schaute sie zu, wie das Mädchen über die Rücken wieder nach unten kletterte.

Die letzten Meter hatte Salvador Cécile auf seinen Schultern getragen, denn die Aufregung der vergangenen Stunden hatte sie vollends erschöpft.

Während er auf dem Flur wartete, bis Gala die Kleine ins Bett gebracht hatte, dachte er an Gala und wie der Sommer und die Luft des Mittelmeers sie verwandelt hatten. Mit ihren kraftvollen, vom Laufen und Schwimmen gestärkten Beinen, den feinen Fesseln, ihren schön geschwungenen Hüften und der kleinen Brust erinnerte sie ihn an die Statuen von Maillol.

Dieser katalanische Künstler wählte für seine ausdrucksvollen Akte die schönsten Bäuerinnen und Fischersfrauen als Modelle aus, denen Gala inzwischen verblüffend ähnlich sah.

Er war so in Gedanken versunken, dass er nicht bemerkte, wie sie hinter ihm auf den Flur trat.

»Kommen Sie mit herein, Cécile will Ihnen gute Nacht sagen.«

Zögernd folgte Salvador ihr ins Zimmer und ging zum Bett der Kleinen.

»Siehst du«, sagte er leise. »Heute hast du Menschenbäume gesehen.«

Aber Cécile schien etwas anderes auf dem Herzen zu haben.

»Onkel Salvador. Kannst du mir ein Gute-Nacht-Lied singen?«

Gala wollte etwas einwenden, aber Salvador hob die Hand. Er freute sich, dem kleinen Mädchen die Bitte gewähren zu können. Kurz dachte er nach, dann begann er mit leiser Stimme zu singen: *»L'Àngel té les ales blanques, té d'or fi el cabell i el vestit de plata.«*

Gala betrachtete sein Gesicht, das im Licht der Kerze auf dem Nachttisch einen weichen, entrückten Ausdruck annahm.

»No bé s'ha fet nit que del cel davalla, per obrir-li pas els estels s'aparten.«

»Sing bitte weiter«, bat Cécile müde und gähnte herzhaft.

Salvador beugte sich vor, nahm die Decke und zog sie ihr bis zum Kinn.

»Aber nur, wenn du dann schläfst.«

»Ist gut.«

»L'Àngel de la Son, quan clareja l'alba, dret al paradis bat de nou les ales. En veure'l passar les aloses canten, i s'aixeca el sol, i les flors esclaten.«

Cécile drehte sich auf die Seite. Er wartete noch einen Moment, dann richtete er sich langsam auf. Seine Augen trafen auf Galas.

»Geschafft«, raunte er. »Sie ist eingeschlafen.«

Die Nacht war mild, und der Mond versteckte sich hinter einigen Wolken, die träge über den Horizont zogen.

Langsam schlenderten Gala und Salvador die Promenade entlang.

»Was für ein Lied haben Sie für Cécile gesungen?«

»Ein katalanisches Wiegenlied.«

Sie ging schweigend neben ihm.

»Meine Mutter hat es uns vorgesungen. Viele Male.«

Gala blieb unvermittelt stehen.

»Ich habe Cécile noch nie etwas vorgesungen.« Sie brach ab. »Wenn ich ehrlich bin, fällt es mir schwer, mein Kind zu lieben. Verstehen Sie mich nicht falsch, Salvador, Cécile ist ein wunderbares Mädchen, schön, klug und von besonderem Liebreiz. Aber wenn ich sie ansehe, spüre ich ein Befremden, das ich mir nicht erklären kann, welches es mir aber unmöglich macht, meine Tochter vorbehaltlos zu lieben.«

Schwer legte Salvador seine Hand auf ihre Schulter.

Sie hob den Kopf und sah ihn an.

Er schwieg.

»Erzählen Sie mir, worum es in dem Lied geht?«

Er zog seine Hand zurück. »Um einen Engel.«

»Einen Engel? Übersetzen Sie es mir?«

»Aber nicht, dass Sie mir dann auch einschlafen.«

Lächelnd hakte sie sich bei ihm ein.

Salvador räusperte sich. »Na ja, wie ich bereits gesagt habe, es geht um den Engel des Schlafes.« Er begann zu übersetzen. »Er hat weiße Flügel; aus Gold ist sein Haar und aus Silber sein Kleid. Bei Anbruch der Nacht kommt er vom Himmel, und alle Sterne treten zur Seite. Der Engel des Schlafes, wenn die Morgendämmerung anbricht, ist er auf dem Weg ins Paradies. Er schlägt erneut die Flügel und entschwindet. Die Lerchen singen, die Sonne geht auf, und die Blumen erblühen.«

»Das Lied ist wunderschön«, hörte er Gala sagen und spürte, wie sie sich an ihn schmiegte.

»Aber ich muss Ihnen ein Geständnis machen«, flüsterte sie. »Ich liebe es, wenn Sie auf Katalanisch singen.«

KAPITEL 16

Ich könnte hier den ganzen Tag mit Ihnen sitzen.«

Gala lächelte verträumt angesichts dieser Vorstellung. Er beschattete die Augen und blickte zur Küste hinüber.

»Es war eine gute Idee, hierher zu schwimmen«, sagte er.

»Ja, hier sind wir ungestört,« sagte Gala nach einem kurzen Zögern.

Salvador warf den Kopf herum und griff nach ihrer Hand.

»Gefällt es Ihnen nicht, Gala? Ist es Ihnen zu einsam? Möchten Sie an den Strand zurück?«

Einen Augenblick verharrte sie regungslos, dann hob sie den Kopf, in ihrem Blick eine solche Klarheit, dass er den Griff um ihre Hand ein wenig lockerte.

»Sagen Sie es mir.«

»Was soll ich Ihnen sagen?«

Beide schwiegen, als wären sie über ihre eigene Ratlosigkeit überrascht.

Dann murmelte Salvador leise: »Ich weiß nicht, wie ich …«

Er brach ab und zuckte hilflos mit den Achseln.

»Was wissen Sie nicht?«

Sie sprach die Worte langsam aus. Salvador spürte die Unsicherheit in ihrer Stimme.

»Ich möchte Sie nicht bedrängen, Gala, bitte verstehen Sie mich nicht falsch.« Sein Ton wurde eindringlicher. »Ich bin in solchen … wie soll ich es sagen, na ja, in diesen Dingen eben völlig unerfahren. Bis ich Ihnen begegnete, galt meine Hingabe einzig der Malerei. Aber nachdem ich Sie getroffen habe, wurde eine zweite, eine neue und genauso heftige Leidenschaft in mir entfacht, die mich jetzt permanent ablenkt.«

Gala reagierte mit einem schwachen Lächeln.

»Vielleicht sollten wir darüber reden.« Sie strich sich mit einer anmutigen Geste das Haar hinters Ohr und fügte hinzu: »Warum sollen wir es nicht aussprechen? Jetzt, hier auf diesem Felsen. Es könnte doch sein, dass Sie sich in Ihren Gefühlen irren? Dass Sie nur verwirrt sind.«

Salvador senkte den Kopf, betrachtete die hellgrünen Algen am Fuße des Felsens, die bei jeder Welle emporschwappten.

»Natürlich kann man sich irren. Jeder kann das. Aber ich habe noch nie zuvor solch innige Gefühle für eine Frau empfunden, deshalb ist ein Irrtum meinerseits absolut ausgeschlossen.«

Auch Gala schaute jetzt hinab ins Wasser, wo goldene Funken auf den Wellen tanzten.

»Wenn Sie so empfinden«, sagte sie schließlich, »sollten Sie die Frage ein für alle Mal beantworten. Das wäre ein möglicher Weg.«

Ihre Abgeklärtheit irritierte ihn ein wenig. Er sah, wie

sie sich leicht nach hinten lehnte, auf den Ellenbogen abstützte, und es kam ihm so vor, als wäre sie eine Spur blasser als sonst.

»Finden Sie?« Salvador zog die Knie an die Brust und schlang die Arme darum. »Wissen Sie, warum ich mit Ihnen zu diesem Felsen geschwommen bin?«

Gala legte die Stirn in Falten. »Warum?«

»Als ich zwölf Jahre alt war, wurde ich ernsthaft krank. Heute glaube ich, ich erkrankte, um dem Schatten meines toten Bruders im eigenen Elternhaus zu entkommen. Zur Erholung wurde ich aufs Land geschickt. Zu Pepito Pitchot, dem Anwalt der Familie. Er lud mich nach Muli de la Torre ein, seinem Familienanwesen, das hinter Figueres in Richtung Roses lag. Erinnern Sie sich, wir sind mit dem Bus daran vorbeigefahren?«

Gala nickte geduldig.

»Muli de la Torre ist ein altes Gutshaus mit einem schattigen Garten und einem runden Turm. Als Kind wurde ich wie magisch von ihm angezogen. Aber es war nicht nur die Aussicht, die sich mir dort oben auf die Olivenhaine und die goldgelben Weizenfelder bot. Es war ein Gefühl der Sicherheit, der unberechenbaren Welt entkommen zu sein. Alles, was mir Angst machte, schrumpfte dort oben hinter den Zinnen auf ein Minimum zusammen.«

Seine Stimme war fast zu einem Flüstern geworden, er starrte in die Ferne. »Ich wusste, dass die Angst noch da war, aber sie war jetzt auf die Größe einer Ameise zurechtgestutzt – manchmal auch mehrerer Ameisen –, aber sie blieb klein.«

»Und was hat das mit mir und diesem Felsen zu tun?«

Salvador stand auf und breitete die Arme aus, als wollte er sie und die Klippen umfassen. »Gala, Sie sind wie dieser Turm, wie dieser einsame hohe Felsen inmitten des Meeres. Wenn ich mit Ihnen zusammen bin, dann fühle ich mich so wie damals. Sie behüten mich, nehmen mir die Angst.« Er tat einen Schritt auf sie zu, legte dabei seine Hand aufs Herz.

»Wie soll ich es Ihnen bloß sagen? Jeden Morgen, wenn die Sonne aufgeht, sind Sie mein erster Gedanke, und am Abend, wenn die Sterne über dem Cap stehen, mein letzter.«

Salvador blickte sie an und war von ihrer Schönheit betroffen, der Anmut, die auf ihren Zügen lag. Gleichzeitig jedoch fühlte er sich schuldig, weil er eine verheiratete Frau liebte. Er ließ die Hand sinken.

»Es ist falsch, ich sollte nach Paris fahren und Ihren Mann um Entschuldigung bitten.«

»Sie wollen was? Warum sollten Sie das tun?«

Er sah, dass sie mit der Entwicklung des Gespräches nicht zufrieden war.

»Weil ich Sie liebe, Gala. Ich liebte Sie vom ersten Moment an, als ich Sie oben auf dem Balkon sah. Aber Sie müssen verstehen, dass mich die Frage nicht ruhen lässt, wie ich mein Glück auf das Unglück eines anderen Menschen gründen könnte. Gala, Sie denken doch sicher ebenso, denn welche Art von Leben kann man auf so einem Fundament errichten?«

Auf ihrem Gesicht lag jetzt ein Ausdruck von Ratlosigkeit. Gala stieß heftig den Atem aus. Auch sie hatte in den letzten Tagen viel über die Zukunft nachgedacht und war zu dem Punkt gelangt, an dem sie sich eingestehen musste, dass sie für diesen jungen Maler mehr empfand, als sie anfänglich zuzugeben bereit gewesen war. Es war die Art, wie er sie ansah, wie er sie auf Händen trug, um sie besorgt war und ihr die Aufmerksamkeit schenkte, die sie so lange schmerzlich vermisst hatte. Sie wusste, dass er sie abgöttisch liebte.

Aber noch mangelte es ihr an realen Perspektiven. Jeden Abend hatte sie vor dem Zubettgehen die Tarot-Karten befragt, und es war immer das gleiche Bild. Die Karten sagten Salvador Dalí eine großartige Karriere voraus, aber wo war ihr Platz darin?

Sie hob den Kopf und erkannte, dass Salvador ihre Besorgnis zu spüren schien, aber nicht wusste, wie er die Bedenken zerstreuen konnte, und so konzentrierte sie sich auf die Antwort, die er noch immer von ihr erwartete.

Die Worte kamen ihr nicht leicht über die Lippen, zumal sie fürchtete, er könnte sie missdeuten.

»Ihre Frage ist nicht leicht zu beantworten, aber ich will Ihnen sagen, wenn zwei Menschen sich wirklich lieben und sie das Gefühl teilen, dass sie beide zu einem einzigen Ganzen verschmelzen müssen, dann meine ich, dass Situationen entstehen können, in denen es für die Beteiligten richtig ist, wenn sie …«, Gala suchte nach den passenden Worten, »… dem nachgeben, unabhängig davon, ob es die öffentliche Meinung oder die Kirche gutheißt. Und was Paul Éluard und Cécile angeht, dann wäre ich es wohl eher, die sich ihnen gegenüber verpflichtet fühlen müsste. Aber in meinen Augen kann keine Verpflichtung und Konvention so bindend sein, dass sie es rechtfertigen würde, meine wahren Gefühle zu verleugnen. Das ist unsinnig! Es gab und gibt keinen triftigen Grund, darauf heute noch Rücksicht zu nehmen. Ich bin eine moderne, selbstbestimmte Frau, mit dem Recht auf die Freiheit, mir meinen Partner selbst zu wählen.«

Salvador errötete vor Überraschung und vor Freude. Er hatte ihr voller Begehren zugehört, sein Blut war durch die Adern gerauscht, und er hatte gespürt, wie er mit jedem Wort, das sie sprach, näher zu ihr hinwollte, um sie in den Arm zu nehmen und zu liebkosen. Aber er wusste nicht, wie er es anstellen sollte. Unbeholfen stand er vor ihr. Sein Mund wurde vor Aufregung ganz trocken.

»Sagen Sie mir, was ich mit Ihnen machen soll«, flüsterte er mit rauer Stimme, »und ich tue es.«

Gala richtete sich auf, griff seine Hand und zog ihn zu sich heran, bis sein Gesicht ganz dicht vor ihrem war. Ihre Augen waren jetzt tief und unergründlich wie das Meer, das den Felsen umspülte.

»Bring mich um, hörst du? Mit deinen Küssen.«

KAPITEL 17

Gala beschloss, die Affäre – oder was immer das zwischen ihr und Salvador war – zum Gegenstand eines letzten klärenden Gespräches zu machen. Salvadors Verhalten hatte sie in den letzten Tagen immer mehr irritiert. Sie war mit ihm gemeinsam in den Felsen geklettert, durch einsame Olivenhaine gewandert, und sie badeten in einer der abgelegenen Buchten. Doch niemals unternahm er den Versuch einer körperlichen Annäherung. Er gab ihr hier und da schüchtern lächelnd einen Kuss, aber nur, um sich gleich darauf zurückzuziehen. Er erklärte ihr mit zaghafter Stimme seine Liebe, aber er berührte sie nicht, obwohl sie ihm ihr Interesse deutlich zeigte.

In den Nächten hatte sie im Hotel wach gelegen und sich den Kopf darüber zerbrochen. Sie gelangte zu der Erkenntnis, dass es an der Schüchternheit allein nicht liegen konnte. Jeder andere junge Mann, den sie kannte, hätte sich bereits auf sie gestürzt und wäre zu Wachs in ihren Händen geworden.

Nach dem Frühstück hatte sie mit Cécile ihr Zimmer verlassen und war den ganzen Vormittag am Strand und über die Felsen spaziert. Jetzt suchte Cécile zwischen den Steinen nach Muscheln, während sie den Wellen zuschaute, die ungestüm heranrollten und sich an den Steinkanten brachen, weiße Gischt in die Höhe schleudernd. Dabei stellte sie fest, dass es ihr ganz ähnlich erging. In diesem Sommer war ihr Inneres in Aufruhr geraten … Sie musste wissen, was Salvador das Zusammensein mit ihr bedeutete.

»Da bist du ja«, hörte sie ihn aufgeregt ausrufen. Er kletterte geschickt über ein paar Felsen zu ihr herab.

In seinem Blick lag aufrichtige Freude über die Begegnung. Er setzte sich neben sie, mit der ihm eigenen angespannten Haltung, und lehnte sich an die Felsen, als benötigte er ihren Halt.

Ihr Blick glitt über seine Schultern, blieb an der Perlenkette um seinen Hals hängen und ging hinab zu seinen Händen, in denen er das Skizzenbuch hielt.

In seiner Gegenwart wurde sie sich ihrer selbst bewusst. Ihrer Glieder, die durch die Kletterei kräftiger geworden waren, der gesunden Bräune ihrer Haut, der Luft in ihren Lungen und des salzigen Geschmacks auf den Lippen.

Ihre Blicke trafen sich, und er küsste sie sanft auf den Mund.

»Ich muss unbedingt mit dir sprechen«, sagte sie, und ihr ernster Ton änderte sofort seine Gemütsverfassung.

Salvador ahnte, dass etwas vorgefallen sein musste, und fühlte, wie sich ihre Aufregung auf ihn übertrug, als sie ihre Hand auf die seine legte.

»Was ist denn?«, fragte er und beugte sich etwas nach vorn, um an ihrem Gesicht abzulesen, was sie bedrückte. Doch sie zögerte weiterzusprechen, als müsste sie sich erst sammeln.

»Paul hat auf meinen Brief geantwortet. Er fordert mich auf, sofort mit Cécile abzureisen und zu ihm nach Paris zu kommen. Und er weiß alles … alles von uns …«

Salvador hörte ihr schweigend zu.

»Das war wohl unvermeidlich, aber ich denke, es ist besser so.«

Galas Herz stockte vor Aufregung. Sie versuchte, seine Gedanken aus seinem Mienenspiel zu erraten. Sie konnte nicht wissen, dass ihm als erster Gedanke durch den Kopf ging, dass Paul sich möglicherweise rächen würde, seine Ausstellung in Paris und die Aufnahme in die Gruppe der Surrealisten verhindern könnte.

Würden sich jetzt für ihn alle Wege in die ersehnte Kunstwelt versperren?

Gala hingegen entnahm der Verschlossenheit seines Gesichtsausdruckes etwas anderes; sie glaubte mit einem Mal zu wissen, dass er ihre Hoffnung enttäuschen würde und sie bei ihm nicht das fand, was sie sich erhofft hatte.

Als sie den Brief von Paul erhalten hatte, war ihr selbst klar geworden, dass sie abfahren würde und dass für sie alles beim Alten bleiben müsste. Auch wegen ihrer Tochter Cécile.

Sie ahnte, dass sie nur dann die Kraft besäße, sich von ihrem alten Leben mit Paul loszureißen, wenn Salvador tatsächlich zu ihrem Geliebten und später zu ihrem Mann werden würde. Wenn sie eine gemeinsame Zukunft hätten.

Deshalb maß sie dem Gespräch mit Salvador eine große Bedeutung bei, denn insgeheim hoffte sie, dass er ihre Situation ändern würde, dass er es war, der endlich eine Entscheidung traf. Hätte er sie leidenschaftlich in die Arme geschlossen, sie geküsst, sie gleich hier an Ort und Stelle geliebt, ohne sich auch nur einen Moment zu besinnen, und gesagt: »Gib alles auf und bleib bei mir!« ... Dann wäre sie bereit gewesen, ihm zu glauben und ohne auch nur einen Moment zu zögern, bei ihm geblieben. Sie hätte sich für ihn entschieden, gegen Paul. Und damit schweren Herzens auch gegen Cécile. Auch wenn die Konsequenz daraus ein unsicheres Leben gewesen wäre.

Stattdessen schien er aus irgendeinem Grund verstimmt zu sein.

Eine Weile saßen sie schweigend nebeneinander.

In Salvadors Kopf überschlugen sich die Gedanken, er sah das Atelier mit den unfertigen Bildern vor sich. Er war in den letzten Wochen wegen der Zeit, die er unbedingt mit Gala verbringen wollte, kaum zum Arbeiten gekommen, und er hatte Angst vor der Reaktion seines Vaters, der ihm wieder Vorhaltungen machen würde, wie faul und egoistisch er wäre.

Einen Moment lief ihm ein kalter Schauer über den Rücken, und er überlegte, dass es wohl besser für ihn gewesen wäre, sich niemals mit dieser Frau einzulassen.

Doch tief in ihm gab es eine Stimme, die diesem Gedanken vehement widersprach. Die Vorstellung, Gala wieder zu verlieren, bereitete ihm regelrecht körperliche Schmerzen.

Gleichzeitig wurde ihm bewusst, dass er heute nicht die Kraft fand, sich zwischen dem einen oder dem anderen zu entscheiden.

Salvador hob den Kopf und schaute Gala an. Sie erwiderte seinen Blick und sah darin nicht die erhoffte Entschlossenheit.

»Nun ja, was soll's, es hat sich doch im Grunde nichts geändert«, sagte sie gereizt, und ihre Lippen zitterten dabei.

Ihm schien es, als ob sich ein Zug der Verbitterung um ihren Mund legte, und er spürte, dass er endlich etwas erwidern, endlich reagieren müsse. Es lag ihm auf der Zunge, zu sagen, dass sich für ihn in diesem Sommer alles geändert hatte, dass er sie liebte, sie sein Idealbild einer Frau war und er bereit war, in Zukunft die Gestaltung ihrer beider Leben zu übernehmen.

Doch dann hörte er sich etwas völlig anderes sagen, denn in diesem Moment trat El Beti in sein Blickfeld, der schwer an zwei Weidenkörben mit Seeigeln trug.

»Die Ausbeute scheint ja heute prächtig zu sein«, rief er dem Fischer zu. »Wo hast du sie eingesammelt?«

»Drüben, ein Stück hinterm Backenzahn.« El Beti machte eine unbestimmte Bewegung mit dem Kinn. »Guten Tag, Señora Éluard. Wollen Sie einen Blick auf die Seeigel werfen?«

Gala seufzte und antwortete nichts. Es verstimmte sie, dass der Fischer aufgetaucht war und Salvador das Thema gewechselt hatte. Und obwohl sie nichts mehr drängte, als das ursprüngliche Gespräch fortzusetzen, ging sie nach kurzem Schweigen auf die Frage ein.

»Nichts für ungut, El Beti. Aber ich kann nicht mal einen Fisch von einem Seeigel unterscheiden.«

Ihre Worte hallten noch in der Stille des Strandes nach, als sich der Fischer bereits entfernte und sie wieder allein waren.

Gala, deren Herz so heftig schlug, dass sie meinte, Salvador müsste es auch hören, wartete mit Bangen darauf, was er sagen oder was unausgesprochen bleiben würde.

Salvador starrte auf die Stelle, an der vor wenigen Augenblicken noch der Fischer gestanden hatte. Er spürte deutlich, dass jetzt der Zeitpunkt gekommen war, in dem Gala von ihm erwartete, dass er sich zu ihr bekannte, und er fühlte die starke Nervosität, die ihn ergriff. Er streifte sie mit einem schnellen Blick.

In allem, in ihren Augen, in den glühenden Wangen, in ihrer angespannten Haltung, verriet sich ihre Erwartung. Er sah es, und er fühlte, dass sie es nur als Zurückweisung empfinden konnte, wenn er sich jetzt nicht äußerte. Er überlegte sich in Gedanken noch einmal alles, was dafür sprach, sie zu bitten, bei ihm zu bleiben, ihren Mann zu verlassen und ihn zu heiraten. Er überlegte, mit welchen Worten er seinen Antrag an sie richten, ihr seine Liebe gestehen würde, doch statt dieser Worte sagte er, aus einer plötzlichen Eingebung heraus: »Was heißt, du kennst den Unterschied zwischen Seeigeln und Fischen nicht? Es ist doch ganz einfach. Die einen haben Schuppen und die anderen Stacheln.«

Gala erblasste, und ihre Stimme zitterte, als sie antwortete: »Danke. Das werde ich mir merken und beim nächsten Mal darauf achten.«

Sobald sie diese Worte ausgesprochen hatte, fühlte sie,

dass alles aus war. Eine furchtbare Leere breitete sich in ihr aus, und Tränen stiegen ihr in die Augen. Sie erhob sich.

»Cécile! Kommst du bitte!«

Salvador blieb sitzen. Er wusste in diesem Moment, dass seine wohlüberlegten Worte wohl für immer ungesagt bleiben würden.

Als er es endlich wagte, sich umzudrehen, waren Gala und ihre Tochter längst zwischen den Olivenbäumen verschwunden.

KAPITEL 18

Ist die Russin weg?«, fragte ihn Ana María, als Salvador das Atelier verließ. Sie begegnete ihm, während sie mit einem Krug Limonade auf dem Weg in den Garten war. Als er nickte, lächelte sie befriedigt und atmete erleichtert aus. Dann drehte sie sich um und lief vor ihm her den Flur entlang.

Einen Moment, vielleicht auch nur ein paar Sekunden, sah er seine Schwester an, als begegnete er ihr zum ersten Mal.

Ihm fiel plötzlich auf, dass sich Ana María – eine braungebrannte, schwarzhaarige Frau mit markanten Zügen – mit bäuerlicher Behäbigkeit bewegte.

Unweigerlich wurde Salvador beim Anblick der Schwester, wie sie so vor ihm den Flur hinunterging, von einem leichten Unbehagen und Missmut erfüllt.

Niemand in der Familie fragte, wie es ihm erging, alles lief so weiter, als hätte dieses Zwischenspiel mit Gala nicht stattgefunden.

Zugegeben, am Anfang war er froh gewesen, sich endlich wieder der Malerei widmen zu können. Seiner Kunst die Aufmerksamkeit zukommen zu lassen, die sie benötigte und auch verdiente.

Jeden Morgen setzte er sich jetzt an die Staffelei und arbeitete den ganzen Tag über. Er tat es mit Hingabe, fest entschlossen, die altbewährte Routine wieder aufzunehmen.

Doch nach einigen Tagen musste er feststellen, dass Gala für ihn nicht abgereist war, dass sie immer noch hier war, nachts in seinen Träumen erschien und auch am Tag nicht von seiner Seite wich. Sie begleitete ihn am Morgen an den Strand, wo er zwischen den Felsen schwamm und tauchte, eine Beschäftigung, bei der er sonst unbekümmert war. Doch jetzt verursachte ihm die Einsamkeit in den Wellen Unbehagen, und er sprach mit ihr, wenn er ans Ufer zurückschwamm.

Um halb neun frühstückte er zusammen mit dem Vater und der Schwester, und während er vom Brot abbiss und den Kaffee trank, spürte er ständig, dass sie anwesend war, ihm zulächelte und ihn in ihrer ruhigen Stimme aufforderte, sich zu entscheiden.

Danach zog er sich ins Atelier zurück, wo er ein neues Gemälde in Angriff nahm. Er schloss die Augen, atmete ruhig, wartete geduldig auf die Bilder, die Phantasien, die sich in träumerischer Kontemplation aus seinem Unterbewussten erheben würden, um von ihm reflektiert und gemalt zu werden.

Aber es war zum Verrücktwerden.

Immer wieder erblickte er in allen Visionen allein ihr von der Sonne gebräuntes Gesicht vor sich, ihre dunklen Augen, in denen Funken tanzten wie die Sterne am Firmament, ihre hohen Wangen und ihr Kinn mit dem Grübchen, während die Locken ihres schweren schwarzen Haares verführerisch glänzten.

Er fand keine Ruhe mehr, und er begann sich Sorgen zu machen. Seitdem diese Frau in sein Leben getreten war, stellte er sich andauernd die Frage, ob es die richtige Entscheidung war, sie gehen zu lassen.

Sie war zehn Jahre älter als er und besaß noch dazu eine Lebenserfahrung, von der er kaum eine Vorstellung hatte und von der er nur träumen konnte. Auch was das Sexuelle betraf. Es war ein Jammer.

Ja, er vermisste sie, und er wusste, dass er endlich etwas unternehmen musste, dass sie Erwartungen an ihn hatte.

Was sollte er tun?

Zu ihr gehen?

Er wollte sich nicht einfach an sie hängen, von ihrem Geld leben und den Unterhalter für sie spielen. Es musste etwas Größeres sein, das sie verband.

Salvadors Blick fiel auf einen Streifen blauer Farbe auf seiner Haut, er versuchte, ihn mit etwas Spucke abzureiben. Er entschied, dass sein Dilemma im Moment unlösbar war. Der Brief, den er vor Tagen begonnen hatte, würde weiter ungeschrieben auf dem Tisch liegen bleiben. Zumindest so lange, bis er eine annehmbare Lösung fand.

»Wo willst du hin?«, fragte ihn Ana María, als er von Unruhe getrieben hinter ihr auf die Terrasse trat.

»Ich will in den Ort, mir ein wenig die Beine vertreten.«

»Dann hol doch bitte Vaters Jackett vom Schneider ab. Ich habe es heute nicht geschafft …«

»Ja, kann ich machen.«

Er lief die schmale Küstenstraße entlang, es war ein traumhaft schöner Tag, Möwen kreisten in der dunstigen warmen Luft, und die feuchten Kiesel am Strand glitzerten in der Sonne wie wertvolle Edelsteine.

Salvador wich einem Mann aus, der ein Pferd am Halfter führte, und erreichte die Altstadt. In der Schneiderei musste er warten. Eine Touristin hatte sich die Ärmelnaht aufgerissen und verlangte nun sofort Hilfe. Umsichtig wurden Nadeln in den Stoff gesteckt und der Ärmel provisorisch angeheftet.

Salvador versuchte, seine Ungeduld zu zügeln, indem er die ausgestellten Waren begutachtete, bevor er sich schließlich in einen abgeschabten Ledersessel warf, wo er unruhig mit dem Fuß wippte.

Aber auch dort begegnete ihm im Spiegel der Fensterscheibe Galas Lächeln, und er stürmte aus dem Laden, ungehalten, zum einem, weil ihm das oberflächliche Getue der aufgeputzten Frau gewaltig gegen den Strich ging, und zum anderen, weil er wie einen Messerstich den grausam unvollkommenen Zustand seines Alleinseins empfand. Mit Gala zusammen hätte er sich über die Schnepfe lustig machen können.

Gala! Immer wieder Gala.

Er stürmte aus den Straßen der Altstadt hinaus, den Strand entlang. Als er zur Besinnung kam, stand er auf dem Platz vor dem Hotel.

Das große gelbe Haus zog ihn an wie ein Magnet.

Er wollte ihr nah sein. War dort noch ihr Duft? Klang dort noch ihre Stimme in den Wänden?

Es war nicht nur Begierde, nicht ausschließlich das. Es war das bittere Gefühl von Einsamkeit, die Erkenntnis, etwas Wertvolles verloren zu haben.

Salvador sah zum Balkon hinauf, die Fensterläden waren weit geöffnet. Vielleicht erging es ihr genauso, und sie war heimlich zurückgekehrt, und er würde sie hier finden? Möglicherweise könnte er sie zu sich herausrufen oder einen Weg suchen, zu ihr hinaufzukommen.

Plötzlich sah er, wie sie heraustrat, wie beim ersten Mal, als er sie bemerkt hatte. Sie lehnte sich gegen das Geländer, der Wind zauste ihr Haar.

Er kam noch näher, trat aus dem Schatten der Bäume und hob die Hand, erst zögerlich, dann begann er ihr immer heftiger zuzuwinken. Er rief nach ihr, aber sie reagierte nicht.

Er schrie lauter: »Liebste, ich bin es, Salvador!«

Erst der Stumpen einer Zigarre, der ihn funkensprühend an der Stirn traf, ließ ihn erkennen, dass dort oben ein Mann stand, der sich zornig und sichtlich irritiert umdrehte und zurück ins Zimmer trat.

Als die Verandatür laut krachend hinter ihm zufiel, durchfuhr Salvador ein stechender Schmerz, die Stimme versagte ihm.

Er fühlte sich kläglich, und er gestand sich ein, dass er besiegt war. Er würde heimgehen, wieder in die Abgeschiedenheit seines Ateliers eintauchen. Es war seine einzige Zuflucht. Er redete sich ein, es wäre besser so.

TEIL 2

KAPITEL 19

Paris, 1929

Salvador stieg die schmalen eisernen Stufen zum Bahnsteig hinab. Es war November. Erstmals würden in den Räumen einer Pariser Galerie ausschließlich Bilder von ihm gezeigt, was ihn mit einer angespannten Erwartung erfüllte.

Hoch über seinem Kopf spannten sich stählerne Streben, die das weiträumige Glasdach des Bahnhofs hielten.

Er hatte vom Vorschuss, den Camille Goemans ihm auf den zukünftigen Verkauf seiner Bilder gewährt hatte, das Bahnticket gekauft und war hinter der französischen Grenze in Perpignan in den Zug gestiegen.

Er schloss seinen Mantel und reihte sich in die Menschenmenge ein, die auf die Absperrung am Ende der Plattform zuhielt. Um ihn herum war es ohrenbetäubend laut.

Lokomotiven stießen zischend weißen Qualm aus, und Waggons wurden von Rangierern mit kleinen Fähnchen in den Fäusten durch das Wirrwarr von Weichen und Gleisen geleitet.

Er zog die Schultern hoch, und während er den Kragen aufstellte, hasteten Leute, die es eilig hatten, an ihm vorüber, andere winkten freudig bekannten Gesichtern hinter der Absperrung zu.

Salvador kräuselte die Lippen. Auf ihn wartete niemand. Wer sollte auch da sein?

Obwohl er Gala bei ihrer Abreise versprochen hatte, dass er ihr schreiben würde, hatte er in den letzten Wochen nicht eine freie Minute gefunden, um sein Versprechen einzulösen.

Salvador hatte sich in sein Atelier eingeschlossen und sich in die ihm so vertraute Isolation begeben. Alles, um konzentriert die Gemälde fertigzustellen, die er für die Ausstellung plante. Dieses aufwändige Unterfangen hatte seine Aufmerksamkeit derart in Anspruch genommen, dass für nichts anderes mehr Zeit geblieben war.

Salvador zeigte dem Schaffner seine Fahrkarte vor und passierte die Sperre. Er ging ein paar Schritte zur Seite, stellte zögernd den Koffer neben sich ab und atmete tief ein.

Jetzt war er also wieder hier. Beim ersten Mal hatte die Stadt der Künste ihm kein Glück gebracht. Mirós Versuch, ihn als noch jungen und beinahe unbedeutenden Maler bei den Surrealisten unterzubringen und ihn mit einigen Kunstmäzenen bekannt zu machen, war nahezu gescheitert. Nun unternahm er einen zweiten Anlauf. Diesmal musste es gelingen, er konnte nur hier den Durchbruch als Maler schaffen. Paris, das war die Stadt des »Art Déco«, der Moderne; das Zuhause von Schriftstellern, Malern und Musikern aus der ganzen Welt. Hier gab es die Aufbruchsstimmung, die er in Katalonien so schmerzlich vermisste, die intellektuellen Diskurse, die künstlerischen Auseinandersetzungen mit dem Wunsch, die Welt zu verändern.

Gedankenversunken strich er über die Enden seines schmalen Bärtchens. Er durfte es auf keinen Fall vergeigen.

Salvador spürte, wie ihm plötzlich der Schweiß ausbrach, er hatte das Gefühl, als schnürten ihm unsichtbare Eisenbänder die Lunge ein. Als er zu zittern begann, klammerte er sich mühsam an seinen Koffer und sehnte sich einen Moment lang nach der ruhigen und sicheren Abgeschiedenheit von Cadaqués.

Hier, allein auf dem Bahnsteig in dieser Metropole, umtost von geschäftigen Gepäckträgern, Schaffnern, Zeitungsverkäufern und anderen Reisenden, erkannte er, dass das abgeschiedene Dasein der letzten Jahre ihm Sicherheit gegeben hatte, darum hatte er es auch so lange bei seinem Vater und der Schwester ausgehalten.

Salvador rollte mit den Schultern. Er hatte beschlossen, das alles hinter sich zu lassen, das Atelier mit Blick aufs Meer, die Terrasse mit der weißen Mauer und den Geranienkästen, das Haus am Strand mit der grünen Holztür. Zumindest vorübergehend. Und eines Tages würde er als gefeierter Künstler dorthin zurückkehren. Er atmete schwer aus und setzte sich mitten auf dem Bahnhof auf seinen Koffer. Aber um diesen Erfolg zu erreichen, würde er wahrhafte Verbündete brauchen. Wenigstens einer Person sollte er sich zuwenden, der er bedingungslos vertraute, in deren Hände er sogar sein Leben legen würde.

Er stöhnte auf und klatschte sich mit der flachen Hand vor den Kopf. Wie hatte er nur so dumm sein können?

Seine geliebte Einsamkeit im Atelier war ihm um so vieles wichtiger gewesen als alles um ihn herum. Eifersüchtig war er darauf bedacht gewesen, sie hartnäckig gegen jedwede Störung zu verteidigen, anstatt zu Feder und Tinte zu greifen und Gala einen Brief zu schreiben. Sein Egoismus könnte jetzt fatale Folgen haben, denn Gala war der Schlüssel zu einer Tür, die noch verschlossen war, aber durch die er unbedingt hindurchgehen musste. Er spitzte die Lippen. Was mochte sie wohl gedacht haben, als er sich nicht mehr bei ihr meldete?

War sie enttäuscht oder wütend gewesen?

Möglicherweise war sie inzwischen wieder ganz zu ihrem Mann zurückgekehrt, und dieser würde ihm sicher den Zugang zu ihr und den Pariser Künstlerkreisen verwehren.

In einem Anflug von Hoffnungslosigkeit schlug er mit der Faust auf den Koffer. Das durfte nicht sein! Verzweifelt blickte er sich um, sein Herz schlug ihm bis zum Hals. Er verstand, dass ihm das, was er vorhatte – nämlich ein bedeutender Künstler zu werden – nur mit Gala an der Seite gelingen würde!

Was sollte er jetzt bloß machen?

Da blieb sein Blick an einem Mann haften, der mit einem Strauß Blumen im Arm hinter der Absperrung wartete und immer wieder aufgeregt auf das Ziffernblatt der großen Uhr starrte, die hoch oben über ihren Köpfen hing.

Plötzlich kam ihm eine Idee. Vielleicht gelang es ihm, Gala umzustimmen, alles wiedergutzumachen.

Salvador sprang auf, schnappte den Koffer und lief los, durchquerte die Bahnhofshalle und schritt stürmisch durch das Eingangsportal. Er ignorierte die Angebote der Taxifahrer und stürzte auf den Vorplatz hinaus.

Es war so, wie er vermutet hatte. Gleich gegenüber gab es einen Blumenladen. Vor dem Geschäft unter einer roten Markise reihten sich zahlreiche Behälter mit Blumen aneinander.

Es war dunstig in dem Laden und roch intensiv nach Rosen, Lilien und Blumenerde. Der Verkäufer, der mit seiner Wollweste über dem Hemd, dem gewaltigen Schnurrbart und der Baskenmütze auf dem Kopf wie das Abbild eines typischen Franzosen aussah, begrüßte ihn mit einem breiten Lächeln.

»Bonne journée! Was kann ich für Sie tun?«

»Ich will ... ich benötige ... Geben sie mir die besten Blumen, die sie haben!«

Der Mann sah ihn schmunzelnd an. »Also, wenn Sie was wirklich Ausgezeichnetes wollen«, er deutete auf ein Bukett, bestehend aus zehn wunderschönen Rosen, »dann empfehle ich dem Herrn diese Blumen hier.«

Salvador war von dem tiefen Rot der Blüten angetan.

»Was sollen die Rosen kosten?«

»Drei Francs.«

Ohne lange zu überlegen, entgegnete er: »Sehr schön! Ich nehme zehn Buketts davon.«

»Hundert Rosen?«

Salvador bemerkte, wie der Mann blass wurde.

»Ja.«

»Aber ich weiß gar nicht, ob ich so viele Blumen vorrätig habe.«

»Das ist kein Problem«, erwiderte Salvador. »Haben Sie ein Kärtchen, das Sie den Rosen beilegen können?«

Der Mann sah ihn immer noch wie vom Donner gerührt an. Die Enden seines Schnauzbartes zitterten.

»Selbstverständlich.« Er verschwand hinter einem Vorhang und kam mit einem Kärtchen, einem Kuvert und einem Stift wieder.

Rasch schrieb Salvador ein paar Worte, dann steckte er es in den Umschlag und notierte die Adresse.

Erleichtert, das so gut gemeistert zu haben, reichte er dem Blumenverkäufer Kuvert und Stift und erhielt im Gegenzug die Rechnung.

Salvador schluckte. Der Betrag, den der Händler von ihm verlangte, erschien ihm rätselhaft. »Wieso dreihundert Francs?«

Der Händler blickte ihn an. »Monsieur bat um zehn Buketts, jeder Strauß mit zehn Rosen, die Rose zu drei Francs.«

Er kapierte. Nicht der gesamte Strauß kostete drei Francs, sondern jede einzelne Rose … Sogleich begann er in seinen Taschen zu kramen, und ein paar zerknüllte Geldscheine kamen zum Vorschein. Es waren zweihundertfünfzig Francs.

»Das ist beinahe alles, was ich bei mir trage. Also bitte seien Sie so gut, und richten Sie mir dafür etwas her.«

Der Blumenhändler nickte, und Salvador nahm den Koffer und zog weiter. Da er nun kein Geld mehr für ein Taxi besaß, ließ er sich durch die Straßen der Stadt treiben, trank in einem Straßencafé zwei Pernods und traf am späten Nachmittag zu Fuß gut gelaunt bei Goemans ein.

Vor der Galerie stand ein Lastwagen, an dem gerade zwei Männer damit beschäftigt waren, eine schwere Holzkiste von der Pritsche zu hieven. Dabei bekam einer von ihnen das Ende, das bereits über den Rand der Pritsche ragte, nicht richtig zu fassen, und die Kiste begann zu rutschen. Erst im letzten Moment gelang es den beiden, einen Absturz auf das Pflaster zu verhindern.

»Passen Sie doch um Himmels willen auf!«, rief Salvador und stürzte über die Straße. Er hatte die Kiste erkannt, die ein Möbeltischler aus Figueras mit besonderem Können für ihn gezimmert hatte.

»Behandeln Sie das Objekt mit Sorgfalt«, forderte er die vor Anstrengung schnaufenden Männer auf. »Sie beherbergt Bilder von unermesslichem Wert.«

Die Männer schleppten die Transportkiste in die Galerie, wo Camille Goemans sie bereits erwartete.

»Stellen Sie sie hierher!«

Der Galerist bezeichnete mit den Armen einen Kreis inmitten des ersten Schauraums.

Vorsichtig gingen die Männer in die Knie, setzten die Kiste ab, lösten erleichtert die Tragegurte und nahmen dankbar das Trinkgeld entgegen. Dann verschwanden sie.

Argwöhnisch musterte Salvador die Oberfläche des Holzes, doch er konnte außer ein paar Abschabungen und einer Kerbe keinen Schaden entdecken. Zufrieden richtete er sich auf und reichte Camille zur Begrüßung die Hand.

»Na, dann steht der Ausstellung ja nichts mehr im Weg«, frohlockte Goemans. »Möchten Sie einen Kaffee?«

»Gern.«

Der Galerist verschwand hinter einem halbhohen Tresen, öffnete die Abdeckung einer Thermoskanne und griff nach einer Tasse. »Milch? Zucker?«

»Nur Zucker, bitte.«

Goemans füllte die Tasse, gab ein Stück Würfelzucker hinzu und folgte der Stimme.

»Sehr schöne Räume haben Sie hier«, sagte Salvador und nahm dankbar die Tasse entgegen.

Camille trat einen Schritt zurück. »Ja, Sie können sich vorstellen, dass es nicht einfach war, so etwas in Paris zu finden, und schon gar nicht in so einer Lage. In welchem Hotel werden Sie wohnen?«

»Hotel?«

Salvador biss sich auf die Unterlippe. Noch etwas, das er nicht beachtet hatte, als er die Rosen kaufte. Er zuckte mit den Schultern und sah den Galeristen über den Rand der Tasse hinweg an.

»Ich bin gerade erst angekommen«, log er aus der Not heraus. »Da blieb mir noch keine Zeit, mich nach einem Zimmer umzusehen.«

»Verstehe. Aber um diese Uhrzeit noch ein Zimmer zu bekommen, könnte schwierig werden.« Goemans dachte nach. »Wissen Sie was? Sie begleiten mich zu den Éluards. Die veranstalten heute Abend ein Dinner. Die Surrealisten werden sicher auch da sein.«

Salvador zuckte zusammen. Er wusste, dass ein Treffen unausweichlich war. Aber schon heute?

»Was denken Sie?«

Goemans wertete sein Schweigen als Zustimmung.

»Also abgemacht, Dalí. Die beiden bewohnen in der Rue Becquerel eine riesige Wohnung, fünf Zimmer, ich denke, da wird sich für Sie schon irgendwo ein Platz finden, wo Sie die Nacht verbringen können. Und morgen sehen wir weiter.«

Camille Goemans verringerte das Tempo und deutete aus dem Frontfenster seines Wagens. »Sehen Sie, mein Freund, Montmartre«, schwärmte er ausgelassen und betätigte die Hupe, bevor er ein Pferdegespann überholte.

»Seit jeher ist dieser Hügel ein Ort der Verehrung und des Vergnügens. Erst gallische Druiden, dann die Römer mit ihren Tempeln zu Ehren von Mars und Jupiter und danach die Katholiken in der Saint-Pierre-Kirche, die übrigens die älteste Kirche von Paris ist. Natürlich nicht zu vergessen Sacré-Coeur.«

Goemans schlug das Steuer ein und bog rasant um die Kurve. Die Räder ratterten über das Pflaster.

»Eigentlich müssten Sie sich hier wohlfühlen, Dalí. Denn es gab schon immer viele Künstler an diesem Ort, Van Gogh, Toulouse-Lautrec und Renoir, die alle das freie und vor allem preisgünstige Leben suchten.«

Salvador stöhnte innerlich auf, da konnte er sich wohl in seinem derzeitigen mittellosen Zustand einreihen.

»Am Varieté-Himmel erschien mit dem Moulin Rouge ein neuer glänzender Stern, und im Viertel um den Place Pigalle tobte das Nachtleben«, führte Goemans weiter aus.

»Ich habe gehört, dass auch Picasso, Braque und Modigliani einige Zeit hier gelebt haben.«

Salvador, der bis dahin regungslos zugehört hatte, drehte jetzt seinen Kopf und sah Goemans aufmerksam an.

»Das wundert mich, Camille, ich dachte immer, die ›Modernen‹ zögen Montparnasse vor.«

»Ach, wirklich? Na, egal, vielleicht hat Pablo ja hier und später drüben im Quartier im vierzehnten gewohnt. So, wir sind da.«

Goemans lenkte das Auto an den Straßenrand und hielt an.

Sie stiegen aus, und Camille verschloss den Wagen. Nacheinander betraten sie das Gebäude. Das elfenbeinfarben gestrichene Treppenhaus erinnerte Salvador an das leere Gehäuse einer Spindelschnecke, die oftmals nach Stürmen an den Strand von Cadaqués gespült wurden. Es kam ihm so vor, als würde er im Innern der Kalkhülle eine Wendeltreppe im sanften Licht nach oben steigen. Immer noch von dem Eindruck fasziniert, blickte er sich um und bemerkte nicht, dass Goemans inzwischen die Klingel des Appartements bedient hatte. Rasche Schritte näherten sich, und die Tür wurde geöffnet.

»Bonsoir«, sagte Goemans.

Gala erwiderte den Gruß.

Als Salvador ihre Stimme vernahm, schrak er kurz zusammen und drehte sich zu ihr um.

»Nicht, dass ihr euch wundert«, sagte Goemans indessen. »Aber ich habe mir erlaubt, für heute Abend noch einen Gast mitzubringen.«

Er machte einen langen Schritt an Gala vorbei und gab den Blick auf Salvador frei, der jetzt verlegen von einem Fuß auf den anderen trat.

Gala verzog den Mund zu einem schmalen Strich.

»Bonsoir«, sagte er kleinlaut.

Gala erwiderte nichts und trat mit steinerner Miene zur Seite.

Salvador drückte sich an ihr vorbei und blieb unbeholfen im Korridor stehen. Nicht einmal den Koffer wagte er abzusetzen.

Er bemerkte gerade noch, wie Camille im Zimmer am Ende des Flurs verschwand, aus dem deutlich Stimmen zu hören waren.

Gala trat neben ihn, packte ihn am Ärmel und zog ihn in die Küche.

»Was willst du hier?«, herrschte sie ihn an.

»Was ich … aber du weißt doch, die Ausstellung …«

»Das meine ich nicht«, fiel sie ihm ins Wort. »Was willst du hier? In meiner Wohnung? Warum bist du hergekommen?« Ihre Augen waren dunkel, und ihre Brust hob sich schwer unter dem blauen Kleid.

Er stellte den Koffer ab. »Ich wollte … ich dachte … ich …«

Er verstummte.

»Du hast es noch immer nicht begriffen, oder? Du denkst noch immer, das hier ist ein Spiel, den einen Tag kannst du das wollen und am nächsten Tag etwas anderes!«

Sie hielt inne und horchte in den Korridor hinaus.

»Wie alt bist du, Salvador?«, fragte sie erregt. »So verhalten sich Kinder, nicht erwachsene Männer. Kindern verzeiht man, dass sie Launen haben und manchmal unberechenbar sind. Aber dir verzeihe ich das nicht. Werde endlich erwachsen!«

Eine kurze Pause entstand.

»Ich habe dir Rosen gekauft, hast du sie bekommen?«

Gala drehte sich um, öffnete stumm den Eisschrank.

Warum antwortet sie nicht, grübelte er. Hatte der Kerl sie am Ende nicht geliefert?

Endlich schien sie gefunden zu haben, wonach sie suchte, und griff seelenruhig nach einer Flasche Wodka.

»Es waren viel zu viele, ich hatte nicht genügend Vasen«, sagte sie tonlos.

Salvador lauschte jetzt ebenfalls in Richtung Diele. Dann fasste er sich ein Herz, machte drei schnelle Schritte auf sie zu, trat dicht hinter sie und legte seine Arme um ihre Taille. »Glaub mir, Galuschka. Keine Rose, sei sie auch noch so schön, kann dir gerecht werden. Du gehst mir nicht mehr aus dem Kopf. Wenn ich male, wenn ich esse, wenn ich atme …«

Sie verharrte kurz, dann lachte sie auf, machte sich mit einem Ruck frei und blickte ihn ernst an. »Hör auf, Süßholz zu raspeln, und bring den Wodka zum Tisch.«

Sie drückte ihm die Flasche in die Hand und griff sich mit einer schnellen Bewegung an die Haare.

»Und nimm deinen Koffer mit. Er steht hier im Weg. Stell ihn draußen im Flur ab.«

»Gut.«

»Worauf wartest du noch?«

»Gala, es tut mir wirklich leid, ich könnte mich ohrfeigen, dass ich …«

»Ich habe verstanden.« Sie schloss den Kühlschrank wieder.

»In welchem Hotel bist du untergekommen?«

»In keinem.«

»Das verstehe ich nicht. Goemans hat dir doch einen Vorschuss gegeben, oder etwa nicht?«

»Doch, doch. Aber der ist alle. Das letzte Geld habe ich für die Rosen ausgegeben.«

»Das ist nicht wahr?«

Salvador wusste nicht, was er auf die Frage antworten sollte. Immer drehte sich alles nur ums Geld.

Die Diskussion verwirrte ihn, und außerdem froren seine Finger, aber er traute sich nicht, die eisgekühlte Wodkaflasche abzusetzen. Stattdessen machte er eine betroffene Miene.

Sie standen ein paar Augenblicke da, und Salvador glaubte, einen ganz neuen Ausdruck in ihrem Gesicht zu sehen, als wäre ihr gerade ein unerwarteter Gedanke gekommen.

Doch dann winkte sie nur energisch und bedeutete ihm damit, dass er mit der Flasche endlich verschwinden sollte.

Als er gegangen war, schloss Gala leise die Küchentür hinter ihm und begann gleichzeitig zu lachen und zu weinen.

Luis Buñuel sprang erfreut auf und stürzte auf Salvador zu, als dieser das Zimmer betrat. Es gelang ihm gerade noch, die Flasche auf dem Tisch abzustellen, bevor Buñuel ihn stürmisch umarmte.

»Salvador, Mensch, das ist ja eine Überraschung!«, sprudelten die Worte aus ihm heraus. »Wenn du wüsstest, was inzwischen alles geschehen ist, du würdest es nicht glauben.«

Barsch wurde er von einer donnernden Stimme unterbrochen.

»Wie ein altes Klatschweib! Einen Moment wirst du dich mit deinen Neuigkeiten doch noch gedulden können, Luis, bis auch wir unseren Gast begrüßt haben.«

Ein Schatten fiel auf Buñuels Gesicht. Er gab Salvador widerwillig frei, und der erblickte André Breton, den Anführer der Surrealisten-Gruppe.

»Willkommen in Paris, Dalí. Wir …«, er drehte sich behäbig zum Tisch und deutete auf die Männer, die dort eingehüllt von Zigarettenrauch saßen und ihn mit einer Mischung aus Interesse und abwartender Neugier anstarrten, »sind auf Ihre Ausstellung schon sehr gespannt.« Er breitete die Arme aus. »Wenn wir ehrlich sind, erwarten wir uns von Ihren Bildern nichts Geringeres als eine Revolution! Denn unsere Aufgabe ist es, das gegenwärtige gesellschaftliche System mit all den uns zur Verfügung stehenden künstlerischen und intellektuellen Mitteln zu unterwandern, es ein für alle Mal aus den Angeln zu heben und so zu verändern, dass es zukünftig dem Menschen dient, ja, einzig und allein dem Menschen.«

»Wie wahr, Breton«, stimmte René Crevel lächelnd zu. »Aber nun lass ihn doch erst einmal ankommen und einen Begrüßungsschluck nehmen.«

Salvador reichte ihm freundlich die Hand, danach begrüßte er die anderen Männer am Tisch. Da waren Hans Arp und Yves Tanguy, beide ebenso wie er surrealistische Maler, sowie der Fotograf Man Ray, der bereits einige Berühmtheit erlangt hatte. Äußerlich ähnelten sich die Männer, alle waren etwa im gleichen Alter, trugen Anzüge und Krawatten. Die zufällige Abfolge ergab, dass Paul Éluard der Letzte in der Reihe war. Der Dichter erhob sich und kam lächelnd auf ihn zu.

Verunsichert blickte Salvador ihn an. Wenn Paul wütend auf ihn war, wusste er es ausgezeichnet zu überspielen.

Sie gaben sich die Hand.

Salvador wurde den Eindruck nicht los, dass sich Paul sogar aufrichtig zu freuen schien, ihn wiederzusehen. Doch gerade, als er anhob zu sprechen, erschien Gala im Türrahmen und bat die Gruppe nach nebenan zu Tisch.

Während Salvador die Hummersuppe löffelte, fiel ihm die Eleganz der Zimmer auf. Die hohen Decken, die tiefen Fenster, die dennoch den Lärm der Stadt aussperrten. Er vernahm nur das leise Knarren der Dielenböden, wenn das Personal die Speisen servierte. Salvador betrachtete die vielen Wände, voll mit Bildern, Regale mit Büchern und Zeitschriften. All das schuf eine Atmosphäre, in der er sich wohl und geborgen fühlte.

Er griff nach seinem Weinglas und leerte es in einem Zug.

Da er Hunger hatte, aß und trank er mit großem Vergnügen und beteiligte sich an der Unterhaltung seiner Tischgenossen.

»Also hör zu«, richtete sich Luis Buñuel an ihn. »Eins muss ich dir gleich vorwegsagen, es ist eine Schande, dass du nicht dabei warst, als wir im Oktober ›Un Chien Andalou‹ im Studio 28 gleich hier um die Ecke uraufgeführt haben. Ich bin mir sicher, es hätte dir genauso gefallen wie mir.«

Buñuel gluckste vor Freude und schlug sich auf die Schenkel. »Das Publikum hat geschrien, gepfiffen und getobt, als wir ihnen ihre verächtliche Welt, bestehend aus Eifersucht und Lust, Leidenschaft und Leere, vorgeführt haben.«

Breton beugte sich über den Tisch und schenkte beiden Champagner ein.

Buñuel stürzte das Glas hinunter, und Salvador folgte seinem Beispiel. Sofort füllten sich die Gläser erneut. Luis Buñuel gestikulierte wild mit den Händen und grinste breit. »All die schönen Kerle und Weiber, die wie blutdürstige Hermeline herumwuselten. Um die Ohren gehauen haben wir ihnen das. Zum ersten Mal haben diese Kleinbürger in das Feuer der Verzweiflung und des Wahnsinns geschaut, das unter ihrer Selbstzufriedenheit in einer harmoniesüchtigen Nachkriegswelt weiter schwelt.«

»Haben sie dich nicht sogar mit Hüten und Gehstöcken beworfen, als du nach dem Film auf die Bühne kamst und etwas sagen wolltest?«, erkundigte sich Crevel.

»Oh, ja. Und eine Frau schrie ständig: Schlampen! Schlampen! Keiner wusste, wen sie meinte, aber alle waren brüskiert. Ich denke, sie stand einfach unter Schock. Der Direktor des Filmtheaters sagte hinterher zu mir, während er ›Ein andalusischer Hund‹ sah, hatte er das Gefühl, Zeuge eines schrecklichen und uralten Grauens zu sein.«

Dalí legte den Löffel beiseite. Plötzlich merkte er, wie der Alkohol zu wirken begann und ihm die Schüchternheit nahm.

»Aber das ist doch genial«, sagte er lauter als beabsichtigt. »Genau das wollten wir erreichen«, sagte Salvador. »Die Konfrontation mit den tiefsten Ängsten und Trieben im Unbewussten des Menschen.« Er griff nach der Flasche, schenkte sich und Buñuel großzügig nach und hob das Glas. »Niemand weiß, wann sie auftauchen, in welcher Gestalt sie in dein Leben treten. Und es war an uns, es für den Unwissenden sichtbar werden zu lassen, all die flüchtigen und übersteigerten Visionen von Gefühlen und Trieben, all das, was wir in uns nur erahnen, das Geheimnisvolle, das Unbegreifbare, das zutiefst Persönliche und die abgrundtiefe Einzigartigkeit.«

Kurz traf sein hastiger Blick Gala, die aufmerksam zuzuhören schien, bevor er erstaunt feststellte, dass auch die anderen seinen Ausführungen gefolgt waren.

»Hört, hört!«, rief Hans Arp, und Man Ray kam um den Tisch herum und stützte sich auf Buñuels Schulter. Er flüsterte ihm etwas ins Ohr, worauf er vergnügt lächelnd mit Dalí anstieß.

»Das sind wirklich sehr interessante Gedanken. Haben Sie diese schon zu Papier gebracht?«, ergriff jetzt Breton das Wort.

Als sich Salvador anschickte, darauf zu antworten, kam ihm Gala überraschend zuvor.

»Bevor ich aus Cadaqués abfuhr, bat mich Salvador, einen Blick auf einige seiner Notizen zu werfen, in denen er seine künstlerische Methode erklärt.«

Sie stockte und warf Salvador einen durchdringenden Blick zu, in dem er die Aufforderung erkannte, den Gedanken aufzunehmen und auszuführen.

»Ja, es stimmt. Ich habe eine Methode entwickelt, die ich bei der Herstellung von Kunstwerken, vor allem solchen mit optischen Täuschungen, anwende. Der Kern dieser Methode ist dabei die Fähigkeit des Gehirns, Verbindungen zwischen Dingen zu erkennen, die rational nicht miteinander verbunden sind.« Salvador lächelte bestimmt. »Dabei visualisiere ich die Bilder bei der Arbeit und integriere diese in das Endprodukt, so dass ein Bild auf verschiedene Arten interpretiert werden kann.«

Er blickte in eher ratlose Gesichter, nur Éluard und Breton zeigten unverhohlene Begeisterung.

»Salvador wird in nächster Zeit darüber eine philosophische Abhandlung schreiben«, ergänzte Gala beflissen.

Unter dem Einfluss der gehobenen Stimmung und des Champagners führte Salvador mit Breton ein angeregtes Gespräch und unterhielt sich mit ihm lange darüber, welche Richtung die Surrealisten in Zukunft einschlagen sollten.

Plötzlich schob Breton den Stuhl zurück, klopfte mit dem Messer an sein Glas und räusperte sich.

»Kollegen, Mitstreiter, Genossen und Freunde. Es ist

mir eine Ehre und Freude, Ihnen heute die Aufnahme von Luis Buñuel und Salvador Dalí in die Gruppe mitzuteilen. Eine Würdigung erfahren die beiden Genannten in der nächsten Ausgabe der ›La Révolution Surréaliste‹, wo wir Reproduktionen von zwei Dalí-Gemälden sowie das Drehbuch zu ›Ein andalusischer Hund‹ abdrucken werden. Lasst uns nun das Glas erheben!«

Alle griffen zu den Sektkelchen.

Endlose Erleichterung durchströmte Salvador. Er war jetzt Mitglied in der bekanntesten und einflussreichsten Künstlergruppe Frankreichs. Stolz hob er sein Glas.

Gala blickte zu Salvador. Er schien in so ehrliche Freude auszubrechen, dass sie sich auf einmal restlos ausgesöhnt mit ihm fühlte. Plötzlich, als sie die beiden Männer in ihrem Leben so vor sich sah, erkannte sie ganz deutlich, dass für Paul Éluard alle Kunst nur müßiger Zeitvertreib, für Salvador Dalí dagegen alles Übrige jenseits seiner Kunst nur Spiel war. Alle Menschen mussten ihm wie Traumgestalten vorkommen. Wenn er einmal von einer Idee für ein Bild gefesselt war, dann trat alles Übrige zurück. Sie hatte sich als junge Frau danach gesehnt, an der Seite eines bedeutenden Künstlers zu stehen. Sie hatte alles versucht, um Paul Éluard zu einem großen Dichter zu machen, sie war bereit gewesen, wenn es sein musste, mit ihm unterzugehen. Doch es war ihre Vision gewesen, nicht die von Paul. Was sie jedoch nicht wollte, war, in einem kleinbürgerlichen Haushalt in Bedeutungslosigkeit zu versinken.

Noch heute würde sie Paul verlassen und bei Salvador Dalí bleiben.

»Auf die surrealistische Bewegung!«, rief Breton voller Überschwang. »Auf eine glorreiche Zukunft!«

KAPITEL 20

Paul Éluard zog an der Zigarette und fühlte sich in diesem Augenblick in einem Zustand, in dem Menschen wissen, dass sie sich nicht selbst in eine leidvolle Position gebracht haben, und nun geduldig ausharren, in der Hoffnung, dass die Folgeerscheinungen bald abklingen würden.

Seit jenem Augenblick, als Gala ihn gebeten hatte, die gemeinsame Wohnung zu verlassen, fühlte er sich so verloren, dass er unfähig war, von sich aus irgendeine Entscheidung zu treffen. Wie sollte er auch? Er war wie vor den Kopf gestoßen und wusste selbst nicht genau, wie er in diese Lage geraten war. Er war nicht darauf vorbereitet gewesen, dass Gala diesem jungen Maler, Salvador Dalí, so nahestand, dass sie ihm erlauben würde, bei ihr einzuziehen.

Er drückte die Zigarette im Aschenbecher aus.

Aber noch vertraute er darauf, dass Gala wieder zur Vernunft kam, dass sie das fruchtlose Techtelmechtel mit diesem Jüngelchen beendete.

Paul trat ans Fenster. Obwohl ihm zugegebenermaßen langsam erhebliche Zweifel kamen und er nicht mehr geneigt war, das Verhalten seiner Frau als eine vorübergehende Laune zu tolerieren.

Erst heute Morgen, als die Concierge des Hotels ihn gefragt hatte, ob er das Zimmer länger bewohnen würde, hatte er zum ersten Mal eine klare Vorstellung von seiner Situation gewonnen und war bestürzt gewesen. Er stöhnte auf.

Am schlimmsten litt er darunter, dass es ihm auf keine Weise gelingen wollte, sein früheres Leben mit dem jetzigen Zustand in Einklang zu bringen. Nicht etwa, dass ihn der Gedanke an jene Zeit verwirrt hätte, als er mit Gala noch glücklich gewesen war. Wenn er darüber nachdachte, musste er sich eingestehen, dass dieser Zustand doch länger zurück lag, als es zuerst den Anschein erweckt hatte. Wenn seine Frau ihn damals für immer verlassen hätte, wäre er bekümmert und unglücklich gewesen, aber er hätte sich nicht in einer so trostlosen, ihm selbst unerklärlichen Lage befunden wie jetzt.

Doch er war davon ausgegangen, sie hätten diese schlechten Zeiten gemeinsam durchlitten und überstanden. Die Zeit war reif gewesen für einen dicken Schlussstrich unter der charakterlosen Vergangenheit, er hatte immer noch die Chance für einen Neuanfang gesehen.

Aber ihnen beiden war es in Cadaqués schwergefallen, die unsichtbare Kluft zu überbrücken und sich wieder aufeinander zuzubewegen.

Paul verschränkte die Arme vor der Brust. Hatte er wirklich erwartet, dass es wieder so wie früher werden würde?

Er angelte die zerknitterte Zigarettenpackung aus der Hosentasche.

Ehrlich gesagt fiel es ihm schwer, sich daran zu erinnern,

wie es früher gewesen war. Es gab Bilder in seinem Gedächtnis – unbeschwerte, lustige Szenen, sie beide entbunden von allen Zwängen und Auflagen, die sonst ihr Leben bestimmten. Aber sie waren verblasst, so wie Fotografien, die man zu lange dem Sonnenlicht ausgesetzt hatte.

Er zündete sich eine weitere Zigarette an, blies den Rauch durch die Nasenlöcher. Dann drehte er sich plötzlich um und setzte sich an den schmalen Schreibtisch. Den Kopf in die Arme gestützt, saß er lange regungslos da. Die Glut der Zigarette brannte knisternd durch den Tabak, und als die Asche neben ihm auf die Tischplatte fiel, hatte er einen Entschluss gefasst.

Er würde Gala verzeihen.

Er liebte sie, erlag noch immer ihrer Faszination und empfand eine tiefe Zuneigung für die Mutter der gemeinsamen Tochter.

War ihr Verhalten nicht auch Bestrafung für ihn? Für alles, was er ihr angetan hatte? Zumindest gab es triftige Gründe, warum er jetzt als verlassener Mann dastand, den die eigene Frau mit einem Jüngeren betrog und den scheinbar niemand brauchte und jedermann als Schwächling verachtete.

Paul setzte sich kerzengerade auf, wischte die Aschekrümel mit einer heftigen Bewegung vom Tisch. Ein wildes Durcheinander von Gefühlen, teils Wut, teils Entsetzen, wallte in ihm auf und übermannte ihn so plötzlich, so unerwartet, dass er aufsprang und aufgebracht hinüberging, um in den kleinen Spiegel neben der Tür zu blicken. Dazu schaltete er das Licht ein.

Er wirkte müde, der dunkle Bartschatten, die ausgezehrten Wangen. Die Haare waren wirr und ungekämmt. Er beugte sich näher zum Glas.

Da entdeckte er sie, die steile, von Trotz gefurchte Falte über der Nasenwurzel.

Ich werde sie mir zurückholen, dachte er inbrünstig, und ich weiß auch schon wie. Ich werde ihr meine Kunst zu Füßen legen, ihr wird sie folgen wie dem Ruf einer Sirene, und sie kommt zu mir zurück.

Er ließ sich von der Idee dieser Möglichkeit durchdringen.

Dann wandte er sich ab und begann leise ihren Namen vor sich hin zu sagen, voller Zärtlichkeit und Erstaunen, so als spreche er von einer Frau, der er soeben erst begegnet war.

Von der Vorstellung beflügelt, strich er sorgfältig sein Haar zurück, setzte pfeifend den Hut auf und schlüpfte in den Mantel. Anschließend griff er nach dem Zimmerschlüssel.

Die Kunstgalerie von Camille Goemans befand sich in der Rue de Seine 49, im sechsten Arrondissement, eine Straße, die unter anderem durch ihre Nähe zum Louvre bei den Parisern sehr beliebt war.

Beschwingt öffnete Paul Éluard die Tür.

»Bonjour, Camille. Wie geht es dir mit der …?«

Die letzten Worte erstarben beim Anblick des Galeristen, der konsterniert neben einer noch ungeöffneten großen Holzkiste stand. Stumm sah sich Paul um. Ringsumher waren die Wände leer.

»Was ist geschehen? Wo ist Dalí?«

»Sie sind weg!«

Fassungslos hob Goemans die Hände, als könnte er selbst nicht glauben, was er da sagte.

Paul verstand nicht. »Wie, weg? Wohin sind sie denn?«

Camille Goemans wurde wütend. »Was weiß ich denn? Das musst du schon deine Frau, diese Hexe, fragen. Gala! Verdammtes Weibsstück.« Er fixierte Paul abfällig. »Ach, ich vergaß, dass sie im Grunde überhaupt nicht mehr deine Frau ist.«

Paul presste die schmalen Lippen aufeinander. Goemans musterte ihn noch einen Augenblick ärgerlich über die Kiste hinweg, dann ließ er die Hände schwer auf den Kistendeckel fallen und schüttelte resigniert den Kopf.

»Tut mir leid, Paul. War nicht so gemeint. Aber heute Abend ist die Ausstellungseröffnung, hier wird der Teufel los sein, und diese Hexe schleppt mir einfach den Künstler weg.«

»Aber wieso?«

»Woher soll ich das wissen? Ich bin doch nur der Galerist. Vor zwei Tagen waren sie hier, wir wollten die Hängung besprechen. Als ich auf die Gäste und die Presse zu sprechen kam, die ich für heute Abend eingeladen habe, fing Dalí wieder mit diesem dämlichen Lachen an. Dabei zitterte der Kerl wie Espenlaub. Er war unfähig, auch nur einen konkreten Vorschlag zu machen. Gala hat sich das eine Weile mit angesehen, dann hat sie ihn fortgebracht.«

»Ja, und?«

»Gerade, vor ein paar Minuten, erfahre ich, dass die Turteltäubchen abgereist sind. Kannst du dir das vorstellen?«

Paul blickte ihn ungläubig an. »Abgereist? Wohin?«

»Nach Sitges!«, fuhr Camille wütend fort. »Hauen ab, einfach so, und lassen mich mit den Bildern sitzen. Verdammte Scheiße, Paul, das ist völlig inakzeptabel. Die vergraulen mir meine potenziellen Käufer, machen mich unmöglich … und ich habe extra noch einen Katalog produzieren lassen, André Breton hat das Vorwort geschrieben. Na, der wird toben.

Ich kann dir nur eins sagen, mit solcher zur Schau gestellter Unprofessionalität des Künstlers ruiniere ich mir meinen guten Ruf als Galerist.«

Langsam nahm Paul den Hut ab. Er konnte sich auch keinen Reim auf die überstürzte Abreise machen. Vielleicht hatte der schüchterne Salvador Dalí einen Anfall von schwerem Lampenfieber erlitten, als ihm beim Verlesen der Gästeliste die Tragweite der Ausstellung bewusst wurde? Er räusperte sich.

»Hast du schon einen Plan, wie du die Bilder hängen willst?«

Goemans lachte bitter auf. »Ich bin noch nicht einmal dazu gekommen, sie auszupacken.«

Paul zögerte, dann zog er den Mantel aus und legte ihn zusammen mit dem Hut auf einen der drei Stühle im Zimmer. »Dann lass uns keine Zeit mehr verlieren, Camille.

Uns bleiben nur noch wenige Stunden. Wo hast du das Werkzeug?«

Goemans deutete auf eine unscheinbare braune Tür hinter dem halbhohen Tresen. »In der Abstellkammer.«

»Gut.«

Goemans trat hinter der Kiste vor und verstellte ihm den Weg.

»Danke, Paul, und vergiss, was ich gesagt habe. Ich war zornig.«

Paul sah, dass er es ehrlich meinte. »Schon gut. Ich packe die Bilder aus und lehne sie dort drüben gegen die Wand, damit wir eine Übersicht erhalten. Anschließend bestimmst du, wo wir sie hinhängen.«

Eine halbe Stunde später wischte sich Paul mit einem Taschentuch den Schweiß von der Stirn. Die körperliche Arbeit tat ihm gut und lenkte ihn von den Gedanken ab, die unermüdlich durch sein Hirn kreisten.

Dann steckte er das Tuch zurück in die Hosentasche und betrachtete die vorläufige Ikonostase aus Dalís Bildern, die er am Sockel der Wand errichtet hatte. Es waren elf Gemälde und eine Handvoll Zeichnungen des jungen Malers. Anhand einer Liste, auf der Dalí die Bilder nummeriert und mit einem Titel versehen hatte, konnten sie die einzelnen Werke zuordnen. Paul las die Ziffer und den Namen vor, und Camille suchte nach dem kleinen Zettel mit der passenden Zahl, der auf der Rückseite des Gemäldes in den Rahmen gesteckt worden war.

»Nummer 1: ›Das Rätsel der Begierde‹.«

»Habe ich.«

»Nummer 2: ›Der große Masturbator‹.«

»Das muss dieses hier sein. Richtig!«

»Nummer 3: ›Die Anpassung der Begierde‹.«

»Warte, nicht so schnell …«

Während Goemans das Bild suchte, musste Paul erkennen, welchen Eindruck Gala offenbar bei dem jungen, schüchternen Künstler hinterlassen hatte. All seinen Bildern lag in der verklausulierten Handschrift Dalís die elementare Frage nach der aufkeimenden menschlichen Sexualität zu Grunde. Sie zeigten die schamhafte Furcht eines jungen Mannes, die beginnende Verwandlung zum Mann, begleitet von Versagensängsten und der Angst, sich dieser neuen Herausforderung zu stellen.

»So. Das hier ist Nummer vier, Paul. Die Vier.«

»Ja, ja. Also das Bild heißt ›Apparat und Hand‹.«

»Gut. Das ist nicht so groß, das werde ich nachher ins Schaufenster stellen.«

Paul war nur noch einmal kurz ins Hotel gegangen, um sein Hemd zu wechseln und sich frisch zu machen, bevor er in die Galerie zurückkehrte. Dort begrüßte er mit einem flüchtigen Kopfnicken Yvonne, die soeben zwei Mädchen erklärte, wie am Abend zur Begrüßung das Glas Champagner und die Kanapees zu servieren seien.

Breton, in einen grünen Samtanzug gehüllt, stürmte auf ihn zu, aufgebracht mit einer Zeitschrift wedelnd.

»Das ist doch eine bodenlose Frechheit!«, donnerte er

los. Er schob sein kräftiges Kinn vor. »Was bildet sich dieser Dalí bloß ein? Uns einfach sitzenzulassen? Die ganze Gruppe wollte kommen, und jetzt das!«

Seine Augen funkelten Paul böse an.

»Éluard, es wird Zeit, endlich deine Frau zu erziehen, ihr mal eine Tracht Prügel zu verpassen. Sie hat genug Unruhe gestiftet, findest du nicht auch?«

»Ich wüsste nicht, was dich meine Frau angeht«, erwiderte er ungerührt.

Breton verzog spöttisch den Mund. »Das stimmt, mich geht sie weniger was an. Ihr Augenmerk liegt ja mehr auf den Malern.«

Dann drehte er sich wortlos um und ließ Paul stehen.

Die Galerie füllte sich schnell, und die beiden Mädchen hatten alle Hände voll zu tun.

Camille Gomans begrüßte jeden Gast persönlich, fand ein paar freundliche Worte und machte immer wieder auf die ausgestellten Werke aufmerksam. Unermüdlich erklärte er, blätterte pausenlos in einem Katalogexemplar, das er bei sich trug, und behielt dennoch stets die Eingangstür im Blick. So entging ihm auch nicht, dass einer der größten Kunstmäzene von Paris, der Vicomte de Noailles, soeben in Begleitung seiner Frau die Galerie betrat.

Paul hielt ein Glas Champagner in der Hand und betrachtete gelassen und mit unleserlicher Miene das muntere Treiben.

Die kunstinteressierten Besucher, die Goemans Einladung gefolgt waren, kannte er beinahe alle persönlich.

Nichtsdestotrotz vernahm er hinter seinem Rücken gehässiges Flüstern und sah die ironisch hochgezogenen Brauen und die Augen, die sich schnell abwendeten, wenn sein Blick zufällig auf sie traf. Er nahm einen kräftigen Schluck und stellte das leere Glas auf ein Tablett. Er fühlte, dass er außerstande war, noch länger die Verachtung zu ertragen, die er bei fast allen, die heute Abend hier in den Räumen der Galerie zusammengekommen waren, deutlich in ihren Gesichtern ablesen konnte. Instinktiv spürte er, dass er in ihren Augen schwach war, ein Idiot, dem die Frau von einem jüngeren Mann ausgespannt worden war. Paul wurde bewusst, dass sie aus diesem Grund mitleidlos mit ihm sein würden. Kurz glaubte er, dass er sich vor diesen Anfeindungen schützen konnte, wenn er vor ihnen seine Wunden verbarg, aber mit fortschreitendem Abend erkannte er, dass er den Blicken auf Dauer nicht gewachsen war.

Aber wo sollte er hin, mit wem darüber reden?

Es hatte immer nur Gala gegeben.

Die Erkenntnis, dass er in seinem Kummer nun mutterseelenallein war, steigerte seine Verzweiflung nur noch. Dass es in Paris keinen einzigen Menschen gab, Camille Goemans vielleicht ausgenommen, mit dem er offen über das, worunter er litt, sprechen konnte. Der in ihm nicht den Dichter, den wohlhabenden Erben aus gutem Haus sah, sondern einfach den leidenden Mann.

Paul sah sich unauffällig um. Nein, einen solchen Menschen gab es hier nirgends.

Seitdem er Gala kannte, hatte er kein Bedürfnis nach innigen Beziehungen zu anderen Menschen verspürt. Sicherlich war er bei den Treffen und Gelagen der Surrealisten mit dabei gewesen, und auch sonst traf er sich ab und zu mit Kollegen, arbeitete an Artikeln für Zeitungen mit und interessierte sich für allerlei Dinge. Aber bei genauerer Betrachtung musste er feststellen, dass es unter all den vielen Bekannten keinen Menschen gab, der ihm wirklich nahestand. Auch im großen Kreis der sogenannten guten Beziehungen, den er seit Jahren unterhielt, gab es niemanden, mit dem ihn ein wirklich freundschaftliches Verhältnis verband.

Er ging nach draußen vor die Tür und steckte sich auf dem Gehsteig eine letzte Zigarette an. Die Gaslaternen warfen ein blasses, milchiges Licht auf die Gesichter der Gäste, die noch immer zahlreich in die Räumlichkeiten der Galerie strömten.

Paul spuckte einen Tabakfussel aus.

Camille hat wirklich gute Arbeit geleistet, ging es ihm durch den Kopf, eine perfekte Vernissage.

Es fehlte nur der Künstler …

Er spürte einen Stich im Herzen, und unweigerlich musste er erneut an seine Frau denken. Er ließ die Kippe fallen und trat die Glut aus. Durch die Schaufensterscheibe sah er, wie Camille Goemans neben dem Bild »Das finstere Spiel« einen roten Punkt klebte und anschließend dem Vicomte de Noailles zum Erwerb gratulierte.

Ein mattes Lächeln huschte über Pauls Gesicht. Für jeden Außenstehenden mochte es idiotisch klingen, aber ein Teil von ihm freute sich ehrlich über den Verkauf von Dalís Bild.

KAPITEL 21

Figueres, 1929

»Du bist das?«

Seine Schwester musterte Salvador, als wäre er ein Fremder, als er eine Woche später vor der Wohnungstür stand.

»Ja, ich«, antwortete Salvador und lachte auf. »Wen hast du denn erwartet?«

Ana María murmelte etwas, das er nicht verstand, und gab die Eingangstür frei.

»Der Vater hat mir aufgetragen«, hörte er sie sagen, »dich gleich in sein Büro zu schicken, wenn du kommst. Er will dich sprechen.« In ihrer Stimme schwang etwas mit, das er nicht deuten konnte.

Salvador stellte den Koffer ab und zog seinen Mantel aus.

»Verstehe. Ich gehe zu ihm.«

Er musste zugeben, dass er von dem unterkühlten Empfang irritiert war. Zumal er kurz vor der Abfahrt aus Paris noch Buñuel getroffen hatte, der ihm gleich zwei gute Nachrichten überbracht hatte, weshalb Salvador in Hochstimmung hier angekommen war. Die Ausstellung bei Goemans war ein voller Erfolg gewesen. Bis auf ein Bild wurden alle Gemälde und Zeichnungen verkauft, zu Preisen zwischen sechstausend und zwölftausend Francs. Das war schier unglaublich. Und es kam für ihn noch besser: Dem Vicomte de Noailles hatte ihr Film »Ein andalusischer Hund« so gut gefallen, dass er bereits eine Million Francs als Unterstützung für den nächsten Film zugesichert hatte. Buñuel hatte auch schon einen Titel gefunden: »L'Age d'Or«, »Das Goldene Zeitalter«. Sie hatten sich gemeinsam vorgenommen, bald mit dem Schreiben des neuen Drehbuchs zu beginnen.

Salvador fühlte, wie sich sein Brustkorb weitete. Der verlorene Sohn kehrte erfolgreich aus Paris zurück, dachte er. Alle müssten eigentlich furchtbar stolz auf ihn sein.

Forsch klopfte er an den Rahmen der Tür. Sein Vater telefonierte gerade, hob nur kurz den Blick und deutete auf den Stuhl vor seinem Schreibtisch. Salvador schloss die Tür und setzte sich.

Das Gespräch dauerte an, so dass er sich im Büro umsehen konnte. Während er das tat, entfernte er sich in Gedanken immer weiter aus diesem Raum, es war ihm, als erlebe er das Geschehen als Außenstehender, so als würde ein Teil von ihm ihn und seinen Vater vom Vorzimmer aus beobachten.

Alles hier schien unverändert. Noch immer reihten sich die schweren nussbraunen Mahagoniregale aneinander, hielten Aktenstöße jede freie Fläche auf dem Mobiliar besetzt. Neben dem Schreibtisch türmten sich unzählige Ordner. Auf den Papprücken las Salvador Wörter wie *Liegenschaften* oder *Rechnungen/Eingang*, und er sah, dass die Ecken durch die ständige Nutzung abgestoßen und stumpf geworden waren.

Das Gespräch schien sich endlich seinem Ende zu nähern.

Salvador stützte das Kinn auf die Hand. Solange er sich erinnern konnte, war ihm dieses Zimmer verhasst gewesen.

Es war seinem Geschmack nach viel zu dunkel und von klaustrophobischer Enge. Hier roch es nach Schweiß, Tinte und Staub, der allgegenwärtig schien, und einmal aufgewirbelt, tanzte er in den blassen Lichtstrahlen, die fächerförmig durch die heruntergelassenen Jalousien fielen.

Dazu betrat ständig einer der beiden Notariatsangestellten, die nebenan saßen und für den Don arbeiteten, nach vorsichtigem Anklopfen das Zimmer, um etwas zu bringen oder abzuholen. Ihre pflichtbewusste Anwesenheit erzeugte eine Unruhe, die sich auch auf ihn übertrug, und zu seinem Bedauern spürte er, dass die Freude, die er noch beim Betreten der Wohnung empfunden hatte, sich langsam verflüchtigte.

Salvador schlug ein Bein über das andere und lehnte sich im Stuhl zurück, als sich erneut die Tür öffnete. Zu seiner Überraschung war es diesmal keiner der Angestellten, sondern seine Schwester, die lautlos auf dem zweiten Stuhl Platz nahm.

Der Don legte endlich auf, kritzelte eine schnelle Notiz an den Rand einer Akte und schlug sie demonstrativ zu. Dann nahm er die Brille ab und klappte langsam die Bügel zusammen.

»Wie war die Ausstellung?«, verlangte er zu wissen.

Salvador lächelte. »Soweit ich erfahren habe, ausgesprochen gut. Buñuel hat mir erzählt …«

»Moment mal, das verstehe ich nicht«, fiel ihm der Don ins Wort. »Was hat Buñuel damit zu tun? Du musst das doch wissen.«

»Ich kann es nicht wissen«, sagte er leichthin. »Ich war ja nicht dabei.«

Salvador hörte, wie Ana María verächtlich schnaubte.

Dem Don konnte er ansehen, was er von seiner dreisten Antwort hielt. Seine Wangen röteten sich gefährlich.

»Habe ich dich richtig verstanden, du warst bei der Eröffnung deiner eigenen Ausstellung nicht anwesend?«

»Ja, aber wie ich dir gerade erklären wollte …«

Der Don hob die Hand, und Salvador verstummte.

»Wieso? Warst du krank?«

Salvador spürte, dass das Gespräch in eine völlig falsche Richtung lief.

»Das ist doch alles nicht wichtig. Wichtig ist nur …«

Der Don sprang so abrupt auf, dass der Stuhl heftig nach hinten schlug und die Lehne in eines der Regale krachte.

»Ich entscheide hier, was wichtig und was unwichtig ist! Ich bin immer noch dein Vater, und ich will jetzt von dir wissen, warum du den Vertrag mit Goemans nicht erfüllt hast.«

»Du irrst dich, Papa. Ich habe den Vertrag erfüllt, er hat alle Bilder bekommen und auch sehr gut verkauft.«

Der Don stützte sich schwer auf die Tischplatte und starrte ihn an.

»Du kannst dir deine Rechtfertigungen sparen. Ich will endlich wissen, wo du warst!«

»Ich habe mit Gala Éluard eine Reise unternommen.«

Salvador sah, wie das Blut noch heftiger in den Kopf seines Vaters schoss.

»Willst du mir damit sagen«, schrie er, »dass du meine jahrelange Unterstützung und den von mir ausgehandelten Vorschuss dazu genutzt hast, mit diesem Russenflittchen Urlaub zu machen, anstatt in Paris deinen Verpflichtungen nachzukommen?«

»Das kann doch nicht wahr sein«, fiel auch Ana María ein. »Dein Vater hat dich unterstützt, und so dankst du es ihm?«

»Gala ist kein Flittchen!«, antwortete Salvador.

»Aha! Was ist sie bitte schön dann?«, fragte der Don giftig. Sein schwerer Brustkorb schwoll an. »Ich sage dir, was sie in meinen Augen ist. Eine durchtriebene Schlampe, zehn Jahre älter als du und dazu noch verheiratet! Und jetzt frage ich dich, welche Rolle spielst du? Ich sage es dir: die eines Gigolos, der sich von einer reichen Russin aushalten lässt!«

Ana María funkelte Salvador voller Genugtuung an, in ihrem Gesicht war in diesem Moment nichts Schönes mehr, sie erinnerte ihn an eine Hyäne.

»Genau! Eine Hexe ist sie, bestimmt hat sie dir Drogen gegeben, dich damit willig gemacht. Wahrscheinlich ist sie selber drogensüchtig. Das sind die Ausländerinnen doch alle.«

Salvador zögerte. Das hier war ein Alptraum. Wie konnten sie es nur wagen! Dann brach es aus ihm heraus, er schrie fast.

»Ja, für dich gibt es immer nur zweierlei Sichten auf die Welt, stimmt's, Papa? Entweder es ist deine Sicht, oder es ist die falsche. Du unternimmst nicht einmal den Versuch, mich zu verstehen oder mir zu meinem Erfolg zu gratulieren.«

Er richtete sich gerade auf. »Und ich kann dir auch sagen, warum das so ist. Weil du meinen Erfolg missbilligst. Weil ich für dich der falsche Sohn bin. Ich war nie der Sohn, den du dir gewünscht hast.«

»Unsinn!« Der Don wischte die Bemerkung mit einer Handbewegung vom Tisch. »Du sagst, du hattest Erfolg. Dann zeig mir das Geld, das du verdient hast! Wie viel ist denn noch übrig von dem Vorschuss? Zeig es mir!«

Quälend langsam suchte Salvador in seinen Hosentaschen ein paar Scheine zusammen, die alle zerknüllt oder eingerissen waren.

»Ist das alles? Und das Kleingeld?«

»Das habe ich nicht mehr. Es war in der Hosentasche so schwer und schlug immer gegen meinen Oberschenkel, das hat mich gestört. Ich wollte mich auf dem Weg hierher nicht damit belasten. Deshalb habe ich es in die Anlagen vor dem Bahnhof geworfen.«

Er sah, wie dem Don der Mund offen stehen blieb. Stille breitete sich aus. Dann griff der Vater plötzlich nach einer Zeitung, die seitlich auf einem Stapel Papiere lag, und hielt sie hoch. Salvador erkannte, dass es die »El País« war.

»Hier drin findet sich ein Beitrag von Eugeni d'Ors«, erklärte der Vater mit mühsam unterdrückter Wut. »Ich nehme an, du weißt, wer das ist?«

Salvador nickte. Der Mann war in Spanien ein bekannter Journalist und Publizist.

»Gut. Denn er hat in seinem Artikel über die Bilder in deiner Ausstellung in Paris berichtet. Aber es ist verdammt nochmal kein Grund zur Freude.« Der Don schnaufte. »Eugeni d'Ors musste feststellten, dass dein Bild ›Amalgam‹ für besonderes Aufsehen sorgte, denn es enthält die bodenlos unverschämte Inschrift: ›Manchmal spucke ich auf das Porträt meiner Mutter.‹« Der Don schlug mit der Zeitung auf den Tisch. »Wie konntest du es wagen, das Antlitz deiner ehrwürdigen Mutter, meiner geliebten Frau, derart zu beschmutzen?«

Salvador zuckte mit den Schultern. »Die Inschrift auf dem Bild hat einzig und allein einen psychoanalytischen Wert«, sagte er einsilbig. »Sie setzt keinesfalls die Liebe herab, die ich für meine Mutter empfinde.«

»Das musst du uns Laien schon genauer erklären«, warf Ana María bissig ein und drehte sich zu ihm herum.

Salvador rutschte unbehaglich auf seinem Stuhl hin und her.

Was sollte er den beiden erklären? Was wollten sie hören? Dass er es der Mutter nie verziehen hatte, dass sie keine Nähe zuließ, sich in einer Burg verschanzte und sich immer an den toten Bruder geklammert hatte, statt ihm, dem lebenden Salvador ihre Liebe zu schenken? War es da nicht verständlich, dass es durchaus Momente gab, in denen er Erleichterung verspürte, wenn er aus der ihm auferlegten Erhöhung seiner Mutter ausbrach, die in dieser Familie fast wie eine Heilige verehrt wurde, und er sich von dieser Bürde losmachte?

Die poltrige Stimme des Vaters holte ihn in die Gegenwart zurück.

»Ich schwöre dir beim Grab meiner Frau, der liebe Gott möge ihrer Seele gnädig sein und sie in Frieden ruhen lassen, dass ich so eine Schweinerei nicht durchgehen lasse.«

Salvador blickte ihn direkt an. »Ich habe bereits gesagt, dass ich meine Mutter liebte. Mehr gibt es da nicht hinzuzufügen.«

Der Don mahlte mit den Kiefern.

»Salvador, so habe ich dich nicht erzogen. Dir ist im Leben nichts mehr heilig! Weder die Familie noch der gute Ruf, den wir uns hart erarbeitet haben. So, wie du jetzt daherkommst, so hochmütig und arrogant … In diesem Haus gelten immer noch Tugend und Ehrbarkeit. Ich sage dir, du wirst dieses Bild zurückholen und vernichten. Es ist eine Schande für uns alle.«

Der Don verschränkte die Arme vor der Brust. »Was sagst du?«

Die Tür hinter Salvador klappte leise. Aus dem Augenwinkel bemerkte er Catalina, die Schwester seiner Mutter, die der Don ein Jahr nach dem Tod seiner Frau geehelicht hatte.

Versammelten sie sich jetzt alle zum Tribunal?

Salvador fühlte sich in die Enge getrieben und grub seine

Zähne in die Unterlippe. Es kam überhaupt nicht in Frage, dass er der Aufforderung seines Vaters Folge leistete.

Ein Bild zerstören! Sein Werk vernichten! Wer war hier arrogant und anmaßend? Überhaupt, was redete sein Vater da? Schwadronierte über Tugend und Ehrbarkeit!

Salvador starrte seinen Vater an. Er schluckte, das Atmen fiel ihm schwer. Es war an der Zeit, das ganze Theater ein für alle Mal zu beenden.

In diesen Zimmern gab es so viele Geheimnisse, die alle unter den großen, handgeknüpften Teppich im Salon gekehrt worden waren. So viele Lügen, die nie jemand aufdeckte und die auch heute leise wispernd hinter der hellblauen Stofftapete lauerten. Nicht umsonst hatte er das Bild »Amalgam« genannt. Hätte der Don sich mit dem Titel statt mit dem allzu Offensichtlichen auseinandergesetzt, hätte er bemerkt, dass der Begriff Amalgam eine nicht umkehrbare Vermischung unterschiedlicher Stoffe bezeichnete. Die ganze Atmosphäre in seiner Familie war von Anfang an verworren und toxisch aufgeladen. Noch deutlicher wollte er in seinem Bild nicht werden. Salvador rollte mit den Schultern.

Es war von Anfang an eine Ehe zu dritt gewesen. In Figueres war hinlänglich bekannt, dass die unverheiratete Schwester seiner Mutter seit jeher im Haushalt der Dalís lebte und allgegenwärtig war. Egal, ob sie zusammen mit der Mutter die Kinder ins Bett brachte oder sie gemeinsam einen Ausflug in die Stadt unternahmen. Immer war sie anwesend. Wenn Salvador genau darüber nachdachte, konnte er sich nicht daran erinnern, dass die Tante jemals ein eigenes Leben gehabt hätte. Sein Blick streifte den Don.

Was sein Vater nicht wusste, war der Umstand, dass Salvador ihn als Kind beobachtet hatte, wie er in eindeutiger Stellung mit heruntergelassener Hose mit der Tante geschlafen hatte.

Alle wussten es, aber niemand verlor darüber ein Wort. Erst später hörte er von den Gerüchten, dass seine Mutter angeblich nach dem Tod ihres ersten Kindes den Don wiederholt abgewiesen habe …

Salvador holte tief Luft. Die Klarheit dieses Augenblicks war für ihn so, als hätte er jahrelang einen eiternden Zahn im Kiefer gehabt, und nun wurde er endlich gezogen. Es blieb ein bitterer Geschmack im Mund.

Er musste sich eingestehen, dass sein Vater ein Lügner war.

Seit dem Tod der Mutter wurde er nicht müde, immer wieder nach allen Seiten zu betonen, dass es der Verlust seiner Frau und die gemeinsame Trauer um einen geliebten Menschen war, die ihn und Catalina zusammengebracht hatten.

Salvador biss die Zähne aufeinander.

Er entschloss sich jedoch zu schweigen und taxierte den Don aus schmalen Augenschlitzen. Wie der Mann sich aufführte, wie ein Inquisitor.

Doch es war vorbei. Sein Vater konnte ihn nicht mehr erreichen, es trennten sie Welten.

Der Don kam um den Schreibtisch herum. Seine Augen waren blutunterlaufen.

»Hat es dir jetzt die Sprache verschlagen? Ich will eine Antwort von dir, also rede!«

Obwohl Salvador Angst verspürte, erhob er sich aus dem Stuhl und stand nun seinem Vater direkt gegenüber.

»Ich habe nichts mehr zu sagen.«

»Hast du nicht?«

Plötzlich warf sich der Don auf ihn, packte Salvador am Oberarm und schleppte ihn zur Tür, die er wutentbrannt aufriss. Dann stieß er ihn in den Flur hinaus.

»Verschwinde hier!«, tobte er. »Raus aus meinem Haus!« Seine Stimme überschlug sich. »Du elendes Schwein! Ich verstoße dich, ich will dich nie mehr wiedersehen.«

Salvador richtete sich auf, zupfte wortlos den Jackenärmel zurecht und ging.

»Du bist gestorben für uns!«, geiferte der Vater ihm nach. »Hörst du?« Seine Worte hallten von den Wänden wider.

»Du bist tot. Tot!«

Salvador war, einer ersten Eingebung folgend, mit dem nächsten Bus nach Cadaqués gefahren. Im Winter stand das Haus am El Lanes leer, und es würde ihm Zuflucht gewähren, bis er wusste, wie es für ihn weitergehen würde.

Gala weilte noch immer in Paris.

Als er ausstieg, wehte ein starker Wind, trotzdem war es für diese Jahreszeit noch angenehm warm. Der Schlüssel lag wie immer versteckt unter dem Geranientopf neben dem Eingang. Als er eintrat, umfing ihn die Stille verlassener Räume. Er drückte auf die Klinke zum Atelier, der Raum war dunkel und voll mit dem abgestandenen Geruch von Farbe und Terpentin.

Er ging hinein und setzte sich vor die Staffelei, nicht um zu malen, sondern um nachzudenken.

Versonnen strich er über den polierten Holzschlitten, den er in der Höhe verstellen konnte und der normalerweise die Leinwände stützte, an denen er arbeitete. Jetzt war er leer.

Malerei ist etwas Fließendes, dachte er. Nichts Festgelegtes.

Ein Prozess, der endlos wiederholbar ist.

Salvadors Blick strich über die Zeichnungen und Lithographien, die sich im Halbdunkel schemenhaft an den Wänden abzeichneten.

Malerei ist Imagination, Kunst und Handwerk. War es immer und wird es immer sein. Und er wusste, dass er diese drei Dinge wie kaum ein anderer beherrschte. Dass er auserwählt war, etwas Außergewöhnliches zu schaffen.

Salvador erhob sich.

Wie einfältig von mir, dachte er, dass ich früher angenommen habe, ich könne nur hier malen, hier in diesem einsamen Zimmer in diesem abgelegenen Haus in Cadaqués.

Er lächelte wehmütig.

Jetzt fühlte er, dass er es hier nicht mehr länger aushielt. Die Zimmer kamen ihm verpestet vor, von einer schrecklich lastenden Stille erfüllt, wie unter dem Deckel eines Sarges.

Die Anklage, vor der er aus Figueres geflohen war, würde ihn früher oder später auch hier erreichen.

Zum ersten Mal kam Salvador der Gedanke, dass er nicht länger im Haus seiner Familie bleiben konnte.

»Bon Dia, Señor Dalí. Schön, dass Sie uns wieder einmal beehren. Bitte nehmen Sie Platz.«

Der Friseur, ein kleiner wendiger Mann in einem grauen Kittel und mit einer auffallenden Locke in der Stirn, wedelte erwartungsvoll mit dem Umhang.

»Ich setze mich hierhin«, erklärte Salvador und wählte den Sessel neben dem Fenster.

»Ausgezeichnete Wahl.«

Mit einer weit ausholenden Geste breitete er das weiße Tuch über Dalí aus und knotete es hinterm Hals zusammen. Dann griff er zu Kamm und Schere. Ihre Blicke trafen sich im Spiegel.

»So wie immer?«, fragte der Figaro.

Dali schüttelte den Kopf. »Nein, schneiden Sie es ab.«

Der Mann zögerte einen Moment und starrte ihn ungläubig an. »Wie?«

»Ich will es ganz kurz. So!« Er hob die Hand und ließ kaum einen Zentimeter Platz zwischen Daumen und Zeigefinger.

Der Friseur vergewisserte sich noch einmal und schaute

im Spiegel in Salvadors entschlossenes Gesicht. Einen Moment zögerte er, dann machte er sich an die Arbeit.

Salvador beobachtete jeden seiner Handgriffe im Spiegel, wie die langen dunklen Haarsträhnen zwischen seine Finger glitten, er sie mit dem Kamm anhob, sie abschnitt und sie dann nach unten auf den weißen Umhang und auf den Boden fallen ließ.

Für Salvador war es wie eine Metamorphose, eine Wandlung, die nicht mehr umkehrbar war, sondern für alle sichtbar wurde. Es war ein äußeres Zeichen dafür, dass er sich auf etwas Neues, Unbekanntes einließ, dessen Ausgang heute in keiner Weise abzuschätzen war, und wenn man es genau nahm, hatte er nicht einmal die leiseste Ahnung davon, welchen Weg er einschlagen sollte. Er wusste nur, dass er nicht da bleiben konnte, wo er war, sondern dass er sich nach Paris begeben musste, um Gala offiziell zu bitten, ihr Leben zusammen mit ihm zu verbringen.

»Ich möchte«, sagte er plötzlich zu dem Friseur, der fast fertig war, »dass Sie die Haare, die Sie mir abgeschnitten haben, zusammenkehren und in eine Tüte packen.«

Das metallische Klappern der Schere verstummte kurz, und der Friseur deutete eine Verbeugung an. »Wie Sie wünschen, Señor Dalí.«

Mit einer Tüte voller Haare unter dem Arm, einer Portion warmer Seeigel in der Hand und einer Flasche Rotwein ging er schließlich zum Strand hinunter. Hier lehnte er sich kauend gegen einen Felsen, trank den Wein und betrachtete lange in sich versunken die Silhouette von Cadaqués, die Kirche, die Häuser und die Fischer an ihren Booten.

Das Panorama meiner Kindheit, meiner Jugend und meiner Gegenwart, ging es ihm durch den Kopf, das ich morgen für immer verlassen werde.

Nachdem er gegessen hatte, ließ er sich nach vorn auf die Knie fallen und begann mit den Händen ein Loch im Sand auszuheben. Als es tief genug war, versenkte er die Tüte mit den Haaren und die Seeigelschalen darin.

»Siehst du«, murmelte er und schob den Sand zurück in die Mulde. »Ein Teil von mir bleibt für immer hier.«

Am nächsten Tag fuhr das Taxi die schmale Straße von Cadaqués zum Gebirgspass von Peni hinauf. Der lärmende Motor untermalte die Anstrengungen, die das kleine Auto unternahm, als es die steilen Kurven und Kehren hinauftuckerte.

Salvador wusste, dass er an jeder dieser Straßenbiegungen einen Blick auf das immer weiter in die Ferne rückende Dorf werfen konnte, bis hinauf zur höchstliegenden Kehre, wo Cadaqués nur noch ein lichtdurchwirkter winziger Fleck am Meer war. Es hieß, wer das Dorf liebte, schaute unwillkürlich noch einmal zurück, ein letzter vertrauter Blick des Abschiednehmens, begleitet von dem geflüsterten Versprechen, rasch wiederzukommen.

Salvador ballte die Fäuste. Seine Kehle war wie zugeschnürt.

Niemals zuvor hatte er es versäumt, sich zu diesem finalen Blick umzudrehen. Seine Augen füllten sich mit Tränen.

Diesmal war alles anders. Diesmal ging er für immer fort.

Als das Taxi endlich die letzte Kurve erreichte, wandte er sich nicht um. Er blickte weiter nach vorn.

KAPITEL 22

Paris, 1929

Paul schenkte sich ein Glas Kognak ein, blieb in der Küche stehen und trank ihn. Während er die Flüssigkeit langsam im Glas herumschwenkte, betrachtete er die ölig schimmernde Spur, die am Rand zurückblieb. Sie war wie der furchtbare, absonderliche Schmerz, der in seiner Brust haftete.

Die Standuhr tickte leise, irgendwo im Haus rauschte eine Wasserleitung. Er lauschte dem vertrauten Eigenleben der Wohnung, nachdem er zuvor durch alle Zimmer gegangen war, nur um festzustellen, dass Dalí abgereist war.

Dann drehte sich der Schlüssel in der Tür, und er hörte ihre Schritte in der Diele, das unverwechselbare Klacken ihrer Pumps auf den Dielen. Er vernahm das Rascheln von Stoff, dann einen Moment der Stille, er wusste, dass sie nun die Kappe abnahm und ihre Frisur richtete.

Kurz darauf kam Gala in die Küche, wo sie offenbar niemanden vermutet hatte. Als sie Paul erblickte, änderte sich ihre Miene.

»Bonne journée, Paul«, sagte sie knapp und stellte eine Papiertüte auf dem Küchentisch ab. »Was machst du hier?«

»Ich warte auf dich.«

»Und warum?«

»Komm mir nicht so, Gala. Du weißt ganz genau, warum!«

Gala hob das Kinn. Sie spürte, wie ihr Herz plötzlich gegen die Rippen hämmerte. Jetzt kommt die Auseinandersetzung, dachte sie und legte ihre Hände auf die Stuhllehne.

»Ist es nicht erstaunlich«, sagte Paul, »welches Vergnügen alle an solchen grässlichen Tragödien finden? Wie sie darüber tratschen, sich am fremden Schmerz weiden und dem, der bereits strauchelt, noch ein Bein stellen?«

»Ich verstehe nicht, was du willst«, sagte Gala gereizt.

»Du hast mich hintergangen!« Paul stürzte den Rest Kognak hinunter und stellte das Glas beiseite. »Du hast dich schon in Cadaqués mit diesem Dalí vergnügt, nachdem ich abgereist war.« Er starrte sie verzweifelt an. »Du hast dich ihm wie eine läufige Hündin an den Hals geschmissen. Vor den Augen unserer Tochter!«

Paul erwartete einen Widerspruch, doch sie sagte nichts, blickte nur schweigend vor sich hin. Diese Reaktion machte ihn noch wütender.

»Du bist wohl zu allem fähig, schreckst vor nichts zurück.«

Als er noch einmal zu ihr schaute, sah er das Glitzern in ihren Augen.

»Damit bin ich ja wohl nicht allein«, erwiderte Gala verächtlich.

»Du solltest nicht mit Steinen werfen, wenn du im Glashaus sitzt. Cécile ist auch deine Tochter. Trotzdem haben wir beide uns gemeinsam dazu entschieden, sie von deiner Mutter aufziehen zu lassen. Der war ich sowieso nie gut genug!«

Paul biss die Zähne aufeinander, stürmte heran und ergriff ihren Arm.

»Eine Schande bist du!« Er spuckte ihr die Worte förmlich ins Gesicht, packte sie mit der zweiten Hand derb im Genick und drehte ihren Kopf.

»Sieh mich an!«, brüllte er. »Gala, du bist meine Frau! Du bist mir verdammt nochmal eine Erklärung schuldig.«

Sie hatte keine Angst vor ihm, wand sich geschickt aus dem Griff und stieß ihn grob von sich. Dann drehte sie sich auf der Stelle um und verließ die Küche.

Paul hastete hinter ihr her.

»Was hast du vor? Willst du mit diesem halben Kind durchbrennen? Meinst du, mit ihm wirst du glücklicher werden als mit mir?« Er griff wieder nach ihr, packte erneut ihren Arm. »Ich habe dich was gefragt! Oder ist es, weil er besser im Bett ist als ich?«

»Deine Sorge möchte ich haben …«

Sie riss sich los und ging ins Ankleidezimmer, wo sie einen Koffer vom Schrank zog.

»Was hast du vor?«, fragte Paul irritiert.

»Ich verlasse dich. Ich gehe.«

Sie hob den Koffer auf ein Bänkchen und ließ die Verschlüsse laut aufschnappen. Paul war außer sich vor Wut.

»Das verbiete ich dir!« Er packte den Koffer und schleuderte ihn zur Seite. »Das verbiete ich dir. Du bist meine Frau.«

Ungehalten schüttelte er den Kopf, raufte sich die Haare. »Mach nicht alles kaputt. Hörst du? Du bekommst alles, was du willst, du musst es mir nur sagen!«

Paul stand da und starrte sie mit so einer verzweifelten und flehenden Miene an, dass er ihr leid tat, obwohl sie sich darauf vorbereitet hatte. Sie begann sich für einen Moment die Einzelheiten aus ihrem früheren, gemeinsamen Leben ins Gedächtnis zu rufen, in denen sie nichts Schlechtes daran gefunden hatte, mit Paul zusammen zu sein. Doch dabei spürte sie deutlich, dass sich ihre Gefühle für ihn endgültig geändert hatten und sie spätestens nach dem Urlaub in Cadaqués aufgehört hatte, sich für die Gestaltung einer gemeinsamen Zukunft zu interessieren. Sie war an einem Punkt angelangt, an dem es für sie kein Zurück mehr gab.

»Ich will nichts«, sagte sie scharf und drängte sich an ihm vorbei zum Schrank. Paul wirbelte herum und stürmte ihr hinterher. Mit ausgestreckten Armen krachte er gegen die Schranktür.

»Nicht, hör auf.« Verzweifelt versuchte er, sie zu umarmen und zu küssen. »Ich lass dich nicht gehen.«

Gala drehte den Kopf zur Seite und schob ihn unter Aufbietung aller Kräfte von sich. Dann gab sie ihm eine schallende Ohrfeige.

Während er sie überrascht anstarrte, tauchte sie unter seinem Arm hindurch und rannte hinaus auf die Diele. Doch Paul besann sich und folgte ihr. Schließlich bekam er sie zu fassen und riss sie herum.

»Komm her, du Flittchen!« Dann schlug er ihr hart ins

Gesicht und zerrte sie brutal an den Haaren, so dass ihr Kopf nach hinten flog. »Ich lass dich nicht gehen. Hast du mich verstanden?« Ein weiterer Schlag folgte.

Gala geriet in Panik. Ohne darüber nachzudenken, biss sie Paul mit aller Kraft in den Oberarm. Schmerzerfüllt stöhnte er auf und ließ sie los. Aber Gala dachte nicht mehr daran zu fliehen. Jetzt ging sie ihrerseits zum Angriff über, stürzte sich auf Paul, doch ihre Kräfte erlahmten rasch, und Paul stieß sie von sich, so dass sie gegen die Wand krachte. Erschöpft blieb sie dort stehen und musste mit ansehen, wie er sich vor ihr aufbaute und sich mit den Armen zu beiden Seiten ihres Kopfes gegen die Wand abstützte.

Galas Herz raste, als sie den Kopf hob und ihn verächtlich ansah. Ihre Blicke trafen sich.

Stille umgab sie, die nur von ihren heftigen stoßweisen Atemzügen unterbrochen wurde.

Als Gala den Versuch unternahm, sich abzuwenden, ließ Paul die Arme sinken. Stumm standen sie sich gegenüber.

»Wieso?«, fragte er leise.

»Es ist einfach passiert, Paul.« Gala unterdrückte einen Seufzer. »Ich weiß auch nicht, was mit mir los ist.«

»Und das ist alles? Mehr hast du nicht zu sagen? Nach all den Jahren?«

Gala zuckte mit den Achseln. »Was willst du hören? Dass ich ein schlechtes Gewissen habe? Gut, wenn es dich beruhigt:

Ja, ich habe ein schlechtes Gewissen, weil ich dir und Cécile wehtue, aber Paul … ich kann nicht anders.« Kurz schauten sie sich an. »Verstehst du? Deshalb bitte ich dich, lass mich gehen.«

Paul blieb völlig ungerührt.

Gala ging zurück ins Schlafzimmer, hob den Koffer auf und begann ihre Sachen einzupacken. Hinter ihr erschien Paul im Türrahmen.

»Ich habe einen neuen Lyrikband veröffentlicht.«

Gala nickte, während sie ein Schrankfach leerte und den Stapel zum Koffer trug. »Ich weiß.«

»Du wolltest, dass ich wieder schreibe. Ich habe deinen Wunsch erfüllt und den Band sogar dir gewidmet.«

Gala hielt kurz inne. »Ich dachte immer, es wäre dein Wunsch zu schreiben. Aber das Thema hatten wir schon so oft …«

Sie wandte sich wieder dem Schrank zu. Paul zündete sich eine Zigarette an.

»Nur so nebenbei. Wovon wollt ihr eigentlich leben, du und der Farbkleckser?«

»Von seiner Arbeit.«

»Von seiner Arbeit, wirklich jetzt?« Paul spuckte verächtlich einen Tabakkrümel aus.

»Ja. Er hat eine große Zukunft vor sich.«

»Wer sagt das? Deine Tarotkarten? Oh, ich weiß, die irren ja nie. Und bis dahin? Was macht ihr da? Betteln? Ich frage dich noch einmal, wie wollt ihr zurechtkommen?«

»Es wird sich finden.«

»Wird es das?«

Paul lachte böse auf. »Das möchte ich sehen. Ohne mich hast du doch noch nie was erreicht. Du bist keine Künstlerin, Gala. Du wurdest nicht geboren, um zu erschaffen. Du bist nur ein Werkzeug, eine Frau, die sich an das nächstbeste vermeintliche Genie klammert, verbunden mit der Hoffnung, dass er es zu Ruhm und Ehre und natürlich zu Reichtum bringt.« Paul kam einen Schritt auf sie zu und deutete mit seiner Zigarette auf den Schrank. »Denn – entschuldige, ich kann mich irren – auf Luxus willst du doch nicht verzichten?«

Er stieß den Rauch überheblich durch die Nase aus.

»Ich sage dir, Gala, ohne mich bist du nichts. Das mit Dalí ist eine fixe Idee, ihr werdet es nicht schaffen.«

Er ließ die Kippe auf die Dielen fallen und trat sie aus.

»Verdammt, nun sag doch was!«

Sie griff nach dem Koffer und schleuderte ihn in seine Richtung. Im letzten Moment sprang er zur Seite, und das Gepäckstück rutschte laut polternd über die Dielen.

Gala blieb dicht vor Paul stehen.

»Ich habe ihn gelesen, den Lyrikband, auf den du so stolz bist. Deine Verse, alles schöne Worte, aber sie sind ohne Seele. Und weißt du auch, warum? Deine Gedichte sind schon längst nicht mehr der Spiegel deiner Empfindungen. Sie sind tot.«

Paul musterte sie stumm. Er wusste nicht, was er ihr antworten sollte. Seine Gefühle schwankten zwischen Zorn und Resignation.

Unterdessen ging Gala zur Garderobe, zog ihren Mantel vom Bügel, schlüpfte hinein und öffnete die Wohnungstür. Der kalte Luftzug ließ sie erschauern. Das Licht war farblos.

Plötzlich kam sie sich verloren vor. Eine eiskalte, brennende Furcht packte sie. Sie fühlte, wie sie verkrampfte, wie der Boden unter ihren Füßen schwankte, das Geländer vor ihren Augen verschwamm. Sie hätte sich keinen schlimmeren Beginn für das, was jetzt vor ihr lag, ausdenken können.

Sie schluckte die Tränen hinunter.

»Bitte sag Cécile, dass ich sie liebhabe.«

Dann gab sie sich einen Ruck und ging. Haltlos fiel die Tür hinter ihr ins Schloss.

Es war der Knall, der Paul erkennen ließ, dass er die harte Wirklichkeit nicht mehr länger verdrängen konnte. Einen Moment lang zauderte er und überlegte, ob es nicht besser für ihn wäre, sich stillschweigend damit abzufinden, dass sie gegangen war. Nun ja. Er sagte sich, dass er nun mal so war, wie er war. Aber je länger er hinüber zur Tür starrte, hinter der Gala verschwunden war, umso stärker spürte er, dass es sich falsch anfühlte, sie gehen zu lassen. Ungläubig schüttelte er den Kopf. Noch rührte er sich nicht.

Doch dann stürzte er los, rannte die Treppen hinab, immer zwei Stufen auf einmal nehmend.

»Gala!«, schrie er, von der Hoffnung erfüllt, sie würde ihn noch hören können. »Gala!«

Paul stürmte durch die Vorhalle, hinaus auf die Straße.

Aber so oft er sich auch umsah, es war vergeblich.

Gala war verschwunden.

KAPITEL 23

Carry-le-Rouet, 1930

Das Hôtel du Chateau in der Nähe von Marseille empfing Gala und Salvador mit dem Charme eines Schlosses.

Das Haus war nur einen Steinwurf vom Strand entfernt, umgeben von einem Garten mit Rosenrabatten, die aufopferungsvoll von einem älteren Gärtner gepflegt wurden.

Heute Abend hatten sie auswärts diniert, in einer kleinen Brasserie mit einer Terrasse zum Meer, wo es frischen Dorsch in einer delikaten Tomatensauce gab und dazu viel trockenen herben Landwein. Auf dem Heimweg hatten sie unbefangen geplaudert und gelacht.

Nun standen sie eng umschlungen zwischen den angelaufenen Spiegeln in der leeren Lobby, und Gala flüsterte Salvador ins Ohr: »Was meinst du, wollen wir nach oben gehen?«

Er blickte sie lange an, dann nickte er.

Als sie die Treppen hinaufstiegen, kam es ihr so vor, als ob sie ihn weder führte noch ihm folgte. Seine Hand ruhte auf ihrer Hüfte, doch er schien nur die Verbindung zu ihr halten zu wollen, als hätte er Bedenken, dass, wenn sie abriss, alles zunichte gemacht wäre.

Er war nervös und aufgeregt, als er die Tür zu ihrer Suite

aufschloss. Die Knie wurden ihm weich. Im Kamin brannte ein Feuer, die Flammen warfen ein unruhiges Licht über die Wände. Er zog mit einer kräftigen Bewegung die gesteppte Decke vom Sofa und breitete sie vor dem Kamin auf dem Boden aus. Dann holte er mehrere Kissen und legte sie zu einem weichen Polster nebeneinander.

Gala war gerührt ob seiner Fürsorge, seiner Sanftheit.

Sie zog ihre Schuhe aus und ließ sich mit einer anmutigen Bewegung auf dem Lager nieder. Salvador setzte sich neben sie, nahm zärtlich ihre Hand und berührte die Handfläche mit seinen Lippen.

»Gala, du bist die Frau, die mir das Schicksal vorherbestimmt hat.« Er küsste ihren Unterarm. »Meine einzigartige Galuschka«. Sein Mund wanderte höher zu ihrer Armbeuge. »Meine Muse, meine Beschützerin.« Er beugte sich vor und küsste den Hals. »Meine Königin.«

Er sah ihr in die Augen, küsste sie so andächtig auf die Wangen und auf die Stirn, dass es beinahe keusch wirkte.

Dann küsste er sie auf den Mund. Sie öffnete die Lippen und erwiderte seinen Kuss leidenschaftlich, drückte sich an ihn.

Zögernd legte er ihr die Hand aufs Knie.

Gala nahm sie und führte sie langsam unter ihren Rock, bis zu jener Stelle, wo er durch die Seide ihrer Unterwäsche das raue Haar und die weiche heiße Haut ihrer Scham spürte. Ihre Lippen wanderten über seine Wange zum Ohr.

»Salvador, mein Liebster«, flüsterte sie. »All das bin ich für dich, und jetzt mach mich zu deiner Frau.«

»Ja«, gab er mit heiserer Stimme zurück. »Ja, das will ich.«

Gala wusste, wo sie war, noch bevor sie die Augen aufschlug. Kein Detail überraschte sie. Sie war noch einmal eingeschlafen, aber nicht tief genug, um vom Duft des frischen Kaffees nicht geweckt zu werden.

Als sie sich auf die andere Seite drehte, bemerkte sie, dass Salvador schon aufgestanden war. Das Fenster, das sie gestern Abend einen Spaltbreit geöffnet hatte, war jetzt zu. Er musste es geschlossen haben.

Gala setzte sich auf.

Sie hätten zum Frühstück hinuntergehen können, aber als sie sich umschaute, entdeckte sie den Tablettwagen, auf dem ein mit Silberhauben abgedecktes Frühstück auf sie wartete.

Gala schlug die Decke zurück, setzte die Füße auf den Boden, wickelte sich in die Decke und tapste eilig hinüber ins Bad. Sie wollte nicht, dass Salvador zufällig um die Ecke schaute und sie so sah, in ihrer morgendlichen Unvollkommenheit, dass er ihre Fältchen und die Blässe bemerkte.

Im Bad war es warm. Sie strich sich übers Dekolleté und dachte an die vergangene Nacht. Salvadors Geruch haftete noch an ihr. Prüfend schaute sie in den Spiegel. Im Bett hatte Paul nach fast nichts gerochen. Salvadors Haut dagegen verströmte jedes Mal, wenn sie mit ihm geschlafen hatte, einen würzigen, beinahe pfeffrigen Geruch.

Sie putzte sich die Zähne, spülte sich den Mund aus und wusch sich. Sie benutzte das kleine harte Stück Seife, das in Papier eingewickelt war, auf dem das Logo des Hotels prangte.

Als sie sich abgetrocknet hatte, zog sie sich an. Den Rock und die Bluse hatte sie zum Auslüften über Nacht auf einen Bügel gehängt. Im Hotel gab es auch eine Wäscherei, aber der Service erschien ihr übertrieben teuer.

Gala band die schwarze Schleife unter ihrem Kinn.

Viel war es nicht, was sie aus Paris mitgenommen hatte. Genau genommen hatte sie sich losgelöst von all den Anschaffungen, die sie und Paul für die Wohnung zusammengetragen hatten, die einst Ausdruck für die Art gewesen waren, wie sie leben wollten. Die Möbel, die Bilder, das Interieur.

Und ebenso löste sie sich von den Dingen, die eigentlich ihr gehörten. Ihre Bücher, die Briefe der Mutter aus Russland und natürlich ihr Schmuck. Es war nicht alles echt, was sie besaß, aber es hingen immerhin viele Erinnerungen daran.

Gala verließ das Bad und schob den Tablettwagen neben das kleine polierte Nussbaumtischchen, auf dem sie das Frühstückt anrichtete. Währenddessen huschte ein Lächeln über ihr Gesicht.

Als sie aus Paris weggegangen war, hatte sie geglaubt, dass es ihr nie wieder wichtig sein würde, in welchen Räumen sie lebte und was für Sachen sie anzog. Auch wenn sie jetzt in diesem schicken Hotel wohnten – unverheiratet, und trotzdem verbrachten sie so etwas wie Flitterwochen –, erinnerte sie Salvadors Anwesenheit fortwährend an die Wochen in Cadaqués, die sie frei und wild verbracht hatten. Wo sie nicht gezwungen war, mit Kleidung und kultiviertem Auftreten anderen eine Vorstellung davon zu geben, wer sie war und wie sie war. Oder sich selbst von dieser Rolle überzeugen zu müssen. Und nun hatte sie alle Regeln der Gesellschaft verletzt, als sie mit Salvador durchgebrannt war.

Davongelaufen.

Ihr war klar, dass sie damit ihren Ruf in der Pariser Gesellschaft endgültig ruiniert hatte. Die Russin, die allen sowieso schon suspekt war, hatte jetzt den Bogen endgültig überspannt. Abfällig und gehässig würde in ihrer Abwesenheit über sie gesprochen werden, nur wenn die Frauen unter sich waren vielleicht auch ein wenig neidisch.

Das Bewusstsein, Salvador jetzt uneingeschränkt um sich zu haben, bereitete ihr Freude. Als sie den heißen Kaffee in die Tassen goss, dachte sie glücklich, dass diese gemeinsame Zeit wichtig war, um sich näherzukommen. Dass es ihr dadurch möglich war, Salvadors Wesen noch genauer kennenzulernen und ihn um seiner selbst willen zu lieben. Seine Nähe war ihr angenehm, und die Wesenszüge, die sich ihr mehr und mehr offenbarten, gefielen ihr. Von seiner veränderten äußeren Erscheinung war sie zuerst überrascht gewesen, aber auch angetan. Sie entdeckte in ihm den Künstler, der einst geglaubt hatte, ohne die vertraute Welt um ihn herum nicht kreativ sein zu können, der jedoch langsam verstand, dass es genau diese kleine Welt war, die ihn daran hinderte, ein Genie zu werden.

Gala legte die Servietten auf die Teller und ging zur geöffneten Verbindungstür. Sie blieb kurz im Türrahmen stehen, unsicher, ob sie ihn beim Malen stören durfte. Dann ging sie weiter und stellte sich neben ihn, sah, wie er nackt auf dem Stuhl saß. Behutsam streichelte sie seinen Nacken.

»Frühstück ist fertig.«

Er sah zu ihr auf, und die dunklen Augen strahlten. »Ich bin gleich bei dir. Ich muss nur noch den winzigen Rest Farbe hier vermalen, bevor er trocken wird.«

Sie hörte, wie der Pinsel hastig ein letztes Mal über die Leinwand glitt, bevor Salvador die Palette zur Seite legte.

Aus Vorsicht hütete sie sich davor, ihm ihre Bewunderung für ihn offen zu zeigen.

Einen Moment erschrak sie regelrecht über ihre vorbehaltlose Zuneigung für ihn. Dann lag ihr auf der Zunge, zu Salvador zu sagen: »Da ist etwas, was ich dir unbedingt mitteilen muss.« Stattdessen rief sie sich schnell irgendetwas in Erinnerung, das sie an ihm auszusetzen hatte, so dass sie über das Lob für ihn erhaben war.

Sie wusste, durch sein Talent, seinen in die richtigen Bahnen gelenkten Ehrgeiz und sein Auftreten würde er Bewunderung erzeugen, so dass die Menschen nicht umhinkämen, all dies, was in ihm war, anzuerkennen.

»Der Kaffee wird kalt«, sagte sie rasch und wandte sich ab.

Sechs Wochen später – ein Bediensteter des Hotels hatte das Frühstücksgeschirr gerade weggeräumt, und Salvador war längst an die Staffelei zurückgekehrt – stand Gala am Fenster. Draußen hatte es zu regnen begonnen, und sie entschied sich, ihren Spaziergang auf den Nachmittag zu verlegen. Sie öffnete den Sekretär, ein verschnörkeltes Möbelstück aus dem Spätbarock, und zog sich einen Stuhl heran.

Seitdem sie hier waren, hatte sie es sich zur Aufgabe gemacht, Salvadors zahlreiche Notizen zu ordnen und den losen Enden seiner Gedanken Struktur zu geben. Sie war davon überzeugt, dass es ihm gut zu Gesicht stand, neben der Malerei auch publizistisch tätig zu sein, indem er seine Kunst mit methodischen und philosophischen Konstrukten untermauerte. Sie hatte ihn angehalten, ein Buch zu schreiben, in dem er die Methode, die hinter seiner Malerei stand, erläuterte. Gala spürte, dass er mit einer Veröffentlichung seine Position innerhalb der Surrealisten festigen und stärker sichtbar werden würde. Ihr war das gesteigerte Interesse aufgefallen, das André Breton beim letzten Treffen für Salvadors Texte an den Tag gelegt hatte.

Dass sie mit ihrer Vermutung recht hatte, zeigte auch die Tatsache, dass es Breton war, der ihnen am häufigsten schrieb. Es schien, als wollte er, trotz der Entfernung und der Umstände, den Kontakt zu Dalí nicht abreißen lassen.

Außerdem unterrichtete er sie über den neuesten Klatsch und Tratsch in der Gruppe, den er ihnen in seiner unnachahmlich bissigen indiskreten Art mitteilte. Unter anderem erfuhr sie dadurch, dass Paul inzwischen

Trost bei einer Deutschen gefunden hatte, die Breton »la Pomme« nannte.

Es berührte sie wenig. Ehrlich gesagt verwunderte sie die Nachricht nur etwas, denn nach wie vor schickte Paul ihr beinahe täglich Briefe, in denen er ihr seine bedingungslose Liebe beteuerte und sie bat, ihren Entschluss noch einmal zu überdenken. Paul hatte sich außerdem mit ihr in Verbindung gesetzt und sie in einem Brief gefragt, was nun mit ihren Sachen werden solle. Sie hatte ihm geantwortet, er solle damit machen, was er wolle.

Nun, das hatte er getan.

Paul kaufte einen extragroßen Schrankkoffer und schickte ihr ihre Garderobe und Schuhe nach, auch ihre Hüte, und den Schmuck legte er in einer Schatulle obenauf.

Gala griff nach dem Pappordner, in welchem sie Salvadors Notizen aufbewahrte. Da sie ihn anhielt, regelmäßig an den Abenden zu schreiben, nahm der Umfang stetig zu.

Vorsichtig schlug sie den Ordner auf, löste die Bänder, mit denen sie die Zettel zusammenhielt, und begann die letzten Anmerkungen zum Text zu sortieren.

Plötzlich klopfte es an der Tür. Ein schneller Blick auf die Armbanduhr, ein prüfender Blick in den Spiegel. Das musste die tägliche Post sein.

Der Hotelangestellte reichte ihr das silberne Tablett mit der Korrespondenz. Sie bedankte sich und schloss leise die Tür.

Kurz hielt sie inne und lauschte hinüber ins Nebenzimmer, wo sie Salvador an der Staffelei wusste. Er summte unbeeindruckt weiter. Es schien ihn nicht im Geringsten zu interessieren, wer da Einlass begehrte.

Auf dem Tablett lagen zwei Briefe. Einer, wie sollte es auch anders sein, kam von Paul, und der andere wies als Absender Charles de Noailles aus. Gala stellte das Tablett auf dem Sekretär ab.

Überraschenderweise zierte Pauls Kuvert eine auffällige Goldprägung. »Hotel Alexander, Nizza«, las sie. Sie öffnete den Brief und überflog die Zeilen. Paul teilte ihr mit, dass er für ein paar Tage in ihre Nachbarschaft gezogen sei, um sich mit ihr zu treffen.

Gala verzog ärgerlich den Mund, steckte den Bogen zurück in den Umschlag und ließ ihn anschließend zwischen den Notizen verschwinden. Neuerdings musste sie Pauls Briefe vor Salvador verstecken, weil er begonnen hatte, sich über diese Nachstellungen furchtbar aufzuregen.

Sie öffnete das zweite Kuvert. Nach fünf Minuten ließ sie das Schreiben schweigend sinken. Sie spürte, wie sich eine schwere Last auf ihr Herz legte. Noch einmal folgten ihre Augen fieberhaft den eng geschriebenen Zeilen.

Was für ein Schlag. Gala war entsetzt, alle Luft war aus ihren Lungen gepresst.

Der Vicomte machte ihnen die unerfreuliche Mitteilung, dass die Galerie Goemans bankrott war. Darüber hinaus bot er selbst Dalí finanzielle Hilfe an.

Gala legte den Brief zur Seite, strich den Rock glatt und stellte sich hinter die bodentiefe Glastür, von wo aus sie in den regentrüben Tag hinaussah. Auf den frisch geharkten Wegen zwischen den Rosenrabatten bildeten sich lange

Regenlachen, in denen sich graublau der Himmel spiegelte.

Sie wusste, dass sie es war, die eine Entscheidung fällen musste, denn so oder so war die Zeit des Abschiednehmens in Carry-le-Rouet gekommen.

Sie legte die Hände ineinander, fürsorglich darauf bedacht, dass die Goldringe an ihren Fingern nicht aneinander rieben, und schüttelte leicht den Kopf. So ein Vorkommnis wie ein Bankrott war für alle Beteiligten ein Ärgernis, jedoch kam er für sie zum denkbar ungünstigsten Zeitpunkt, denn die Galerie schuldete Salvador noch einen beträchtlichen Geldbetrag, und sie hatten in Erwartung der ausstehenden Zahlungen in den letzten zwei Monaten beinahe ihre gesamten Ersparnisse im Hotel ausgegeben.

Gala drehte sich um und ging zurück zum Sekretär. Sie musste über alles in Ruhe nachdenken. Sicher war das Versprechen von Charles de Noailles, ihnen mit Geld auszuhelfen, keine leere Worthülse, der Vicomte war ein Ehrenmann und seine Hilfe ein Privileg, aber Gala wusste auch, dass er für sein Entgegenkommen eine Leistung erwartete und dass der Mann ein ausgesprochener Kunstkenner war.

Er wird sich nicht mit einem von Dalís früheren Bildern zufriedengeben, dachte sie. Vielmehr würde er sich aus Salvadors derzeitiger Schaffensperiode ein weiteres Filetstück sichern wollen. Schließlich hatte er auch »Das finstere Spiel« erworben.

Sie nahm die Bänder und schlang sie ungeduldig um den Stapel Notizen.

Möglicherweise konnte der Vicomte überzeugt werden, ein bedeutendes Werk bei Salvador in Auftrag zu geben, was für diesen, der ohnehin pausenlos malte, zwar zusätzliche Arbeit bedeutete, aber ein fixes Einkommen versprach.

Gala zog betrübt die Nase kraus. Wie man es drehte oder wendete, sie waren nicht in der Lage, das Angebot des Vicomte auszuschlagen. Goemans Bankrott zog eben unliebsame Verpflichtungen für sie alle nach sich.

Sie setzte sich und zog mit den Fingerspitzen einen Bogen Briefpapier zu sich heran. Danach griff sie zum Füllfederhalter und schraubte die Kappe ab. Die goldene Feder leuchtete matt.

Zu den Dingen, die es zu erledigen galt, zählte auch das unliebsame Aufeinandertreffen mit Paul, das noch vor ihr lag.

Sie hatte sich dazu entschlossen, sein Angebot einer Begegnung anzunehmen, weil sie vorhatte, mit ihm im Wagen nach Paris zurückzufahren, um Camille Goemans zu treffen. Sie war fest entschlossen, selbst in der Galerie vorstellig zu werden und so viel wie möglich von den Außenständen einzutreiben.

Außerdem musste sie mit Salvador reden, er würde nach Hyères reisen müssen, um Charles de Noailles ein Angebot zu unterbreiten, das lukrativ für beide Seiten war.

Die Feder kratzte schwungvoll übers Papier. Rasch füllte sich die Seite. Plötzlich setzte Gala ab und hielt inne, sie drehte den Kopf und lauschte in Richtung Nebenzimmer.

Es war nicht das Geld allein, was ihr Kopfzerbrechen bereitete.

Salvador hatte Heimweh.

Gestern war er zu ihr gekommen und hatte unumwunden erklärt, dass, obwohl er auch hier im Chateau sehr kreativ war, ihm zum Malen die vertraute Umgebung des Ampurdán fehle, dass er sich nach den Felsen und dem Meer sehne und dass für ihn die Zeit gekommen sei heimzukehren.

KAPITEL 24

Cadaqués / Port Lligat, 1930

Das ist nicht Ihr Ernst?«, fragte Gala zornig und stemmte die Hände in die Seiten. Sie waren mit dem Zug und all ihrem Gepäck, den zusammengeschnürten Leinwänden und Malutensilien beinahe zwei Tage von der Côte d'Azur hierher nach Cadaqués unterwegs gewesen – und nun das!

»Es tut mir wirklich leid, Señora.« Der Hotelier des Miramar blickte verzweifelt von Gala zu Salvador. »Aber wir renovieren.«

»Sie werden doch nicht mit allen Zimmern gleichzeitig begonnen haben«, warf Salvador ein. »Señor Pont, wir zahlen Ihnen den doppelten Preis, und es wäre auch nur für eine oder zwei Nächte, bis wir etwas anderes gefunden haben.«

Der Blick des Hoteliers wurde flehend.

»Ich bin wirklich untröstlich. Aber mir sind die Hände gebunden. Ich darf es Ihnen eigentlich nicht sagen, aber ich bin Ihrem Vater verpflichtet. Sie wissen das! Er hat mir befohlen, dass ich weder Ihnen noch einer anderen Person, die Sie begleitet, ein Zimmer vermieten darf. Ich ...«

»Ach, halten Sie den Mund«, herrschte Gala den Mann an und wandte sich an Salvador. »Das ist doch unglaublich.« Sie schäumte vor Wut. »Was denkt dein Vater, wie mächtig er ist? Gehört ihm dieser Ort?«

Es fiel ihr sichtlich schwer, sich wieder zu beruhigen. Dann nahm sie entschlossen ihre Handtasche.

»Wir kehren um und fahren nach Paris.«

Salvador schüttelte energisch den Kopf und legte die Hand auf den Tresen der Rezeption. »Nein, auf keinen Fall. Ich habe ein Recht, hier zu sein. Ich gehe nirgendwohin.«

Gala musterte ihn eindringlich, antwortete aber nichts.

Salvador deutete ihr Schweigen als Zustimmung und zog sie fest an sich.

»Glaub mir«, stieß er aus. »Du wirst es nicht bereuen. Ich finde eine Lösung, Galuschka, vertrau mir.«

Das groteske Theater, das man ihnen im Hotel vorgespielt hatte, war jetzt zwei Tage her. Inzwischen hatten sie ihre Zelte in einer winzigen Pension aufgeschlagen, und Salvador war den ganzen Tag unterwegs, um Vereinbarungen zu treffen, damit er sein Versprechen, eine geeignete Unterkunft für sie beide zu finden, einlösen konnte.

Überrascht stellte sie fest, dass ihr die Stille ohne ihn nicht behagte, dass sie ihn vermisste.

Gala nahm den Stapel Tarotkarten und setzte sich aufs Bett.

Sie mischte und formulierte dabei die Fragen, für die sie das Universum um Antwort bitten wollte. Konzentriert legte sie das Schema und deckte nacheinander die einzelnen Karten auf.

Nachdenklich beugte sie sich darüber.

Es war immer dasselbe! Andauernd zeigten ihr die Karten, dass sie durch den Entschluss, mit Salvador zu gehen, eine Entscheidung mit weitreichenden Konsequenzen getroffen hatte. Wenn sie den Karten Glauben schenken durfte, und das tat sie, erwartete sie zunächst eine Zeit voller Mühsal, Not und Ärgernissen, bevor sich ihr Leben wandeln konnte, hin zu Ruhm, Wohlstand und Ehre.

Gala ließ ihren Blick noch einen Moment lang auf dem Orakel ruhen, dann sammelte sie die Karten wieder ein, erhob sich vom Bett und zog die Decke glatt.

Ich habe meine Wahl getroffen, dachte sie. Ich verbringe mein Leben mit ihm. Und egal, mit welchen Vorschlägen er sie in den nächsten Stunden konfrontieren würde, sie würde sich ihm zuliebe dieser Verbannung am Ende der Welt aussetzen, weil sie wusste, dass es irgendwann besser werden würde, und bis dahin war sie fest entschlossen, alles dafür zu tun, dem Schicksal auf die Sprünge zu helfen.

Nachdem sie sich dies wieder einmal eingestanden hatte, wich die Furcht, und sie fühlte sich in ihrer Haut wohler.

Ein Taxi brachte sie hinunter zum Hafen. Gala und Salvador saßen eingeklemmt auf der Rückbank zwischen ihrem Gepäck, obwohl sie nicht einmal alles mit sich führten. Einen Teil hatten sie in der Pension zurückgelassen, der sollte in den nächsten Tagen auf dem Rücken von Maultieren nachgeliefert werden.

Gala schüttelte den Kopf. Sie hatte sich noch immer nicht an den Gedanken gewöhnt, dass der Ort, an dem Salvador für sie eine Hütte erworben hatte, von Cadaqués aus nicht einmal mit dem Auto erreichbar war. Vielmehr führte nur ein schmaler Pfad hinter dem Friedhof dorthin, zwei Kilometer über Stock und Stein. Nach Port Lligat.

Aus diesem Grund erwartete sie El Beti am Hafen, denn die einzige andere Möglichkeit, die kleine Felsenbucht mit Gepäck zu erreichen, bestand darin, mit einem Boot dorthin zu fahren.

Rauchend saß der Fischer auf einem Stein und sah geduldig zu, wie der Fahrer des Taxis Koffer, Taschen und Malutensilien aus dem Wagen hob und vor dem Boot auftürmte.

Dabei wurde er von Salvador argwöhnisch beobachtet, damit er auch keine Leinwand vergaß.

Gala hingegen lief zum Boot, begrüßte El Beti und deutete anschließend auf die Menschentraube, die sich ganz in der Nähe versammelt hatte und jetzt stumm zu ihnen herüberschaute.

»Bon Dia, Señora Gala! Ach, die Leute da.« Er zuckte mit den Achseln. »Machen Sie sich nichts daraus. Die sind nur hergekommen, um zu schauen, ob das Gerücht wahr ist, dass Salvador mit der …« Er unterbrach sich.

»Der Russin, wollten Sie sagen«, ergänzte Gala tonlos, und El Beti wurde sichtlich verlegen. Schnell trat er die Kippe aus, griff zwei Taschen, stakte ins Wasser und wuchtete sie zwischen die Ruderbänke.

Galas Blick folgte ihm. Als er wieder neben ihr stand, fühlte er sich wohl genötigt, den Satz zu Ende zu führen.

»Nein, ich meinte, dass Salvador mit der Frau, die er liebt, zurückgekehrt ist.«

Gala sah ihn an und merkte, dass die Richtigstellung dem Fischer sehr wichtig war.

»Danke«, sagte sie lächelnd und ermahnte sich gleichzeitig, ihren Vorsatz einzuhalten, auf den Dorfklatsch nichts zu geben.

Inzwischen hatte sich Salvador zu ihnen gesellt und nur noch das Ende des Gesprächs mitbekommen. »Was geht es diese Menschen überhaupt an, wen ich mitgebracht habe?«, sagte er absichtlich so laut, dass die Umstehenden ihn hören mussten. »Diese Leute, die mich alle von klein auf kennen, besitzen ja nicht einmal den Anstand, uns zu grüßen.«

Demonstrativ trug Salvador Gala zum Boot, während El Beti die restlichen Gepäckstücke verlud. Dann legten sie ab.

Das Wetter war während ihrer Überfahrt günstig. Der Wind hatte nachgelassen, Lichtpunkte tanzten wie ein goldenes Vlies auf den sanften Wellen, und ruhig glitten die Ruderblätter durch das türkisfarbene Wasser.

Gala blickte sich um.

Wir reisen wie zu uralten Zeiten mit einem Fährmann, schoss es ihr durch den Kopf. Ihr Vorankommen wurde einzig und allein vom Rhythmus der Ruderschläge bestimmt.

Sie passierten Klippen, Hügel und kleine Buchten, die

sie wiedererkannte, weil sie mit Salvador schon einmal dort gewesen war.

Aber heute ordneten sich die spontanen Erinnerungen etwas Größerem unter, wie der Glanz einzelner Perlen, die nur aneinandergereiht eine wunderschöne Kette ergaben.

Zum ersten Mal war sie in einem Ruderboot auf dem Weg in ihr neues Heim. Sie war aufgeregt und doch voller Hoffnung.

Die zerklüfteten Felsen, vom Meer umtost, waren alt und von Wind und Regen geformt. Der Himmel, der sich über ihrem Kopf erstreckte, zeigte sich in einem beeindruckenden Blau, und die Luft, die sie atmete, war von kristallener Klarheit.

Alles hier erschien ihr in diesem Augenblick ewig.

Ein endloser Kreislauf.

Nichts Ungeahntes, Verstecktes gab es hier, alles lag so offensichtlich vor ihnen. Gala spürte, wie sie die Vergangenheit und die Zukunft aus den Augen verlor, wie nur noch das Hier und Jetzt zählte, bereit, sich auf ihren Wunsch hin bis zum Horizont auszudehnen.

»Was für eine *barraca* habt ihr eigentlich gekauft?«, fragte El Beti über die Schulter in Richtung Salvador, der am Bug saß.

»Den Fischerschuppen von Lydias Söhnen«, antwortete er.

»Ach, hat sich Lydia nun doch noch dazu durchringen können, sich von dem alten Gemäuer zu trennen? Wenn ihr mich fragt, es hat ja auch lange genug gedauert.«

»Ja, wir hatten Glück, dass sie es verkauft hat.«

Gala beugte sich vor. »Ich verstehe nur nicht, was daran so lange gedauert hat?«

»Erzähl du es ihr«, sagte El Beti zu Salvador, tupfte sich mit einem ehemals weißen, jetzt gräulichen Tuch die Stirn ab, drehte sich eine Zigarette und zündete sie genüsslich an.

Die Ruderblätter ließ er so lange auf dem Wasser treiben.

»Lydia ist die Witwe Nandos. Er war ein braver Fischer, wie unser El Beti hier. Seine blauen Augen sollen immer heiter geblickt haben. Doch eines Tages geschah das Unglück. Er kam vom nächtlichen Fischzug nicht mehr zurück. Das wütende Meer hatte ihn verschlungen. Und Lydia, die Mutter von zwei kleinen Jungen, war plötzlich allein.«

Galas Blick wanderte von Salvador zu El Beti.

»Der Schmerz über den Verlust brach ihr nicht nur das Herz, sondern verdunkelte auch ihren Geist«, warf der Fischer ein und griff wieder zu den Holmen.

»Also wurde sie verrückt?«, fragte Gala.

El Beti lachte auf. »Lydia ist nicht verrückt, glauben Sie mir. Aber sie hat eine geheime Macht. Versuchen Sie nie, Lydia übers Ohr zu hauen oder sie mundtot zu machen! Das wird Ihnen schlecht bekommen.«

»Das hatte ich auch nicht vor«, entgegnete Gala unbestimmt.

»Jedenfalls übernahmen schon bald ihre Söhne die Aufgabe, die Familie zu ernähren, und fuhren zum Fischen hinaus«, meldete sich Salvador.

»Lydia beschränkte sich darauf, die Netze zu flicken und den beiden ein Heim zu geben. Im Sommer nahm sie auch hin und wieder Gäste bei sich auf.«

»Und was wurde aus ihren Söhnen?«, fragte Gala. »Ich meine, wenn die beiden den Fischerschuppen noch nutzen würden, hätte Lydia ihn sicher nicht verkauft.«

»Sie sind nicht mehr in Port Lligat«, erklärte El Beti.

Gala wartete auf eine Erklärung, die aber nicht kam.

»Was heißt, sie sind nicht mehr in Port Lligat?«

»In dem Sommer, bevor ich dich kennenlernte, kamen die beiden zu mir. Sie waren wie Kinder, geistig etwas zurückgeblieben. Sie hatten Zutrauen zu mir, sie kannten mich, weil ich öfter bei ihrer Mutter war. Sie bestanden darauf, dass ich die Fensterläden schließe, denn von draußen könnten uns feindliche Spione belauschen. Als ich alles zu ihrer Zufriedenheit erledigt hatte, flüsterten sie mir ins Ohr, dass sie ein überaus wertvolles Mineral am Cap Creus entdeckt hatten. Radium! Ich spielte ihr Spiel mit und fragte sie, ob es viel davon gebe. Beide vollführten große Gesten und deuteten Mengen an, die zweimal so groß wie ihre eigenen Köpfe waren. Stücke von dieser Größe, erklärten sie mir. Später haben sie in den Nächten heimlich Schubkarren voller Unrat dorthin gekarrt, angeblich, um die Erzader zu verschütten, damit kein anderer sie entdecken und ausbeuten konnte. Die beiden landeten im Irrenhaus. Seitdem ist Lydia allein.«

Gala runzelte die Stirn. »Na ja, ich finde ihr Verhalten schon merkwürdig. Ihr nicht auch?«

»Vielleicht ein bisschen«, sagte Salvador.

El Beti schwieg.

»Nicht bloß ein bisschen«, entgegnete Gala entschieden.

Salvador musste unweigerlich lächeln. Das war so typisch für sie. Gala hatte ihre eigenen unverrückbaren Maßstäbe. Trotzdem war sie eine Frau, die jeden Tag für sich und andere die Karten legte und an ein universelles Schicksal glaubte.

Salvador spürte, wie in ihm eine Woge des Glücks und der Zuneigung aufstieg. Gala war so anders als er, so hart und konsequent, dabei aber auch so liebenswert. So sehr Gala.

Er warf ihr einen Kuss zu, und sie verdrehte gespielt die Augen wie eine genervte Ehefrau, bevor sie zu lachen anfing.

Hier draußen auf dem Meer war so viel Raum für persönliche Eigenheiten.

Gala bemerkte, wie El Beti den Kurs änderte und nun durch eine schmale Durchfahrt ruderte, die zu beiden Seiten von Felsen gesäumt war. Dahinter öffnete sich eine verhältnismäßig kleine Bucht, in der Gala nur einige Häuschen ausmachen konnte.

»Du weißt, ich kann nicht bis an den Strand fahren«, sagte der Fischer.

»Kein Problem«, erwiderte Salvador, der seine Hose bis zu den Knien hochgekrempelt hatte und bereits mit beiden Füßen ins Wasser eintauchte. Übermütig schleuderte er seine Schuhe auf den trockenen Sand, riss seine Arme hoch und begann laut zu lachen. Es war ein befreites Lachen überschäumender Freude, das tief aus seiner Seele kam. »Zuhause!«, rief er so laut, dass es von den Klippen hallte. »Unser Zuhause!«

Gala, angesteckt von seiner Freude, zog rasch Schuhe und Strümpfe aus und folgte ihm, den Stoff des Rockes bis an die Oberschenkel gerafft. Gemeinsam liefen sie das letzte Stück durch das Meer und nahmen Hand in Hand den schmalen Streifen trockenen Landes in Besitz.

Atemlos sah sich Gala um. Auf den ersten Blick besaß die Bucht keinerlei Anmut. Sie war ringsum von Hügeln umgeben, schroffe Klippen durchzogen das Meer, und vereinzelt wuchsen Olivenbäume an den Hängen. Aber Gala spürte den Schutz und die Geborgenheit, die ihnen der Ort bot.

»Welches davon ist unser Haus?«, fragte Gala neugierig.

Salvador deutete auf ein Gebäude, das etwas erhöht auf einer Felsklippe direkt über dem Meer lag. »Das dort.«

Langsam ging Gala näher und beschattete die Augen.

Es war eines dieser schlichten Natursteinhäuser, die man hier überall antraf. Aus grobem Stein das Mauerwerk, das Dach, von Holzbalken gehalten, war mit Schindeln bedeckt. Es besaß ein kleines Fenster zum Meer hin, und die Tür an der Stirnseite stand offen.

Nacheinander traten sie ein. Eine Petroleumlampe hing neben dem Eingang. Nur wenig Licht fiel herein, und im Inneren empfing sie eine staubige Stille, es roch nach Fisch, Teer und Seetang.

Gala blickte sich zweifelnd um. Die *barraca* war wirklich nicht sehr groß, genau genommen war sie nicht viel größer als ein Verschlag, der nur notdürftig entrümpelt worden war.

Alles erschien ihr armselig, dürftig und wirkte irgendwie verloren.

Sie drehte sich zu Salvador um. Abwartend sah er sie an. »Was sagst du?« Seine Stimme hatte einen ängstlichen Unterton.

Plötzlich verspürte sie den tiefen Wunsch in sich, zusammen mit Salvador diesen Fischerschuppen zu ihrem Zuhause zu machen. Sie erinnerte sich an ein russisches Sprichwort, nach dem die Liebe die kleinste Hütte zum Palast werden ließ.

Gala sah sich um und ergriff einen der Stühle.

»Wir werden einen Schreiner engagieren müssen. Außerdem gibt es hier keinen Strom, und Petroleum stinkt. Das heißt, bei unserer nächsten Überfahrt ins Dorf werden wir Gaslampen mitbringen müssen.«

Salvador kam auf sie zu und nahm sie fest in den Arm.

»Ich liebe dich!« Er küsste sie stürmisch auf die Lippen. Dann schob er sie jäh von sich weg und drehte sich aufgeregt um.

»Das hier wird später die Eingangshalle zu unserem Haus.

Und glaub mir, es wird ein wundervolles, zauberhaftes Haus, ein Tempel, welcher der Magie dieses Ortes, unserer Liebe und der Kunst gerecht wird. Und sollte es dir wider Erwarten nicht gefallen, verspreche ich dir, ich kaufe dir ein Schloss. Ein prächtiges Schloss für meine Galuschka.«

Gala stellte sich neben ihn und strich ihm über den Kopf. »Das ist lieb von dir. Aber ich denke, wir haben hier erst einmal genug zu tun, damit das Haus bewohnbar wird. Es wird bald dunkel. Lass uns unsere Sachen holen, und dann müssen wir den Ofen anfeuern.« Sie blickte über die Schulter zurück. »Wo ist überhaupt El Beti.«

Salvador trat zur Tür hinaus, dicht gefolgt von Gala.

Der Fischer stand unten auf dem Strand über ein Boot gebeugt, das kieloben aufgebockt dalag.

»Was macht er da?«, fragte Gala.

»Ich habe ihn gebeten, die Qualität dieses Bootes zu überprüfen.«

Sie verstand nicht, worauf Salvador hinauswollte, sah nur, wie El Beti sich aufrichtete und den Daumen hob.

»Wie du gerade festgestellt hast«, fuhr Salvador unbeirrt fort, »werden wir auch zukünftig Dinge aus Cadaqués benötigen, und um da hinzukommen, brauchen wir ein eigenes Boot. Darf ich dir also vorstellen? Das ist ab heute unser Boot – die *Gala I.*«

KAPITEL 25

Einmal war Gala allein nach Cadaqués gerudert, jedoch schon nach ein paar Stunden wieder zu ihm zurückgekehrt. Der unmittelbare Anlass war in ihren Augen relativ unbedeutend gewesen. Salvador hatte sie gebeten, neue Pigmente und eine Flasche Terpentin zu besorgen, und sie wollte unbemerkt von ihm einen Brief an Paul Éluard aufgeben.

Sie wollte nicht, dass der Eindruck entstand, sie würde Salvador hintergehen. Nein, sie tat nur das, was er selbst schmählich vernachlässigte: Sie hielt von diesem entlegenen Punkt an der Costa Brava aus Kontakt zu den Sammlern, zur Surrealisten-Gruppe und zu Paul Éluard. Sie beschrieb die Bilder, an denen Salvador gerade arbeitete, informierte über das Buchprojekt, das stetig gedieh und in dem Salvador eine Definition für seine Methode der Motiv- und Inhaltssuche für seine Bilder formulierte. Dabei nahm sie billigend in Kauf, dass Paul ihr auch weiterhin seinen Zorn vorhielt, seine verletzten Gefühle und die Erregung über das, was sie seiner Meinung nach ihm und ihrer Tochter Cécile nach wie vor antat.

Sie dagegen blieb in ihren Briefen sachlich und fand, es gehe niemanden etwas an, was sie über ihr neues Leben dachte, in das sie sich freiwillig begeben hatte. Doch manchmal konnte sie es fast nicht ertragen, abgeschnitten von der Welt hier an diesem einsamen Ort zu leben. Sie brauchte die Gesellschaft, und sie konnte sich des Gedankens nicht erwehren, dass Salvador, wenn er sie wirklich liebte, die ganze Schwere ihrer Situation verstehen müsste. Doch er fragte sie nie, wie es ihr ging. Es gab quälende Stunden, über die sie den Mantel des Schweigens breitete, in denen sie sich einsam fühlte. In denen sie spürte, dass die kalten, trockenen Wintertage in dieser abgelegenen Bucht mit dem Mittelmeer in der Farbe von geschmolzenem Metall ihr Innerstes anschwellen ließen, ihr das Herz und den Atem abdrückten. Wo sie hustend und mit hohem Fieber vor dem Holzofen kauerte, ununterbrochen zitternd, während Salvador nebenan an der Staffelei saß und malte.

Der Arzt, den sie aufsuchte, zeigte sich besorgt. Unter dem weißen Kittel trug er ein schwarzes Hemd – ein Aufzug, der sie an einen Priester erinnerte und bei ihr den Eindruck hinterließ, als wäre er da, um ihr die Beichte abzunehmen.

Sein Gesicht wurde von einem sauber gestutzten Bart umrahmt, und auf der langen Nase ruhte eine goldgerahmte Brille, über deren Rand hinweg er sie aus dunklen Augen aufmerksam musterte. Seine Stimme klang höflich und auf eine bestimmte Art auch beruhigend.

»Zunächst einmal«, sagte er, »möchte ich nicht, dass Sie einen falschen Eindruck bekommen. Sie sind an einer Rippenfellentzündung erkrankt, und ich rate Ihnen dringend zu ausreichend Wärme und Ruhe.«

Als sie danach zum Hafen kam, wartete Salvador nicht allein am Boot. Neben ihm stand ein Mann, Gala schätzte, dass er ungefähr im selben Alter wie Salvador war. Angeregt unterhielten sich die beiden. Als Salvador sie entdeckte, kam er mit langen Schritten auf sie zu und zog den Mann am Arm mit sich.

»Das ist José María Hinojosa. Ein Dichter, Surrealist und ein alter Freund aus Madrider Tagen. Er kam vorbei, um mich zu besuchen, und wird einen Tag bleiben.« Freudestrahlend wanderte sein Blick zwischen dem Dichter und Gala hin und her. »Ist das nicht verrückt? Da wohne ich jetzt in Port Lligat, und trotzdem treffen wir uns hier in Cadaqués. Was für ein Zufall!«

»Ja, was für ein Zufall«, sagte Gala leise und unterdrückte den Hustenreiz, indem sie schnell mehrmals hintereinander schluckte.

Sobald sie auf der Ruderbank Platz genommen hatte, drückte sie Hinojosas Hand zur Begrüßung. Sie fand, dass er ein freundliches Wesen hatte, ein offenes Gesicht und ein zuvorkommendes Lächeln. Trotzdem hätte sie nur allzu gern auf seine Anwesenheit verzichtet. Besuche, besonders die von Surrealisten, waren für gewöhnlich anstrengend.

»Ich hatte gedacht, hier oben wäre es wärmer«, sagte er.

Gala machte ein ausdrucksloses Gesicht, sie hatte keine Lust, sich zu unterhalten. Jeder Atemzug verursachte ihr Schmerzen.

»Wenn dir kalt ist, setz dich zu mir, und wir rudern das Boot gemeinsam«, entgegnete Salvador fröhlich. »Und zu

Hause macht uns Gala einen heißen Carajillo. Stimmt's, Galuschka?«

Er wartete ihre Antwort gar nicht erst ab. »Was verschafft uns überhaupt die Ehre deines Besuches?«

Gala beobachtete die beiden Männer. Sie sah dem Dichter an, dass er es nicht gewohnt war, ein Boot zu rudern. Er tauchte das Blatt viel zu tief ein. Dementsprechend anstrengend war es für ihn.

»Ich habe ein Haus unten in Torremolinos«, sagte er mit dünner Stimme. »Nichts Besonderes, zwei Zimmer, kleine Küche. Ich habe es renovieren lassen und überlege jetzt, im Sommer ein paar Tage dort zu verbringen, um in Ruhe zu schreiben. In Madrid komme ich nicht dazu. Das Leben dort ist zu hektisch, ständig kommen Leute vorbei und nehmen einen mit den unmöglichsten Sachen in Beschlag.«

Er verstummte und mühte sich weiter mit dem Ruder ab.

Der Wind frischte auf. Hinojosa schlug den Kragen seiner leichten Jacke hoch und legte sich weiter ins Zeug. Endlich erreichten sie die schmale Einfahrt zwischen den Felsen.

Mit wenigen Schlägen trieben sie das Boot so dicht wie möglich ans Ufer.

Dann stieg Salvador aus und zog den Bug auf den Sand. Das Seil beschwerte er mit einem Stein.

»Dort oben«, sagte er zum Dichter und deutete den Felsen hinauf, während er nach dem Henkel der Basttasche griff.

»Ich komme gleich nach.«

Umständlich kletterte Gala über die Brüstung und blieb schwer atmend neben Salvador stehen.

»Sehe ich sehr scheußlich aus?«

Er sah sie verblüfft an. »Wie kommst du denn darauf? Du siehst gut aus, wie immer. Außerdem ist hier niemand bis auf Lydia und zwei Fischer, die dich kennen.«

Sie trat noch einen Schritt näher und hörte, wie der Inhalt des Gläschens mit den Schmerztabletten in der Tasche klapperte.

»Ich war vorhin beim Arzt. Er war richtig beflissen, mir zu helfen.« Plötzlich wurde sie von einem Hustenanfall geschüttelt und presste ihre Hände flach gegen die Seiten. Wenn sie einatmete, tat es inzwischen höllisch weh.

Sie wollte eigentlich weiterreden und ihm erzählen, dass der Arzt gesagt hatte, sie habe eine Rippenfellentzündung. Dass er ihr erklärt hatte, dass so eine Krankheit immer die Folgeerscheinung einer anderen Krankheit sei. Dass er, als er erfuhr, dass sie als junge Frau an Tuberkulose erkrankt war, noch besorgter war und sie aufforderte, sich warm und ruhig zu halten, ohne Aufregung. Wenn möglich sollte sie im Bett liegen.

Aber Salvador war bereits davongeeilt, um beflissen ihrem Gast die Eingangstür zu öffnen.

»Das Haus ist noch nicht fertig«, beeilte er sich zu erklären. »Gala und ich grübeln noch über den perfekten Grundriss nach.«

Aber das schien Hinojosa nicht so sehr zu interessieren wie ein Detail, das ihm am Eingang auffiel.

»Salvador, was willst du mit den vielen Krücken?«, fragte er, nachdem er sich kurz umgesehen hatte.

Dalí stellte die Tasche ab.

»Es ist schon eine Weile her, da bin ich einem Mann begegnet, der sich nur mit Hilfe einer Krücke fortbewegen konnte, denn der Krieg hatte ihm ein Bein genommen.

Er trug eine Angel bei sich und wollte fischen. Ich habe ihn beobachtet, wie er die Krücke einfach unter den Beinstupf schob und sich darauf abstützte, während er die Angel auswarf.« Salvador drehte sich um, schob die Tasche mit dem Fuß zur Seite und zog eine Krücke zu sich heran. »Es war ein einfaches, ungehobeltes Ding, so wie dieses hier.« Salvador stützte sich auf die Krücke, so dass seine Armbeuge am oberen Ende an der Stelle ruhte, wo zwei dünnere Holzenden auseinanderstrebten. Er ging ein paar Schritte durch die Hütte und tat, als wäre er gebrechlich und auf Unterstützung angewiesen, wobei das Krückenende hart auf den Steinboden klopfte. »Siehst du, ein kräftiger Holzstab, grob geschnitten, der sich oben gabelt.«

»Ja, aber du hast meine Frage noch nicht beantwortet. Was willst du damit?«

Salvador sah ihn entrüstet an. »Was ist daran so schwer zu verstehen?« Er lehnte die Krücke an die Wand. »Die Krücke ist nicht einfach nur ein Gegenstand. Sie ist auch gleichzeitig eine Metapher, ein Symbol. Wir alle benutzen täglich Krücken, sichtbare und unsichtbare.« Er deutete in Richtung Wand. »Diese Krücke da ist das warnende Symbol einer Nachkriegszeit, sie kämpft gegen das Vergessen in unserem Bewusstsein. Ich nehme an, wahrscheinlich erfolglos …« Salvador verzog angewidert das Gesicht.

»Der Anblick einer Krücke berührt den emphatischen Menschen, regt zur Reflexion an. Aus diesem Grund, mein Freund, habe ich auch vor, sie in anderen Kontexten zu zeigen.« Er trat an den Tisch in seinem Atelier heran. »Hier, eine erste Skizze zu einem meiner Bilder. Ich werde es ›Die unsichtbare Harfe‹ nennen.«

Gala, die in gebückter Haltung soeben den Holzofen eingeheizt hatte und nun im Begriff war, Wasser am Brunnen zu holen, wurde aufgehalten, weil Lydia plötzlich im Türrahmen erschien. Sie hielt ein Kuvert in ihrer Hand.

»Bon Dia, Gala. Der Postmann hat einen Brief gebracht, aus Paris.« Sie händigte ihr den Umschlag aus. »Aber er ist nicht von dem Mann, der sonst die Post bringt, denn da weiß ich genau, der ist aus Cadaqués.«

Sie drehte sich um und stampfte davon.

Gala war zu erschöpft, um zu bemerken, dass Salvador hinter sie getreten war. Er riss ihr den Brief aus der Hand.

»Ich habe es mir doch gedacht, Éluard schreibt dir immer noch, bedrängt dich, dass du nach Hause kommen sollst!«

Gala hob stumm den Blick, sie konnte sich kaum noch auf den Füßen halten. Ihr Brustkorb brannte wie Feuer, drohte sie auseinanderzureißen.

»Ich bin krank …«, flüsterte sie und konnte nicht erkennen, ob Salvador überhaupt verstand, was sie zu ihm gesagt hatte.

Sie lehnte sich kalkweiß gegen den Türpfosten, und während Salvador sich wütend über Pauls Benehmen ausließ, kam ihr zwischen all dem pochenden Schmerz der Gedanke, dass es vielleicht nur ein Moment der Schwäche gewesen war, gepaart mit dem Gefühl des Ausgezehrtseins, als sie Paul vor ein paar Tagen mit zitternder Hand ihren Gesundheitszustand beschrieben und er sie aufgefordert hatte, sofort nach Paris zu kommen. Er war sogar bereit, ihr einen Aufenthalt in einem Sanatorium zu bezahlen, vorausgesetzt, sie würde einlenken und zu ihm zurückkehren.

»Ich akzeptiere das nicht, ich …«, rief Salvador, zerriss den Brief in kleine Teile und warf die Papierschnipsel auf den Boden.

Dass der Wind sie herumwirbelte, als wäre auch er zornig, war das Letzte, was Gala wahrnahm, bevor ihre Knie einknickten und es dunkel vor ihren Augen wurde. Sie stürzte der Länge nach hin.

Salvador verstummte augenblicklich.

»Mein Gott! Was ist mit ihr?«, fragte Hinojosa, der den Streit stumm und unbehaglich verfolgt hatte.

Salvador war unfähig zu antworten.

Galas Anblick, wie sie ohne ein Lebenszeichen ausgestreckt auf dem Boden lag, schnürte ihm die Kehle zu. Sein Zorn schlug in hemmungslose Zärtlichkeit um. Wortlos ging er neben ihr auf die Knie, bedeckte ihren Kopf mit Küssen. Nahm ihre Hand, strich hilflos darüber, streichelte ihr Gesicht und flüsterte ununterbrochen: »Gala! Galuschka!«

Er schluckte, Tränen traten ihm in die Augen. Wie zerbrechlich sie wirkte. Er beugte sich vor, bedeckte ihr Gesicht immer wieder mit Küssen.

Wie unnütz wäre sein Leben ohne sie. Jetzt, wo er plötzlich schreckliche Angst hatte, sie für immer zu verlieren, schien es ihm, als habe er sie bis jetzt nie wahrhaft geliebt. Und nun, von tiefster Liebe ergriffen, stand er hilflos vor ihr. Um welche Sonne sollte er kreisen, wenn es sie nicht mehr gab? Er hatte plötzlich das Gefühl, in seinem Inneren entlade sich eine ungeheure elektrische Spannung.

»Gala!«, schrie er voller Verzweiflung. »Verzeih mir. Bitte!«

Wieder drückte er ihre Hand. »Das kannst du mir nicht antun. Wer bin ich denn ohne dich?«

»Sie bewegt sich«, stellte Hinojosa fest, der inzwischen ein Glas mit Wasser gefüllt hatte. »Sie lebt! Wir sollten sie auf das Bett legen.«

Gemeinsam trugen sie Gala hinüber.

Sie stöhnte leise auf, als ihr Rücken die Matratze berührte.

Dann schlug sie die Augen auf und presste Salvadors Hand gegen ihre Brust.

»Gala!« Er setzte sich völlig aufgelöst auf den Rand. »Galuschka, ich dachte, ich hätte dich für immer verloren.« Er küsste sie behutsam. »Es tut mir so leid«, sagte er. »Es tut mir so leid, dass ich nicht besser auf dich aufgepasst habe. Es war nicht meine Absicht, glaube mir. Ich wollte nicht, dass du krank oder unglücklich wirst. Ich werde mich von nun an besser um dich kümmern. Ich verspreche es.«

Gala zwang sich zu einem matten Lächeln als Antwort auf die Liebe, die sie in seinen Augen las.

»In meiner Tasche sind Tabletten, und es wäre schön, wenn du mir einen Tee machen könntest.« Ihre Lippen zitterten.

»Alles, was du willst, mein Engel. Alles, was du willst.«

Er erhob sich und schaute sich um. »Wo steht der Tee?«

Gala schloss erschöpft die Augen.

»Wir suchen ihn«, sagte Hinojosa beruhigend. »Lass sie erst einmal wieder zu Kräften kommen.«

Als sie eine halbe Stunde später den warmen Tee schlürfte und die Tablette ihre Wirkung entfaltete, spürte sie, wie die Lebenskraft in ihren Körper zurückströmte. Außerdem stellte sie fest, dass die beiden Männer ihr Lager näher an den Ofen geschoben hatten, denn draußen heulte inzwischen ein schwerer Sturm, der eisige Luft von den Hängen der Pyrenäen mitbrachte.

»Wie geht es dir?«, fragte Salvador und legte seine Hand auf ihre Stirn. Das Fieber schien ein wenig gesunken zu sein.

»Ich lebe«, sagte Gala mit brüchiger Stimme und sah ihn über den Rand ihrer Tasse hinweg an.

»Ja, du lebst.« Salvador schien vor Glück zu glühen. »Gott sei Dank! Und du wirst es nicht glauben, es gibt auch noch gute Neuigkeiten. José hat uns in sein Haus nach Torremolinos eingeladen. Er ist davon überzeugt, dass die Sonne Andalusiens dir guttun wird. Und er kauft mir ein Bild ab, damit wir uns die Reise leisten können.«

Kurz schaute er dankbar zu dem Dichter hinauf, bevor er sich wieder an Gala wandte.

»In der Zwischenzeit kann der Tischler mit dem Vorschuss vom Vicomte diesen Schuppen hier nach unseren Vorstellungen zu einem Haus umbauen, damit du endlich ein richtiges Zuhause hast. Was sagst du?«

Galas Blick wanderte von Salvador zu Hinojosa, der sich bescheiden im Hintergrund hielt.

»Danke«, sagte sie leise und sank zurück auf die Kissen.

KAPITEL 26

Paris, 1930

Gala war zu der Überzeugung gekommen, dass es nach der Renovierung an der Zeit war, sich von der Bezeichnung *baracca* für ihr Zuhause zu verabschieden. Sie fand, es würdigte ihr kleines Natursteinhaus herab, stattdessen nannte sie es Casa oder Villa.

Denn wer jetzt zu Besuch kam, betrat das Haus durch einen kleinen Vorraum, von dem Salvador nicht müde wurde, ihn als Eingangshalle zu bezeichnen. Es gab eine Dusche, eine Toilette und eine kleine Küche, in der man sich gerade einmal umdrehen konnte. Aber die Enge war dem Wunsch geschuldet, dass die beiden anderen Zimmer, die sich dahinter anschlossen, den meisten Platz im Haus erhielten. Einer der Räume diente ihnen als Speise-, Wohn- und Schlafzimmer, der andere Salvador als Atelier. Die Wände hatten sie mit Lackfarbe angemalt, jedes Zimmer in einem anderen Ton, was die Aufteilung noch zusätzlich unterstrich.

Von der einst düsteren und bedrückenden Atmosphäre eines Fischerschuppens war nichts mehr übrig. Stattdessen wohnten sie nun in einem von Licht und Farben durchwirkten Häuschen, das einen heiteren Optimismus verbreitete, der ansteckend war.

Gala und Salvador arbeiteten zusammen die letzten Feinheiten heraus. Dann blickten sie einander an, und plötzlich wurde ihnen klar: Sie hatten, was sie wollten.

Eine Zukunft, nur für sie, hier am Rand der Welt.

Gala lehnte sich im Stuhl zurück, um Salvador im Nebenzimmer besser sehen zu können.

»Entschuldige, mein Liebling, aber hast du noch irgendwo Geld herumliegen, von dem ich nichts weiß?«, fragte sie wie nebenbei.

»Ich kann mal nachsehen«, antwortete er, und Gala beobachtete, wie Salvador anfing, Anzüge und Hosen zu durchwühlen, um ihr am Ende stolz zwei Peseten zu präsentieren.

Gala lächelte traurig. »Das wird nicht ausreichen.«

»Nicht?«

»Nein! Der Tischler hat uns die Rechnung geschickt.« Sie wedelte mit einem Blatt Papier. »Es wird um einiges teurer, als wir angenommen hatten. Na ja, und nicht zu vergessen die teuren Farben für die Wände, das neue Bett … Das Geld, das uns der Vicomte vorgeschossen hat, ist aufgebraucht.«

»Dann verkaufen wir eben ein Bild«, erklärte Salvador im Brustton der Überzeugung, als wäre diese Lösung die einfachste der Welt.

»Gern. Aber wie du weißt, sind wir ohne Galerie. Goemans ist bankrott, und bisher haben wir uns noch nicht um einen neuen Galeristen bemüht.« Sie unterbrach sich. »Ich könnte Paul oder einen von den Surrealisten fragen …«

»Untersteh dich!« Sie sah, wie Salvador die Zornesröte

ins Gesicht schoss. »Verdammt, Gala. Wir sind Dalí.« Er betonte jedes der drei Worte und breitete die Arme aus. »Wir nehmen keine Almosen an, schon gar nicht von Paul Éluard.«

»Liebling, reg dich nicht auf.« Sie stand schnell auf und schlang ihm die Arme um den Hals. »Nachher schreibe ich dem Vicomte. Er wird uns sicher helfen.«

Sie küsste ihn sanft.

»Ich werde uns das Geld besorgen, und du wirst mir einen Gefallen tun.«

»Welchen?«

»Während ich verreise, malst du hier inzwischen weiter.«

Er nickte stumm. Gala drückte ihm noch einen schnellen Kuss auf die Lippen und strich ihm übers Haar.

»Wenn ich zurück bin, habe ich eine neue Galerie gefunden. Ich verspreche es.«

Wie leicht es manchmal war, in einem unbedachten Moment, von Liebe und Verzweiflung getrieben, ein Versprechen abzugeben, und wie schwer wurde es einem gemacht, dieses Versprechen einzulösen. Mit Salvador verband Gala eine Liebe, die sie für immer aneinanderbinden würde und die so intensiv, so wechselwirksam war, dass niemand mehr dazustoßen konnte, selbst wenn sie es wollten.

Ihr wurde klar, dass das, was sie verband, stärker war als Sex. Vielleicht sogar stärker als die Liebe selbst.

Sie waren Seelenverwandte, zwei Menschen, die ihre eigenen individuellen Wünsche und Bestrebungen zugunsten von etwas Größerem aufgegeben hatten.

Sie waren zwei Persönlichkeiten, die sich bewusst aus einer vertrauten Welt zurückgezogen hatten, um sich einen eigenen Kosmos zu erschaffen, der ihnen erlaubte, nach ihren Vorstellungen zu denken, zu schöpfen und zu leben.

Gala drückte sich fest in ihr Kissen.

Andererseits empfand sie es als große Verantwortung, hier in Paris auf der Suche nach einem Galeristen erfolgreich sein zu müssen, ehe sie wieder heimkehren konnte. Bisher waren all ihre Bemühungen ins Leere gelaufen, und die Misserfolge raubten ihr den Schlaf. Sie lag wach und durchlebte noch einmal die Erniedrigungen, die ihr in den letzten beiden Tagen widerfahren waren. Die Momente, wenn sie unangemeldet in einer Galerie auftauchte. Die ablehnende Haltung des Galeristen oder – was noch schlimmer war – eines blasierten Angestellten, wenn dieser notdürftig mit spitzen Fingern die Mappe mit den Zeichnungen durchblätterte, während sie mit nie ermüdender Begeisterung über Salvadors Werk und seine Erfolge berichtete. Nur damit seine Arbeiten am Ende doch abgetan wurden, als wäre Dalí ein junger, unbedeutender Absolvent einer Kunsthochschule, wie es sie zu Hunderten gab.

All diese niederschmetternden Ereignisse gingen ihr in der Nacht durch den Kopf. Gala stieß die Decke mit den Füßen zurück.

Nicht zum ersten Mal in ihrem Leben empfand sie sich als ungerecht behandelt, aber nun ging es um etwas Größeres, um das Werk eines genialen Künstlers, und sie würde nicht ruhen, bis sie etwas für Salvador erreicht hatte. Schon früher war ihre Reaktion auf diese Form von Niedertracht immer dieselbe gewesen. Ihre anfängliche Resignation wandelte sich schnell in Wut und die Wut in Starrköpfigkeit, die schließlich das Fundament für ein Durchhaltevermögen wurde, mit dem sie früher oder später immer an ihr Ziel gelangt war.

Sie erhob sich, ging hinüber ins Bad und drehte die Dusche auf. Danach zog sie das Nachthemd aus, steckte ihr Haar unter eine Haube und wartete geduldig, bis das Wasser die erforderliche Temperatur erreicht hatte.

In der Dusche schloss sie die Augen und genoss die feuchte Wärme, die sie einhüllte und ihr für einen Moment den Druck von den Schultern nahm.

Sie resümierte ihre Lage.

In Situationen wie diesen empfand sie Erleichterung darüber, dass sie die Dinge nicht von Gefühlen verstellt, sondern klar und ungeschminkt sehen konnte. Bisher hatte sie sich vergeblich bemüht. Es war ihr weder gelungen, bei Freunden Geld zu leihen, noch einen Vorschuss auf ein zukünftiges Werk von Salvador auszuhandeln. Sie ahnte, worin die auffällige Zurückhaltung der Galeristen und Kunstsammler bestand. Beinahe an jeder Ecke in Paris konnte sie die Auswirkungen der Weltwirtschaftskrise spüren. Sie spiegelte sich in den sorgenvollen Gesichtern der Menschen, die ihr begegneten, in ihren gebeugten Rücken, in dem verzweifelten Versprechen, wirklich jede Arbeit anzunehmen, die ihnen angeboten wurde.

Es waren wahrlich keine guten Zeiten, um Salvadors Bilder zu verkaufen.

Galas Stimmung verdüsterte sich. Plötzliche Angst durchzuckte sie, aber es gelang ihr, sich zu beherrschen. Sie hatte noch einen anderen Plan mit nach Paris gebracht, aber noch war sie nicht verzweifelt genug, ihn in die Tat umzusetzen.

Sie stellte das Wasser ab, wischte sich die Nässe aus dem Gesicht und angelte nach einem Handtuch. Langsam trocknete sie sich ab.

In zwei Stunden würde sie Charles de Noailles treffen. Genug Zeit, um sich gründlich vorzubereiten, dachte Gala und betrachtete aufmerksam ihr Gesicht im Spiegel. Sie sah müde und abgespannt aus, und ihre Haut war eine Spur durchscheinender als früher.

Insgeheim hatte sie darauf gehofft, bis zur Verabredung mit dem Vicomte ihre Probleme aus eigener Kraft gelöst zu haben. Ursprünglich wollte sie ihm aufgeräumt und stolz gegenübertreten, denn nichts war in ihren Augen erbärmlicher, als wie eine Bettlerin zu erscheinen.

Nun musste sie während des Gespräches die eine passende Situation oder launige Stimmung abwarten, die es ihr gestattete, ohne Gesichtsverlust ihre Bitte vorzutragen.

Die Dame am Empfang lächelte sie an, musterte aber gleichzeitig abschätzend ihre Garderobe, die nicht der neuesten Mode entsprach.

»Bonjour. Was kann ich für Sie tun?«

»Bonjour. Mein Name ist Gala Éluard. Ich bin hier mit Charles de Noailles verabredet.«

Die Dame senkte den Blick, strich eine blonde Haarsträhne hinter das Ohr, sah in das Reservierungsbuch. »Ja, der Vicomte de Noailles«, sagte sie verbindlich. »Er erwartet Sie bereits. Bitte folgen Sie mir, ich bringe Sie zum Tisch.«

Dann machte sie eine einladende Geste, drehte sich dabei elegant auf dem Absatz um und schritt vor ihr unter grünen Palmenwedeln hindurch über den gemusterten Teppich.

Gala kam sich wie eine Dienstmagd vor, die ihr folgte.

Plötzlich packte sie der Neid. Diese Dame führte sicherlich ein Leben ohne nennenswerte Erschütterungen oder Überraschungen. Aber noch bevor sie den Tisch erreichten, gelangte Gala zu der Erkenntnis, dass sie genau so ein Leben mit Paul geführt hatte und dass sie sich bewusst dagegen entschieden hatte. Das hässliche Gefühl verflog ebenso schnell, wie es über sie gekommen war, und als die Dame freundlich zur Seite trat und der Vicomte sich von seinem Stuhl erhob, gelang ihr sogar ein Lächeln.

»Gala«, begrüßte Charles de Noailles sie. »Sehr schön, Sie wieder einmal in Paris begrüßen zu können, wir haben uns ja eine Ewigkeit nicht gesehen. Wie geht es Ihnen? Was macht Dalí?« Er musterte sie. »Ich hoffe, der Maestro kommt zum Malen. Denn so ganz unter uns, ich bin schon mächtig gespannt auf meine neueste Investition.«

Gala wollte ihm antworten, doch seine Aufmerksamkeit

richtete sich jetzt auf einen Kellner im schwarzen Frack, der wie ein dunkler Schatten am Tisch erschienen war. »Bringen Sie uns eine Flasche Champagner, denselben wie immer. Merci.«

Der Kellner entfernte sich lautlos, und der Vicomte schlug ein Bein über das andere, während er eine Packung Zigaretten aus der Hosentasche zog. Er bot Gala eine an, die sie zögernd nahm, reichte ihr danach Feuer und zündete sich selbst eine an. Dann lehnte er sich lässig zurück.

»Wo waren wir stehengeblieben? Ach ja, Dalí.«

»Salvador malt jeden Tag. Sie kennen ihn ja, da funktioniert er wie ein Uhrwerk. Soweit ich das mitbekomme, hat er auch schon mit Ihrem Bild begonnen«, log sie und wusste, dass sie sich mit der Behauptung ziemlich weit aus der Deckung wagte, denn bisher gab es noch nicht einmal eine Idee dafür. Eine Frage zum Inhalt des Bildes würde ausreichen, sie in arge Bedrängnis zu bringen. Aber irgendwie erhoffte sie sich, so beim Vicomte für mehr Wohlwollen zu sorgen.

Ihr Gespräch wurde erneut unterbrochen, denn jetzt servierte der Kellner den Champagner in einem Eiskühler zusammen mit zwei Gläsern. Er ließ den Korken knallen und stellte die Flache auf den Tisch. Diesmal kam Gala die Pause nicht ungelegen, zumal sich Charles de Noailles anschickte, die Gläser selbst zu befüllen. Sie löschte ihre Zigarette im Aschenbecher. Anschließend prosteten sie sich zu.

Der Champagner war perfekt gekühlt und auf eine angenehme Art blumig. Er prickelte auf der Zunge.

Der Vicomte stellte sein Glas ab und sah sie fragend an.

»Warum wollten Sie mich treffen, Gala?«

Plötzlich erfasste sie eine ungeheure Anspannung, die eigentlich keine Aufregung mehr war, sondern schon eher einer Panik ähnelte. In ihrem Kopf herrschte völliges Durcheinander, und es fiel ihr schwer, sich an den Grund zu erinnern, warum sie überhaupt um ein Treffen mit Charles gebeten hatte.

Du hättest den Champagner nicht trinken sollen, schalt sie sich, du brauchst einen klaren Kopf und hast heute noch nichts gegessen.

»Hören Sie«, sagte sie, angestrengt darum bemüht, ihre Gedanken zu ordnen. »Ich muss Ihnen nicht sagen, wie dankbar und wie verpflichtet wir Ihnen sind, dass Sie Dalís Kunst dieses hohe Maß an Aufmerksamkeit widmen, sowie Ihre finanzielle Bereitschaft, regelmäßig Werke von ihm zu erwerben.« Gala machte eine kurze Pause. »Und Sie wissen, Vicomte, wir – Salvador und ich – haben Sie noch nie um etwas gebeten und werden Sie auch nie wieder um etwas bitten.«

Sie bemerkte einen Funken von Unwillen, der kurz in seinen Augen aufblitzte, und die Art und Weise, wie er die Zigarette ausdrückte, verriet ihr seine Ungeduld. Trotzdem lächelte sie ihn weiter freundlich an, den Drang unterdrückend, nach seiner Hand zu greifen, damit er nicht aufstand und wegging.

»Aber nach dem unerwarteten Bankrott der Galerie Goemans stehen wir nicht nur ohne die uns zustehenden

Einnahmen da, nein, es ergibt sich darüber hinaus ein viel schwerwiegenderes Problem, nämlich, dass Salvador Dalí ohne eine Galerie mit seinen Kunstwerken nicht mehr sichtbar ist. Charles, wir beide wissen …« Erschrocken nahm sie zur Kenntnis, dass sie im Eifer des Gesprächs den Vicomte beim Vornamen angesprochen hatte. Aber jetzt war es für eine Korrektur zu spät, und sie entschloss sich, den Satz einfach zu beenden. »Wir beide wissen, dass Dalí nicht in der Provinz, sondern nur hier in Paris von der Kunstwelt entdeckt und einzig durch sie gefördert werden kann. Die Surrealisten mögen ihren Teil zu seiner Bekanntheit beitragen, aber in erster Linie benötigt Dalí einen fähigen Galeristen.«

Der Vicomte zündete sich eine neue Zigarette an, wortlos ging er über Galas kleine Taktlosigkeit hinweg und betrachtete sie aufmerksam.

Sie ist eine Kriegerin, dachte er respektvoll, aus den unergründlich weiten Steppen Russlands. Dabei wurde ihm bewusst, wie wenig er über dieses Land und die Menschen dort wusste, mal abgesehen von den pathetischen Geschichten, die von den adeligen Exilrussen in den Salons erzählt wurden. Ihm fiel auf, dass Gala im Gegensatz zu diesen nie über ihre Herkunft sprach. Beinahe erschien es ihm, als wäre sie in der Lage, ihre Vergangenheit mit all den Erinnerungen abzustreifen wie eine Schlange ihre Haut.

Umso mehr bewunderte er ihren Mut, den Willen, für das einzustehen, was ihr wichtig war, und jetzt war das nun mal ihre Hingabe an Salvador Dalí und sein Werk.

Und diese schöne Frau war sich nicht zu fein, ihn persönlich um Hilfe zu bitten. Er räusperte sich vernehmlich.

»Es ehrt mich sehr, Gala, dass Sie mit Ihrem Anliegen zu mir gekommen sind, und ich kann Ihre Sorge um Salvador Dalí sehr gut nachvollziehen. Aber es ist auch eine Tatsache, dass man in dieser Welt mit seinem Kapital sparsam umgehen muss, um weiterhin Einfluss ausüben zu können und um es letztendlich nicht zu erschöpfen. Aus diesem Grund, und das werden Sie sicher verstehen, kann ich mich nicht um jeden hoffnungsvollen Künstler kümmern, denn dann wäre ich bald nicht mehr in der Lage, überhaupt jemanden zu fördern. Deshalb mache ich von meinem Einfluss auch nur in ausgewählten Fällen Gebrauch.« Er legte die Zigarette im Aschenbecher ab, erhob sich und schenkte ihnen Champagner nach.

Gala schwieg. In ihrem Kopf begann ein dumpfer Schmerz zu pochen.

»Selbstverständlich habe ich mich gefragt, mit welchem Anliegen Sie heute zu mir kommen«, er stellte die Flasche zurück in den Behälter, das Eis knirschte, »und ich habe deshalb – ich hoffe, Sie entschuldigen mein voreiliges Handeln – einem guten Freund die Arbeiten Dalís gezeigt. Sie werden ihn gleich kennenlernen, ich habe ihn eingeladen. Ach, da kommt er ja …«

Gala drehte den Kopf und bemerkte in Begleitung der Empfangsdame einen hoch aufgeschossenen Mann ungefähr in ihrem Alter. Er schien gerade das Bett verlassen zu haben, denn seine schwarzen halblangen Haare waren ungekämmt, und ein dunkler Dreitagebart bedeckte Kinn und Wangen. Auch das Hemd schien nicht mehr frisch zu sein, von seiner Anzugshose mal ganz abgesehen, denn diese war ein einziger Wirrwarr aus Kniffen und Falten. In seinem Mundwinkel klemmte eine erloschene Zigarette.

»Pierre!«, rief der Vicomte vergnügt und schien sich nicht im Geringsten an dem wenig ansprechenden Aufzug seines Freundes zu stören. Die Männer gaben sich die Hand.

»Bringen Sie uns bitte noch eine Flasche Champagner und ein Glas«, orderte der Vicomte beim Kellner und wandte sich Gala zu. »Pierre, ich darf dir Madame …« Er zögerte einen winzigen Moment, denn natürlich wusste er, dass sie noch mit Paul Éluard verheiratet war, doch er wollte die Sache nicht komplizierter machen, als sie ohnehin schon war. »Gala Dalí vorstellen. Sie ist extra nach Paris gereist, um dich heute hier zu treffen. Gala, das ist Monsieur Pierre Colle.«

Colle legte seine Zigarette ab, nahm ihre Hand, verbeugte sich rasch und deutete einen Handkuss an. Dabei musterte er sie interessiert aus seinen braunen Augen.

»Madame, es ist mir eine Ehre«, sagte er und setzte sich auf den Stuhl neben sie. »Ich habe mich wirklich darauf gefreut, Sie kennenzulernen.«

»Danke«, erwiderte sie höflich und fragte sich, was der Vicomte mit diesem Treffen beabsichtigte.

Das Gespräch verstummte, denn der Kellner erschien mit der gewünschten Bestellung und füllte nun selbst die Gläser.

Als hätte Charles de Noailles ihre Gedanken erraten, hob er sein Glas und brachte einen Toast aus.

»Auf eine fruchtbare und für alle Seiten gewinnbringende Zusammenarbeit.«

Diesmal nippte Gala nur am Champagner. Was für eine Zusammenarbeit meinte er, fragte sie sich im Stillen und erhielt sofort die Antwort.

»Monsieur Colle ist in Paris ein bekannter Galerist, und wie ich Ihnen, Gala, gegenüber bereits erwähnt habe, erlaubte ich mir, Pierre meine bescheidene Sammlung von Dalí-Bildern zu zeigen.«

Dieser ungepflegte Mann war also tatsächlich Galerist, ging es Gala durch den Kopf, und sie zögerte einen Moment.

»Sie sehen nicht gerade begeistert aus«, hörte sie Colle sagen. »Um es kurz zu machen«, fuhr er fort. »Bereits 1925 habe ich surrealistische Malerei in meiner Galerie ausgestellt. Da Salvador Dalí ebenfalls den Surrealisten angehört, nehme ich an, dass Sie mit den Werken von Arp, Klee, Picasso, Ernst und Man Ray vertraut sind?«

Gala nickte.

»Gut. Als der Vicomte mir die Bilder von Dalí zeigte, wurde mir schnell klar, dass er«, er legte eine Hand auf die Brust, »mit Verlaub Madame, noch einmal eine Klasse für sich ist. Aber ich denke, das wissen Sie.«

Colle stürzte den Inhalt seines Champagnerglases hinunter, als müsste er sich für das, was er nun sagen wollte, Mut antrinken.

»Ich möchte unbedingt eine Ausstellung mit Dalís Bildern machen. Aber nicht so schnell, verstehen Sie mich?

Dalí verdient eine Aufmerksamkeit, die weit über die Grenzen Frankreichs hinausreichen muss. Aber das benötigt Zeit für die Vorbereitung.« Colle legte die Hände aneinander. »Ich kann Ihnen hier und heute einen Ausstellungstermin für das nächste Jahr im Juni anbieten. Was sagen Sie?«

Gala blickte zum Vicomte hinüber, der sie erwartungsvoll anschaute.

»Eine Ausstellung für Dalí im kommenden Jahr in einer der einflussreichsten Pariser Galerien. Das nenne ich einen Erfolg«, stellte er zufrieden fest und hob sein Glas an die Lippen.

Oder es ist das Ende, dachte Gala bestürzt. Erst nächstes Jahr im Juni! Wovon sollten sie bis dahin leben? Aber sie ließ sich nichts anmerken, sondern hob ebenfalls ihr Glas, nickte zuerst dem Vicomte und dann Colle zu. »Mein Mann wird sehr erfreut sein, wenn ich ihm die Nachricht überbringe«, sagte sie und setzte ihr charmantestes Lächeln auf.

»Sehr schön«, sagte der Galerist. »Richten Sie Salvador Dalí Grüße von mir aus, und ich würde mich geehrt fühlen, wenn er der Galerie schon zuvor einmal einen Besuch abstatten würde.«

Colle wandte sich nun dem Vicomte zu, und Gala spürte, wie ihre aufgesetzte Gelassenheit Risse bekam. Dieser Vormittag hatte ihr und Salvador einen Teilerfolg beschert. Keinen unerheblichen, und sie wollte die Bemühungen von Charles de Noailles und das Angebot von Colle auf keinen Fall geringschätzen. Aber jetzt wurde es Zeit für sie zu gehen. Mehr konnte sie an dieser Stelle nicht erreichen.

Sie musste über ihren anderen Plan nachdenken, und dafür wollte sie auf dem schnellsten Weg zurück ins Hotel, in ihr Zimmer, wo sie die Tür hinter sich verriegeln und in Ruhe die nächsten Schritte überlegen konnte.

KAPITEL 27

Cadaqués / Port Lligat, 1930

Die Tage ohne Gala schlichen dahin. Am Anfang hatte Salvador das Alleinsein genossen, aber jetzt ertappte er sich bei einem Gefühl, dass er bisher nicht kannte – Einsamkeit.

Er konnte sich kaum seiner Malerei widmen. Ständig stand er von der Staffelei auf, trank einen Schluck Wein, aß ein wenig Brot und schaute aufs Meer hinaus. Wenn die Dämmerung heraufzog und sich bläuliche Schatten auf die Felsen legten, lief er ruhelos den schmalen Pfad oberhalb der Bucht entlang, bis er sich an der Friedhofsmauer von Cadaqués wiederfand, wo er, von der Sehnsucht nach Geborgenheit getrieben, wieder umdrehte und nach Hause lief.

Er vermisste Gala.

Ihm fehlte ihre Gegenwart, ihr ständiges Aufräumen, ihr Wispern beim Kartenlegen und ihre gemeinsamen Gespräche über die Inhalte seiner Bilder. Ihm fehlte seine Frau, auch wenn sie auf dem Papier immer noch dem anderen gehörte.

»Salvador!« Lydias Stimme hallte durch die Bucht. »Bist du da?«

Ihm wurde bewusst, wie er dabei gewesen war, eine

Spinne zu beobachten, die sich anschickte, zwischen dem Fensterbrett und der Scheibe ein Netz zu bauen.

»Ja!«, rief er zurück. »Ich bin hier.«

»Komm her, ich habe dir was Feines mitgebracht.«

Mühsam erhob er sich, ging zur Tür hinaus und stieg in die Bucht hinab.

»Schau sie dir an«, sagte Lydia, die neben einem der Boote stand und über ihr ganzes pausbäckiges Gesicht strahlte. »Diese Äpfel. Wie schön sie sind, prall und rund und dabei nicht mal giftig. Und weißt du, warum? Weißt du, warum, Salvador? Weil ich keine Hexe bin.« Sie spuckte aus. »Egal, was die Leute sagen.« Lydia lachte laut auf. »Nimm dir, so viele du willst, Salvador. Hab sie in den wilden Gärten gepflückt.«

Er hob anerkennend die Augenbrauen. »Die Frucht aus dem Paradies«, sagte er und angelte nach einem leuchtend roten Apfel. Dann biss er so kräftig hinein, dass der Saft nach allen Seiten spritzte, und bemerkte: »Adam kann es nicht besser geschmeckt haben.«

»Aber ich bin keine Eva«, sagte Lydia ausgelassen lachend. »Bin ich nicht!«

»Nein, bist du nicht«, bestätigte Salvador, froh über die unerwartete Ablenkung, die sich ihm mit ihrem Besuch bot. »Jeder hier weiß, dass du Lydia bist, die fest Verwurzelte. La Ben Plantada!«

Er nahm sich einen weiteren Apfel. Von einer plötzlichen Eingebung getrieben, setzte er ihn sich auf den Kopf. Dann beugte er das linke Knie und stellte das rechte Bein in einem langen Schritt nach hinten aus.

»Schau, Lydia. Ich bin jetzt Wilhelm Tell.«

»Die kenne ich«, behauptete Lydia. »Wilhelm wohnt in Barcelona und Tell in Girona. Im letzten Sommer …«

Aber Salvador hörte nicht mehr hin. Vielmehr betrachtete er interessiert sein Schattenbild, das die Sonne auf den Sand warf. Und obwohl sein Knie und die Hüfte anfingen zu schmerzen, zwang er sich, die kraftraubende Position noch einen Augenblick zu halten.

Was für ein Thema, ging es ihm durch den Kopf. Wilhelm Tell! Schillers Drama über die Freiheit! Der Mann mit der Armbrust, der zu den Knechten des Vogts sagte: ›Ihr seid keine Knechte mehr, ab heute seid ihr freie Männer.‹ Sagten das die Fischer nicht auch über ihn, den Sohn des wohlhabenden Notars, der das Haus seines Vaters verließ, um als freier Mann zu leben?

Was für eine Bildidee!

Seine Oberschenkel zitterten inzwischen unter der ungewöhnlichen Belastung, und er konnte die Position nicht länger halten. Beim Versuch, das rechte Bein anzuziehen, verlor er das Gleichgewicht und fiel mit einem Aufschrei um.

Staub wallte auf, er hustete, und Lydia, die nicht wissen konnte, was in seinem Kopf vor sich gegangen war, kicherte albern los.

Salvador rappelte sich auf und wischte sich den Sand von den klebrigen Händen.

»Ich werde meinen Wilhelm Tell mit Krücken stützen«, sagte er zu Lydia, drehte sich um und eilte zurück ins Atelier, wo er sofort zu zeichnen begann.

KAPITEL 28

Paris, 1930

Es war die Kühle nach dem Regen, die Gala weckte. Sie strich ihr übers Gesicht, über ihren Nacken und ließ sie frösteln.

Sie schlug die Augen auf, das Fenster stand immer noch offen. Sie hatte es geöffnet, weil sie nach ihrer Rückkehr die Luft im Zimmer stickig und abgestanden gefunden hatte.

Der Blick auf die Armbanduhr verriet ihr, dass es kurz nach drei Uhr am Nachmittag war.

Sie erhob sich und zupfte den Rock zurecht. Im linken oberen Fensterwinkel entschwand soeben eine dunkle Wolkenbank über einem Dachgiebel, und die Sonne war hervorgekommen, um Paris in ein kreidiges Sommerlicht zu tauchen.

Gala wollte das Fenster schließen, als sie die Melodie einer Flöte vernahm. Interessiert beugte sie sich hinaus und sah zu ihrem Erstaunen einen Ziegenhirten, der in Begleitung seiner Tiere durch die Straße lief. Im Wohnhaus gegenüber öffnete sich die Eingangstür, und eine Frau trat heraus, in der Hand hielt sie einen Topf. Der Ziegenhirt schaute sich um, wählte eine der Milchziegen aus und melkte sie direkt in den Topf, während sein Hund, ein schwarzes zottiges Tier, die anderen Ziegen umkreiste und auf dem Gehweg zusammendrängte. Die Tiere meckerten und drehten die Köpfe. Als der Ziegenhirt fertig war, nahm die Frau den Topf entgegen, reichte ihm das Kleingeld, und der Mann zog weiter mit seinen Tieren, während er die Melodie mit seiner Flöte wieder aufnahm.

Gala schaute ihm nach, bis er hinter der nächsten Hausecke verschwunden war, dann schloss sie nachdenklich das Fenster.

Der Szene, die sie soeben beobachtet hatte, haftete etwas so Ursprüngliches, Archaisches an, dass sie sofort an Port Lligat denken musste. An ihr Leben zwischen Klippen und Meer in der kleinen Hütte am Strand, und an Salvador.

Ihre Robinsonade am Ende der Welt.

Plötzlich übermannte sie das Heimweh, ein Kloß schnürte ihr die Kehle zu, und heiße Tränen schossen ihr in die Augen.

Lass es mich schnell erledigen, dachte sie und hob das Ende der mit Stroh gefüllten Matratze hoch, um die kleine Schatulle, die sie darunter versteckt hielt, an sich zu nehmen.

Sie legte eine Perlenkette heraus und ließ sie durch die Finger gleiten, auch zwei Ringe und eine Brosche befanden sich in dem mit schwarzem Samt ausgeschlagenen Kästchen und glitzerten schwach. Diese Stücke, die sie von Salvador unbemerkt eingepackt hatte, waren wertvoll. Wenn es ihr gelänge, sie zu versetzen, könnten sie sich eine Zeit von dem Erlös über Wasser halten.

Sie überlegte, wann ihr Paul diese Kette eigentlich geschenkt hatte. Ja, es war damals nach Céciles Geburt gewesen.

Im Mai 1918, im letzten Kriegsjahr.

Die Deutschen bombardierten Paris, und ihre Tochter blieb bis zum Kriegsende bei der Tante auf dem Land, wo es sicherer war. Wenn sie Gelegenheit dazu hatte, fuhr Gala dorthin, und Paul konnte sich durch die Geburt seiner Tochter in die Nähe seiner Familie versetzen lassen. Aber all die mütterlichen Gesten lagen ihr nicht, obwohl sie es immer wieder versuchte, und als Paul wegen eines Lungenspitzenkatarrhs vom aktiven Wehrdienst ausgemustert wurde, beschlossen sie, Cécile behütet bei ihrer Großmutter und der Tante zu lassen und ihr Leben in Paris fortzusetzen. Damals hatte sie ausschließlich für Paul gelebt, für ihn und seine Gedichte …

Paul.

Sie fuhr sich mit dem Zeigefinger über die Unterlippe. Was sprach dagegen, ihn aufzusuchen und mit ihm über ihr Geldproblem zu sprechen? Höchstens Salvadors von Eifersucht getriebene Einwände. Aber Salvador war nicht in Paris und musste nichts von dem Treffen erfahren.

Gala strich sich eine widerspenstige Haarsträhne hinters Ohr, legte die Perlen zurück und ließ die Schatulle vorsichtig in ihre Handtasche gleiten.

Was würde es ändern, Paul zu fragen?

Nichts!

Wenn er ablehnte, blieb ihr immer noch das Pfandhaus.

Die Stimme des Taxifahrers drang aus weiter Ferne an ihr Ohr.

»Entschuldigung, was haben Sie gesagt?«

»Da vorn könnte es einen Unfall gegeben haben. Ein Teil der Straße scheint gesperrt zu sein. Wünschen Sie, dass wir eine andere Route nehmen?«, fragte er, ohne sie anzusehen.

»Nein, behalten Sie diese Route bei.«

Ein schwarzer Peugeot stand quer auf der Kreuzung, die Motorhaube und das Radblech waren stark zerbeult. Ihm gegenüber stand eine Droschke mit einer zersplitterten Deichsel, der Leichnam des Pferdes war mit einer Decke abgedeckt. Unter dem Stoff, rau und derb, zeichnete sich das Hinterteil des Tieres ab. Der übrige Körper lag in einer dunklen Lache.

»Mein Gott«, flüsterte Gala erschüttert. »Das arme Tier.«

»Was wollen Sie, die Zeit der Pferdekutschen ist vorbei«, bemerkte der Fahrer kalt nach einem kurzen Seitenblick auf das Geschehen. »Die Dinger haben auf der Straße nichts mehr verloren. Gefährden nur den Verkehr. Sieht man ja, wohin das führt.«

Gala musterte ihn befremdet. Die Chauffeurmütze ruhte auf einem vorbildlich ausrasierten Nacken, der in ausladende Schultern überging. Warum klang er so herzlos?

Sie wandte angewidert den Blick von ihm ab und fragte sich, wie Salvador auf das tote Pferd reagiert hätte. Wahrscheinlich wäre es ihm in den Sinn gekommen, den Wagen sofort anhalten zu lassen, und nichts in der Welt hätte ihn davon abhalten können, mit einem Stück Papier und Zeichenkohle in der Hand auf die andere Straßenseite hinüberzulaufen, um den Kadaver zu skizzieren. Es wäre ihm zuzutrauen, dass er sich neben dem toten Tier auf das Straßenpflaster kniete, um die graue Decke zur Seite zu schlagen und eine bessere Sicht zu erhalten. Möglicherweise wäre ein Polizist dazugekommen und hätte Kraft seiner Autorität den Versuch unternommen, ihn daran zu hindern, worauf Salvador ihn wohl erzürnt zur Seite gestoßen hätte, um die begonnene Zeichnung beenden zu können.

Die Vorstellung zauberte ihr ein Lächeln ins Gesicht. Längst war sie zu der Erkenntnis gelangt, dass die eigenartige Faszination von Tod und Verwesung in Salvadors Welt einen Stellenwert einnahm, der nicht alltäglich war. Sie fand in zahlreichen Bildern ihren Ausdruck und wurde jedes Mal von ihm in einer Akribie und Genauigkeit ausformuliert, dass Gala es bisweilen schon beängstigend fand.

Der Motor heulte auf. Der Stau löste sich auf, und das Taxi beschleunigte.

Gala überlegte, dass für Salvadors Faszination wohl der Tod des älteren Bruders der Auslöser sein musste, denn sie konnte sich an ein Gespräch erinnern, in dem er ihr erzählt hatte, dass er sich schon als Kind den Bruder in einem Sarg vorgestellt hatte.

Gala schüttelte energisch den Kopf, um das grausame Bild wieder loszuwerden.

Was den Umgang mit dem Tod anging, da waren ihr die Karten schon bedeutend lieber. Im Tarot symbolisierte diese Karte nicht unbedingt das physische Ableben eines Menschen. Vielmehr stand der Tod hier für Neuanfang oder für die Beendigung einer Lebenskrise. Sie seufzte. Sie fand diesen Gedanken tröstlich.

Das Taxi fuhr an den rechten Straßenrand. »Wir sind da, Madame«, sagte der Fahrer. »Rue Becquerel.«

Gala beugte sich vor, schaute die Fassade bis zur Wohnung hinauf. Alle Fenster waren geschlossen.

Möglicherweise ist Paul gar nicht zu Hause, ging es ihr durch den Kopf.

»Bitte warten Sie einen Moment«, sagte sie und griff nach dem Riegel für die Wagentür. Sie wollte ihn gerade betätigen, als die schwere Pforte des Wohnhauses geöffnet wurde.

Gala erstarrte in der Bewegung.

Eine junge Frau trat auf die Straße, dicht gefolgt von Paul. Es war nicht die blonde Deutsche, von der Breton ihr in seinen Briefen berichtet hatte. Diese hier war eindeutig Französin, schlank, elegant gekleidet, ein Gesicht wie eine Madonna, umrahmt von schwarzen lockigen Haaren. Voller Geist und Anmut.

Ein bisschen sieht sie mir ähnlich, dachte Gala giftig und verwarf den Gedanken sofort wieder.

Die beiden liefen eng umschlungen dicht an ihrem Taxi vorbei, bemerkten sie aber hinter der Scheibe nicht.

Wie sollten sie auch? Sie waren ja viel zu sehr mit sich selbst beschäftigt. Sie sah, wie Paul ihr etwas ins Ohr flüsterte, vielleicht scherzte er, denn sie lachte fröhlich auf. Gala bemerkte den versonnenen Ausdruck auf seinem Gesicht, wie er liebevoll den Arm um ihre schmalen Schultern legte und zärtlich ihr Haar küsste.

Ihre Finger lösten sich vom Riegel, als hätte sie sich daran verbrannt.

Hier war kein Platz mehr für sie.

Ohne zu zögern, rutschte sie zurück in die Mitte der Sitzbank.

»Ich habe es mir anders überlegt«, sagte sie mit Bestimmtheit. »Bitte bringen Sie mich in die Rue de Francs Bourgeois 45.«

Der Fahrer startete den Wagen.

»Wie Sie wünschen, Madame.«

»Danke, der Rest ist für Sie.«

Gala wartete geduldig, bis das Taxi davonfuhr. Sie hatte dem Fahrer absichtlich eine falsche Hausnummer genannt, denn es war ihr äußerst wichtig, dass niemand erfuhr, welchem Gebäude ihr Besuch galt. Als der Wagen aus ihrem Blickfeld verschwunden war, rückte sie entschlossen den Riemen ihrer Handtasche zurecht und lief los.

Sie musste nicht weit gehen.

Schon bald erreichte sie die Crédit Municipal de Paris, das älteste Pfandhaus Frankreichs. Auf beiden Seiten der Durchfahrt, die zu einem Innenhof mit Springbrunnen führte und zur Straße hin von einem roten Portal gesichert wurde, war der Wahlspruch der Französischen Republik in die brüchige Fassade des Stadtpalais gemeißelt:

LIBERTÉ, ÉGALITÉ, FRATERNITÉ.

Freiheit, Gleichheit, Brüderlichkeit.

Schöne und gewichtige Worte, dachte Gala, nur gehörten sie nicht unbedingt auf die Wände eines Pfandhauses. Denn was blieb dem Schuldner von der Freiheit, Gleichheit, Brüderlichkeit, wenn er oder sie das Letzte, was sie besaßen, hierhin trugen, für ein paar schnelle Münzen oder abgegriffene Geldscheine, und sie sich dadurch noch tiefer in Abhängigkeiten begaben?

Gala wandte den Blick ab. Dieser Ort kam ihr mit einem Mal nicht nur geschmacklos und schäbig vor, sondern schlichtweg unerträglich. Aber vielleicht lag es auch nur an ihrer aktuellen Stimmung, an der Enttäuschung der letzten Tage, dass sie gezwungen wurde, überhaupt einen Ort wie diesen aufsuchen zu müssen, um überleben zu können.

Mit schnellen Schritten durchmaß sie die Einfahrt und gelangte seitlich zwischen einer Säulenreihe hindurch in die Schalterhalle. Ihr war unbehaglich zumute.

Ob es davon kam, dass sie sich wie eine Bittstellerin in eine lange Warteschlange einreihen musste, oder ob das Unbehagen durch den Kontrast ihres Anliegens zu dem fürstlich ausgestatteten Raum um sie herum ausgelöst wurde, konnte sie nicht sagen.

Breite Goldleisten, verschnörkelter Stuck an der Decke, aufwendig gerahmte Schlachtengemälde unter Kristalllüstern und lindgrün bezogene Stoffwände umgaben sie. Wenn sie in der Reihe vorrückte, knarrte der Parkettboden unter ihren Sohlen leise, und seitlich glitzerten in mannshohen Vitrinen Schmuckstücke und mit Goldmotiven verziertes Tafelgeschirr. Aus den Augenwinkeln bemerkte Gala einige gut betuchte Pariserinnen, die sich aufgeregt vor den Glaskästen drängten, bestrebt, später bei der Auktion ein besonderes Stück zu einem günstigen Preis zu ergattern.

Gala bemühte sich, ihr Unwohlsein vor diesen Frauen und sogar vor sich selbst zu verbergen. Sie schluckte und starrte auf ihre Handtasche.

»Bonjour Madame, was kann ich für Sie tun?«

Überrascht schaute sie auf. Unmerklich hatte sie sich dem Schalter genähert, hinter dem eine kleine grauhaarige Dame saß und sie durch dicke Brillengläser ungeduldig musterte.

Gala zögerte, dann öffnete sie die Handtasche, nahm die Schatulle heraus und stellte sie vor sich auf den Tresen.

»Ich möchte diesen Schmuck in die Pfandleihe geben.«

Das Mienenspiel der Frau änderte sich nicht. Gelangweilt griff sie nach der Schatulle und zog sie zu sich heran. Erst als sie den Deckel geöffnet hatte, änderte sich ihr Gesichtsausdruck ein wenig.

»Sehr schön«, sagte sie knapp und schloss die Schatulle wieder, schob sie zu ihr zurück. »Madame, warten Sie bitte hier, bis ich unseren Gutachter verständigt habe.«

»Wie lange wird das dauern?«

Die Frau ignorierte ihre Frage und deutete auf eine Ecke im Raum, wo mehrere Stühle standen.

»Bitte nehmen Sie dort Platz, Monsieur Baugé wird sich weiter um Sie kümmern.«

Gala setzte sich nicht, sondern lief zwischen den Säulen auf und ab, weitgehend geschützt vor den neugierigen Blicken der Auktionsbesucher.

Der Gutachter ließ auf sich warten, und um sich abzulenken, versuchte sie, sich vorzustellen, wie sie später einmal diese Szene im Pfandhaus als Satire schildern würde.

Dabei stieg tiefer Groll in ihr auf. Vielleicht, weil sie, eine einst wohlhabende, stolze Frau, ihre Zeit mit dem Warten auf einen Gutachter im Pfandhaus zubrachte oder weil es das erste Mal in ihrem Leben war, dass sie diese Dienste in Anspruch nehmen musste. Sie wusste es nicht.

Nach einer Ewigkeit erschien ein kleiner Mann in einem Anzug mit Ärmelschonern. Offensichtlich befriedigt von ihrer Demütigung, begrüßte er sie mit ausgesuchter Höflichkeit. Das rote ausgemergelte Gesicht, in dem die hervorstehenden wässrig blauen Augen noch das Auffälligste waren, wurde von einem schmutzig gelben Vollbart dominiert. Ein Monokel baumelte an einem Goldkettchen am Revers. Er führte sie in einen Nebenraum, der der Halle an Prunk in Nichts nachstand.

Mitten im Zimmer thronte ein massiver Holztisch, zu dem zwei Sessel gehörten, die sich gegenüberstanden. An der Wand erhob sich ein offener Marmorkamin, dessen Öffnung jetzt im Sommer mit einem goldenen Metallgitter verstellt war.

»Gestatten Sie«, hörte Gala Baugé sagen, der soeben einen der Sessel für sie zurechtrückte.

»Danke.«

Dann ging er um den Tisch herum und setzte sich ebenfalls.

Wieder schnappte der Verschluss ihrer Handtasche auf, und vorsichtig reichte sie die Schatulle über den Tisch.

Der Mann stellte sie vor sich ab, klappte den Deckel auf und griff geschäftsmäßig nach einer Lupe, die neben ihm auf einem Deckchen lag, um sie sich vor das Auge zu klemmen.

Gala vernahm das leise mechanische Ticken der Uhr und das Rasseln der Bronchien von Baugé, wenn er gierig Luft in die Lungen sog.

Baugé ließ sich bei der Beurteilung des Schmuckes Zeit. Sie konnte seiner Miene nicht entnehmen, was er über den Wert der einzelnen Stücke dachte. Um das Warten zu überbrücken, versuchte sie, die Arten von Edelsteinen zu erraten, die in der Kaminuhr verarbeitet worden waren. Aber rasch musste sie feststellen, dass sie die Steine weder in der Form noch Farbe sicher zuordnen konnte, was wieder ein Gefühl des Unbehagens in ihr aufsteigen ließ.

Sie kaute nervös auf der Unterlippe, als Baugé ruckartig den Kopf hob und die Lupe aus dem Auge nahm.

»Sie sind mit den Statuten unseres Hauses in Bezug auf das Leih- und Pfandgeschäft vertraut?«, fragte er, wobei er offenließ, ob er die Stücke überhaupt beleihen wollte.

Gala schüttelte zaghaft den Kopf. »Bisher war ein solcher Schritt für mich nicht notwendig.«

Er blickte sie an, und sie glaubte in den trüben Augen so etwas wie Herablassung zu erkennen. »Die von Ihnen für die Transaktion vorgeschlagenen Gegenstände sind in einem hervorragenden Originalzustand. Keine Beschädigungen, keine billigen Ersatzreparaturen. Madame, aber im Moment werden uns eine Vielzahl solcher Stücke angeboten, so dass wir Ihnen dafür nur ein geringeres Pfand als üblich anbieten können.« Er nannte ihr einen Betrag, der zwar nicht ganz der Höhe entsprach, die sie erwartet hatte, mit dem sie aber notgedrungen vorliebnehmen musste.

Erleichtert darüber, dass er überhaupt bereit war, den Schmuck zu beleihen, stimmte Gala zu.

»Gut. Der Betrag wird Ihnen unmittelbar im Anschluss an der Kasse ausbezahlt. Die Transaktionsdauer beträgt ein halbes Jahr.«

Baugé bemerkte, wie Gala blass wurde.

Das ist viel zu früh, dachte sie bestürzt.

Unbeirrt fuhr er fort: »Sollten Sie nach einem halben Jahr den Leihbetrag, plus die von uns vereinbarten Zinsen, nicht aufbringen können, besteht die Möglichkeit, die Transaktion gegen eine Gebührenzahlung um weitere sechs Monate zu verlängern. Jedoch spätestens dann ist die Rückzahlung aller anfallenden Kosten zu begleichen.«

Das war nächstes Jahr im Juni, unmittelbar nach Salvadors Ausstellung, überschlug sie rasch im Kopf.

»Wenn Sie nicht zahlen«, er machte eine bedeutungsvolle Pause und lehnte sich zurück, »wandert der Schmuck in die Auktion.«

Baugé senkte den Blick, und einen Moment lang starrte er beifällig und mit angespannter Miene auf den Tisch, als wollte er sich noch einmal vergewissern, ob die Stücke auch das hielten, was sie versprachen.

»Sind Sie mit den Konditionen einverstanden?«

»Ja.«

Sie sah mit an, wie Baugé sorgfältig ein Formular ausfüllte, das sie berechtigte, an der Kasse den ausgewiesenen Betrag einzufordern. Plötzlich fragte sie sich, was der Mann wohl über sie denken mochte.

Sie betrachtete ihn, wie er, die Augen zu schmalen Schlitzen zusammengekniffen, abschätzend durch sein Monokel linste, und wurde sich bewusst, dass es ihr einerlei war, was Baugé von ihr dachte, wenn nun einmal Salvadors und ihr Schicksal davon abhing. Sie betrachtete das Geld als notwendige Investition in die Zukunft. Nicht mehr und nicht weniger.

Er legte den Füllfederhalter zur Seite und reichte ihr den Beleg, zusammen mit der leeren Schatulle.

Gala warf einen schnellen Blick auf die winzige, akkurate Schrift. Der Betrag stimmte exakt mit dem überein, was sie vereinbart hatten. Sie faltete den Zettel zusammen und erhob sich mit der ihr eigenen Anmut. Baugé tat es ihr gleich.

»Au revoir, Madame«, sagte er, die Hände auf die Tischkante gestützt, während er eine leichte Verbeugung andeutete.

»Au revoir«, antwortete sie mit einem gezwungenen Lächeln, den Mund leicht verkniffen.

Als sie in Richtung Tür ging, atmete sie tief durch.

Soeben hatte sie für Salvador und für sich ein ganzes Jahr kostbare Zeit erkauft.

KAPITEL 29

Cadaqués / Port Lligat 1930

Gala stieg aus dem Zug. Die klare, salzige Luft, die wie ein kühler Fächer vom Meer herüberwehte, legte sich auf ihr Gesicht. Der Bahnhof schien aus goldenem Stein gemeißelt zu sein, wie auch Salvador, der am Bahnsteig im gleißenden Licht mit weit ausgebreiteten Armen auf sie wartete. Er trug eine helle Leinenhose, eines seiner dunklen Hemden und Espadrilles.

Er stürzte auf sie zu, riss ihr den Koffer aus der Hand, stellte ihn hart auf den Boden und nahm sie in den Arm.

»Galuschka«, flüsterte er und küsste sie auf den Mund.

Noch fehlte ihr die vertraute Nähe, galt es, das Trennende, das längere Abwesenheit unabwendbar mit sich brachte, zu beseitigen.

Aber er strahlte sie an, und seine gute Laune übertrug sich auf sie, denn jetzt, wo Gala wieder da war, wusste er wieder, wer er war und warum er hier stand.

Zum ersten Mal lag vor Gala und Salvador ein katalanischer Sommer, der nur ihnen beiden gehörte.

Auf dem Weg zum Taxi wechselten sie ein paar belanglose Worte, warfen sich aufmunternde Blicke zu. Als sie anschließend in Richtung Stadt fuhren, stellte Gala überrascht fest, dass Cadaqués sowohl provinziell als auch zutiefst vertraut auf sie wirkte. Sie war auf der Rückreise noch so mit den Ereignissen in Paris beschäftigt gewesen, hatte hin und her gerechnet, wie lange sie mit dem Geld auskommen würden, dass sie jetzt überrascht aus dem Fenster blickte und es ihr so vorkam, als reise sie durch ein fremdes Land.

Hätte sie jemand in Paris gefragt, was sie mit dem Anblick der hellen geduckten Häuser der Altstadt und der Menschen hier assoziieren würde, so wären ihr sicher Begriffe wie Rückständigkeit oder Langeweile in den Kopf gekommen.

Aber zu ihrem Erstaunen empfand sie jetzt Behaglichkeit, und als das Taxi an der vertrauten Stelle hielt, dort, wo immer das Ruderboot lag, wenn sie in der Stadt waren, hatte sie plötzlich das herrliche Gefühl, nach Hause zu kommen.

Nachdem sie aus dem Wagen gestiegen war, blieb sie auf den Kieseln stehen und schaute auf die Bucht hinaus, von der sie wusste, dass es Dutzende davon an der Küste gab und dass eine von ihnen ihr Heim beherbergte, vollgestopft mit allem, was sie liebte. Bücherstapel am Boden, Fotos in schmalen Rahmen und bauchige Gläser, in denen sie die schönsten Steine sammelte, die sie am Strand finden konnte.

Und natürlich war da Salvador. Und seine grandiose Kunst.

Beides gab ihr Zuflucht.

»Eine Peseta für deine Gedanken«, sagte Salvador.

»Bitte? Oh, entschuldige.«

»Macht nichts«, sagte er, nahm sie kühn auf den Arm und trug sie hinaus zum Boot. Sie schmiegte sich an seinen Hals, roch seinen Duft.

»Zur Feier deiner Rückkehr wird Lydia heute für dich kochen.«

Seine Stimme klang plötzlich heiser. Er setzte sie im Boot ab.

»Sehr schön«, sagte Gala. »Was gibt's denn?«

Salvador kletterte vor ihr ins Boot und griff nach den Rudern.

Leise klatschte das Wasser gegen die Bordwand.

»Dentón a la marinesca.«

Gala lachte laut auf. Sie spürte, wie befreiend es sich anfühlte und wie froh sie war, wieder hier zu sein, bei ihm.

»Und du bist dir ganz sicher, dass sie das Gericht für *mich* macht?«

Dentón a la marinesca war eines von Salvadors absoluten Lieblingsgerichten, vor allem, wenn Lydia die Meerbrasse zubereitete. Die Katalanen nannten den Fisch auch gern das »Schwein des Meeres«, weil sein Fleisch fett und schmackhaft war. Salvador gab sich ernsthaft, obwohl es in seinen Mundwinkeln zuckte.

»Sie hat mich gefragt, was sie kochen soll, weil du heute heimkommst, und ich habe den Vorschlag gemacht.«

Gala rutschte von der Sitzbank am Heck nach vorne zwischen seine Leinenhosenbeine, richtete sich an ihm auf, küsste ihn und griff zärtlich in seine Haare, die jetzt wieder länger waren.

Sie erkannte in seinen Augen, wie sehr er sie begehrte.

»Aber vorher möchte ich noch schwimmen gehen«, raunte Gala ihm ins Ohr.

Es roch bereits köstlich, als sie nach dem Bad Lydias Küche betraten. Auf einer grob gemauerten Feuerstelle stand eine riesige gusseiserne Pfanne, in der die Köchin gerade in heißem Öl gehackte Zwiebeln und den in Ringe geschnittenen Lauch anbriet. Es knisterte leise.

Lydia trat einen winzigen Schritt zurück. Auch heute trug sie ihr derbes graues Baumwollkleid mit der halblangen Schürze darüber. Um den Kopf hatte sie sich ein blaues Tuch geschlungen. An den Füßen war sie wie immer nackt.

»Setzt euch«, sagte sie, ohne den Blick von der Pfanne zu heben. »Korkenzieher und Besteck liegen auf dem Tisch.«

Salvador nahm auf einem der vier Stühle Platz, die in ihrer Form alle unterschiedlich waren und deren Holz von jahrzehntelangem täglichem Gebrauch silbrig glänzte.

Gala lehnte sich an das Küchenbuffet und betrachtete verzückt die geflochtenen Körbe, die an dicken Holzbalken unter der Decke hingen, angefüllt mit Äpfeln, unterschiedlichem Gemüse, Kartoffeln und getrockneten Kräuterstauden. Auf einem weiß getünchten Mauersims standen braun glasierte Tonkrüge, ein kupferner Kessel und taubenblaue Schalen aus Emaille. Ihr Blick wanderte weiter zum Holzregal unweit der Feuerstelle, auf dem sich kleine Gewürzdosen, eine leere Holzkiste, Kerzen unterschiedlicher Größe, eine rote Kaffeebüchse und ein Stapel

Streichhölzer aneinanderreihten. Die Teller und zwei Tabletts steckten in einem Wandbord neben der Tür.

Gala hörte, wie Salvador zwitschernd den Korken aus dem Flaschenhals entfernte und Lydia die zerkleinerten Tomaten und den in Stücke geschnittenen gewürzten Fisch in die Pfanne gab und mit dem Holzlöffel umrührte.

In diesem Augenblick fühlte sie, dass sie glücklich war.

Hier in dieser Küche, in der Schweigen möglich war, nicht weil die Leute unhöflich zueinander waren oder sich nichts zu sagen hatten, sondern weil jeder mit dem, was er gerade tat, beschäftigt und zufrieden war.

Es zischte, und weißer Dampf stieg auf. Lydia löschte den Inhalt der Pfanne mit Fischbrühe ab und gab anschließend ein kleines Bund aus Karotten, Petersilie, Sellerie, Thymian und Fenchel hinzu, das sie mit einem Faden zusammengebunden hatte.

Lydia brummte zufrieden, während sie den Sud betrachtete, in dem das Gemüse eingetaucht war und der nun leicht vor sich hin köchelte.

»Jetzt fehlt nur noch die Sahne.« Sie stemmte die Hände in die Seiten. »Gala, Liebes, schneide das Brot, und du, Salvador, wo bleibt der Wein? Ich verdurste.«

Zehn Minuten später schlürfte und schmatzte Salvador so laut, als wollte er Lydia damit zeigen, wie gut es ihm schmeckte, und sie registrierte seine Bezeugungen mit Wohlwollen.

»Hast du, als du unterwegs warst, Pablo getroffen?«, fragte sie Gala völlig unvermittelt.

»Pablo? Wen meinst du, Picasso?«

Lydia nickte, und ihre Augen blickten erwartungsvoll.

Gala wusste, dass der Maler schon einmal in Port Lligat die Ferien verbracht hatte. Er hatte ein Zimmer in Lydias Haus gemietet und sich lange mit ihr unterhalten, weil er von ihren Wahrnehmungen und ihrem eigenartig verschobenen Blick auf das Leben fasziniert war.

»Nein, leider, ich habe ihn nicht getroffen, Lydia.«

Kurz verspürte sie den Drang, ihr von den Widersprüchen, den Kümmernissen und der finanziellen Zwangslage in ihrem und Salvadors Leben zu berichten. Aber sie sagte nichts. Keine Worte der Klage oder Wehmut, die Mitleid hervorrufen könnten oder gar Bedauern. Dafür war heute nicht der Tag, und auch in den nächsten Wochen nicht.

Niemals.

»Ich hatte nicht die Zeit für ein Treffen, und auch Pablo war wohl zu beschäftigt«, sagte sie ausweichend.

»Ja, ja. Niemand will glauben, dass ich ›La Ben Plantada‹ bin. Ich kann das verstehen. Picasso hat nicht viel geredet, aber er hatte mich sehr gern; er hätte sein Blut für mich hingegeben. Das könnt ihr glauben oder nicht. Eines Tages sehe ich ihn wieder, vielleicht noch in diesem Sommer.«

Picasso kam in diesem Sommer nicht nach Port Lligat, dafür ermöglichte die schönste Jahreszeit Gala und Salvador, auch wenn sie sich einschränken mussten, ein einfaches und genügsames Leben.

Schnell fanden sie zu einer Routine im Tagesablauf, die sie in den nächsten Monaten bis zu ihrer Abreise im Herbst nach Paris rigoros einhielten.

Sie standen zeitig am Morgen auf, und je nach Wetterlage und Laune malte Salvador im Atelier oder unter freiem Himmel. Gala erledigte indessen die anstehende Korrespondenz, räumte auf und kochte das Mittagessen.

Doch egal, welcher Tätigkeit sie nachging, immer wieder wanderte ihr Blick hinüber zur Staffelei, verfolgte sie den Aufbau der Bildkomposition, die zarten Linien auf den Zeichnungen und den zauberhaften Lichtschmelz der Farben.

Einmal die Woche verließen sie die einsame Bucht, um auf dem Wochenmarkt in Cadaqués einzukaufen. Dabei beschränkten sie sich auf jene Lebensmittel, die ihnen das Meer nicht lieferte. Saftige Pfirsiche, Aprikosen, Salat, Tomaten.

Gern kaufte Gala die spanischen Hartwürste ein, die sie an Haken unter der Decke lagerte. Manchmal erwarb sie auch ein Huhn, aus dem sie eine schmackhafte Suppe zubereitete.

Neuerdings hatten sie es sich zur Gewohnheit gemacht, den Fischern beim Entladen der Boote zur Hand zu gehen.

Meistens war es Gala, die das Segel, das sich der Einfahrt zur Bucht näherte, zuerst erblickte. Da dann Eile vonnöten war, war sie es auch, die zuerst losrannte, dicht gefolgt von Salvador.

Ihre schlanken braunen Beine in den kurzen Shorts hasteten trittsicher über die Steine, und nicht selten kam es vor, dass sie, neben dem Fischerboot angekommen, lachend nach Luft rang, die Hände in die Seite gestemmt und den Oberkörper zurückgeneigt, um Atem zu schöpfen. Und so, mit wildem Haar und kühner Miene, dazu ihre ungezwungene Gelöstheit, fand Salvador sie schlichtweg anbetungswürdig.

»Die schöne Helena von Port Lligat«, nannte er sie dann verliebt, bevor sie sich beide anschickten, die Fischerboote mit auf den Sand zu ziehen.

Anschließend halfen sie mit Keschern, die Sardinen, die sich auf dem Boden des Bootes türmten, in Körbe umzuladen.

Die Fischleiber glitzerten in der Sonne in silbernen, blauen und rosa Tönen.

»Siehst du, wie sie funkeln«, flüsterte Salvador. »Wie Saphire oder blassrote Rubine.«

Gala wusste, dass jeder Korb ungefähr tausend Sardinen enthielt, diese erzielten jeden Morgen einen festen Preis gemäß der Menge des Fanges. Hinterher teilten die Fischer den Erlös unter der Mannschaft auf, wobei der, dem das Boot gehörte, etwas mehr bekam. Anschließend wurden die Sardinen zum Einsalzen in Holzkisten geschüttet, die unten mit Löchern versehen waren, damit die Lake abtropfen konnte. Es dauerte meist nicht einmal eine Stunde, bis die Sardinen entladen waren.

Gala und Salvador erhielten für ihre Hilfe kein Geld, dafür aber eine große Schüssel voll Sardinen und so manchen Beifang, den ihnen die Fischer bereitwillig schenkten.

Wenn mittags dann die Temperaturen bis ins Unerträgliche stiegen, so dass der Strand in der Luft flimmerte und das Meer aus fließendem Kristall zu bestehen schien, verbrachten sie die Siesta im Bett oder liebten sich in einer einsamen Bucht nackt im Schatten der Felsen.

Überhaupt war es der Abgeschiedenheit ihres kleinen Königreiches zu verdanken, dass sie in den umliegenden Buchten tun und lassen konnten, was sie wollten. Und natürlich dem Umstand, dass die Fischer niemals auf die Idee kamen, baden zu gehen, was auch daran lag, dass ein Großteil von ihnen nicht schwimmen konnte.

So entführte Salvador Gala eines Tages zwischen die Klippen, um mit ihr, wie er es nannte, steinbaden zu gehen.

»Was soll das denn sein?«, fragte Gala, die annahm, dass sie sich verhört hatte.

»Lass dich überraschen«, antwortete er und führte sie zu einer Stelle nahe am Ufer, wo eine glatte Felsplatte ein waagerechtes Plateau in den Klippen bildete.

»Leg dich hin«, sagte er und sah sich um.

Gala kicherte. »Auf den Bauch oder auf den Rücken?«, fragte sie keck.

»Warst du noch nie steinbaden?«, erwiderte er schmunzelnd. »Du kannst dich hinlegen, wie du willst.«

Gala legte sich auf den Bauch.

»Aber langsam«, ermahnte Salvador sie.

Zuerst verstand sie nicht, was er meinte. Aber als ihre Schenkel und kurz danach ihr flacher Bauch und ihre Brüste den Felsen berührten, begriff sie es. Das Sonnenlicht, das der Stein gespeichert hatte, gab er jetzt an ihren Körper ab.

Sie war überrascht und hielt die Luft an. Sie benötigte einen Moment, um sich daran zu gewöhnen, doch dann fand sie die Wärme herrlich. Sie sah, wie Salvador sich neben sie setzte und damit begann, kleine flache Stücke von Schieferplatten auf ihrem Rücken, den Lenden, ihrem Po und auf den Schenkeln zu verteilen. Auch ihnen entströmte dieselbe Hitze.

»Siehst du«, sagte er. »Jetzt umgibt dich die heilige Erde des Ampurdán.«

Gala schloss die Augen, spürte der Hitze nach, die mit einem leichten Kribbeln durch die Poren ihrer Haut tief in den Körper zu wandern schien. Wie sie die harten Muskelstränge erreichte, dort Knoten und Verkrampfungen löste, und wie sie anfing, unter ihrem Einfluss ruhiger zu atmen.

Sie hörte, wie Salvador, neben ihr auf dem Rücken liegend, seinen Körper nach und nach ebenfalls mit Steinplatten bedeckte und dann mit einem tiefen Seufzer zuerst hinauf in den azurblauen Himmel sah und dann wohlig die Augen schloss.

Gala lächelte. Es war unglaublich, hier am Ende der Welt erlebte sie das Beste, was das Leben zu bieten hatte, und sie war sich dessen bewusst.

Als nach einer halben Stunde die Wirkung der Steine nachließ, befreiten sie sich von der Last und stiegen nacheinander ins Meer, wo sie sich im klaren Wasser gegenseitig den Staub von der Haut wuschen.

»Ich liebe dich«, flüsterte Salvador eindringlich, und seine Finger strichen über ihren Nacken und die Arme entlang.

»Ich weiß«, sagte sie, um etwas Zeit zu gewinnen, denn

sie wollte erst den Satz bis tief in ihr Herz hinabgleiten lassen.

Seine Hände fanden ihre Brüste.

Sie atmete tief durch, fühlte die Aura ihrer Begehrlichkeit.

Als er sie an der Taille hochhob, überflutete sie eine Welle von Glück, erfüllte sie mit Jubel und flammender Entschlossenheit.

KAPITEL 30

Die Maiskolben, die Lydia zum Trocknen in die Sonne gehängt, und die Weinlese, die im Hinterland begonnen hatte, kündigten vom Ende des Sommers.

Der Herbst hielt endgültig Einzug im Ampurdán. Leichte Nebel schwebten über der vom Morgentau feuchten Landschaft und filterten das sanfte goldene Licht.

»Was machst du?«, fragte Salvador überrascht.

»Wonach sieht es denn aus? Ich packe.«

Gala nahm einen Pullover und legte ihn sorgfältig zusammen. Abwartend verschränkte er die Arme vor der Brust und lehnte sich an den Türrahmen. Gala ließ die Hände sinken und sah ihn über die Schulter hinweg an.

»Liebling, wir hatten uns darauf geeinigt, dass wir im Oktober nach Paris gehen, und es ist müßig, darüber zu diskutieren. Wir wissen beide, dass das Haus für den Winter nicht ausgerüstet ist.«

»Noch nicht!«, entgegnete Salvador widerspenstig.

Sie klappte den Deckel des Koffers zu.

»Was willst du?«

Salvador sah zum Fenster hinaus. Es fiel ihm schwer, hier drinnen zu denken und einen emotionalen Abstand zu den Dingen um ihn her zu bekommen.

»Lass uns ein letztes Mal in die Wälder gehen und Pilze suchen«, schlug er vor.

Gala streifte ihn mit einem Blick und lenkte ein. »Na gut. Dann lass uns gleich aufbrechen. Die Nachmittage sind kurz. Hilfst du mir nachher beim Packen?«

Das Tageslicht verschmolz zwischen den Bäumen zu einem silbrig bläulichen Dunst. Einige Laubbäume boten mit ihrem kupfer- und essigroten Herbstlaub einen prachtvollen, aber dennoch vergänglichen Anblick. Die Luft prickelte, und es roch intensiv nach Kräutern und Pilzen.

»Kannst du dich noch daran erinnern, als wir im Frühjahr in Barcelona waren, um den Scheck vom Vicomte einzulösen?«, fragte Salvador, der einige Schritte vor Gala ging.

Sie blieb stehen. »Ja, allerdings, du hast dich wie ein katalanischer Bauer aufgeführt, weil du dem Bankangestellten den Scheck nicht geben wolltest, damit er ihn einlösen konnte.«

Jetzt hielt auch Salvador in der Bewegung inne und drehte sich zu ihr um. »Ich konnte doch einem wildfremden Mann nicht diesen kostbaren Scheck einfach so überlassen«, widersprach er. »Auch wenn der Kassierer mich beim Namen nannte, ich jedenfalls kannte ihn nicht.«

Gala musste unwillkürlich schmunzeln. Dalí und Geld, das war eine unendliche Geschichte.

»Was wolltest du mir erzählen?«, wechselte sie das Thema.

»Anschließend waren wir noch essen …«, fuhr er fort. »Der Kellner riet mir zu den Pilzen, sie seien vorzüglich, hatte er gesagt.«

»Aber soweit ich mich erinnere, hast du in Champagner eingelegte Täubchen gegessen.«

Salvador hob den Zeigefinger. »Richtig, und weißt du auch, warum?« Er wartete ihre Antwort gar nicht erst ab. »Bevor nicht das milde Herbstwetter Einzug gehalten hat, bin ich unfähig, den Duft und den exquisiten Geschmack von Pilzen zu schätzen. Pilze, Galuschka, sind wie die Blut- und Leberwürste eine ganz und gar herbstliche Angelegenheit – und aus dem Grund sind auch Schweinebauch, weiße Bohnen und die Melancholie eine herbstliche Angelegenheit.«

Salvador ging weiter durch den lichten Kiefernbestand. Unter seiner Schuhsohle zerbrach ein Ast.

»Nenn mich nur einen katalanischen Bauern … In den sogenannten besseren Kreisen weiß man nichts über die wesentlichen Dinge des Lebens.« Er zögerte. »Außer vielleicht, dass sie eine Ahnung haben, was die moderne Kunst betrifft.« Dann setzte er seinen Weg fort. »Aber was die kulinarischen Aspekte betrifft, sind diese Leute Banausen. Ich frage dich, wie kann man Pfirsiche zu Weihnachten essen, Saubohnen im Herbst, Trauben im Februar und getrocknete Feigen im August? Sie sind verrückt! Warum essen sie nicht Produkte, die der Jahreszeit entsprechen? Die frisch sind und im Schoß der Natur Zeit hatten zu reifen?«

Gala blickte ihn an. »Ja, warum?«

»Ich sage es dir, weil es schick und dekadent ist. Und die Zeitungen unterstützen diesen Unsinn noch. Neulich schrieb einer dieser Reporter, dass er im November in einem vornehmen Lokal in Paris Kirschen gegessen hat. Das Stück für einen Franc.«

»Das ist nicht dein Ernst, wirklich ein Franc für eine Kirsche?«

»Wenn ich es dir sage. Wenigstens hat er hinterher zugegeben, dass sie wie Glaskirschen aussahen, überhaupt kein Aroma hatten und nach Eisschrank schmeckten.« Salvador ereiferte sich. »Was für ein Trottel! Wie auch anders? Kirschen gibt es im Mai, nur dann schmecken sie am köstlichsten, das weiß doch jedes Kind.«

Er machte ein paar Schritte und ging dann abrupt in die Knie, scharrte mit einem Ast trockene Nadeln und ein wenig Laub zur Seite, bevor er den Pilz, den er eben entdeckt hatte, mit einem kleinen Messer dicht über dem Boden abschnitt.

Dann schloss er die Augen und roch daran. Deutlich nahm er den aufdringlichen Geruch nach Moder und Fäulnis wahr und eine Spur darunter den zarten Duft des Pilzfleisches.

Er öffnete die Augen wieder, erhob sich und stellte sich mit dem Pilz in der Hand neben Gala »Schau sie dir an, diese Pilze. Wie drollig sie doch aussehen! Die prahlerische Aufgeblasenheit dieser kleinen skurrilen Gebilde erinnert mich an einen Zwerg, der die Dreistigkeit besitzt, das Himmelsgewölbe herauszufordern.«

Salvador kniff die Augen zusammen. »Pilze sind von monströser Gestalt, gleichzeitig aber auch überaus schmackhaft.«

Er drehte den Pilz um und zeigte ihn Gala. »Hast du dir schon einmal die Lamellen an der Unterseite angesehen?«

Sie schüttelte unmerklich den Kopf.

»Was für prächtige, lebendige Ziselierungen. Filigran wie die Himmelskuppel des Petersdoms.« Er schnalzte mit der Zunge. »Doch das Wunderbarste ist ihre geheimnisvolle Farbenvielfalt. Schau her! Die Nuancen und Schattierungen; ihr irisierender Schimmer, ihr violettes Karmin, ihr schwarzblaues Spangrün, ihr moosiges Rostrot und ihre Pastelltöne, eingebettet in eine saftige Fleischigkeit.« Er legte den Pilz in den Korb zu den anderen. »Ein perfektes Stillleben mit Pilzen«, stellte er zufrieden fest.

Gala quirlte die Eier auf und schwenkte die Pilze in der Pfanne. Danach trat sie mit dem Tablett an den Tisch und platzierte die Weingläser, das Besteck und den Korb mit dem Stangenbrot darauf. »Holst du den Wein?«

»Ja, kann ich machen.«

Aber Salvador stand nicht auf, um die Flasche zu holen, sondern starrte weiter auf das Stangenbrot, das mit einem Ende über den Rand des Brotkorbes hinausragte. Schließlich griff er danach und nahm das eine Ende des Brotes in den Mund. Als es von seinem Speichel durchweicht war, drückte er die Spitze nach innen, so dass eine ebene Fläche entstand, auf der er das Brot auf die Tischplatte stellte.

Und es blieb dort stehen!

»Gala, ich habe mein Ei des Kolumbus entdeckt«, rief er begeistert. »Sieh nur. Das Brot Salvador Dalís. Ich habe das Rätsel vom Brot gelöst. Es kann aufrecht stehen, ohne gegessen zu werden.«

Gala zog die Pfannen von der Flamme.

Salvadors Augen glänzten. Er rückte nervös auf seinem Stuhl hin und her. »Es ist das Symbol für Ernährung, und ich werde ihm jetzt einen rein ästhetischen Nutzen verleihen! Ich werde surrealistische Objekte aus Brot herstellen.«

Die Gedanken überschlugen sich in seinem Kopf. Er stürzte an Gala vorbei ins Atelier und kam mit einem postkartengroßen Bild wieder. Rasch nahm er das Messer und schnitt mittig eine Öffnung in den Rücken des Stockbrotes. Dann steckte er das Bild dort fest.

Vorsichtig nahm er das Brot auf, zupfte Gala am Arm und ging mit ihr hinüber zum Spiegel, wo er sich hinter sie stellte und ihr das Brot langsam auf den Kopf setzte. Als er sicher war, dass er das Gleichgewicht austariert hatte, ließ er los und trat zurück. Gala hielt den Atem an.

Was für ein Anblick!

Goldgelb ragte das Brot an beiden Seiten über ihr Haupt hinaus, und das Bild, welches darin befestigt war, zeigte ihr ein Gemälde von Millet, »Das Angelusläuten«, auf dem ein Bauernpaar an einem Getreideacker innehielt und andächtig die Hände zum Gebet faltete.

»Das ist es, was ich ausdrücken will«, flüsterte Dalí. »Von der Tradition in die Moderne, vom Samenkorn zum Brot, die heiligste aller Speisen verwandelt sich in ein surreales Kunstobjekt mit mehrschichtiger Bedeutung.«

Gala wagte sich nicht zu bewegen. Salvadors Lippen näherten sich ihrem Ohr.

»Und jetzt stell dir vor, alle unsere Möbel wären aus Brot … wenn wir umziehen müssten, kein Problem, dann essen wir sie eben auf.«

KAPITEL 31

Paris, 1930

Betrübt richtete Gala ihren Blick auf den tiefgrauen Himmel.

Es goss in Strömen. Unablässig trommelten die Tropfen aufs Dach.

Wir werden für unser heutiges Vorhaben ein Taxi benötigen, dachte sie beunruhigt, und so eine Fahrt würde unverhältnismäßig viel Geld verschlingen.

Überhaupt war sie in den ersten Tagen ihres Pariser Aufenthaltes darüber entsetzt gewesen, was die Dinge hier im Vergleich zu Cadaqués kosteten. Dabei waren sie bereits, um ihre überschaubaren Geldreserven für den Winter zu schonen, unweit des Parc Montsouris in eine kleine Zweizimmerwohnung gezogen, wo sie eines der Zimmer als Atelier eingerichtet hatten.

Langsam gewöhnte sie sich wieder an die Pariser Preise, doch manchmal fragte sie sich im Stillen, ob es ihnen gelang, überhaupt genügend Geld übrig zu behalten, um im Frühjahr wieder in ihre Hütte am Strand zurückkehren zu können.

Gala nahm ihren Hut und setzte ihn auf.

»Bist du fertig?«, rief sie laut durch die Wohnung.

»Ja«, antwortete Salvador, der mit hängenden Schultern

aus dem Atelier trat. Sie sah ihm deutlich an, dass er jetzt viel lieber vor der Staffelei sitzen würde, als sie zu begleiten.

»Muss das wirklich sein?«, fragte er missmutig.

Sie stellte sich vor ihn und richtete den Knoten seiner dunklen Krawatte. »Liebling, heute ist Sonnabend. Ich werde dir nicht noch einmal erklären, was das bedeutet.«

Er schniefte. »Schon klar. Wir werden wieder irgendwelche Leute besuchen, die uns eingeladen haben, weil der Vicomte de Noailles ihnen empfahl, unbedingt die Dalís kennenzulernen.«

Salvador verzog das Gesicht, als hätte er Zahnschmerzen.

»Ich meine ja nur, immer das endlose Herumsitzen auf unbequemen Stühlen und dieses snobistische Gerede. Ich mag ihr Getue nicht.«

Gala ließ langsam die Hände sinken, strich das Revers seines Nadelstreifenanzugs glatt und blickte ihm in die Augen.

»*Du* musst sie nicht mögen«, erwiderte sie geduldig. »Keinen von denen. Aber es ist hilfreich für uns, wenn sie dich mögen. Deshalb wirst du witzig und charmant sein. Ich weiß, dass du das kannst, und wenn nicht, tu es mir zuliebe.« Sie griff nach dem Regenschirm. »Versprich mir das!«

»Na gut«, sagte er, räusperte sich und sah sie von der Seite an.

Dieses Räuspern kannte Gala. Es war bei ihm ein Anzeichen starker Unzufriedenheit – nicht mit ihr, sondern mit sich selbst. Er war in der Tat unzufrieden, jedoch nicht deshalb, weil er die Besuche machen sollte, sondern weil er daran erinnert wurde, dass die Bilder, die er erschuf, mit so viel Aufwand verkauft werden mussten, und daran wollte er nicht denken.

»Wo sind wir heute überall vorgemerkt?«, fragte er, während er in die Knie ging und seine Schuhe zuband.

»Zuerst treffen wir Pascal Moyon«, antwortete sie. »Am Nachmittag sind wir zu einem Konzert im Palais des Prinzen Jean-Louis Faucigny-Lucinge und seiner Frau, der Baroness Mary Liliane d'Erlanger eingeladen. Aber wie ich gehört habe, nennen sie alle nur Baba.«

»Kennen wir sie?«, fragte Salvador, der sich aufrichtete und jetzt den Mantel überzog.

»Sie ist Modeschöpferin und die beste Freundin von Paula Gellibrand, von der behauptet wird, sie sei die schönste Frau Europas.«

Salvador zuckte mit den Schultern. »Sagt mir alles nichts.«

Gala unterdrückte ein Schmunzeln. »Ich denke, es wird trotzdem interessant, und du wirst deinen Spaß haben. Und am Abend ist die Zusammenkunft der Surrealisten. Breton meinte, er hätte eine Überraschung für dich.«

»Eine Überraschung? Ach ja, hat er vor, den Élysée-Palast zu stürmen?«

Gala lachte.

»Keine Ahnung. Er hat nur gesagt, dass wir es nicht bereuen werden, wenn wir zu dem Treffen erscheinen.«

»Verstehe. Und wo werden wir zu Mittag speisen?«

»Das fällt heute aus. Bei dem Mistwetter brauchen wir das Geld fürs Taxi. Vielleicht haben wir Glück, und es gibt bei der Prinzessin nach dem Konzert einen kleinen Empfang, bei dem wir etwas zu essen bekommen, aber auch dann werden wir uns vornehm zurückhalten.«

Ihren ständigen Geldmangel hatten sie zu einem Geheimnis erhoben, das nur sie beide teilten. Immer noch hatten sie fast nichts, und obwohl sie mit sehr reichen Leuten, Aristokraten und Großbankiers sowie berühmten Persönlichkeiten wie Coco Chanel, Elsa Schiaparelli und Misia Sert verkehrten, wurden sie permanent von Geldsorgen gepeinigt.

Aber ihre Stärke lag darin, es niemandem zu zeigen.

»Das Mitleid des Nachbarn tötet«, hatte Gala ihm eingeschärft. Wieder so ein russisches Sprichwort, dachte Salvador.

Das Geheimnis der Stärke bestehe darin, erklärte sie ihm, nicht Mitleid, sondern Interesse und Begeisterung zu wecken.

Selbst wenn sie verhungern mussten, niemand würde es bemerken, denn inzwischen machten sie eine Gewissensfrage daraus, dass ihre materiellen Schwierigkeiten niemals bekannt werden durften.

»Also machen wir es wie der spanische Ritter?«

Gala sah ihn mit festem Blick an, dann nickte sie lächelnd.

Der spanische Ritter war zwischen ihnen ein Code geworden. Hinter der Bezeichnung verbarg sich die Anekdote vom armen Ritter, der nichts zu essen hatte. Wenn die Mittagsglocke läutete, ging er heim und setzte sich an den leeren Tisch, ohne Wein und Brot. Dort wartete er so lange, bis er annahm, dass die anderen mit dem Essen fertig waren. Sobald der Ritter den geeigneten Augenblick für gekommen hielt, steckte er sich einen Zahnstocher in den Mund und stolzierte über den Platz vor seinem Haus, wobei er eifrig in seinen Zähnen stocherte, so dass es jeder sehen konnte. So mussten alle annehmen, er habe gut und ausreichend gespeist, und er war nach wie vor voll Saft und Kraft, so dass ihn seine Feinde weiterhin fürchteten.

»Hast du das Schächtelchen zu den Entwürfen für Pascal?«, ermahnte ihn Gala.

Salvador erschrak leicht, drehte sich wortlos um und eilte mit langen Schritten ins Atelier zurück.

Die beiden Scheibenwischer des Taxis kämpften ziemlich erfolglos gegen den Regen an. Auch die Seitenfenster waren beschlagen und blind vor Nässe, aber Gala hatte sowieso nicht vor hinauszusehen. Vielmehr bereitete sie sich in Gedanken auf das Zusammentreffen mit Pascal Moyon vor, dem Besitzer einer Pariser Manufaktur, dem sie Dalís neueste Erfindungen vorstellen wollte.

Denn nach ihrer Rückkehr in die Stadt im vergangenen Herbst hatte sie schnell feststellen müssen, dass es in diesen Zeiten schwer war, Bildaufträge zu erhalten oder Gemälde zu verkaufen, außerdem musste Salvador ein gewisses Konvolut an Bildern für die Ausstellung im Juni in der Galerie vorhalten. Deshalb war er dazu übergegangen, surrealistische Objekte zu kreieren und eine Liste von Dingen zu erstellen, die es seiner Meinung nach noch zu erfinden galt.

Gala legte die Hände auf den Rücken ihrer Handtasche und bedachte Salvador mit einem nachdenklichen Blick. Er selbst hatte ihr erklärt, dass ein surrealistisches Objekt vom praktischen und rationalen Standpunkt aus betrachtet ein absolut nutzloser Gegenstand sei; er wurde einzig für den Zweck geschaffen, nichtrationale Ideen und Phantasien auf fetischistische Art mit einem Maximum an greifbarer Wirklichkeit zu materialisieren. Wie sonst hätte man Meret Oppenheims erdachtes Tischgedeck, bestehend aus Tasse, Untertasse und einem Löffel, alles aus Pelz gefertigt, deuten sollen?

Gala richtete den Blick wieder nach vorn. Wenigstens hatten diese verwirrenden Objekte den positiven Nebeneffekt, dass die Pariser, die sich für den Surrealismus interessierten und die Objekte erwarben, nunmehr begannen, über ihre Ängste, Manien, Gefühle und Begierden im Angesicht dieser verrückten Dinge zu sprechen.

Auch Salvador hatte sich den Hype um diese Objekte zunutze gemacht und einige Stücke – wie seine exklusive, über-raffinierte Öllampe für einen aristokratischen Haushalt – entworfen, die schließlich durch Moyon auch verkauft wurde.

Doch Dalí hatte bald erkannt, dass es sich bei den Objekten nur um einen vorübergehenden Trend handelte. In

Gedanken spann er den Faden weiter und meinte, sie seien sogar gefährlich. Denn diese Objekte würden über kurz oder lang die ursprüngliche surreale Methode aushebeln und töten.

Was blieb von einem Traum übrig, wenn er sich bereits in der Gegenwart materialisierte? Aus diesem Grund räumte er der Malerei nach wie vor die oberste Priorität ein.

Doch welchen Weg würde er in Zukunft einschlagen?

Gala presste die Lippen zusammen.

Dass die Quelle des eigenen Lebens, aus der Salvador bisher noch schöpfte, bald versiegen würde, war ihr schon länger klar. Jeder einigermaßen talentierte Künstler arbeitete die Verletzungen und Narben seiner Kindheit auf, befreite sich von ihnen und schloss, zumindest in den meisten Fällen, damit die Phase seines Frühwerks ab.

Aber wie ging es dann weiter?

Dass Salvador malerisch den Sprung in eine neue Ära schaffen würde, stand für sie außer Frage. Seine Maltechnik war brillant, er war diszipliniert und sein Kopf voller außergewöhnlicher Ideen.

Aber wie sah es wirklich in ihm aus? Würde er die Kraft finden, sich emotional endgültig von seiner Vergangenheit, von seinem Vater und der Schwester zu lösen? Zumal sie nach wie vor beinahe im selben Ort wohnten.

Was hatte er neulich zu ihr gesagt? »Das Haus meines Vaters am Ende der Bucht gleicht einem Stück Würfelzucker, das mit bitterer Galle getränkt ist.«

Gala kräuselte die Stirn. Der Fahrer lenkte den Wagen in eine Straße, die auf einer Seite von dichten alten Bäumen und von etwas ansehnlicheren Stadthäusern gesäumt wurde. Gegenüber erhob sich hinter einem schmiedeeisernen Zaun der Glockenturm einer Kirche.

Was nützt es dir, dass du dir jetzt den Kopf darüber zerbrichst, ermahnte sie sich im Stillen. Die Zeit wird es bringen. Gleich wirst du Pascal Moyon gegenüberstehen, und das Gespräch wird deine volle Aufmerksamkeit erfordern.

Trotzdem spürte sie die Zweifel, die weiterhin stumm in ihrer Brust nagten.

Widerwillig öffnete Gala die Handtasche, nahm die Geldbörse heraus und zahlte. Danach stiegen sie aus.

Der Regen hatte aufgehört, doch von den Blättern tropfte das Wasser. Salvador hob den Kopf.

»Unter Bäumen regnet es immer zweimal«, sagte er.

»Dann spann den Regenschirm auf, wenn du spazieren gehen willst.«

Gala sah die Fassade hinauf.

»Hast du deine Uhr um?«, fragte sie.

Salvador schob die Ärmel hinauf, so dass sie die Armbanduhr sehen konnte.

»Gut, ich denke, es wird nicht länger als eine Stunde dauern. Wir treffen uns nachher hier vor dem Eingang wieder.«

Salvador gab ihr die Mappe mit den Entwürfen und trat dann unschlüssig von einem Bein auf das andere.

»Wünsch mir Glück«, sagte Gala, gab ihm einen flüchtigen Kuss und wandte sich anschließend dem Haus zu.

»Viel Glück!«, rief ihr Salvador nach, und sein hoffnungsvoller Blick folgte ihr, bis sie im Eingang verschwunden war.

Moyons Wohnung lag im dritten Stock. Als Gala die schnarrende Haustürklingel betätigte, hörte sie, wie dahinter ein Hund heiser zu bellen anfing und wie Pascals Stimme, die sich stetig näherte, beruhigend auf das Tier einredete.

Kurz darauf drehte sich ein Schlüssel im Schloss, und die Tür schwang auf.

»Bonjour, Madame Gala.«

»Bonjour, Monsieur Moyon.«

»Bitte treten Sie ein. Wir haben Sie schon erwartet.«

Er gab den Weg in die Wohnung frei und nahm ihr den Mantel ab. Der Hund tapste schwanzwedelnd um sie herum.

»Wie geht es Ihnen?«, fragte er, während er einen Bügel aus dem Schrank nahm.

»Sehr gut.«

Er nickte zufrieden. »Fein. Wir freuen uns, Sie zu sehen. Wann brechen Sie denn auf zu diesem … Ort in Spanien, na, Sie wissen schon.«

»Cadaqués. Es dauert noch eine Weile, wie Sie sehen, hat uns Paris noch fest im Griff. Nur das Wetter könnte besser sein.«

»Wem sagen Sie das. Wir weigern uns standhaft, bei der

Kälte vor die Tür zu gehen. Am Ende holen wir uns noch den Tod.«

Gala verkniff sich ein Lächeln. Sie wusste, dass es eine Schrulle von Pascal war, wenn er von *wir* sprach. Er war weder verheiratet, noch lebte er mit jemandem zusammen, obwohl er in seinem hellen Anzug, dem sinnlich markanten Gesicht und den dichten blonden Haaren, die er modisch schick zurückfrisiert trug, eigentlich ein Frauen- oder Männerschwarm sein könnte. Mit *wir* meinte er ausschließlich sich selbst und Lido, die altersschwache Hündin, die einer ihr unbekannten Terrier-Rasse angehörte.

»Kommen Sie weiter«, sagte Moyon und deutete auf eine Glasflügeltür, hinter der Gala ein geschmackvoll eingerichtetes Kabinett wusste, in dem sie dem schrulligen Unternehmer schon öfter Erfindungen von Dalí präsentiert hatte. Wenn sie ehrlich war, kam sie gern zu Pascal. Er war aufmerksam, zuvorkommend und der Einzige, der ihr nicht das Gefühl gab, eine Bittstellerin zu sein.

Moyon hielt ihr einen Türflügel auf.

»Bitte schön! Ich muss sagen, ich bin schon gespannt, was Sie mir heute mitgebracht haben«, sagte er und bot ihr Platz in einem bequemen Sessel an.

Doch Gala lehnte dankend ab. Sie blieb lieber stehen. Sie fand, dass sie überzeugender wirkte, wenn sie stand und gestenreich Salvadors Entwürfe unterstreichen konnte. Besonders heute kam es darauf an, denn Salvador hatte eine Erfindung gemacht, von der sie selbst absolut überzeugt war.

Aber diese wollte sie sich bis zum Schluss aufheben.

Sie öffnete die Mappe, entnahm ihr die erste Zeichnung und reichte sie an Moyon weiter, der im Sessel saß.

»Aha, eine Schaufensterpuppe?«, fragte er und sah überrascht aus.

»Nicht irgendeine Schaufensterpuppe, Monsieur Pascal. Diese hier ist aus Wachs und wirkt dadurch beinahe lebensecht. Alles an ihr kann man im Vorfeld modellieren und dem Thema der Dekoration genau anpassen. Nur das Fenster hier in Bauchhöhe auf der Vorderseite bleibt unbedeckt.«

»Ein Fenster?«

»Ja, denn der Clou an dieser Schaufensterpuppe ist ihr Innenleben.«

»Sie hat ein Innenleben?«

»Natürlich!« Gala trat neben ihn. »Sehen Sie. Hier im Nacken gibt es eine Öffnung, durch die Wasser in einen Glasbehälter im Innern der Puppe eingelassen wird. Danach werden lebende Goldfische hineingesetzt, die im Wasser schwimmen und von außen durch die Glasscheibe zu beobachten sind. Ist das nicht wunderbar? Sie symbolisieren das Blut, das in unseren Körpern pulsiert.«

»Ein interessanter Gedanke.«

Er betrachtete den Entwurf noch einen Moment, dann legte er ihn zur Seite, hob den Kopf und sah sie auffordernd an.

Gala gab ihm das nächste Blatt.

»Geht es Ihnen nicht auch so, Sie laufen durch die endlosen Straßen von Paris, sind erschöpft und todmüde und wünschen sich, Sie hätten Sprungfedern unter den Schuhsohlen, und der Weg wäre dadurch leichter und schneller zu bewältigen?«

»Sprungfedern? Aber wie soll das funktionieren? Meint Dalí, dass wir etwa wie Hasen durch die Straßen hüpfen sollen?«

»Nein! Die Feder wird zwischen Sohle und den Innenleisten des Schuhs montiert. Dadurch federt man bei jedem Schritt, und das Laufen wird leichter.«

»Aha.« Moyon wirkte von der Idee nicht recht überzeugt.

»Gut. Dann kommen wir zur letzten Präsentation für den heutigen Tag.« Gala holte tief Luft. »Dafür müsste ich eine Kleinigkeit vorbereiten.«

Ihr Gastgeber erhob sich. »Lassen Sie sich Zeit. Ich würde mir inzwischen ein Glas Champagner genehmigen. Darf ich Ihnen auch eins einschenken?«

»Sehr gern.«

Gala öffnete die kleine Schachtel, die Salvador ihr gegeben hatte und in der die Utensilien für die letzte Erfindung lagen.

Sie machte sich an die Arbeit. Hinter ihrem Rücken hörte sie, wie im anderen Zimmer der Korken mit einem trockenen Plopp aus der Flasche glitt. Lido bellte.

»Ja, das ist das schönste Geräusch des Tages«, meinte Pascal befriedigt und füllte die beiden Gläser.

»So, ich bin fertig«, ließ Gala vernehmen und drehte sich zu ihm, wobei sie eine Hand hinter ihrem Rücken versteckte.

»Sie machen mich neugierig«, sagte Moyon und reichte ihr ein Glas.

Gala nahm es mit der freien Hand entgegen.

»Auf unser Wohl.«

Kurz berührten sich die Glasränder und klangen hell.

»Sie kennen doch das Hauptproblem jeder Frau?«, hob Gala zu sprechen an und stellte ihr Glas ab.

»Ist das jetzt eine Fangfrage?«, gab Pascal zurück.

»Nein, Monsieur. Das Hauptproblem für uns Frauen ist, dass wir, wenn es darauf ankommt, nie einen Spiegel zur Hand haben.«

»Ach, daran haben Sie gedacht.« Er hüstelte verlegen. »Aber gibt es nicht diesen kleinen Handspiegel, den jede Frau in ihrer Tasche mit sich trägt?«

»Nur, wenn sie die richtige Handtasche bei sich und den Spiegel vorher hineingetan hat. Sicher. Aber seien wir mal ehrlich, nennen Sie mir eine Frau, die nur eine einzige Handtasche besitzt.«

Pascal lachte auf und winkte ab. »Sogar wir besitzen mehr als eine Tasche.«

»Genau, das meine ich. Und deshalb hat mein Mann eine Idee umgesetzt, die ich, besonders als Frau, grandios finde.«

Gala zog die Hand hinter dem Rücken hervor und hielt sie Moyon hin. Dabei betrachtete sie genau die Regungen in seinem Gesicht. Zuerst war er erstaunt, dann hingerissen.

»Sind das künstliche Fingernägel?«

Er nahm ihre Hand in die seine und drehte sie aufgeregt hin und her.

»Ja, und auf jedem Fingernagel ist eine Spiegelscherbe aufgeklebt. So dass, wenn ich alle Finger eng aneinanderlege …«, Gala machte es vor, »ein Spiegel entsteht, den ich, im wahrsten Sinne des Wortes, immer zur Hand habe. Darüber hinaus ist es ein wunderschöner Schmuck, finden Sie nicht?« Gala trat ans Fenster, durch das sich gerade ein einzelner Sonnenstrahl ins Zimmer verirrte, und hielt die Finger in das warme Licht. Sofort begann das Glas zu funkeln und zu reflektieren.

»Das ist wirklich sehr originell«, hörte sie den Unternehmer sagen. »Ich möchte, dass Sie uns die drei Ideen für eine Woche überlassen, damit wir eine mögliche Umsetzung prüfen können. Im Gegenzug versprechen wir Ihnen absolute Geheimhaltung. Sind Sie damit einverstanden?«

Gala wusste, was zu tun war.

»Gut, einverstanden, dann sehen wir uns in einer Woche.«

Sie griff nach ihrem Glas und prostete ihm zu. Mehr konnte sie in diesem Augenblick nicht von ihm erwarten.

Die Bezeichnung Palais traf für das Haus des Prinzen de Faucigny-Lucinge schlichtweg nicht zu. Es war ein Palast.

Ein Palast, der eines Königs würdig war.

In der Vorhalle wurden Gala und Salvador bereits von der Dienerschaft empfangen, alle in blau-weiß-roter Livree. Man nahm ihnen ihre Garderobe ab und geleitete sie durch einen langen Gang, in dem die Ahnengalerie des Prinzen untergebracht war.

Interessiert blieb Dalí stehen und musterte die Gesichter.

»Die Vorfahren seiner Durchlaucht reichen bis zu König Louis IX. zurück«, erklärte ihnen ein Diener mit näselnder Stimme. »Wenn Sie mir bitte folgen würden.«

Wie von unsichtbarer Hand öffneten sich vor ihnen schwere Portaltüren. Sie durchschritten zwei Zimmer, deren Pracht sie nur aus den Augenwinkeln betrachten konnten, bevor sie einen Saal betraten, in dem es Gala den Atem verschlug.

Unbewusst legte sie den Kopf in den Nacken, um die faszinierende Gestaltung der Decke zu betrachten, von der mindestens ein Dutzend Kristalllüster an langen Ketten herabhingen. Die Raumhöhe schätzte sie auf ungefähr zehn Meter. Drei der Wände waren mit rot geflammtem Marmor belegt, in dem übermannshohe Gemälde oder Spiegel angebracht waren. Darüber gab es in ungefähr vier Metern Höhe einen Umlauf, ähnlich einer Galerie im Theater, wo sich die Gestaltungsmerkmale an den Wänden wiederholten. Nur dass hier die Bilder von opulenten Marmorrahmen eingefasst wurden. Oberhalb der Galerie wölbte sich an den Stuckrändern leicht die Decke, aufwendig gestaltet mit den Allegorien der Jahreszeiten. Die vierte Wand blieb einer Glasfront vorbehalten. Durch sie konnte man in den Garten gelangen, wo eine Wasserfontäne in den inzwischen aufgelockerten Himmel von Paris emporschoss.

Von einem freundlichen »Bonjour!« wurde Gala aus ihren Betrachtungen gerissen.

»Bonjour!«, erwiderte sie, während ihr Blick auf eine Frau in ihrem Alter fiel, mit dunklen halblangen Haaren und einem hübschen, anmutigen Gesicht. Sie trug ein schwarzes, eng anliegendes Kleid mit einem Spitzenbesatz in der gleichen Farbe, dazu dezenten Goldschmuck in Form eines Kreuzes an einer Halskette.

»Mein Name ist Baroness d'Erlanger, ich bin die Gemahlin des Prinzen und heute Ihre Gastgeberin.« Sie hielt kurz inne. »Aber meine Freunde nennen mich Baba.«

»Es ist uns eine Ehre, Sie kennenlernen zu dürfen. Ich bin Salvador Dalí, und das ist meine Frau Gala.«

Sie reichten einander die Hände.

»Der Vicomte hat mir von Ihnen erzählt, und ich darf sagen, die Freude ist ganz auf unserer Seite. Schön, dass Sie es einrichten konnten, heute an unserer kleinen Soiree teilzunehmen.«

»Die Freude ist ganz bei uns«, sagte Gala und hoffte, dass es ehrlich klang. »Was dürfen wir denn heute beim Konzert erwarten?«

Sie erkannte die Funken der Begeisterung, die plötzlich in den Augen der Baroness aufflammten. »Igor Stravinsky. Er ist der Inbegriff der Neuen Musik, und wenn ich richtig informiert bin, auch ein Landsmann von Ihnen. Kennen Sie ihn?«

»Nicht persönlich«, antwortete Gala ausweichend. »Aber seine Musik ist mir durchaus ein Begriff.«

»Dann werden Sie sicher am Konzert Freude haben.« Sie

machte eine bedeutungsvolle Pause. »Igor ist heute persönlich anwesend, um zu dirigieren.«

»Das ist ja unglaublich, wie wunderbar, Baba!«, behauptete Gala und ignorierte Salvadors fragenden Blick.

Die Baroness strahlte. »Wenn Sie erlauben, zeige ich Ihnen, wo Sie sitzen.«

Zu Galas Überraschung fanden sie sich auf ausgezeichneten Plätzen in der zweiten Stuhlreihe wieder, mit phantastischem Blick zum Pult des Dirigenten und auf das kleine Orchester. Dalí saß neben zwei älteren Damen, die sich unentwegt mit kleinen Perlmuttfächern frische Luft zufächelten. Sie waren in Abendkleidern aus Seide gehüllt, beide auf dem Kopf ein Hütchen. Schwere Schmuckcolliers lagen auf ihren tiefen Dekolletés.

Salvador fand die beiden hoffnungslos altmodisch, förmlich aus der Zeit gefallen. Unweigerlich erinnerten sie ihn an das Bild »Las Meninas« von Diego Velasquez, einem spanischen Künstler, der als Hofmaler die Mitglieder der königlichen Familie von König Philipp IV. gemalt hatte.

»Igor Stravinsky«, hörte er die eine sagen. »Ist das nicht der Komponist, der seit Jahren eine Geliebte hat? Wie heißt sie noch? Warte, ich komme gleich auf ihren Namen.«

»Vera de Bosset«, antwortete die andere Frau im satingrünen Kleid.

»Die Balletttänzerin.«

»Das ist ja wieder typisch Künstler«, raunzte die andere.

»Wie ich gehört habe, ist seine Frau an Tuberkulose erkrankt.«

»Das ist ja furchtbar! Die Ärmste.«

Das Gespräch wurde vom Applaus unterbrochen, der einem Mann galt, der soeben mit einem Dirigentenstab in der Hand den Saal betrat und von dem Dalí annahm, dass es sich um Igor Stravinsky handelte.

Als sich der Beifall gelegt hatte, setzten die ersten Töne der Musik ein. Es war eine moderne, neuartige Komposition, und Dalí lag daran, sich ein Urteil zu bilden. Er hatte die Absicht, möglichst aufmerksam und konzentriert zuzuhören, doch fünf Minuten später bemerkte er, wie der Kopf der Dame neben ihm auf seine Schulter gesunken war, wo sie ein leises Schnarchen von sich gab, das nur er hören konnte.

Je länger er Stravinskys Musik lauschte, umso weniger schien es ihm möglich, sich ein abschließendes Urteil zu bilden. Die Bruchstücke musikalischer Gedanken zerfielen in unzusammenhängende Töne und gingen dann unvermittelt in ein neues Thema über. Zum Schluss war er völlig verwirrt und von der angestrengten Aufmerksamkeit ermüdet.

Von allen Seiten ertönte brausender Applaus, und die Dame neben Salvador schreckte ruckartig auf. Sie benötigte einen Augenblick, um zu begreifen, wo sie sich befand.

»Geht es Ihnen gut?«, fragte er und reichte ihr das Täschchen, das ihr während des Schlafens von den Knien gerutscht war.

»Ich denke schon«, sagte sie und schaute sich verstohlen um.

»Es hat niemand bemerkt«, beruhigte er sie.

»Wie war das Konzert?«, fragte sie.

»Sagen Sie, es war schön, es war zäh. Es war schmachvoll!«

Sie kicherte.

»Sie sind mir vielleicht einer!«

»Wenn es doch so war, Madame.«

Um sie herum erhoben sich die Leute von ihren Plätzen.

»Wir wurden einander noch nicht vorgestellt. Marquise de Gramont.«

Er deutete eine Verbeugung an. »Salvador Dalí.«

»Oh, Sie sind der berühmte Maler?«

»Das bin ich, Madame, und darüber hinaus der Begründer der Geheimloge des Brotes«, flüsterte er verschwörerisch.

»Eine Geheimloge des Brotes? Davon müssen Sie mir unbedingt mehr erzählen. Ich sage nur meinen Freundinnen Bescheid, und wir treffen uns dann in wenigen Minuten im Gartenzimmer. Sie kennen sich aus?«

Er zwinkerte ihr vertraulich zu. »Ich werde es finden.«

»Oh, ich bin schon ganz aufgeregt.«

»Gleich erfahren Sie mehr, Marquise.«

Das Gartenzimmer war ein heller Raum, dessen hohe Wände mit einer silbrig glänzenden Stofftapete überzogen waren, auf denen allerlei Blüten, Pflanzenblätter und Vögel abgebildet waren. Auf zwei Tischen und am Boden standen leere Vogelkäfige, in denen prachtvolle Orchideen blühten.

Auch von hier aus führte eine Terrassentür in den Garten hinaus.

Etwa fünfzehn Damen waren in der Begleitung der Marquise erschienen und hatten um ihn herum auf den ausladenden Sofas und in den Korbstühlen Platz genommen.

»Bitte, Monsieur Dalí«, flehte Madame de Graumont, »offenbaren Sie uns mehr über die Geheimloge des Brotes!«

Salvador machte ein ernstes Gesicht. »Diese Loge ist im Besitz des Brotgeheimnisses.«

Natürlich verschwieg er ihnen, dass das eigentliche Geheimnis die Aufdeckung der Mechanismen zur Verdummung der Massen war. Diese Intention entsprang der Reaktion der Zuhörer auf seine Geschichte.

Er hob wichtig den Zeigefinger. »Meine Damen, ich vertraue Ihnen an, dass man, um das Geheimnis zu lüften, erst einmal ein fünfzehn Meter langes Brot backen müsste.«

Er legte den Zeigefinger ans Kinn. »Eigentlich ist nichts leichter machbar als das, vorausgesetzt, man geht ernsthaft an die Sache heran.«

»Was sind denn die Voraussetzungen?«, fragte die Dame im satingrünen Kleid interessiert.

»Zuerst müsste man einen Ofen bauen, groß genug, um es darin backen zu können.« Dalí beugte sich leicht vor. »Wenn das Brot gebacken ist, müsste ein geeigneter Platz gefunden werden, wo man es hinlegt. Ich bin dafür, eine nicht allzu auffällige oder zu stark frequentierte Stelle zu wählen.«

Er sah die Skepsis auf ihren Gesichtern, den Wunsch, nichts preiszugeben, schon gar nicht, wenn sie eventuell mit ihren Gedanken danebenlagen oder an dem zweifelten, was er sagte. Nur die Marquise bildete eine Ausnahme.

»Aber warum, Monsieur Dalí?«

»Damit seine plötzliche Erscheinung umso unergründlicher bliebe. Denn unter diesen Umständen zählt nur das Rätselhafte der Maßnahme. Was halten Sie vom Palais Royal?«, fragte er in die Runde.

Die Damen nickten eifrig.

»Eine ausgezeichnete Wahl«, stellte eine von ihnen fest.

Dalí trank einen Schluck Champagner und stellte das Glas mit großer Geste zurück auf das Tischchen neben sich.

»Sehr gut, also einen Platz hätten wir gefunden. Jetzt bleibt nur noch die Frage, wie bekämen wir den Brotlaib dorthin?«

Er machte eine kleine Pause, genoss es, in die verblüfft dreinblickenden Augen der Damen zu schauen. »So ein langes Brot ließe sich nur auf einem Sattelschlepper heranschaffen und …«, er senkte die Stimme zu einem Flüstern, »eine als Arbeiter verkleidete Gruppe von Mitgliedern der geheimen Gesellschaft würde es an der bezeichneten Stelle abladen, als lieferten sie ein Rohr für die Hauptwasserleitung an. Das Brot würde von mit Stricken vertäuten Zeitungen umwickelt sein.«

»Und was geschieht dann?«

»Wäre das Brot einmal an Ort und Stelle, würden einige Mitglieder der Gruppe Posten in einer zuvor angemieteten Wohnung zur Gartenseite beziehen, um einen ersten genauen Bericht über die verschiedenen Reaktionen zu erstellen, die das Auffinden des Brotes hervorrufen würde. Denn im Laufe des Vormittags würde man den Brotlaib zweifelsohne als solchen erkennen.«

»Und wie, glauben Sie, würden die Menschen reagieren?«

Jetzt klebten sie förmlich an seinen Lippen.

»Als Erstes würde sicher die Frage auftauchen, was mit ihm zu geschehen habe, denn zu so einem Vorkommnis gab es sicher noch keinen Präzedenzfall, und die Ungeheuerlichkeit des Objektes, ein überdimensionaler Brotlaib, würde verlangen, dass man umsichtig vorgehe. Ich gehe davon aus, dass die Polizei, bevor sie weitere Schritte unternähme, das Brot erst einmal an einen Ort schaffen würde, wo man es ungestört untersuchen könnte. Enthält es Sprengstoff? Nein! Möglicherweise ist es vergiftet. Nein! Hat dieser Brotlaib, abgesehen von seiner ungewöhnlichen Größe, irgendwelche anderen Besonderheiten? Ebenfalls nein! Ist es eventuell eine Reklame, wenn ja, für welche Bäckerei und zu welchem Zweck? Nein, meine Damen, gewiss nicht, eine Reklame ist es auch nicht.«

Gala saß zwei Meter entfernt von Dalí auf einem Stuhl und folgte schweigend und in sich gekehrt dem Gespräch. Ein Nichteingeweihter hätte sie für eine stumme, scheinbar gleichgültige Beobachterin gehalten, die sich wissentlich aus der Unterhaltung heraushielt und nicht wie andere Damen bemüht war, vor ihrem Mann zu brillieren.

Doch der Eindruck täuschte. Salvador wusste, dass sie da war.

Ihre Kraft schien sich auf ihn zu übertragen, ihm das Selbstvertrauen zu geben, in dieser ihm unbekannten vornehmen Welt zu bestehen, sie beflügelte ihn förmlich. Er befreite sich, kroch aus seinem Schneckenhaus und gewann an Sicherheit.

Einzig, weil sie da war und er nicht mehr allein die gesellschaftlichen Klippen umschiffen musste.

Nach wie vor war Gala davon überzeugt, dass Hingabe ausschließlich war. Dass sie nur dem Menschen gehörte, den man liebte. Sie fuhr sich mit einer unauffälligen Geste durch die Haare.

Ihr Blick streifte Dalí.

Sie ließ ihm ihre ganze Aufmerksamkeit zukommen. Sie richtete ihn nach wie vor mit Hingabe auf, wenn er müde aus dem Atelier zu ihr zurückkehrte.

Das Ausmaß an Arbeit, das er sich, seitdem sie ihn kannte, aufbürdete, würde nie abreißen. Sie wusste, dass ein Künstler, der tatsächlich einer war, sein Streben nach Ausdrucksmitteln nie aufgeben würde, er würde nie mit dem Gestalten fertig werden. Die Schinderei der letzten beiden Jahre war dabei nur im Kern eine Prüfung gewesen, so, als würde Dalí ein Studium seiner selbst abschließen. Doch im Grunde war sie sich darüber klar, dass es nur der Auftakt zu einem Leben voller endloser Herausforderungen war.

Gala verzog keine Miene, doch innerlich stöhnte sie leise auf.

Inzwischen war ihr klar geworden, dass das Erschaffen von grandiosen Kunstwerken nicht zwangsläufig zu Reichtum und neuen Aufträgen führte. Darüber hinaus wurde der Wert von Dalís Arbeiten stets infrage gestellt, denn noch war er ein fast unbekannter Künstler, der sich mit seinen eigenwilligen Werken immer wieder aufs Neue beweisen musste. Aus diesem Grund erledigte Salvador jeden Auftrag, sei er auch noch so klein und gering dotiert, mit derselben Akribie, die er an den Tag legte, wenn er große Gemälde schuf. Denn obwohl er sich nicht wirklich dafür interessierte, ahnte Salvador natürlich, dass der Wettbewerb, je bekannter er werden würde, allenfalls noch härter und die Hürden der Akzeptanz und des Entgegenkommens noch höher werden würden.

Nur die Besten und Geschicktesten würden am Ende die Möglichkeit haben, von dem, was sie erschufen, auch leben zu können.

Gala beugte sich in ihrem Stuhl leicht nach vorn. Es geschah so lautlos, sie hätte ein Schatten sein können, der sich mit dem Lauf der Sonne langsam auf der Tapete weiterbewegte.

Aber sie wusste auch, dass Salvador nicht nur den Ehrgeiz besaß, ein herausragender Maler zu sein, sondern dass er die Absicht hegte, Einfluss auf die Gesellschaft zu nehmen. Er wollte einen neuen Blick auf die Malerei etablieren. Neuerdings brachte er zusammen mit Breton eine surrealistische Zeitschrift heraus, schrieb Artikel und hielt Vorträge. Außerdem setzte er sich für sein Heimatland Katalonien ein. Wann immer er es terminlich einrichten konnte, traf er sich mit lokalen Politikern und katalanischen Intellektuellen.

Er hatte seine Schüchternheit dank ihrer Hilfe fast abgelegt und sorgte nun dafür, dass man ihn kannte. Er glaubte aus gutem Grund, dass er es eines Tages zu einem Künstler und einer Persönlichkeit bringen könnte, deren Name auf der gesamten Welt bekannt war, und nichts und niemand konnte ihn aufhalten.

Er war brillant, geistreich und eloquent, auch wenn sein Französisch mit dem hart gerollten R furchtbar klang, aber er besaß zum Ausgleich einen temperamentvollen, ansteckenden Charme.

Nicht zu vergessen war er mit ihr, einer klugen und äußerst gut aussehenden Frau, zusammen, die ihn inspirierte und ihm um jeden Preis den Rücken freihielt. Und die ihm damit einen reibungslosen, ablenkungsfreien Schaffensprozess ermöglichte.

Salvador schlug ein Bein über das andere.

»Kommen wir zu unserem Brot zurück. Sehr wahrscheinlich würde man als Erstes die Hypothese aufstellen, es handle sich um die Tat eines Verrückten. Doch weder ein Irrer noch ein Gesunder wären allein imstande, den Brotlaib zu kneten, zu backen und ihn dort, wo er gefunden wurde, hinzubringen. So wird also die Hypothese verworfen. Das alles basiert keineswegs auf soliden Grundlagen.«

»Ja, aber …?« Ratlosigkeit machte sich breit.

»Viel eher würde man Studenten dahinter vermuten oder die Gruppe der Surrealisten, die einen Ulk verübten.«

Einige Damen schmunzelten bei der Bemerkung.

»Aber glauben Sie mir, diese Vermutung würde niemals völlig überzeugen. Ich kann Ihnen aus eigener Erfahrung sagen, wie mangelhaft die Surrealisten-Gruppe organisiert ist und wie unfähig, auch nur etwas annähernd Vergleichbares durchzuführen. Was die Studenten beträfe, wäre es sogar noch alberner, sie zu verdächtigen, da sie noch begrenztere Mittel zur Verfügung hätten als die Surrealisten. Allein, man könnte vielleicht an Dalí denken – an Dalís geheime Gesellschaft! Doch machen wir uns nichts vor – das wäre doch ein wenig zu viel verlangt.«

Salvador strich versonnen über sein Bärtchen. »Aber stellen Sie sich den brutalen Schock eines neuen, zwei-, nein, dreimal so sensationellen Aktes vor – das Erscheinen eines zwanzig Meter langen Brotes im Hof des Versailler Schlosses.« Seine dunklen Augen funkelten. »Schon am Frühstückstisch würden die gierigen Blicke der Leser nach Schlagzeilen und Fotos zum Erscheinen eines dritten Brotlaibs suchen, das mit Sicherheit nicht lange auf sich warten lassen würde, so dass diese Dalí'schen Brotlaibe bereits alle anderen Nachrichten ›aufzufressen‹ begännen. Die logische Bedeutung aller Mechanismen der praktisch-rationalen Welt könnte so systematisch zerstört werden.« Er lachte laut auf, so dass einige der Damen erschraken und sich anschließend kichernd hinter ihren Fächern versteckten.

Madame de Graumont räusperte sich leise.

»Die Darlegung Ihrer Gedanken war faszinierend. Sie sind, wenn ich es so formulieren darf, ein Mysterium.«

»Ich danke Ihnen, ich nehme das als Kompliment.«

»Das sollten Sie, Monsieur Dalí. Aber hören Sie, eine Frage treibt mich trotzdem um. Was hat das alles mit dem Brot zu bedeuten?«

Salvador setzte eine wissende Miene auf. »Da sollten Sie die paranoisch-kritische Methode befragen, meine Liebe.«

»Können Sie uns nicht über diese Methode aufklären?«

Salvador nickte ernst. »Madame, ich habe selbst ein Buch darüber verfasst, das in Kürze erscheint, und es wird mir eine Ehre sein, ein Exemplar für Sie zu signieren.«

Hinter ihrem Rücken wurde die Tür geöffnet, und ein Diener erschien, der sie darauf hinwies, dass für das Abendessen angerichtet war. Die ersten Damen verließen den Raum, und plötzlich hörte Salvador eine der Frauen entzückt sagen: »Seht nur, ein Dalí-Brot!«

»Wirklich«, rief daraufhin ihre Begleitung. »Möglicherweise war jemand aus Dalís Geheimloge heimlich hier und hat es auf diesem Tisch platziert.« Der Klang ihrer Stimme ließ keine Deutung zu, ob sie es im Spaß gesagt hatte oder ernst meinte.

KAPITEL 32

Du wirkst wie eine gute Medizin!«, sagte Gala lächelnd und hakte sich bei ihm ein. »Selbst diese steife Gesellschaft imitiert dich bereits.«

Salvador rollte mit den Augen.

»Was soll ich machen? Das Schicksal eines Genies, Liebling. Zuerst imitieren sie mich, dann stehlen sie mir die Motive, dann meine Ideen, adaptieren und verwässern sie, ein bisschen von Dalís Landschaft, ein bisschen von Dalís Melancholie, ein bisschen von Dalís Phantasie.« Er rümpfte die Nase. »Aber Dalí wäre nicht Dalí, würde in seinem Kopf nicht schon eine neue Idee Gestalt annehmen, während mich die anderen noch kopieren. Wir werden diese Nöte und Zwänge bald hinter uns lassen, Gala. Kein Tag vergeht, an dem ich nicht das Pferd meiner Phantasie bis ins Unendliche reite!«

»Ich weiß.« Sie gab ihm einen schnellen, festen Kuss auf den Mund, wie sie es immer tat. »Und jetzt gehst du zurück zu den Damen und sprichst mit ihnen über deine Bilder.«

Salvador wurde, wie sie vernehmen konnte, von den Frauen der Gesellschaft, allen voran die Marquise, freudig am Buffet begrüßt.

»Monsieur Dalí, sehen Sie nur all die Leckereien!«

»Madame de Graumont, es tut mir leid, aber ich habe keinen Hunger. Erst vorhin hatte ich die Gelegenheit, eine Anrichte zu verspeisen. Die Knöpfe waren absolut delikat, aber an dem Holz kaue ich noch immer.«

Gala konnte sich lebhaft Salvadors todernstes Gesicht dabei vorstellen, und sie hörte, wie sich die Spannung der Damen in einem wilden Gekicher und Losprusten entlud.

»Sie sind mir vielleicht einer«, hörte sie die Marquise wieder einmal ausrufen, und Gala konnte sich ein Schmunzeln nicht verkneifen.

»Ein wahrhaft großer Künstler, Ihr Salvador Dalí«, vernahm Gala plötzlich eine angenehme Männerstimme neben sich. Als sie den Kopf drehte, erkannte sie Jean-Louis de Faucigny-Lucinge, den Hausherrn.

»Bonjour, Madame Gala.« Er nahm ihre Hand, verbeugte sich leicht und deutete einen Handkuss an. »Leider wurde ich aufgehalten. Zu ärgerlich, dadurch habe ich nicht nur das Konzert, sondern auch den amüsanten Vortrag von Monsieur Dalí verpasst.« Er bot ihr den Arm an. »Nichtsdestotrotz freue ich mich, Sie beide noch hier anzutreffen. Geben Sie mir die Ehre, und begleiten Sie mich ein Stück. Ich möchte Ihnen etwas zeigen.«

Gala legte ihre Hand auf den dargebotenen Unterarm, und gemeinsam gingen sie auf eine hohe Tür zu, die in eines der Nebengemächer des Palastes führte.

»Leider war es mir bisher nicht vergönnt, Dalí persönlich kennenzulernen«, erklärte der Prinz weiter und hob eine Augenbraue, als amüsiere ihn dieser Umstand. »Aber heute besteht ja durchaus die Möglichkeit, dies nachzuholen.«

Ein Diener öffnete die Tür, und sie betraten das Zimmer.

Sofort fiel Galas Blick auf das Bild an der Wand, unverkennbar eines von Dalís Werken. Sie meinte, er hatte es »Die ersten Tage des Frühlings« genannt.

»Ich entdeckte es im Schaufenster eines Ladens, als ich durch eine Gasse am Seine-Ufer spazierte«, erzählte der Prinz ohne Umschweife, »es gefiel mir ausgezeichnet, und ohne zu wissen, wer der Maler war, habe ich es vom Fleck weg erworben. Mir war sofort klar, dass es das Werk eines großen Künstlers ist. Was sagen Sie?«

Jean-Louis de Faucigny-Lucinge sah sie mit einer Mischung aus Begeisterung und Liebenswürdigkeit an, so dass sie sofort Zutrauen zu ihm fasste. Der Prinz war in der Pariser Gesellschaft bekannt als ein Edelmann von altem Schlag, der mit allen Qualitäten eines Mäzens gesegnet war.

Gala sah sich kurz um. Sie waren allein in dem Raum, und sie fasste sich ein Herz.

»Geehrter Prinz, Sie haben absolut recht, wenn Sie Salvador Dalí als großen Maler bezeichnen. Aber glauben Sie mir – und daran besteht nicht der geringste Zweifel –, wenn sich Dalí ausschließlich der Malerei widmen könnte, wird er einer der größten Künstler aller Zeiten werden.«

Ihre Worte klangen in der Stille nach.

»Kann sich Dalí denn zurzeit nicht ausschließlich um seine Kunst kümmern?« Er sah sie abwartend an.

Gala spürte, wie einen Moment lang ihr Herz flatterte. Sie rang mit sich, was sie auf diese Frage antworten sollte. Wieder trafen sich ihre Blicke. Dann beschloss sie kurzerhand, dem Prinzen die Wahrheit zu sagen. Sie redete über die Widrigkeiten, mit denen sie hier in Paris zu kämpfen hatten, ließ nichts aus, und am Ende erklärte sie unverblümt: »Um zu malen, benötigt Dalí Ruhe, und das heißt ein regelmäßiges Einkommen.«

Der Prinz verschränkte seine Hände auf dem Rücken.

»Sie sind eine außergewöhnliche Frau, Madame Gala. Bitte erlauben Sie mir diese sehr persönliche Bemerkung. Ich bin dankbar, dass Sie so offen gesprochen haben. Und was Dalí angeht, so werde ich mir etwas überlegen, wie ich ihn zukünftig unterstützen kann.«

Gala deutete einen Knicks an. »Ich bin Ihnen für Ihr Entgegenkommen und Ihre Diskretion überaus verbunden. Ich danke Ihnen, Prinz, auch im Namen von Dalí.«

Faucigny-Lucinge nickte. Er konnte nicht verhehlen, dass ihn Galas Vorgehen beeindruckte.

»Lassen Sie mir ein wenig Zeit, Madame Gala, aber mir wird etwas einfallen.«

Er senkte den Kopf und sah sie auffordernd an.

»Und jetzt würde ich mich sehr freuen, wenn Sie mich Dalí vorstellen.«

»Ausgesprochen gern. Und ich darf feststellen, das Gemälde passt ausgezeichnet in diese Räumlichkeit.«

TEIL 3

KAPITEL 33

Zuerst glaubte Gala nicht, was sie sah. Aus einem Fenster im ersten Stock blickte sie eine Giraffe an.

»Sind wir hier richtig?«, fragte Salvador amüsiert.

»Ja, Breton hat gesagt, Rue de Bac 46, Treffpunkt ›Deyrolle‹.«

»Das ist hier.« Dalí zeigte die Fassade hinauf, wo deutlich der Schriftzug zu erkennen war.

Gala zog den Mantel fester um ihre Schultern. Es war Mitte Dezember, und der Geruch von Schnee lag in der eisigen Luft.

»Dann lass uns hineingehen«, bemerkte sie, hakte sich bei ihm ein und senkte merklich die Stimme. »Und bitte, Salvador, fang nicht wieder Streit an. Auch wenn du mit den anderen nicht einer Meinung bist. Noch sind wir auf die Gruppe und ihren Einfluss angewiesen …«

»Ich werde mich bemühen …«

»Das reicht nicht aus, verstehst du das nicht, Salvador? Halte dich bei den Diskussionen einfach zurück! Lass André Breton seine Bühne. Wir müssen vorsichtig sein, wir dürfen ihn nicht reizen, ihn und die anderen in der Gruppe nicht gegen uns aufbringen. Einen Ausschluss aus der Gruppe können wir nicht riskieren.«

Gala suchte in Salvadors Gesicht nach Zustimmung. Selbstverständlich hatte sie mitbekommen, dass nicht nur er erzürnt war, innerhalb der Gruppe gab es zunehmend Unstimmigkeiten über Bretons Führungsstil. Paul hatte ihr schon früher berichtet, dass Breton nicht einfach war, er sich häufig wie ein Despot aufführte und dazu neigte, die Mitglieder für die Surrealisten mit genauso leichter Hand zu rekrutierten, wie er sie später auch wieder aus der Gruppe verstieß. Breton war also nicht nur skrupellos, sondern auch brandgefährlich, was die Pläne für ihre, Galas und Salvadors, Zukunft betraf.

Statt ihr zu antworten, hob Salvador die Hand und grüßte zu einem der Fenster hinauf, hinter dem er glaubte, die Gestalt von Man Ray zu erkennen. Das Fenster flog auf, und der Mann beugte sich heraus.

»Wo bleibt ihr denn? Alle hier warten schon auf Dalí!«

Salvador wandte sich Gala mit einer bedeutungsvollen Geste zu.

»Siehst du, du machst dir völlig umsonst Sorgen. Jetzt hast du es mit deinen eigenen Ohren gehört, sie erwarten mich bereits. Niemand will mir etwas Schlechtes.« Er räusperte sich. »Und weißt du auch, warum? Weil ich der einzig wahre Surrealist in ihrer Gruppe bin. Ich bin unverzichtbar.«

Er lächelte sie an, und sie schluckte die letzte Ermahnung, die ihr auf der Zunge lag, hinunter.

Der Ort des Zusammentreffens entpuppte sich als eine Mischung aus Naturkundemuseum, einem Geschäft für Tierpräparate und einem Kuriositätenkabinett. Als sie die

Treppe in den zweiten Stock hinaufstiegen, bemerkte Gala den Geruch von Mottenkugeln, der allgegenwärtig schien und nur notdürftig von den Parfüms und dem Eau de Cologne der Anwesenden übertüncht wurde. Die Wände, soweit sie überhaupt frei von bizarren Exponaten waren, schimmerten in einem zarten Grün, die darunter liegende, halbhohe Holzvertäfelung in einem dunklen Nussbraun. Im hinteren Zimmer bestand das Interieur einzig aus einem Tisch in der Raummitte, der als Buffet diente und über dem zwei Lampen hingen, deren Schirme aus weißen Pfauenfedern gefertigt waren. Unter denen standen sich nun die Gäste im Dämmerlicht gegenüber, tranken Pastis und redeten lautstark miteinander. Auf einem Hocker in der Ecke spielte ein Grammophon Tanzmusik. Die Schellackplatten waren daneben auf dem Boden gestapelt.

Das war an Mobiliar alles.

Ansonsten waren die Räume ausnahmslos mit den seltsamsten Exponaten angefüllt. Da gab es einen ausgewachsenen Eisbären, einen Tiger und ein Zebra, die allesamt mitten in den Zimmern standen, zwischen ihnen nur ein schmaler Pfad zum Hindurchgehen. Rundherum vor der Vertäfelung reihten sich auf einzelnen Podesten ein präparierter Storch, ein weißer Pfau und ein Kranich. Seitlich auf einer Platte schien unter einer Glasglocke ein Stück Wiese zu wachsen, ähnlich wie auf dem berühmten Gemälde von Albrecht Dürer, dem sicher auch die Gruppe weißer Hasen gefallen hätte, die erwartungsvoll die Köpfe hoben und die Ohren spitzten.

Gala konnte sich noch nicht zu einer Meinung durchringen, was sie von all dem Durcheinander halten sollte. Salvador hingegen kommentierte beinahe jedes Stück mit wachsender Begeisterung, bis Bretons dröhnende Stimme sie erreichte.

»Na endlich! Das wird aber auch Zeit.«

Er kam mit einer angedeuteten Umarmung auf sie zu, den Stiel seiner grünen Tabakpfeife wie eine stumpfe Waffe auf sie gerichtet.

Gala schürzte die Lippen. Soweit sie wusste, war sie ihm von Anfang an ein Dorn im Auge gewesen. Er ahnte, dass sie klug war, und er vermochte nicht einzuschätzen, wie weit ihr Einfluss durch die Beziehungen, die sie in der Gruppe unterhielt, reichte. Und Breton hasste alles, was seine Macht infrage stellen könnte.

Heute ist wieder alles grün an ihm, wie Schimmel, dachte sie abfällig. Das Hemd, die Krawatte, der Anzug. Er sieht wie ein Förster aus.

Gleichzeitig fragte sie sich, ob der Mann keinen Geschmack oder keinen Spiegel besaß. Wahrscheinlich beides.

Inzwischen musste Breton zu der Erkenntnis gelangt sein, dass weder Gala noch Dalí für ihn gefährlich waren, denn er steckte seine Waffe, die Pfeife, in die Tasche des Jacketts.

»Wo bleibt der Pastis für unseren Dalí«, brüllte er über die Schulter zurück. »Schließlich gibt es heute was zu feiern!«

Von hinten wurde ein Tablett durchgereicht. Schlagartig verstummte die Musik.

Jemand nahm ein Buch vom Stapel und reichte es Breton, der es sich unter den Arm klemmte, bevor er die zwei Gläser vom Tablett nahm und sie gönnerhaft an Gala und Dalí weiterreichte. Dann stellte er sich so, dass ihn jeder in den beiden Räumen sehen konnte.

»Teure Genossen, Freunde des Surrealismus. Ich darf euch heute bekannt geben, dass Salvador Dalís Buch, ›La Femme Visible‹ erschienen ist.« Stolz hob er das Buch hoch. »Unser Freund und Mitstreiter Dalí legt darin sein geistiges Schaffen unter dem Einfluss der surrealistischen Bewegung dar, welches in der Entwicklung der paranoisch-kritischen Methode mündet, mit der er der surrealistischen Idee ein wichtiges gedankliches und, fast möchte ich meinen, auch philosophisches Fundament verleiht. Dafür gebührt ihm Dank.«

Nach der Ansprache und einem Toast auf Salvador verliefen sich die Leute im Deyrolle, die Gespräche wurden wieder aufgenommen, und laute Musik füllte die Luft.

Breton schaute aufmerksam in die Runde, nahm Dalís Arm und zog ihn einige Schritte von Gala weg.

»Ich muss mit dir reden!« Er kramte umständlich den Tabaksbeutel hervor und begann seine Pfeife zu stopfen.

»Über was willst du reden?«

Breton sah sich um.

»Du darfst es niemand anderem verraten!« Er hielt einen Moment inne. »Ich habe eine Bitte an dich. Wir benötigen dringend ein Bild, eines, das für unsere Bewegung steht, für den Surrealismus. Ein Bild, das unser Ideal einer sich radikal verändernden Gesellschaft in die Welt trägt, ein Bild, mit dem jedem Betrachter sofort die Intention unseres Strebens klar wird. Verstehst du?«

Salvador wollte ihm antworten, dass er das, was er da gerade hörte, für ausgemachten Schwachsinn hielt. Dass er einer sich radikal durch Krieg oder Revolution verändernden Welt überhaupt nichts abgewinnen konnte. Er vertrat dagegen den Standpunkt, dass es besser war, das Kind nicht mit dem Bade auszuschütten. Warum bewährte Traditionen haltlos über Bord werfen, wenn sie dazu geeignet waren, modernes und avantgardistisches Gedankengut, neue Ansichten und Denkweisen in einer Gesellschaft dauerhaft zu verankern?

Kurz schaute er zu Gala hinüber, die scheinbar interessiert in seinem Buch blätterte, doch über den Rand des Einbands hinweg fing er ihren mahnenden Blick auf und verkniff sich daraufhin eine abfällige Bemerkung.

So überlegte er eine Weile schweigend und stellte fest, dass er zunehmend an dem Gedanken Gefallen fand, ein Bild zu malen, das sich jedem Menschen auf der Welt erschloss, egal, welcher Kultur, welcher Konfession oder welchem Milieu er angehörte.

Breton setzte seine Pfeife in Brand und wertete Dalís anhaltendes Schweigen als Zögern.

»Weißt du, Salvador, wir haben zwar Paul Éluard mit seinen Gedichten und Man Rays ›Le Violon d'Ingres‹, aber das ist für die breite Masse nicht richtig griffig, verstehst du? Genauso wenig wie die beiden Filme von Luis Buñuel …«

»Wo ist Luis überhaupt? Ich konnte ihn nirgends entdecken.«

Ungehalten über den Einwurf murrte Breton: »Er ist in Amerika.«

»In Amerika?«

»Ja, in Hollywood. Er will dort Geldgeber für seinen neuen Film finden. Träumt jetzt von der ganz großen Karriere.«

Salvador verzog verärgert das Gesicht. Er kam sich verraten vor, immerhin hatte er wesentlich zum Inhalt der beiden Filme beigetragen. Warum hatte sich Buñuel heimlich aus dem Staub gemacht, ohne ihn zu informieren? War Luis immer noch sauer auf ihn, weil er die Endfassung des Drehbuches zu »L'Age d'Or« abgelehnt hatte? Dabei hatte er ihm ausführlich zu erklären versucht, dass er sich und seine Ideen darin nicht mehr wiederfand.

Salvador war aufgewühlt, sagte aber nur: »In Amerika, so, so.«

Breton blies dicke Rauchschwaden in die Luft.

»Also, was meinst du?«, nahm er den Faden wieder auf.

Einen kurzen Moment lang fragte sich Salvador, ob Breton wirklich so wenig Einfühlungsvermögen besaß, dass er vergessen konnte, dass er, Dalí, über die Nachricht betroffen sein könnte. Schließlich wäre es auch für ihn eine Chance gewesen, in Amerika als Künstler sichtbar zu werden.

»Gut. Einverstanden«, erwiderte er mit einem leicht verdrießlichen Unterton. »Ich werde mir bis zur Ausstellung bei Colle im Juni etwas einfallen lassen.«

»Sehr schön!« Breton schlug ihm voller Freude auf die

Schulter. »Ich kann es kaum erwarten, das fertige Bild zu sehen.«

Er wollte sich gerade von Dalí abwenden, als Man Ray in Begleitung von Paul Éluard erschien.

»Großer Tag heute«, sagte Man Ray und reichte ihm die Hand. »Glückwunsch, Dalí.«

»Danke.«

Unschlüssig standen sich Gala und Paul gegenüber.

»Geht es dir gut?«, fragte er.

»Es geht uns gut«, erwiderte Gala und nahm demonstrativ Salvadors Hand.

Paul bemerkte die Geste. »Das freut mich«, sagte er tonlos und schwieg dann.

»Louis Aragon ist soeben aus Russland angekommen«, erklärte Man Ray in die aufkeimende Stille hinein. »Er steigt gerade vor dem Haus aus einem Taxi.«

»Schon zurück?«, wunderte sich Breton. »Das ging aber schnell. Na ja, warten wir ab, was er uns von dem Schriftstellerkongress in Moskau zu berichten hat.«

Gala mochte Louis Aragon nicht. Äußerlich unauffällig, stand er für alles, was sie verabscheute und sie davon abhielt, noch einmal in ihr Heimatland zu reisen. Sein blinder Fanatismus für den Kommunismus ließ ihn die Gräueltaten rechtfertigen, die in seinem Namen in der Sowjetunion begangen wurden. Immer wenn sie Aragons durchdringendem Blick begegnete, fühlte sie etwas Beklemmendes, Gestaltloses in ihrem Inneren aufsteigen, und sie wandte sich ab.

Wenig später bildete sich eine Traube um den Dichter,

der im Auftrag der Surrealisten in die Sowjetunion gereist war.

»Wie war es in Moskau?«, fragte Éluard.

Aragon schüttelte sich wie ein Hund. »Eisig kalt, im Hotel waren nicht alle Zimmer geheizt, aber es gab genügend Wodka.«

Bis auf Gala lachten alle.

»Und wie sind die Menschen dort so?«, erkundigte sich Man Ray.

»Was genau willst du wissen, ob die Mädchen dort hübsch sind?«

Aragon streifte Gala mit einem verächtlichen Seitenblick. »Nicht so hübsch wie die Französinnen …«

Wieder lachten einige.

»Hört sofort mit dem Kinderkram auf«, fuhr Breton dazwischen. »Louis, warum bist du schon wieder da? Was haben die sowjetischen Genossen zu unserem Antrag gesagt?«

Jeder im Raum kannte Bretons Interesse an der politischen Entwicklung der Sowjetunion. In einer Zeit, wo überall in Europa die Pendel deutlich bis an die Ränder auszuschlagen begannen und vielerorts die vermeintliche Entscheidung zwischen Faschismus oder Kommunismus im Raum stand, schwebte ihm ein kommunistisches Frankreich vor. Wobei die Surrealisten seiner Meinung nach als gesellschaftsverändernde Kraft die Hauptrolle spielen sollten, selbstverständlich mit ihm an der Spitze.

Aragons Gesicht verfinsterte sich. »Sie haben ihn abgelehnt.«

»Abgelehnt?«

Der Dichter zündete sich mit großer Geste eine Zigarette an. Es war eine russische Marke, sie qualmte schrecklich und stank. »Ja, was soll ich anderes berichten?«, erwiderte er trotzig, knöpfte seinen dunklen Mantel auf und legte den Schal ab. »Sie sagten mir geradeheraus, unsere Arbeit hier entbehre jeder wissenschaftlichen Grundlage.«

Breton sah sich ratlos um. »Aber was ist mit Dalís kritisch-paranoischer Methode?«

»André, das fragst du mich jetzt nicht wirklich?« Louis Aragon zerrieb demonstrativ den Zigarettenrest unter seiner Stiefelsohle. »Bei allem Respekt, was soll das sein, Dalís Methode? Mit Verlaub, André, da musst du mir eine Frage gestatten: Hast du das Buch von Dalí gelesen, weißt du, was da drinsteht?«

Es lag für Louis Aragon ein ganz besonderer Reiz darin, Dalís Namen hier vor allen Mitgliedern in den Schmutz zu ziehen. Schon lange beherrschte ihn ein Unbehagen in der Nähe des Spaniers, und er verstand nicht, wieso Breton an ihm festhielt.

»Jede Menge ungereimtes Zeug über Schöpfen aus dem Unbewussten. Entschuldige, aber das kann man doch nicht für voll nehmen. Das ist keine ernst zu nehmende Wissenschaft, das ist abgeschmackter Hokuspokus.«

Gala sah, wie Dalí etwas erwidern wollte, doch Man Ray und Paul Éluard hielten ihn zurück.

Aragons Augen verengten sich zu Schlitzen.

»Ich rede hier von radikalen Veränderungen! Keine halbherzigen Experimente mehr, keine surrealistischen

Phantastereien. Nur fundierte Geisteswissenschaft von großen Philosophen zählt etwas. Schwätzer wie Dalí haben in der Bewegung keinen Platz mehr. Der Gesellschaftsentwurf der Zukunft ist längst gefunden, und es ist erfreulich zu sehen, wie der Genosse Stalin beherzt diese Vision gegenüber den Elementen der Bourgeoisie und der Avantgarde, die dem Parteikurs noch ablehnend gegenübersteht, durchsetzt.«

Ein Telefon schrillte. Der Besitzer des Etablissements hob ab, dann wurde Breton ans Telefon gebeten, und der Mann reichte ihm wortlos den Hörer weiter. Sie konnten den aufgeregten Klang der Stimme am anderen Ende vernehmen, ohne jedoch ein Wort zu verstehen. Dafür sahen sie, wie Breton blass wurde.

»Wir kommen sofort«, sagte er und legte auf.

Paul Éluard trat einen Schritt vor. »André, was ist passiert?«

Bretons Lippen bebten.

»Ein Schlägertrupp der *Action Française* hat die Filmvorführung von ›Ein goldenes Zeitalter‹ im Studio 28 gestürmt.«

»Das sind die Rechten«, stellte Man Ray trocken fest.

»Sie haben Stink- und Tränengasbomben geworfen und die Zuschauer mit Gummiknüppeln aus dem Saal getrieben.«

»Was ist mit der Ausstellung im Foyer?«, fragte Max Ernst betroffen.

Alle schauten auf Breton, sahen, wie er mit den Tränen kämpfte. »Sie haben in blinder Wut alle unsere Bilder zerstört«, stammelte er. »Alle! Auch die ausgelegten Bücher und Zeitschriften wurden zerrissen und das Telefonkabel wurde durchgeschnitten.«

»Diese Schweine!«, murmelte Gala erbittert.

Das war der Moment, in dem Salvador jedwede Zurückhaltung ablegte. Er hatte vier Bilder in die Schau gegeben, Bilder, die er im Juni bei Colle ausstellen und verkaufen wollte. Blind vor Zorn stürzte er sich auf Aragon, packte ihn am Kragen und schleuderte ihn gegen die Wand. Dessen Gesicht verzog sich vor Angst.

»Hast du das mitbekommen, Louis?«, tobte Dalí. »Stiefelhacken, die Kunst zertreten. Was sagst du dazu? Ist die moderne Kunst, der Surrealismus für euch Fanatiker zu gefährlich, zu reaktionär? Müsst ihr unsere Werke zerstören?« Dalí spürte, wie rasende Wut ihn fortriss und eine wilde Lust darin lag, sich so fortreißen zu lassen.

»Damit habe ich nichts zu tun! Das war die *Action Française,* die Rechten«, widersprach der Dichter mit dünner Stimme.

Dalí brachte sein Gesicht ganz nah vor das von Aragon.

»Da pfeife ich drauf. Verstehst du? Ob linker oder rechter Schlägertrupp, Faschist oder Kommunist, Hitler oder Stalin. Ich scheiß drauf, weil Überzeugungen gefährlichere Feinde der Wahrheit sind als Lügen. Noch jede Diktatur, die vorgab, im Namen der Gerechtigkeit eine bessere Welt erschaffen zu wollen, versank am Ende in ihrer eigenen Hölle.«

Er ließ Aragon los und spuckte angewidert auf den Boden.

»Diktatoren sind erbärmliche Geschöpfe. Für mich ist Lenin nichts weiter als ein sich vervielfachendes Kerzenlicht auf einer Klaviertastatur, und Hitler sitzt nackt in einer Pfütze und strickt!«

Dalí strich seine Haare mit einer harten Bewegung aus der Stirn.

»Scheiß auf den Kommunismus! Ich bin meine eigene Gesinnung und meine eigene Methode und laufe keinem Banner hinterher. Dein Weg, Louis Aragon, führt in den Abgrund!«

Der Dichter verzog das Gesicht zu einer Grimasse, während er den Sitz seiner Jacke richtete.

Erschöpft sah Salvador sich im Zimmer nach Gala um. Sie stand neben Paul Éluard und hielt bereits seinen Mantel in den Händen. Benommen taumelte er auf sie zu.

Sie fing ihn auf, drückte ihn stumm an sich.

Wie aus weiter Ferne drangen ihre Worte in seine Ohren:

»Paul nimmt uns in seinem Wagen mit ins Studio 28. Wir sehen nach, ob von den Bildern vielleicht noch eines zu retten ist.«

Betrübt und immer noch aufgebracht ließ er sich von ihr in den Mantel helfen.

Ob von seinen Bildern vielleicht noch eines zu retten war?

Was für eine Katastrophe!

Plötzlich hatte er einen galligen Geschmack im Mund.

Und was kommt als Nächstes?

KAPITEL 34

Paris, 1931

Gala war völlig aufgelöst vor Freude, obwohl sie alle Anstrengungen unternahm, es sich nicht anmerken zu lassen.

Der Prinz de Faucigny-Lucinge hatte sein Wort gehalten.

Wie überrascht war sie, als er plötzlich, mitten im Schneetreiben, in ihrer kleinen Wohnung in Paris auftauchte. Sie wollte ihm Tee machen, doch er hatte es eilig und war nur gekommen, um Salvador und sie persönlich zu einer Zusammenkunft in sein Haus einzuladen.

Jetzt saß der Prinz ihr und Salvador im Seidenanzug an der langen, prunkvollen Tafel gegenüber, flankiert von seiner Frau Baba und ihren zahlreichen Freunden.

Wohin Gala sich auch wandte, immer wieder entdeckte sie unter den Anwesenden ihr teils nur flüchtig bekannte, teils näherstehende Menschen wie den Vicomte de Noailles und seine Gattin Marie-Laure, die, wie Gala vorhin erst von ihr selbst erfahren hatte, die Urenkelin des Marquis de Sade war. Gala hatte nicht gewusst, dass sie eigentlich im Hause de Noailles die engagiertere Verfechterin des Surrealismus war, die ihren Mann schließlich bekehrte und mit Dalí einen der neuen Propheten dieser Kunstrichtung in ihr Haus einlud.

Gala stiegen Tränen in die Augen, und sie hielt ihre Hände fest aneinander gepresst, weil sie zu zittern begannen. Es schien ihr so, als hätten sich heute im Palais des Prinzen auf ein geheimnisvolles Signal hin Menschen mit Geld und Einfluss feierlich versammelt, die alle die Verehrung von Dalís Kunst einte und die ihnen das Gefühl vermittelten, zu ihrer Gemeinschaft dazuzugehören.

Sie hatten es bis hierhin geschafft.

Auch dank Joan Miró. Niemand in dieser Runde hätte ohne ihn jemals den Namen Salvador Dalí vernommen, geschweige denn, dass sie jetzt mit diesen Leuten gemeinsam zu Tische säßen. Der Maler hatte Salvador einen echten Freundschaftsdienst erwiesen, als er ihn damals dem Vicomte vorstellte.

Gala rutschte auf ihrem Stuhl vor, als der Prinz sich anschickte, eine Rede zu halten. Er nahm den elfenbeinfarbenen Kaviarlöffel und schlug vorsichtig gegen die Champagnerschale. Die Gespräche am Tisch erstarben, und alle Blicke richteten sich auf Jean-Louis de Faucigny-Lucinge.

»Liebste, teuerste Freunde, ehrenwerte Mitglieder von Le Zodiaque. Heute, an diesem Winterabend im Februar in Paris, geschieht etwas Einmaliges, etwas Außergewöhnliches, etwas, was in dieser Form meines Wissens noch nie da gewesen ist und von dem ich mir wünsche, dass es als Modell Schule macht. Zwölf Menschen haben sich zusammengefunden und sich bereit erklärt, einen außergewöhnlichen Künstler und Surrealisten zu fördern und zu unterstützen. Sie, Salvador Dalí.«

Er blickte zu ihm und wandte sich dann an die einzelnen Gäste, die rund um die Tafel saßen.

»Jeder, der hier am Tisch sitzt, wird mir beipflichten, dass wir von Ihrer Malerei, von Ihrer speziellen und faszinierenden Sicht auf die Welt begeistert sind. Deshalb verspüren wir den Wunsch, Ihnen ein finanzielles Einkommen zu ermöglichen, das Ihnen ein existenzielles Minimum zusichert.«

Er zog einen Notizzettel aus der Innentasche der Anzugjacke und faltete ihn auseinander.

»Aus diesem Grund wurde auf meine Initiative hin zu Weihnachten ›Le Zodiaque‹ gegründet, und Sie, Madame Gala und Monsieur Dalí, erlauben mir, Ihnen jetzt die einzelnen Mitglieder vorzustellen: die Gräfin Pecci-Blunt, die Marquise Cuevas de Vera, Caresse Crosby und Anne Green, die Schwester des Schriftstellers Julien Green, was uns zu den Herren am Tisch bringt. Der Vicomte de Noailles, Prinz Paul von Serbien, Robert de Rothschild, Robert de Saint-Jean, der Architekt Emilio Terry, der Verleger René Laporte und selbstverständlich der Initiator selbst.«

Gala spürte einen Kloß im Hals. Sie erhob sich spontan von ihrem Stuhl, wobei sie Dalí am Ärmel mit sich zog, und begann allen Anwesenden ihre Dankbarkeit zu zeigen, indem sie in die Hände klatschte, während Salvador sich neben ihr verbeugte. Ihr Beifall wurde rund um die Tafel herzlich erwidert.

Der Prinz nahm sein Champagnerglas und stieß mit Gala und Salvador an. Auch die anderen Gäste erhoben jetzt ihre Gläser, und Gala nutzte den Moment, um auch dem Vicomte dankbar zuzuprosten. Der Prinz schaute in die Runde, bevor er seine Rede fortsetzte.

»Jedes Mitglied verpflichtet sich, in einem bestimmten Monat im Jahr dem Maler Salvador Dalí einen Betrag von zweitausendfünfhundert Francs zu zahlen. Die Reihenfolge der Mitglieder wird jedes Jahr neu ausgelost, solange der Kreis der Unterstützer besteht. Im Gegenzug verpflichtet sich der Maler Dalí, jedem Mitglied im jeweiligen Monat das Recht einzuräumen, unter seinen – dank der finanziellen Zuwendung zahlreichen neu erschaffenen – Werken entweder ein großes Bild oder aber ein kleines nebst zwei Zeichnungen auswählen zu dürfen.«

Gala bemerkte aus den Augenwinkeln, wie Salvador nickte, während sie die Aussage des Prinzen erst einmal verdauen musste. Zweitausendfünfhundert Francs im Monat, das waren sagenhafte dreißigtausend Francs im Jahr. In den Kreisen des Prinzen mochte diese Summe einem Existenzminimum entsprechen, aber in ihrer Welt bedeutete so ein Geldbetrag ein kleines Vermögen, sogar Luxus, wenngleich ein bescheidener. Diese Summe garantierte ihnen von nun an ein sorgenfreies Leben, und sie wären nicht mehr so sehr den Launen des Zufalls überlassen.

Jetzt konnte sie die Tränen nicht mehr zurückhalten.

Sie brauchte einen Moment für sich.

Gala wandte sich ab, zog ein Taschentuch heraus und wischte sich energisch über die Wangen. Sie wartete, bis sie sich wieder beruhigt hatte. Dann drehte sie sich lächelnd zur Tafel zurück. Niemand hatte ihren Gefühlsausbruch bemerkt.

Das Personal servierte soeben die Horsd'œuvre.

Von nun an galt ihre Aufmerksamkeit wieder Dalí und seiner Unterhaltung mit ihren Gönnern.

KAPITEL 35

Cadaqués / Port Lligat, 1931

Seit einer Woche tobte der Tramontana.

Wie eine wilde Meute kam der Wind die steilen Hänge der Pyrenäen heruntergejagt, raste über die Ebene, hetzte heulend um die Hütte und peitschte die See in heftigen Böen auf. Zudem brachte der Wind auch noch entsetzlich viel Regen, der sich aus dem tiefgrauen Märzhimmel sintflutartig auf den Strand ergoss und dort riesige Lachen bildete. Erstmals musste Gala hier in Port Lligat am eigenen Leib erfahren, was es hieß, sich diesem Winterwind auszusetzen, der in dem Ruf stand, die Menschen in den Wahnsinn zu treiben.

Sie legte ihr Buch von Victor Hugo beiseite und massierte ihre Schläfen. Sie saß auf einem Kissen am Boden, den Rücken gegen die Wand gelehnt. Ihre Hand griff nach dem heißen Tee. Vor einer halben Stunde hatte sie ein Schmerzmittel gegen Kopfschmerzen genommen und wartete nun darauf, dass das Pulver endlich Wirkung zeigte.

Zuerst hatte sich der Luftdruck geändert, war gefallen, und sie hatte einen leichten Schwindel verspürt. Dann kam der Wind, und mit ihm verkrampfte sich jeder Muskel in ihrem Körper und eine innere Unruhe befiel sie, die sie nur kannte, wenn sie abends zu viel Kaffee oder Champagner getrunken hatte und sich dann schlaflos im Bett herumwarf, den Kopf voll mit Ängsten und wirren Gedanken.

Selbst, wenn sie den verzweifelten Versuch unternahm, durch Atemübungen oder durch eine Beschäftigung sich abzulenken, um innerlich zur Ruhe zu kommen, verhinderte das stete Pfeifen und Heulen des Windes das, seine Böen, die krachend gegen das Holz prallten und an den Wänden zerrten, als wollten sie die Hütte mitsamt ihren Bewohnern ins Meer schleudern.

Es gab Stunden, da erinnerte Gala das Wüten vor der Tür an ein Gemälde von Hieronymus Bosch, wo abscheuliche Gestalten mit verzerrten Gesichtern vor dem Höllentor herumlungerten und auf ihre Opfer warteten.

Ihr Blick suchte Salvador, der in eine Decke gewickelt seitlich auf den Dielen lag, die Knie an die Brust gezogen und mit geschlossenen Augen, völlig in sich versunken. Er gab ein leises Wimmern von sich.

Es erschütterte sie, ihn so zu sehen.

Lydia hatte ihr einmal von einem Mann erzählt, der es nicht mehr aushielt, sich ein Seil nahm und zur Kirche hinaufstieg, wo er sich an einem der Bäume auf dem Kirchhof erhängte.

»Ich habe noch heißes Wasser übrig, willst du auch einen Tee?«, fragte Gala.

Sie bekam keine Antwort.

»Salvador?«

»Ich möchte nichts.« Seine Stimme war im Sturm kaum zu verstehen.

»Na schön«, sagte Gala. »Ich dachte nur, etwas Warmes würde dir guttun.«

Er murmelte etwas, das sie aber nicht verstand.

»Ich mache dir jetzt einen Tee«, sagte sie bestimmt, stellte ihre Tasse neben sich auf den Boden und erhob sich, um in die Küche zu gehen.

Dort nahm sie eine Kanne vom Bord, griff nach der Teedose, füllte lose Blätter hinein und stellte die Dose wieder zurück. Sie wollte gerade nach dem Wasserkessel greifen, als ein kalter Luftzug über ihren Rücken strich.

Gala trat in den Vorraum hinaus und bemerkte, dass die Haustür offen stand. Wahrscheinlich hatte der Wind sie aufgedrückt, dachte sie, und lief schnell hinüber, um sie zuzumachen. Aus einem Impuls heraus steckte sie den Kopf durch den Spalt hinaus in den Regen und …

… erblickte Salvador, der geistesabwesend durch die riesigen Pfützen am Strand watete. Unablässig riss der Wind an seiner Kleidung. Gala erstarrte. Ihr wurde schwarz vor Augen und sie hatte das Gefühl, ihre Beine gaben nach. Taumelnd hielt sie sich am Türpfosten fest. Noch während sie nach Luft rang, stürzte sie hinter ihm her.

»Salvador!«, schrie sie, doch der Wind riss ihr die Worte von den Lippen. »Salvador, warte auf mich!«

Sie rannte keuchend durch die Wasserlachen, stolperte, raffte sich wieder auf, der Regen schlug ihr ins Gesicht, machte sie einen Moment lang blind. Verschwommen sah sie den weißen Fleck von Salvadors Hemd vor sich.

Endlich hatte sie ihn erreicht und riss an seinem Arm.

»Salvador!«, schrie sie. »Verdammt, wo willst du hin?«

Sie bekam keine Antwort, sie sah nur die Irrlichter in seinen Augen, das von Schmerz verzerrte Gesicht. Sie griff nach seiner eisigen Hand.

»Komm, wir gehen wieder nach Hause.«

Doch dann geschah etwas, mit dem sie nicht gerechnet hatte.

Er stieß sie in einer ärgerlichen Geste von sich und ging weiter.

Es gelang ihr nicht, zu ihm durchzudringen. Wie betäubt schaute Gala ihm nach. Sie spürte die jähe Kälte zwischen ihnen, und sie hatte das schmerzhafte Gefühl, dass sich Dalís Verhältnis zu ihr gewandelt hatte.

Sie strich sich mit einer hastigen Bewegung die Nässe aus dem Gesicht und rannte ihm nach. Wieder holte sie ihn ein, zerrte mit beiden Händen an seinem Hemd und zwang ihn so, stehen zu bleiben.

»Was ist mit dir, Salvador? Rede mit mir! Sofort!«

Aber er verzog nur das Gesicht zu einem Grinsen, dann brach er in freudloses Lachen aus. Gala wusste sich keinen anderen Rat mehr, sie holte aus und gab ihm eine schallende Ohrfeige. Da blickte er sie eindringlich an und stieß sie erneut heftig vor die Brust.

Es kam so überraschend für Gala, dass sie benommen zwei Schritte zurücktaumelte, sie spürte, wie der weiche Untergrund plötzlich unter ihr nachgab, wie sie das Gleichgewicht verlor und rücklings in eine tiefe Wasserrinne fiel, die sich zwischen den Felsen gebildet hatte.

Jetzt ist alles aus, dachte sie verzweifelt, bevor das eisige Wasser über ihrem Gesicht zusammenschlug, wie scharfe

Messer durch ihre Kleidung drang und sich wie ein eiserner Ring um ihre Lungen legte. Alle Geräusche um sie herum erstarben schlagartig. Ein seltsamer Frieden bemächtigte sich ihrer, machte sie leicht und schwerelos.

Da wurde sie plötzlich von zwei starken Händen emporgerissen.

»Mein Gott! Gala!«, hörte sie seine sich überschlagende Stimme. »Gala! Galuschka!«

Sie öffnete die Augen. Er hielt sie in seinen Armen und weinte. Der Sturm hatte sich etwas gelegt, und der Regen hatte aufgehört, sie schmeckte das Salz seiner Tränen auf ihren Lippen.

»Es tut mir so leid, Gala. Verzeih mir!«

»Du bist verrückt!« Es fiel ihr schwer, die Worte hervorzubringen.

Er senkte den Kopf und flüsterte: »Es ist unverzeihlich.«

»Wohin wolltest du?«, fragte sie barsch.

»Ich weiß nicht mehr weiter ...«

Gala richtete sich stöhnend auf. »Ich verstehe nicht ...«

Dalí hob verzweifelt die Hände. »Wie soll ich es dir erklären? Ich bin tot. Ich fühle nichts mehr, ich bin leer, mein Kopf ... mir fällt nichts mehr ein. Ich habe keine Ideen mehr. Wenn ich meine Bilder betrachte, ekeln sie mich an. Alles wiederholt sich nur immer wieder. Es fehlt das Neue, das Außergewöhnliche. Alles, was ich zustande bringe, ist wertlos.«

Gala legte ihm ihre Hand an die Wange.

»Breton erwartet dieses Bild von mir ...«

»Ich weiß.«

Schweigend saßen sie eine Weile aneinandergekauert auf dem Strand. Salvador hatte seinen Arm schützend um sie gelegt.

»Erinnerst du dich an Lautréamont?«

Salvador nickte. In den Kreisen der Surrealisten galt der Dichter als der tatsächliche Initiator des »modernen Wunderbaren«, wie er es nannte.

»Er sagte, die Objekte des Alltags müssen ihrer gewohnten Funktion enthoben, in einen neuen Zusammenhang verrückt werden, um als surreale Objekte das Wunderbare entfalten zu können.«

Salvador sah sie fragend an.

»Was wäre, wenn du Motive und Bildkompositionen vergangener Epochen neu aufleben lassen würdest und sie in einen neuen, surrealen Kontext stellst?«

Sie sah, wie die Irrlichter in Dalís Augen dem Funkeln, dass sie so sehr liebte, wichen.

»Denk nur an Raffael, an seine Madonnen. Lass uns nach Rom reisen, nach Florenz, du musst diese unglaubliche Architektur sehen, diese wundervollen Gemälde im Original betrachten, genau an den Orten, an denen sie erschaffen wurden …«

Er nahm ihre Hand. »Es tut mir so leid!«

Gala sah ihn an. Manchmal ist er wie ein großer Junge, dachte sie, dem das Leben Angst bereitet.

»Es wäre vernünftig, wenn du zu mir kommst und mit mir redest, egal, was dich bedrückt.« Sanft umfasste sie seine Finger. »Kommt Wind, kommt Regen, wir sind zu zweit.«

Salvador lächelte scheu.

»Was hältst du von der Sixtinischen Madonna?«

Gala hob das Kinn. »Ich bin schon gespannt, wie du sie malen wirst.«

»Dann darf ich dich küssen?«

»Versuch es.«

Dalí nahm ihr Gesicht zärtlich zwischen seine Hände, und ihre Lippen berührten sich.

KAPITEL 36

»Und du willst wirklich nicht mitkommen?«, fragte Gala.

Salvador sah dem befreundeten Pärchen nach, das bei ihnen gegessen hatte und sich in Richtung Küstenpfad entfernte.

»Nein, ich habe Kopfschmerzen. Geht ihr nur und macht euch einen schönen Abend. Ich bleibe hier.« Er hob abwehrend die Hände. »Das ist völlig in Ordnung, wirklich.«

Sie sah ihn abschätzend an, dann gab sie ihm einen Kuss.

»Wenn der Film zu Ende ist, komme ich gleich zurück.«

»Genieß es! Ich lasse das Licht brennen.«

Gala wandte sich um und ging den anderen beiden nach, die bereits auf sie warteten.

Salvador schloss leise die Tür.

Während ihres letzten Aufenthaltes in Paris hatte sich Gala angewöhnt, an den Abenden gelegentlich ein Kino aufzusuchen, das in der Parallelstraße lag, um sich einen Film anzuschauen. Sie brauchte die kleine Zerstreuung, nachdem sie tagsüber unentwegt durch die Stadt gelaufen war und zahlreiche Versuche unternommen hatte, Salvadors Bilder, Erfindungen oder Kunstobjekte zu verkaufen. Trotz ihrer Überredungskunst blieben diese Anstrengungen meist erfolglos.

Es kam vor, dass sie bei ihrer Rückkehr noch im Flur in seinen Armen zusammenbrach und die Tränen der Wut und Enttäuschung nicht zurückhalten konnte.

Als Gala weg war, ging Salvador zurück ins Wohnzimmer und rollte dabei mit den Schultern, um seinem Nacken Erleichterung zu verschaffen.

Sein Blick fiel auf den Esstisch, wo vier Weingläser standen, in denen dunkelrot die Neigen schimmerten, ein verwaister Brotkorb, schmutzige Teller und Besteck. In der Mitte lagen zwei quadratische Schieferplatten, die Gala vom Strand mitgebracht und geputzt hatte, um sie als Vorlegeteller zu benutzen. Einer war leer und glänzte vom Fett der Wurst, die in Scheiben aufgeschnitten auf ihm gelegen hatte. Der andere diente als Käseplatte, bestückt mit verschiedenen Sorten. Bis auf einen angeschnittenen Camembert war dieser ebenfalls geleert.

Salvador legte den Kopf zur Seite.

Gala zog es vor, zu Hause zu speisen, da es viel preiswerter war, als Leute zum Essen ins Restaurant einzuladen. Aus diesem Grund hatte der Tischler aus dem Dorf zwei Bretter zusätzlich in den Esstisch eingesetzt, weil es in letzter Zeit immer häufiger vorkam, dass sie in ihrem Zuhause mehrere Personen bewirteten. Die Besucher waren oft gute Bekannte aus Cadaqués, seltener aus Paris. Wenn, dann waren es meistens befreundete Künstler oder Surrealisten auf der Durchreise.

Draußen ertönte entfernt ein Signalhorn. Manchmal kamen Boote mit Touristen in die Bucht, um baden zu gehen oder weil sie sich verfahren hatten.

Während er zur Tür lief, überlegte Salvador, dass er zu Gala gesagt hatte, er bliebe wegen seiner Kopfschmerzen zu Hause. Das war aber nicht die ganze Wahrheit.

Kurz schaute er hinaus auf den Strand und die Klippen und dachte dabei an das Bild, das seit zwei Wochen halbfertig auf der Staffelei stand und darauf wartete, vollendet zu werden. Doch ebenso wie der Kopfschmerz widersetzte sich der Gedanke an die Fertigstellung des Bildes seinem Zugriff, wollte ihm einfach keine passende Idee für die endgültige Gestaltung des Vordergrundes einfallen.

Dieses Bild stellte eine Landschaft bei Port Lligat dar; die Felsen lagen in einem transparenten, melancholischen Dämmerlicht, und im Vordergrund stand ein gestutzter Ölbaum mit nur einem Ast und ohne Blätter. Er wusste, dass die Atmosphäre, die ihm mit dieser Landschaft gelungen war, als Hintergrund für ein überraschendes Bild dienen sollte, aber er konnte noch nicht sagen, was es sein würde.

Er zuckte mit den Achseln, trat aus der Hütte, stand eine Weile da und blickte über die Bucht. Bald würde es dunkel werden. Himmel und Meer wurden allmählich flacher, konturloser, verloren ihre blauen Tiefen und schmiegten sich fester aneinander.

Statt geeigneter Ideen drängten sich ihm in der Stille, die nur ab und zu vom Schrei eines Seevogels zerrissen wurde, auf einmal grausame Bilder aus seiner Kindheit auf. Salvador hielt die Luft an ob der hartnäckigen Beständigkeit, mit der die Erinnerungen ihn erneut heimsuchten.

Trotzdem stellte er fest, dass sie unmerklich zu verschwimmen begannen. Es waren nur winzige Details, die Farbe einer Bluse, die Ana María getragen hatte, oder wie an einem bestimmten Tag das Wetter gewesen war. Es kam ihm so vor, als hätte jemand begonnen, eine feine Lasur über die Ränder seiner Rückschau zu legen.

Er wandte sich ab und ging zurück in die Hütte. Dort nahm er die offene Weinflasche zur Hand und goss sich ein, bevor er sich an den Tisch setzte.

Meine Kindheitserinnerungen sind wie der Hintergrund auf meinem Bild, dachte er. Es sind die ewig gleichen Klippen, das ewig gleiche Meer, das ewig gleiche Licht.

Diese Landschaft ist von genauso dramatischer und melancholischer Beständigkeit, wie meine Erinnerungen es sind. Obwohl die Zeit beiden zusetzt. Die Landschaft erodiert, und meine Erinnerungen beginnen zu verblassen.

Salvador trank einen Schluck und schmeckte die fruchtige Säure am Gaumen, als sein Blick an dem aufgeschnittenen Käsestück haften blieb.

Es war ein besonders würziger Camembert, von dem nur er gegessen hatte. Deshalb fehlte auch nur ein Stück des Laibes, und an der Schnittkante hatte sich das helle, cremige Herz des Käses auf die Schieferplatte ergossen.

Abrupt stellte er das Glas zur Seite.

In seinem Kopf überschlugen sich jetzt die Erinnerungen und Gedanken.

Auch die Zeit fließt. Man sagte doch: Im Fluss der Zeit.

Salvador nagte an der Unterlippe. Und Zeit war beständig wie eine Erinnerung, sie ging nicht verloren.

Zeit war immer und überall gegenwärtig.

Es gehörte alles zusammen, erkannte Salvador fieberhaft und spürte, dass er sich gedanklich etwas Außergewöhnlichem näherte, das er noch nicht inhaltlich erfassen konnte.

Der Zauber von Port Lligat gehörte dazu, ebenso wie seine Erinnerungen und die fließende Zeit.

Salvador beugte sich vor und fuhr nachdenklich mit dem Zeigefinger in den flüssigen Camembert. Deutlich sah er eine Delle, wo er mit der Fingerkuppe in den ausgelaufenen Käse hineingestochen hatte.

Konnte Zeit auch weich sein?

Er kniff die Augen zusammen.

Unbewusst sah er auf seine Armbanduhr und registrierte, dass fünfzehn Minuten vergangen waren. Wieder wanderte sein Blick hinüber zum geronnenen Flecken Käse auf dem Stein. Und da sah er sie plötzlich vor sich.

Uhren mit zerlaufenden Ziffernblättern.

Eine Hommage an die zerrinnende Zeit, die in ihrer allumfassenden Sanftheit die Gabe besaß, den eigenen Erinnerungen Beständigkeit zu verleihen, während sie woanders in der Welt ganze Bergketten schliff.

Er sprang auf und rannte hinüber ins Atelier.

Es war schon mitten in der Nacht, als Gala durch die Tür trat.

»Hallo Liebling«, sagte sie zu ihm, und er ließ sich von ihr auf den Mund küssen. Doch er wirkte zerstreut und aufgedreht, in seinen Augen flackerten Funken, und seine Hände strichen fahrig über ihre Schultern, als er ihr den leichten Mantel abnahm.

»Schön, dass du wieder da bist. Wie war der Film? War er gut?«, fragte er, und sie hörte die Ungeduld heraus.

»Kurzweilig. Ehrlich gesagt habe ich schon wieder vergessen, worum es ging.« Sie spürte, er hatte irgendetwas auf dem Herzen. »Was ist los, Salvador?«

»Ich habe eine Überraschung für dich«, stieß er hervor und zog sie hinter sich her ins Wohnzimmer. »Du musst dich bitte genau hierhersetzen.«

Gala wurde leicht unruhig und blickte sich um. Erst jetzt erkannte sie die Konturen einer halbhohen Staffelei auf dem Tisch, die von einem Tuch verdeckt war und von der sie wusste, dass Salvador sie für die Präsentation kleinerer Bilder nutzte. Sie zog den Stuhl zurück und nahm Platz.

»So, und jetzt schließt du die Augen.«

Gala wollte schon widersprechen, doch dann ermahnte sie sich, geduldig zu sein.

Sie hörte, wie es raschelte, als er wie ein Zauberer das Tuch mit einer einzigen Bewegung wegzog.

»Mach die Augen auf!«, rief er, und sie öffnete die Lider.

Zuerst war sie einen Moment geblendet, doch dann hatte sie sich schnell wieder an die Helligkeit gewöhnt.

Überrascht erkannte sie in dem Bild den Entwurf, der einige Tage schon im Atelier ein unbeachtetes Dasein gefristet hatte. Noch vorhin, als sie die Hütte verlassen hatte, schien es ihr ungewiss, ob Salvador jemals daran weiterarbeiten würde. Aber jetzt erkannte sie, dass das, was ihn hatte zögern lassen, nur die Suche nach einer genialen Idee gewesen war.

Gala hob den Kopf, ihre Blicke begegneten sich kurz, dann betrachtete sie weiter das Bild.

Sie schluckte.

Auf das, was sie vor sich sah, war sie nicht vorbereitet gewesen. Es war noch immer dieselbe ockerfarbene, leicht dunstige Küstenlandschaft im Hintergrund. Links erhob sich noch immer der tote Baum mit dem seitlich abstehenden Ast, der an eine ausgestreckte Hand erinnerte, die etwas darbot. Und gleich daneben erkannte sie einen Teil von Dalís Gesicht, das leidend unter der Qual des Tramontana in den Staub des Ampurdán gepresst lag, die Augen erschöpft geschlossen.

Aber all diese Dinge waren für sich gesehen nicht beeindruckend, würden sie nicht den Rahmen für die eigentliche Sensation auf dem Bild liefern.

Dalís weiche Uhren.

Die Ziffernblätter glichen eher einem ovalen Stück Stoff, als dass man annehmen könnte, sie wären aus hartem Metall gemacht. So hing eine der Uhren, in der Mitte gefaltet über den Ast, als hätte man sie zum Trocknen dort aufgehängt. Eine zweite Uhr schmiegte sich wie ein tröstendes Pflaster auf Dalís Gesicht, während eine dritte über die Kante eines Quaders glitt. Eine vierte Uhr war in der Rückansicht gemalt, auf ihr tummelten sich ungefähr ein Dutzend Ameisen. Dalís untrügliche Metapher für Vergänglichkeit.

»Was sagst du?«, fragte er, und sie hörte die vibrierende Anspannung in seiner Stimme.

Gala konnte ihren staunenden Blick nicht von dem Bild lösen.

»Mir fehlen die Worte«, sagte sie hingerissen. Sie blickte ihn an, sah seine Freude, gespeist von der Gewissheit, dass sie sich noch nie geirrt hatte, was die Wirksamkeit seiner Bilder anging.

Sie griff nach seiner Hand und drückte sie fest.

»Ich bin glücklich, dass es dir so gut gefällt«, sagte er in die aufkeimende Stille hinein. Dann löste er vorsichtig seine Hand aus ihrer Umklammerung und drehte sich um.

»Liebling, ich habe noch immer diese unerträglichen Kopfschmerzen. Ich laufe rasch zum Brunnen, um Wasser zu holen, und dann können wir ins Bett gehen.«

»Einverstanden.«

Als Salvador fort war, löschte Gala die Gaslampen, blieb aber noch einen Moment stehen. Das Zimmer wurde dunkel, doch nach und nach zeichneten sich die Gegenstände ab, der gedrechselte Sims des Kleiderschranks, die dunklen Säulen der Bücherstapel und die Lehnen des Stuhls, auf dem sie soeben noch gesessen hatte.

Sie stand da und betrachtete das Bild auf dem Tisch, das noch immer in die Staffelei eingespannt war. In der Dunkelheit schien es aus sich heraus zu leuchten, so als hätte Salvador Lichtteilchen in die Farbpigmente gemischt und auf die Leinwand aufgetragen.

Eine Minute verstrich. Gala lauschte.

Salvador war vom Wasserholen noch nicht zurück.

Sie trat noch einen Schritt näher an das Bild heran, ihre Brust hob sich schwer, und sie spürte das feuchte Brennen in den Augen, während sie versuchte, das seltsame, gefühlsbetonte Durcheinander ihrer Gedanken zu ordnen.

Sie kam zu der Einsicht, dass dieses faszinierende Bild für ihr kommendes Schicksal stand, dass es ihre Zukunft war.

Gala hörte Salvadors schwere, gleichmäßige Schritte, bevor er den Eimer abstellte und die Tür hinter sich schloss.

Verstohlen wischte sie sich die Tränen von den Wangen.

Ihr innerer Aufruhr verebbte langsam, und das Gefühlschaos wich einem unmissverständlichen Gefühl der Erleichterung und der Erkenntnis, dass keiner, der das Bild je sah, es jemals wieder vergessen könnte.

KAPITEL 37

Paris, 1931

Mit hocherhobenem Kopf betrat Gala das Pfandhaus und forderte mit fester Stimme vor Ablauf der Frist und gegen Vorlage der Leihpapiere das zurück, was rechtmäßig ihr gehörte.

Diesmal wurde sie nicht von Monsieur Baugé bedient, sondern von einem jungen Mann im Anzug, der eine Metallkassette öffnete und die einzelnen Schmuckstücke zur Ansicht auf einer schwarzen Filzmatte ausbreitete.

»Bitte versichern Sie sich, dass der Schmuck unversehrt und in einem tadellosen Zustand an Sie zurückveräußert wird«, sagte er mit leicht verstopfter Nase, als wenn er Polypen hätte. »Gern können Sie die Lupe nutzen.«

Gala spürte, wie ihr bei jedem Schmuckstück, das sie in die Hand nahm, das Herz stärker klopfte. Was hatte Salvador gesagt, als sie im Februar nach dem gemeinsamen Mahl die Gesellschaft von »Le Zodiaque« verlassen hatten und unter dem mit Säulen bewehrten Eingangsportal in ein wartendes Taxi gestiegen waren?

»Ab heute hat der arme Ritter wohl ausgedient.«

»Hoffentlich«, hatte sie geantwortet, und sie waren in ihre schäbige Wohnung über den Eisenbahngleisen in der Nähe des Rangierbahnhofs zurückgefahren.

Gala erinnerte sich noch genau an das Gefühl, als sie an diesem Abend die zerschrammte Wohnungstür aufgeschlossen hatte und in das kleine, von einer Deckenlampe notdürftig ausgeleuchtete Zimmer getreten war. Sie war im Mantel durch die Wohnung gelaufen und hatte still die Räume betrachtet, wie eine Fremde, die zum ersten Mal hier war und deren Blick nicht von der Notwendigkeit, eine preiswerte Unterkunft finden zu müssen, getrübt wurde.

Ihre Augen waren über die mit billigem Stoff notdürftig verhangenen Regale geglitten, über den Tisch mit der blauen Vase, die sie auf dem Flohmarkt erstanden hatte und in der ein Strauß Strohblumen steckte. Nebenan der schmale Verhau, in dem die Küche untergebracht war.

Wie oft hatte sie das alles hier geputzt, die wenigen Habseligkeiten zusammengeräumt und neu geordnet, damit es trotz der Enge wohnlich und gemütlich aussah?

Sie gab es nur ungern zu, aber hier in Paris, im Gegensatz zu Cadaqués, vermisste ein Teil von ihr den Wohlstand.

Sie konnte sich noch an den Moment erinnern, als sie für ein paar Sekunden innegehalten hatte, weil sie zu der Erkenntnis gelangte, dass sie dieses provisorische Dasein gründlich satthatte. Während sie die graue Wolldecke, die auf dem Fensterbrett lag, wieder in die Fuge drückte, um das Zimmer vor der eisigen Zugluft zu schützen, da war ihr dieser Gedanke plötzlich gekommen. Vielleicht hatte er seinen Ursprung darin, dass sie in dieser Zeit vermehrt Abendgesellschaften in vornehmen Stadtwohnungen und

Palais besuchten? Oder waren es die Erinnerungen an die angenehmen Seiten ihres Lebens mit Paul Éluard?

Sie wusste es nicht, und im Grunde war es auch egal.

Sie wollte sich einfach wieder mit einer gewissen Eleganz bewegen, mit verschwenderischer Erhabenheit. Ein wenig Luxus, für den sie sich vor niemandem, vor allem nicht vor sich selbst, zu rechtfertigen brauchte.

Der Mann mit der verstopften Nase hüstelte leise und holte sie damit in die Gegenwart zurück. Gala hob den Kopf und lenkte ihre Aufmerksamkeit wieder auf den Angestellten des Pfandhauses.

»Hiermit bestätige ich Ihnen, dass der Schmuck in einem einwandfreien Zustand ist.«

Der Mann nickte zufrieden und sah mit an, wie sie jedes der Schmuckstücke sorgsam in einer Schatulle verstaute. Danach unterschrieb sie die Empfangsbestätigung, zahlte den ausstehenden Betrag und fand sich wenig später auf der Straße wieder.

Die Sonne schien, und um sie herum brauste die Stadt.

Ein Anflug von Sentimentalität überkam sie. Irgendwie fühlte sie sich wie neugeboren.

Sie meinte, dass jeder Mensch, der ihr entgegenkam, ihr Glück sehen konnte.

Gala fasste noch im Gehen einen Entschluss. Sie würde jetzt sofort mit einem Taxi zurück in die Wohnung fahren, den Schmuck unter der losen Holzkonsole am Fenster verstecken und danach mit Salvador dem Geschäft in der Rue Cambon einen Besuch abstatten, um bei Coco Chanel einzukaufen.

Sie hatte die Modeschöpferin, die beinahe immer mit einer Zigarette im Mundwinkel anzutreffen war, bei einem der Empfänge im Hause des Vicomte persönlich kennengelernt, und die beiden Frauen verstanden sich prächtig, sie teilten dieselben Ansichten, was die Mode für die moderne Frau anging.

Gala winkte sich ein Taxi heran.

Anschließend würde sie mit Salvador zusammen zwei, drei der Modelle auswählen und diese an Ort und Stelle anprobieren. Es würde sich gut anfühlen.

Das Taxi hielt, und sie stieg ein. Der Fahrer erkundigte sich nach dem Ziel.

Als der Wagen sich in Bewegung setzte, ließ sie sich lächelnd in das Polster der Rückbank sinken.

KAPITEL 38

Paris, 4. Juni 1931

Geliebte Joella,

ich vermisse Dich und unser Baby sehr, und ich hoffe aus tiefster Seele, dass es euch gut geht.

Wie Du Dir vorstellen kannst, ist Paris um diese Zeit traumhaft. Die Menschen flanieren in den Gärten, und beinahe jede Hausfassade, jedes Café oder Bistro erinnern mich an die Jahre, die wir hier gemeinsam verbrachten.

Dank unseres Freundes Man Ray, der Dich übrigens herzlich grüßt und mir ein paar Abzüge für Dich mitgegeben hat, ist es mir gelungen, zu einem interessanten Pariser Galeristen Kontakt aufzunehmen. Sein Name ist Pierre Colle, und er stellt neben moderner Fotografie hauptsächlich surrealistische Kunst aus. Einige der Künstler, wie Max Ernst und Hans Arp, dürften Dir geläufig sein.

Gestern lud Colle in den Galerieräumen zu einer Vernissage, und ich hatte das Glück, dass er mich Salvador Dalí vorstellte. Ich muss sagen, ich war von dem jungen Spanier sehr beeindruckt, gleichzeitig fand ich ihn aber auch beunruhigend. Vielleicht lag es daran, dass wir ein ungleiches Paar bildeten. Ich im weißen Anzug und mit Pana-

mahut, während er im schwarzen Nadelstreifenanzug erschien, dazu ein schwarzes Hemd mit roter Krawatte trug und orangefarbene Schuhe.

Wir sahen aus wie die helle und die dunkle Seite des Mondes.

Nein, ich denke, es waren eher seine Zielstrebigkeit und Direktheit, die mich verunsicherten. Der Mann fixierte mich mit seinen durchdringenden dunklen Augen und erläuterte mir seine allerneueste dalínistische Theorie. Du kannst Dir nicht vorstellen, wie das ist, wenn jemand Dich mit französischen Ausdrücken bombardiert, die Du allesamt nicht verstehst. Eigentlich war ich der Meinung, dass mein Französisch nach drei Jahren in Paris recht passabel ist, aber Dalí ließ mir keine Chance. Und trotzdem hat sich die Intensität seines Vortrags mir förmlich ins Bewusstsein gebrannt.

Aber warum schreibe ich Dir das?

Weil ich Dir mitteilen möchte, dass wir in unserer kleinen New Yorker Galerie im Herbst eine Ausstellung von Surrealisten machen werden … und dass ich ein Bild erworben habe.

Von Salvador Dalí. Für zweihundertfünfzig Dollar.

Es heißt »Die Beständigkeit der Erinnerung«.

Es ist in dem Ausstellungskatalog abgedruckt, den ich Dir mitschicken werde. Ich habe die Seite mit einem Papierstreifen markiert. Ist es nicht herausragend?

Ich war gestern beinahe drei Stunden in der Galerie und muss Dir sagen, Dalís aktuelle Bilder haben einen tiefen Eindruck hinterlassen. Du weißt ja, dass ich seine Karriere seit seiner Ausstellung bei Goemans verfolge, und bei dieser hier bleibt mir nur festzustellen, dass es ohne Frage der Höhepunkt seines bisherigen surrealistischen Schaffens ist. Mit einigen Werken schließt er meines Erachtens künstlerisch die Tür zu den Ängsten seiner Kindheit und den pubertären Auseinandersetzungen seiner Jugend. Seine Einzelausstellung, obwohl es überhaupt erst seine zweite in Paris ist, mutet bereits wie eine Retrospektive an.

Das Bild, das ich für unsere Galerie erworben habe, steht dagegen für einen Neuanfang, das Einläuten einer neuen Schaffensperiode.

Ich sage Dir, dieser Salvador Dalí ist ungeheuer begabt, ungeheuer fleißig und ungeheuer exzentrisch. Drei Eigenschaften, die gut zu Amerika passen. Und ich bin mir sicher, die New Yorker werden ihn und seine Kunst lieben.

So, jetzt muss ich mich aber beeilen und den Brief beenden, da ich in einer halben Stunde Pierre Colle treffe, um mit ihm die Zollformalitäten abzuklären. Anschließend will ich noch zur Reederei, um meine Transatlantikpassage zu bestätigen.

Ich küsse und umarme Dich.
Dein Julien Levy

EPILOG

Cadaqués / Port Lligat, 1931

Einen Moment lang standen sie schweigend nebeneinander.

Kristallklare Wellen brachen sich unterhalb der Hütte an den Felsen, erfüllten die warme Luft mit Donner und funkelnder Gischt. Sie waren noch immer überrascht, welche Wendung ihr Leben genommen hatte.

Stumm tastete Salvador nach Galas Hand, seine Finger schlossen sich um ihre.

Es war schön, endlich wieder hier zu sein, zu sehen, dass ihr kleines Haus oberhalb der Klippe noch stand.

Sie freuten sich darauf, mitzuerleben, wie die Sonne tagsüber mit goldenem Licht die zwei Zimmer flutete, um am Abend der lautlos heraufziehenden Dunkelheit zu weichen.

Sie konnten es kaum erwarten, wieder barfuß über den Sand zu laufen, der am Morgen noch feucht war vom Tau und der während der Dämmerung aus der roten Erde zu quellen schien.

Wie schön würde es sein, wieder gemeinsam in den Felsen zu klettern, im Schatten der knorrigen Olivenbäume zu liegen, um ein Buch zu lesen, und abends am Feuer dem Sommerwind zu lauschen, wie er über die löchrigen Felsen der Buchten strich.

Sie freuten sich einfach darauf, hier zu leben.

Salvador räusperte sich.

»Gerade eben hat mir Lydia erzählt, dass einer der Fischer seine Kate verkaufen will. Die da, gleich neben unserer, siehst du?«

Gala wandte den Blick in die Richtung, in die er zeigte.

»Ich finde, wir sollten die Hütte erwerben und unser Heim vergrößern. Was denkst du?«

Sie drehte den Kopf, sah ihn an und lächelte.

»Worauf warten wir noch?«

ANMERKUNGEN

1932 wird Salvador Dalís Gemälde »Die Beständigkeit der Erinnerung« in der New Yorker Julien Levy Galerie ausgestellt und dort vom Museum of Modern Art erworben.

Im Januar 1934 heiraten Gala und Dalí.

Als wir uns der Idee näherten, einen Roman über Gala und Salvador Dalí zu schreiben, ahnten wir nicht, wie schwierig sich der Umgang mit den biographischen Daten der beiden gestalten würde. Die Recherche war ungemein aufwendig, und die Gründe dafür beschrieb Robert Descharnes 1992 in einem Essay so: »Geheimhaltung, Schweigen und Verwirrung wurden von Dalí und Gala als Verteidigung benutzt, durchsetzt mit gelegentlichen – in manchen Fällen sehr kärglichen – Bröckchen von Wahrheit, die zuerst bewusst verbreitet, später mechanisch verteilt und neben einer scheinbar verschwenderischen Fülle von zweitrangigen Details in den Wind gestreut wurden. (…) Es bleibt ihm [dem Biographen/Autor] nichts anderes übrig, als sich einen Pfad durch den Dalí'schen Dschungel zu schlagen.«

Diesen Pfad haben wir, so gut es ging, geschlagen und waren mehr als einmal gezwungen, uns für eine in den

Biographien und Texten unterschiedlich kolportierte Wahrheit zu entscheiden.

Ein Beispiel dazu: Dalí schreibt in seiner eigenen Biographie, dass die Hütte in Port Lligat vier mal vier Meter groß war, was sechzehn Quadratmetern entspräche. Torsten Otte verweist in seinem Buch auf eine Größe von zweiundzwanzig Quadratmetern, was wohl eher der Wahrheit entspricht, vor allem, wenn man die Aufzählung der vorhandenen Zimmer in Dalís Biographie hinzuzieht: ein Atelier, ein Wohnzimmer, Toilette, Küche und Vorraum.

Eine andere Sache, die sofort im Raum steht, wenn man sich mit Gala und Salvador Dalí beschäftigt, sind die verwirrenden Angaben zu Dalís Umgang mit Sexualität, oder vielmehr die Frage: Hat er es getan? Auch an dieser Stelle machen offizielle Quellen ein Geheimnis daraus, mal davon abgesehen, dass sich Dalí in seiner eigenen Biographie sehr widersprüchlich dazu äußert. Deshalb kamen wir zu dem Entschluss, zumindest dem jungen Salvador die Freuden des Liebeslebens nicht vorzuenthalten.

Zu dem Brief des Julien Levy ist zu erwähnen, dass dieses Schreiben unsere Erfindung ist, wobei der Inhalt sich auf Tagebucheinträge Levys bezieht, in denen er das Treffen mit Dalí in der Galerie Colle schildert.

Darüber hinaus wurden von uns die Daten eines Ereignisses zugunsten des Erzählflusses verändert. Der Förderkreis »Le Zodiaque«, der das Ehepaar Gala und Salvador Dalí mit einer festen monatlichen Summe unterstützte, wurde nicht im Februar 1931 gegründet, sondern erst im Februar 1933.

DANKSAGUNG

Besonders den Autoren zweier Bücher sind wir sehr zu Dank verpflichtet: Meredith Etherington-Smith für *»Dalí. Eine Biographie« sowie* Dominique Bona für ihr biographisches Werk *»Gala. Ein Leben«*, die uns eine Vorstellung von Galas und Salvador Dalís Motivationen, Meinungen und Beweggründen vermittelten. Auch folgenden Werken verdanken wir viel: *»Die Eroberung des Irrationalen. Dalí. Sein Werk – Sein Leben«* von Robert Descharnes mit einer umfangreichen Werksübersicht und zahlreichen Fotos; *»Paul Éluard oder Der Sehende Bruder. Biographie ohne Maske«* von Jean-Charles Gateau sowie *»Salvador Dalí. Aus der Sicht seiner Schwester«* von Ana María Dalí, übersetzt aus dem Spanischen von Alexandra Gajewski.

Wir danken besonders dem Publizisten Georg A. Weth, einem begeisterten Dalí-Kenner, für seine fundierten Informationen. Auf seine Beschreibungen, vor allem über die kulinarischen Vorlieben Dalís, sind wir in vielen Texten gestoßen.

Unser Dank gilt weiter dem Teatre-Museu Dalí in Figueras, dem Salvador Dali House Museum in Cadaqués und der Gala-Salvador Dalí-Stiftung. Ein Dankeschön auch dem Büro für Tourismus und dem Hotel La Residencia in Cadaqués und dem Spanischen Fremdenverkehrsamt.

Um uns Gala und Salvador Dalí bildhaft und in Aktion vorstellen zu können, griffen wir auf das Studium von Dokumentarfilmen zurück, hier sei dankenswerterweise und stellvertretend »Vergissmeinnicht« von Jacques Malaterre erwähnt. Da jedoch das vorhandene Filmmaterial oft nur aus kurzen, meist sich ähnelnden Sequenzen oder Fotos bestand und zudem sehr selten den Zeitabschnitt abbildete, den wir in unserem Roman beschrieben, nutzten wir einen Kunstgriff, indem wir in unserer Phantasie Gala mit der hervorragenden französischen Schauspielerin Marion Cotillard und den jungen Salvador Dalí mit ihrem ebenso talentierten Kollegen Pierre Niney besetzten. Obwohl die beiden nichts von ihrem imaginären Engagement wissen können, gebührt ihnen trotzdem unsere Hochachtung und unser Dank.

Für alles Spanische und Französische danken wir unserer Freundin Dr. Amanda Dunkel-Grimus sowie Jana Fuchs für ihre spontane technische Unterstützung.

Unsere höchste Wertschätzung gilt unserer tatkräftigen und hilfsbereiten Lektorin Constanze Bichlmaier, die wieder einmal feinfühlig und mit Begeisterung das Projekt unterstützte.

Besonderer Dank gilt unserem Agenten Dirk Meynecke, seinen herzlichen und klugen Ratschlägen, und der Agentur Dörner für die professionelle Abwicklung aller Vorgänge.

Weiter möchten wir Reinhard Rohn danken sowie allen Mitarbeitern des Aufbau Verlags für das in uns gesetzte Vertrauen, die Begeisterung, Unterstützung und die unkomplizierte, wunderbare Zusammenarbeit.

Ein herzliches Dankeschön an Sr. Ingrid Herkommer für ihr begleitendes Gebet und an Pater Georg Maria Roers SJ für seine Freundschaft und Unterstützung.

Großer Dank gebührt ebenfalls unseren Familien.